Dietmar Krug
Von der Buntheit der Krähen

Dietmar Krug

Von der Buntheit der Krähen

Roman

Für meinen Vater Philipp Krug
und für den Guru

Die Drucklegung dieses Buches
wurde gefördert von den Kulturabteilungen
Niederösterreich und Stadt und Land Salzburg.

www.omvs.at

ISBN 978-3-7013-1275-7

Satz: Media Design: Rizner.at
Druck und Bindung: Christian Theiss GmbH, A-9431 St. Stefan
Coverbild: MabelAmber (Pixabay.com)
Grafische Gestaltung: Leopold Fellinger

Inhaltsverzeichnis

Das Kleid

Durch das geöffnete Sichtfenster des Traktors trieb ihm der nächtliche Fahrtwind den herbstlichen Nieselregen entgegen. Das Gesicht des Fahrers glänzte vor Nässe im Schein der wenigen Straßenlampen, die starken Wangenknochen über den stetig mahlenden Kiefermuskeln waren gerötet, sein langes dunkles Haar hing ihm in wirren Strähnen in Stirn und Nacken. Er versuchte dennoch nicht, das Fenster herunterzuklappen, weil er wusste, dass der Scheibenwischer klemmte und er deshalb in der Dunkelheit schon bald nichts mehr von der regennassen Straße sehen würde, die abseits des Dorfes zunächst an vereinzelt liegenden Häusern und dann nur mehr an gemähten Weiden und leeren Äckern vorbeiführte. Der Blick des Lenkers war starr geradeaus gerichtet, die tief liegenden Augen stärker noch als sonst zu dunklen Schlitzen verengt, um dem Regen und der schlechten Sicht zu trotzen.

Der Traktor stieß Rauchwolken in die Nacht, aus einem vom Rost durchlöcherten Auspuff, der seine schalldämpfende Wirkung gänzlich eingebüßt hatte. Wenn der Fahrer im Schein einer plötzlich auftauchenden Straßenlampe ein Gehöft passierte, drosselte er das ohnehin schon niedrige Tempo zur Schleichfahrt, um das Knattern des Motors in ein dumpfes Puffen übergehen zu lassen. Bei einem Hof am Fuß eines lang gestreckten Hügels brannte noch Licht, eine Bäuerin trat in Regenkluft aus einer Stalltür, sie hielt sich schützend die Hand über die Augen und spähte in die Richtung des Traktors.

Der Fahrer registrierte sie aus den Augenwinkeln, ohne den Kopf zu bewegen, und fuhr weiter. Fröstelnd hob er die breiten Schultern, er biss die Zähne zusammen, seine Kiefermuskeln traten noch stärker hervor.

Die Nässe war inzwischen in seine Kleidung gedrungen, hatte seinen militärgrünen Parka durchweicht, seine Arbeitshose war auf den Oberschenkeln schon dunkel vor Feuchtigkeit. Noch verhinderte der untere Teil des Kleids, den er faltig hochgeschoben unter der Hose trug, dass sein Unterleib nass wurde. Doch das eng anliegende Oberteil klebte bereits unter dem schweren Flanellhemd auf seiner rasierten Brust.

An einer unbeleuchteten Weggabelung stoppte er kurz, um sich zu orientieren. Dann bog er in einen schmalen, unasphaltierten Seitenweg ein, die großen Hinterräder mit den abgenutzten, aber immer noch ausreichend profilierten Reifen sanken tief in die schlammigen Pfützen. Gelegentlich schien das kleine Gefährt zu schwimmen, aber der Fahrer holte es immer wieder mit einer geschickten Lenkbewegung in die Spur zurück. Er kannte seinen Traktor, er hatte nie einen anderen gefahren.

Als er am Ende des Seitenwegs die dunklen Umrisse einer Scheune ausmachte, hielt er vor der Umzäunung und schaltete den Motor ab. Der Traktor bäumte sich noch einmal mit einem Rucken auf, dann wurde es still. Er wartete, bis seine überreizten Ohren sich an die veränderte Situation gewöhnt hatten, und lauschte eine Weile in die Dunkelheit. Als er nichts hörte als das Nieseln des Regens auf dem Traktordach, stieg er aus der Kabine, ging zum Zaun und versuchte, das Holzgatter zu öffnen. Es war mit einem großen Vorhängeschloss versperrt. Mit zwei gezielten Tritten riss er die massiven Scharniere aus den Pfosten. Dann lauschte er wieder bewegungslos mit leicht gehobenem Kopf. Im Gras vor der Scheune wühlte ein Tier, vielleicht eine Ratte oder ein Igel. Er ging zum Traktor zurück, zog eine etikettlose Flasche Schnaps unter dem Sitz hervor und steckte sie in die Seitentasche seines Parkas.

Das Tor zur Scheune war nicht versperrt, der vertraute würzige Geruch nach Heu, Staub und trockenem Holz hüllte ihn ein, als er den finsteren Raum betrat. Im Schein eines flackernden Benzinfeuerzeugs fand er den Weg zu einem vereinzelt daliegenden Heuballen vor der hohen, bis zur Scheunendecke aufgeschichteten Wand aus gebündeltem Heu. Er setzte sich auf den Ballen und zündete sich eine Zigarette an. Das Feuerzeug verschwand in der Brusttasche seines Parkas, nur das regelmäßige Aufglimmen der Zigarette warf seinen schwachen Schein auf die Szenerie: ein kräftiger Mann auf einem Heuballen, durchnässt, schwer und tief atmend, nachdem er einen langen Zug aus der Flasche genommen hatte. Vor ihm das Werk eines Sommers, gemäht, getrocknet und in der spätsommerlichen Hitze gestapelt, um dann einen Winter lang als Futter für das Vieh zu dienen.

Die Wucht des Aufpralls spürte Karl in seinem Rücken und an der Innenseite seiner Arme, die er gegen die Holzwand gepresst hielt. Danach war Stille – abgesehen von dem leisen Schnauben hinter der Tür. Sehen konnte er die Tür nicht – es war völlig finster –, aber er konnte sie hören. Sie musste drei, vier Meter von ihm entfernt und ebenso aus Holz sein wie die Wand, an der er lehnte, der dumpfe Ton beim Aufprall des massigen Stierschädels hatte es ihm verraten. Er lauschte in die Dunkelheit, das Schnauben jenseits der Tür wurde lauter, schneller, begleitet von einem Scharren auf dem Boden, das sich langsam von der Tür entfernte. Er wusste, was das bedeutete. Der Stier nahm Anlauf zu einem neuen Vorstoß. Unfähig, sich zu bewegen, presste Karl die Arme fester gegen die Holzwand, legte den Kopf mit zusammengekniffenen Augen zur Seite, bis er die rauen, grob gezimmerten Bretter an seiner Wange spürte. Der zweite Aufprall war deutlich wuchtiger als der erste, in den dumpfen Krach mischten sich ein erstes Splittern von Holz und das Ächzen rostiger Nägel und Schrauben, die sich zu lösen begannen. Er versuchte, sich aus seiner

Starre zu befreien, sein Körper gehorchte ihm nur zögerlich. Ohne den Kontakt mit dem Holz an seinem Rücken aufzugeben, schob er sich tastend an der Wand entlang, weg von der Tür, die ihm genau gegenüber zu liegen schien. Nach wenigen Schritten stieß er an eine seitliche Wand, die seine Ausweichbewegung stoppte. Offenbar befand er sich am Ende des Gangs, der zu den Stallboxen mit den trächtigen Kühen und dem Stier führte.

Warum raste der Stier, was trieb ihn heraus aus seiner Box? Er hatte ihn doch gerade erst gefüttert, seine Tränke gefüllt. Karl löste die Arme von der Holzwand, berührte seinen Körper, fühlte den Stoff seines Parkas, seiner Hose. Hatte die Farbe seines Kleids den Stier so wild gemacht? Aber es war doch nur ein blasses Rot, und überdies verborgen unter seiner Arbeitskleidung. Außerdem war es stockfinster, der Stier konnte ihn gar nicht sehen.

Während Karl sich nun in die andere Richtung an der Wand entlangtastete, hörte er, wie das Schnauben des Stiers schneller, rhythmischer wurde, dann wieder das Scharren eines neuen Anlaufs und unmittelbar darauf der Krach des Aufpralls, knirschend diesmal – berstendes, brechendes Holz. Er konnte den Stier jetzt riechen, einige Bretter waren offenbar bereits aus der Tür herausgebrochen, einem weiteren Aufprall würde sie nicht standhalten. Panik erfasste ihn, er musste weg hier. Schwer atmend tastete er sich weiter und stieß auch hier nach wenigen Schritten an eine seitliche Begrenzungswand. Die Panik drang in seinen Unterleib und in seine Beine. Und er erkannte: Der Stier raste nicht, weil er aus seiner Box hinauswollte – er wollte herein, zu ihm, der sich selbst in einer Box befand, mit dem Rücken an der hinteren Schmalwand. Karl wollte schreien, aber eine innere Gewalt hielt seinen Mund verschlossen. Erstarrt lauschte er nach draußen: das Schnaufen, begleitet jetzt von einem kehligen Grunzton, das Scharren der Hufe zum neuen, letzten Anlauf. Dann hörte er noch ein anderes Geräusch, eine Art Heulen, von weit her zunächst, anschwellend, abschwellend. Auch der Stier hinter der geborstenen Tür schien es wahrzunehmen, das Tier passte sein Schnauben dem Rhythmus des schwellenden Heultons an, bis es ganz mit ihm verschmolz, in ihm aufging. Immer noch mit Rücken und Armen an der Wand, klammerte Karl sich an das heulende Geräusch, ließ es für sich realer werden als alles, was sich hier in der Stallbox des Stieres ereignete. Und plötzlich zerriss die Nacht, und mit ihr der Stall und der Stier. Was blieb, war das Heulen, zwar immer noch von weit her, aber klar jetzt und eingebettet in eine fassbare Welt. Er war erwacht, das Heulen war eine Sirene, die aus dem Dorf zu ihm herüberklang, sie hatte ihn aus seinem Traum gerissen.

Karl saß aufrecht in seinem Bett und starrte in den blendenden Schein einer nackten Glühbirne. Ein stechender Schmerz war in seinem Kopf, und er schloss die Augen wieder. Er betastete seine schweißnasse Stirn und versuchte noch einmal, die Lider einen Spalt weit zu öffnen. Er trug immer noch den feuchten Parka, die Arbeitshose und die völlig verdreckten Gummistiefel. Neben dem Bett lagen zwei Schnapsflaschen, die eine leer, die andere halbvoll. Beim erneuten Versuch, sich zu erheben, musste er eine weit auslaufende Welle von Übelkeit niederkämpfen. Dann stand er schwankend im Raum und lauschte auf das Heulen der Sirene hinter dem Hügel, der seinen Hof vom Dorf trennte. Durch das kleine Fenster mit dem Holzkreuz drang das erste frühe Licht der Dämmerung. Er zog Stiefel, Parka, Hemd und Hose aus und öffnete die Tür eines grob gezimmerten Schranks. An ihrer Innenseite war nachträglich mit vier geschraubten Stahlklemmen ein mannshoher, blindfleckiger Spiegel angebracht worden. Er stellte sich davor und betrachtete sich. Mit seinen großen Händen strich er über seine Hüften, um die Falten des völlig zerknitterten Kleids glattzustreichen. Dann nahm er ein Haushaltsgummi von einem Haken an der Tür und band sich damit das schwarze, dichte Haar, dessen Länge im Dorf schon so oft Anstoß erregt hatte, zu einem Pferdeschwanz zusammen. Er drehte seinen gedrungenen, massigen Oberkörper einmal nach links, dann nach rechts, wiegte sich in den Hüften und strich sich übers Haar.

Dann knöpfte er vorsichtig das Kleid auf. Obwohl er im Versandhauskatalog eine Übergröße gewählt hatte, spannte es anfangs so stark an den Schultern, dass es zu zerreißen drohte, bis der Stoff sich schließlich gedehnt und seinem Körper angepasst hatte. Er fuhr sich mit der Hand über die rasierte Brust, schob das Kleid von seinen Schultern und fing es auf, bevor es zu Boden fiel. Nur noch mit seiner schlichten weißen Männer-Unterwäsche bekleidet, glättete er den blassroten Stoff mit seiner schwieligen Hand auf dem Bett und hängte das Kleid dann auf einen Holzbügel im Schrank. Er zerrte einen schweren Wintermantel darüber und knöpfte ihn so weit zu, dass das Kleid darunter nicht mehr sichtbar war. Dann nahm er eine frische Arbeitshose und einen grob gestrickten Pullover aus dem Schrank, zog sich an und verließ den kleinen Raum mit seinem Dämmerlicht und seinen Alkoholausdünstungen.

Jede Stufe der schmalen Holztreppe verursachte ein anderes Geräusch unter seinen Schritten, im schmalen Durchgang im Erdgeschoss musste er leicht seitlich gehen, um nicht mit den Schultern an die Einmachgläser zu stoßen, die zu beiden Seiten auf den Regalbrettern an den Wänden standen. Der festgetretene Lehmboden ohne Estrichüberzug dunstete einen kühlen, feuchten Geruch aus. Fröstelnd betrat er die Stube. Seine Großmutter hatte bereits eingeheizt, der alte Herd mit seiner großen Heizfläche strahlte die wuchtige, gespeicherte Hitze brennenden Holzes ab. Es war der einzige geheizte

Raum im Haus, zwischen den beiden kleinen Fenstern gegenüber dem Herd stand eine grob gezimmerte Bank, davor ein Tisch und zwei massive Stühle. Die Großmutter drehte sich kurz um und nickte ihm zu. Er erwiderte den Gruß ebenso wortlos und trat durch eine niedrige Tür ins Freie.

Die Sirene war inzwischen verstummt. Er zog die kühle Luft tief in seine Lungen, ging bis an den Rand des Zauns, der das kleine Grundstück begrenzte, und spähte über die Weiden und Äcker zum dahinter liegenden Hügel. An seinem Fuß, wo er in einen ausgedehnten Waldstreifen mündete, sah er eine schmal aufsteigende Rauchsäule. Er zog die Lippen nach innen, vergewisserte sich, dass seine Großmutter nicht aus dem Fenster blickte, und urinierte auf einen Misthaufen neben dem Eingangsgatter. Er wusste, dass sie es nicht gern sah, wenn er das tat. Aber er benutzte den kleinen Holzverschlag mit seiner Senkgrube neben dem Haus nur selten, hatte ihn nie gemocht, seit sein Großvater ihm verboten hatte, den Riegel vorzulegen. Jetzt war sein Großvater zwar seit zwei Jahren tot, doch immer noch mied Karl das Klosett, benutzte es nur fürs große Geschäft, und wenn seine Großmutter nicht auf dem Hof war, nicht einmal dafür.

Als er die Stube wieder betrat, roch es bereits nach frisch aufgebrühtem Kaffee und gebratenem Speck. Er setzte sich auf den Stuhl an der Schmalseite des Tisches, wo sein Großvater früher immer gesessen hatte, und beobachtete seine Großmutter bei ihren Verrichtungen am Herd. Sie hatte ihr graues Haar zu einem immer noch dicken Knoten gebunden, ihre Gestalt schien ihm gebückter als sonst, ihre Bewegungen waren schwerfällig, aber zielgerichtet. Sie stellte eine Tasse Kaffee, einen Teller mit Eiern und Speck und einen Laib Brot auf den Tisch und setzte sich auf den Rand der Bank.

Er begann zu essen und sagte, ohne aufzublicken:

„Hast du's wieder im Kreuz?"

Sie machte nur eine wegwerfende Handbewegung, schob eine mit Salz gefüllte Tasse mit abgebrochenem Griff zu ihm hin und sagte:

„Die Sirene ist gegangen. Es hat gebrannt drüben beim Leitner."

„Hab's gehört."

Er aß weiter, sie saß schweigend da und wischte ab und zu mit der Hand über den Tisch. Er sah sie nicht an.

„Ich hab in der Nacht den Traktor gehört."

Er blickte kurz auf und bemerkte, dass sie sich beim Reden die Hand vor den Mund hielt.

„Warum hast du dein Gebiss nicht drin?"

„Es passt nicht."

„Das hat viel Geld gekostet."

„Es fällt immer runter."

Er stand auf und goss sich am Herd eine weitere Tasse Kaffee ein. In seinem Rücken spürte er, wie sie ihm mit dem Blick folgte.

„Wo bist denn gewesen mit dem Traktor?"

„Hab auf der Weide am Bach einen Zaun repariert."

„Mitten in der Nacht?"

„Hätte ich die Kühe ausbüxen lassen sollen? Hab erst am Abend gesehen, dass ein Draht gerissen war."

Er schob den Teller von sich und stand auf.

„Es gibt Arbeit."

Er nahm den geflickten Mantel seines Großvaters vom Haken und verließ ohne ein weiteres Wort die Stube.

Als Karl gegen Mittag zum Hof zurückfuhr, stellte er sich vor, was seine Großmutter wohl gekocht haben mochte. Vor dem Essen wollte er noch das Kalb abrichten, es war ausreichend lange von der Mutter entwöhnt und sollte bald allein auf die Weide. Es war Zeit. Gleich nach seiner Ankunft ging er in den hinteren Teil des Stalls, wo ein schwarzes Kalb mit einem weißen Fleck auf der Stirn im Stroh saß und auf die Rückkehr der

Mutterkuh wartete. Er wickelte dem Tier ein Seil um den Hals, zog es auf die Beine und dann aus seiner Box. Das Kalb ließ sich widerstandslos zu dem kleinen grasbewachsenen Teil des Hofes führen. Es war ein gut entwickeltes Tier, in wenigen Wochen würde es ausgewachsen sein. Karl nahm den Kalbskopf zwischen seine Hände und redete in ruhigem Ton auf das Tier ein.

„Bist ein Guter, bist bald ein großes Rind. Keine Angst, ich tu dir nichts. Ich muss dir nur meinen Willen geben."

Während er das stumpfe Rückenfell streichelte, ging er langsam seitlich des Tieres in die Hocke, breitete die Arme aus und packte schnell ein Vorder- und ein Hinterbein. Dann stemmte er sich mit einer Schulter gegen den Rumpf, wuchtete das Kalb in die Höhe und riss es zu Boden. Das Tier warf den Kopf hoch und reckte bei dem Versuch, sich wieder aufzurichten, kurz die Beine unkoordiniert in die Luft. Der Anblick des zappelnden Tieres berührte ihn jedes Mal unangenehm. Er erinnerte sich, wie sein Großvater ihm zum ersten Mal die Prozedur gezeigt hatte. Karl war damals noch nicht in der Schule und verbrachte den Tag immer allein mit seiner Großmutter auf dem Hof. Wenn der Großvater nach Hause kam, holte er den Enkel manchmal aus der Küche, um ihm die Hofarbeit beizubringen. In die Kunst, einen Hof zu führen, hatte ihn stets sein Großvater eingewiesen. Sein Vater war kurz vor seiner Geburt ins Gefängnis gekommen. Die Großeltern redeten nie darüber, im Dorf sagte man, er habe einen totgeschlagen. Bald darauf war eine junge dunkelhaarige Frau mit ausländischem Akzent auf den Hof gekommen und hatte den Großeltern den Säugling übergeben. Danach war sie nie wieder im Dorf gesehen worden.

„Der Bauer muss dem Kalb zur rechten Zeit seinen Willen geben", hatte der Großvater gesagt, „dann wird es immer brav folgen. Pass jetzt gut auf, Junge!"

Dann hockte der Großvater sich hin, packte das Tier und wuchtete es mit der Schulter zu Boden. Das Kalb riss die Augen auf und schnappte nach Luft. Nachdem es wieder auf die Beine gekommen war, nahm der Großvater Karl bei der Schulter und schob ihn vor das zitternde Tier.

„Und jetzt du."

Karl ging zögerlich in die Hocke und breitete die Arme aus. Sie waren nicht lang genug, um das Vorder- und das Hinterbein gleichzeitig zu ergreifen. Der Großvater zog ihn von dem Kalb weg und packte ihn wie zuvor das Tier an Armen und Beinen. Dann wuchtete er ihn in die Höhe und schleuderte ihn zu Boden.

„Solang du das nicht kannst, bist du kein Bauer, kannst keinen Traktor fahren, keinen Hof führen. Geh zur Großmutter Puppen spielen!"

Karl riss sich aus seiner Erinnerung und blickte kurz mit versunkenem Blick zu Boden, während seine Kiefermuskeln in Bewegung gerieten. Er atmete durch, nahm erneut den Kopf des ängstlich zurückweichenden Tieres in die Hände und blickte ihm in die weit offenen, runden Augen, bevor er es erneut zu Boden warf.

Als er die geheizte Stube betrat, dampfte bereits ein Teller mit Suppe auf dem Holztisch. Die Großmutter stand am Herd, mit dem Rücken zu ihm gewandt. Sie blieb in dieser Position, als er sich an dem Tisch niederließ und zu essen begann. Er wurde unruhig, wartete darauf, dass sie sich zu ihm setzte, immer am selben Platz auf dem Rand der Bank, die Beine nie unter dem Tisch, sondern seitlich abgewinkelt, um ohne viel Aufhebens jederzeit wieder aufstehen zu können.

„Hast du es immer noch im Kreuz?"

Jetzt drehte sie sich um und kam langsam zum Tisch.

„Was hast du mit dem Kälbchen gemacht?"

„Nix."
„Ich hab gesehen, was du gemacht hast."
„Und? Holst du es von der Weide, wenn es nicht folgt?"
„Ein Kalb folgt auch so."
„Der Großvater hat's mir so gezeigt."
Sie setzte sich an den Tisch, er konnte sehen, wie etwas in ihrem Gesicht arbeitete, sie suchte nach Worten.
„Das letzte Mal, wie der Großvater ein Kalb so abgerichtet hat, weißt du noch? Der Tierarzt musste kommen, drei Rippen waren gebrochen. Hat viel Geld gekostet. Und dann haben wir's schlachten müssen."
Karl wich ihrem Blick aus.
„Man muss halt aufpassen."
Sie berührte kurz mit einer verhaltenen Bewegung seinen Arm. Die Falte zwischen ihren Augen vertiefte sich.
„Du bist jetzt der Bauer, Karl. Und du musst nicht alles so machen wie der Großvater."
„Aber ich muss schauen, dass ein Kalb folgt."
„Das folgt auch so."
„Woher willst du das wissen? Du hast es nie von der Weide geholt."
„Früher, vor der Hochzeit, hab ich oft das Vieh geholt. Und die Kühe sind mir immer brav gefolgt. Ohne Stock und das da."
Sie zeigte mit dem Finger auf das Fenster, durch das sie offenbar das Geschehen beobachtet hatte. Ihr Blick, getrübt von einem leichten Starleiden, blieb am Fenster hängen und kehrte sich langsam nach innen.
„Ich bin immer gern beim Vieh gewesen. Wenn ich ein Mädchen gekriegt hätt', das mir im Haus hilft, hätt' ich mich mehr um die Tiere gekümmert."
„Hast halt einen Sohn gekriegt."
„Ja. Aber ich hätt' immer gern ein Mädchen gehabt. Mädchen sind anders."
Ihre Stimme hatte sich gesenkt. Er beobachtete sie verstohlen.

„Wie anders?“

Ihr Blick kehrte zurück, wandte sich seinem Gesicht zu.

„Du warst auch anders. Hast nie eine Puppe kaputt gemacht, wenn ich sie dir zum Spielen gegeben hab. Dir tät ein Kalb ganz von selbst folgen, ohne das da.“

Wieder deutete sie durch das Fenster ins Freie. Er schob den Teller von sich weg und wischte sich den Mund am Ärmel ab.

„Ich hab Arbeit.“

Er stand auf und ging wortlos in den Durchgang mit den Vorratsregalen. Schwer atmend hielt er sich an einem Pfosten fest und sog die feuchte, schimmlig riechende Luft ein. Dann nahm er eine Flasche selbstgebrannten Schnaps aus dem Regal und stieg die Treppe in die obere Etage hinauf. In seinem Zimmer angelangt, nahm er ein Stück Schnur aus einer Kommode, wickelte das eine Ende um die Türklinke und das andere um einen großen Zollnagel, der tief im oberen Türrahmen steckte. Er überprüfte, ob die Klinke auch wirklich nicht mehr zu bewegen war, und öffnete den Kleiderschrank. Er befreite das Kleid von dem schweren Wintermantel und breitete es sorgfältig auf dem Bett aus. Während er es betrachtete, öffnete er die Flasche und nahm einen langen Zug. Der hochprozentige Schnaps verströmte augenblicklich eine Wärme in seinem Inneren, und seine Kiefermuskeln begannen sich zu entspannen. Er lehnte sich zurück und breitete das Kleid über seinen Körper. Mit der einen Hand öffnete er Knopf und Reißverschluss seiner Hose, mit der anderen führte er die Flasche zum Mund.

Als er erwachte, dämmerte es bereits. Er schwitzte und sein Kopf schmerzte. Geweckt hatte ihn das Geräusch splitternden Holzes. Er blickte zur Tür, die ruckartige Bewegung verursachte leichte Übelkeit und Schwindel.

Die Tür war unversehrt, auch sonst war alles ruhig. Das Holz musste in seinem Traum gesplittert sein, der Stier war wieder da gewesen. Karl atmete schwer und nahm die halbleere Schnapsflasche vom Boden auf. Nach einem langen Schluck blieb die erhoffte Wärme in seinem Inneren aus. Er sank zurück und betrachtete den Knoten, mit dem die Schnur über der Tür an dem Zollnagel befestigt war. Neben dem Nagel war ein Stück Holz aus dem Rahmen gesplittert. Es war die Stelle, wo einst ein anderer Nagel gesteckt hatte. Karl hatte ihn selbst hineingeschlagen. Er hatte dafür einen Stuhl vor die Tür stellen müssen, weil seine Arme noch nicht bis an den oberen Rahmen reichten. Er hatte den größten Nagel genommen, den er in der Werkzeugbank im Schuppen finden konnte, und brauchte lange, bis er tief genug im Holz steckte. Mehrmals musste er die Arbeit unterbrechen, weil seine Arme schwer wurden. Als der Großvater dann in der Nacht kam und das frisch aufgespannte Seil ihm den Zugang zum Zimmer versperrte, lag Karl wach. Er hörte die Flüche des Großvaters, seine anschwellende Stimme, die ihn aufforderte, die Tür zu öffnen. Karl lag starr und antwortete nicht. Dann hörte er das Splittern des Holzes und zum Schluss das leise Geräusch des auf den Boden aufprallenden Nagels. Am Ende vernahm er nur noch den schweren Atem des Eindringlings, der das Zimmer im Nu mit seiner Alkoholausdünstung füllte. Schließlich hörte er nichts mehr. Alles wurde starr und stumm und kalt. Er spürte, wie die Decke über ihm weggezogen wurde, wie große Hände ihn auf den Bauch drehten. Und dann kam der brennende Schmerz, irgendwo dort unten, in einer Region, die nicht mehr zu ihm, zu seinem Körper gehörte.

Karl nahm noch einen Schluck aus der Flasche, schüttelte sich vor Ekel und stand auf. Der niedrige Raum lastete schwer auf ihm, die Luft kam ihm drückend vor. Hastig verstaute er das Kleid im Schrank, löste die Schnur von der Klinke und verließ fluchtartig das Zimmer, ohne die Tür hinter sich zu schließen.

Seine Großmutter saß am Tisch und füllte gekochte Apfelstücke in ein Glas. Sie blickte auf die Schnapsflasche in seiner Hand.

„Wo willst du hin?"

„Ins Dorf, unter Leute."

„Warte, ich mach dir was zu essen."

„Ich muss raus."

Ohne eine Antwort abzuwarten, verließ er die Stube und nahm den Parka vom Garderobenhaken im engen Flur. Die nasskalte Luft tat ihm gut. Er schloss den Reißverschluss seiner Jacke und trank noch einen Schluck Schnaps, während er auf den Traktor stieg. Der Motor startete mit einem rhythmischen Zucken, der rostige Auspuff stieß eine schwarze Wolke aus, die sich schnell im Dämmerlicht auflöste. Den Weg zum Dorf legte er mit offenem Sichtfenster zurück, um sich den Wind ins Gesicht blasen zu lassen. Er genoss die Kühle auf der Stirn, das Gefühl des wehenden Haares. Das Frösteln bekämpfte er mit weiterem Schnaps. Als er das einzige Gasthaus des Dorfes erreichte, war die Flasche leer. Er verstaute sie unter dem Sitz und ging leicht wankend auf die Tür mit der leuchtenden Reklame darüber zu.

Ein Geruch nach Rauch und Bier schlug ihm entgegen, als er die Gaststube betrat. Der Wirt, ein untersetzter Mann mit einer schimmernden Glatze und roter Gesichtshaut, machte zwei Männer an der Theke mit einem leichten Zucken des Kopfes auf den Eintretenden aufmerksam. Die Männer drehten sich um und blickten ihn schweigend an. Karl blieb stehen und starrte zurück. Er spürte seine Kiefermuskeln und ließ sie gewähren.

„Ist was?"

Die Männer wandten sich wieder dem Wirt zu und senkten verlegen den Blick auf ihre Gläser. Karl ging an der Theke vorbei und betrat durch eine Tür mit der Aufschrift „Disco“ einen größeren Raum mit einer Tanzfläche und einer in verschiedenen Farben schimmernden Silberkugel an der Decke. Laute, hämmernde Musik hüllte ihn ein und erzeugte eine angenehme Spannung in ihm. Es war ein Lied, das er schon oft bei der Arbeit aus seinem Transistorradio gehört hatte. Eine extrem hohe Männerstimme sang im gezogenen Falsett *Stayin' alive.* Er war plötzlich erfüllt von dem gehobenen Gefühl, einen wichtigen Auftrag zu haben, den er hier und jetzt erledigen musste. Einen so geheimen Auftrag, dass er ihn selbst noch nicht kannte, aber er würde ihn schon noch erkennen. Die Musik sagte es ihm.

Die Rückkehr

Kurz hinter dem Ortsschild betätigte Thomas Neukirch den Blinker, drosselte vorsichtig das Tempo und fuhr auf den schmalen Rasenstreifen neben der Straße, um das drängende Auto vorbeizulassen. Das militärgrüne Gefährt, das im Rückspiegel fast die gesamte Straßenbreite einnahm, war schon eine Weile knapp hinter ihm gewesen, ohne ihn zu überholen, weil die enge, kurvenreiche Straße zu schmal dafür war. Während der Fahrer nun mit dröhnendem Motor vorbeizog, parkte Thomas seinen in die Jahre gekommenen Kleinwagen am Straßenrand. Als er aus dem Auto stieg, schlug ihm drückend warme Luft entgegen. Die Frischluftzufuhr während der Fahrt hatte ihm ein anderes Klima vorgegaukelt, dabei hatte der Wetterbericht im Radio den heißesten Märztag seit Beginn der meteorologischen Aufzeichnungen angekündigt. Schnaufend stützte er sich auf dem Autodach ab und verharrte in dieser Haltung, ein leicht gebeugter Mann um die Fünfzig, von mittlerer Größe. Nachdem sein Atem sich beruhigt hatte, blickte er zurück und betrachtete das Schild, auf dem der Name des Ortes mit einer schrägen roten Linie durchgestrichen war. Wenige Meter entfernt stand ein neu aussehendes, weißes Haus, das erste in einer Reihe von Fertigbauten, die in gerader Linie aus dem Ort herausgewachsen waren. Thomas blickte irritiert im Kreis. Hatte die Straße hier nicht früher eine Kurve gebildet? War das Ortsschild womöglich versetzt worden? Als er es das letzte Mal gesehen hatte, hatte es noch am Rand einer unverbauten Wiese gestanden. Aber dann sah er auf der gegenüberliegenden Seite der Straße den großen, noch laublosen wilden Kirschbaum, auf den er als Kind so oft geklettert war. Man hatte offenbar bei der Verwandlung von Weidefläche in Baugrund die Straße begradigt.

Er stieg wieder in den Wagen und fuhr in den Ort. Als er die Schule passierte, verlangsamte er kurz das Tempo. Hier sah er nichts, das sich verändert hatte. Der gewinkelte Flachbau war durch einen jetzt menschenleeren großen Hof und einen Sportplatz von der Straße getrennt. Er fuhr weiter, vorbei an dem Gasthaus, an dessen Front noch immer die altmodische Bierreklame mit dem Wappen der Brauereifirma hing. Darunter war auf einer schwarzen Tafel, vom Regen fast verwischt, mit hellblauer Kreide geschrieben: „Jeden Samstag Disco Nonstop".

Er parkte den Wagen auf einer kleinen Anhöhe am Kirchplatz, auf dem zwei neue Bänke vor einem frisch angelegten Blumenbeet standen, und ging ein paar Meter die Straße hinunter bis zum einzigen Lebensmittelgeschäft des Dorfes. An der Eingangstür, die er schon so oft durchschritten hatte, standen die Öffnungszeiten: Montag bis Freitag: 8 bis 12 Uhr, Mittwoch: 14 bis 18 Uhr. Er blickte auf die Uhr und lächelte. Es war kurz nach zwei und es war Mittwoch, ein guter Anfang, wie ihm schien.

Als er das Geschäft betrat, nahm ihm der Geruch des diffus beleuchteten und schlecht belüfteten Raums für einen Moment den Atem. Die Zeit hatte dieser Luft nichts anhaben können, sie war erfüllt vom gleichen herb-süßlichen Aroma, das hier vor Jahrzehnten schon geherrscht hatte, Ausdünstungen von Obst und Wurst, Käse und Zeitschriften und noch einigen anderen Ingredienzen, die er nie hatte bestimmen können. Zwei Frauen mittleren Alters, die er nicht kannte, standen vor der Ladentheke und sahen ihn mit unverhohlener Neugier an. Er war erleichtert, als er bemerkte, dass die Frauen ihn ebenfalls nicht einordnen konnten. Er trat einen Schritt beiseite und tat so, als interessiere er sich für die wenigen Illustrierten, die auf dem äußeren Rand der Ladentheke lagen. Dahinter stand eine Frau an der

Wurstschneidemaschine und schob mit gleichmäßigen Bewegungen eine Salami hin und her. In regelmäßigen Abständen hielt sie inne und legte die frisch geschnittenen Scheiben auf eine Waage mit Digitalanzeige. Sie zeigte jetzt 217 Gramm an, und eine der Frauen sagte:

„Macht nix. Auf die paar Gramm kommt's auch nicht mehr an."

Die Frau an der Schneidemaschine ignorierte die Bemerkung und nahm eine Scheibe von der Waage, so dass nur noch 203 Gramm anzeigt waren. Die beiden Frauen vor der Theke warfen sich einen Blick zu. Während die Verkäuferin die Salami einpackte, betrachtete Thomas sie genauer. Sie musste ungefähr in seinem Alter sein, Anfang oder Mitte fünfzig, vielleicht etwas jünger, ihr Haar war grau, mittellang und wirkte nachlässig frisiert. Etwas in ihrem Gesicht kam ihm bekannt vor, aber er war sich nicht sicher. Die Tochter der alten Hilgers, die den Laden einst geführt hatte, konnte sie nicht sein, dafür war sie zu alt. Womöglich hatte das Geschäft den Besitzer gewechselt.

Hinter der Frau bewegte sich ein Vorhang, und der Kopf eines Mädchens tauchte auf. Es trug eine graue Schirmmütze und darunter ein straff um die Schläfen gezogenes Tuch. Die Gesichtshaut wirkte bleich und wächsern, die großen braunen Augen waren ungewöhnlich rund und nahmen viel Raum im Gesicht ein, weil über ihnen keine Augenbrauen waren, die ihren Platz begrenzt hätten. Die Stimme des Mädchens klang leise und müde.

„Darf die Svenja einen Kaugummi?"

Das Gespräch der Frauen verstummte, beide hielten in ihren Verrichtungen inne und starrten das Mädchen an. Die Frau hinter der Theke drehte sich um, und der Vorhang öffnete sich weiter. Ein zweites Mädchen tauchte auf, es war kräftiger und einen halben Kopf größer als das andere, aber wohl im gleichen Alter, vielleicht zwölf, dreizehn Jahre alt. Blonde Locken umrahmten ein rundliches Gesicht mit ausgeprägten Wangenknochen, das ein fernes Echo in seinem Inneren auslöste, so deutlich, dass er ungewöhnlich lange brauchte, bis er den Blick abwandte. Das Mädchen wirkte eingeschüchtert, die grünblauen Augen waren wach und beweglich. Die Frau wandte sich wieder der Wurstschneidemaschine zu.

„Aber nur einen."

Das Gesicht des blonden Mädchens hellte sich auf, als es in den seitlichen Teil des Ladens ging, wo die Süßigkeiten standen. Die beiden Frauen blickten weiterhin wortlos das blasse Mädchen mit der Kappe an, bis es gemeinsam mit seiner Freundin wieder hinter dem Vorhang verschwand. Die Ladenbesitzerin wandte sich ihren Kundinnen zu, Ungeduld und Schärfe lagen in ihrer Stimme, als sie sagte:

„War's das?"

Als die beiden Frauen den Laden verlassen hatten, notierte die Frau hinter der Theke etwas auf einem Block und fragte ihn:

„Was darf's sein?"

Thomas wartete darauf, dass sie zu ihm aufblickte. Als das nicht geschah, sagte er schließlich:

„Haben Sie Wein?"

Die Frau holte zwei Flaschen aus einem Regal und stellte sie auf die Theke.

„Das ist, was wir haben."

„Ich nehm den teureren, ist ein Geschenk."

Thomas spürte einen Anflug von Verlegenheit, als die Frau weiter schwieg, er verlagerte schwerfällig das Gewicht von einem Bein auf das andere.

„Ich besuche meinen Vetter."

Jetzt sah die Frau ihn an, jedoch ohne dass ihr Blick verriet, ob seine Bemerkung ihre Neugier geweckt hatte.

„Vier neunzig."

Als er wieder im Auto saß, betrachtete er kurz das Etikett der Flasche, dann legte er sie auf den Rücksitz und fuhr eine gemächliche Runde durch das Dorf, bis er sein Ziel ansteuerte, ein rotes Backsteinhaus im unteren Teil des Ortes. Er parkte vor einem gepflegten kleinen Vorgarten hinter einem Jeep mit extrem hohem Radstand und steckte die Flasche in seinen Rucksack. Als er an dem Wagen vorbeiging, legte er kurz die Hand auf die Motorhaube, sie war noch warm. Erst auf dem Weg zur Eingangstreppe bemerkte er, dass sich unmittelbar hinter dem Backsteinhaus ein weiteres Haus befand, ein Neubau. Obwohl er knapp dimensioniert war, nahm er dennoch den gesamten Grund ein, der eher für einen Garten als für ein Haus geplant worden war.

Sein Vetter Roland öffnete die Tür, noch bevor Thomas die Türglocke betätigen konnte. Die beiden Männer schüttelten sich die Hand, standen sich einen Moment gegenüber und wussten nicht, was sie sagen sollten. Roland hatte zugenommen, war gesetzter und massiger geworden, ein Eindruck, der noch durch eine ärmellose gesteppte Weste verstärkt wurde. Dazu trug er eine Hose mit braun-grünem Tarnmuster und aufgesetzten Taschen an den Seiten. Sein Gesicht hatte sich seine jungenhafte, rosig und bartlos wirkende Weichheit bewahrt. Das brünette Haar war noch voll und wies kein einziges graues Haar auf. Thomas kannte keinen anderen Menschen, der auf ihn eine derartig widersprüchliche Wirkung aus Fremdheit und Vertrautheit hatte. Er kratzte sich am Hinterkopf und deutete auf das neue Haus.

„Das stand noch nicht da, als ich das letzte Mal hier war."

„Das hab ich gebaut, als die Kinder gekommen sind."

„Wie alt sind die denn jetzt?"

„Kai ist zehn und Lars zwölf. Mann, du warst lange weg von der Bildfläche."

„Lebt deine Mutter jetzt allein in dem alten Haus?"

„Ja, die ist noch rüstig wie ein altes Schlachtross. Aber wir haben natürlich ein Auge auf sie. Ist ja nur ein Sprung von Tür zu Tür. Komm, wir gehen rein, sie wartet schon."

Sie betraten den kleinen, nur durch die gefärbte Glasscheibe der Eingangstür beleuchteten Flur, der eigentlich bloß ein schmaler Durchgang neben einer Holztreppe zum oberen Stockwerk war. Ähnlich wie in dem Laden bemerkte Thomas, dass sich auch hier ein vertrauter Geruch in den Wänden und den Gegenständen konserviert hatte, eine von weit her kommende Ausdünstung, schwer und unveränderlich. Sie gingen ins Wohnzimmer, wo Rolands Mutter in einem Ledersessel mit hoher Rückenlehne saß. Ihr kurzes, seitengescheiteltes Haar war inzwischen fast weiß, aber immer noch dicht, ihr Gesicht war faltiger geworden, doch es hatte nichts von seiner markanten, maskulin wirkenden Straffheit eingebüßt. Auch ihr Körper wirkte noch beweglich und kräftig, als sie sich vom Sessel erhob. In ihren blassblauen Augen blitzte etwas auf, als sie seine Hand ergriff.

„Mensch, Thomas, bist du grau geworden, und hinten hast du Flecken, weiß wie Schnee. Guck dir meinen Roland an, noch kein einziges graues Haar."

Sie hielt immer noch seine Hand, als sie den Mund zu einem breiten, angespannt wirkenden Grinsen verzog.

„Guck mich an. Ich bin achtundachtzig. Und hab noch alle meine Zähne."

Mit dem Zeigefinger der freien Hand klopfte sie sich auf die Schneidezähne. Sie waren gelb und ungewöhnlich gleichmäßig.

„Tja, so ist das", sagte Thomas, „die einen haben Haare, die anderen Zähne. Und manche haben beides auf dem gleichen Fleck."

Roland verdrehte die Augen.

„Ganz toll, Mama, kannst dein Maul wieder zumachen. Komm mit, Tom, ich zeig dir das neue Haus und stell dir meine Frau und meine Söhne vor."

Sie gingen zurück in den Flur, die Mutter folgte ihnen. Als sie schon an der Eingangstür waren, berührte sie noch einmal Thomas' Arm und zog wieder die Lippen weit von den Zähnen zurück.

„Nächsten Monat werd ich neunundachtzig. Aber das Wetter spielt verrückt. Es ist März und die ersten Forsythien blühen schon."

Roland führte ihn durch die Räume des neuen Hauses, die schlicht und zweckmäßig eingerichtet waren, lediglich das Wohnzimmer wies schwere rustikale Möbel auf, wie Thomas sie seit seiner Kindheit nicht mehr gesehen hatte. In dem warm geheizten Raum traf er auf Rolands Frau Ingrid. Sie war schlank, trug wie ihr Mann eine Weste und eine Hose mit aufgesetzten Taschen, nur ohne Militärmuster. Hinter ihrer Brille lag ein Schleier über ihren grauen Augen, der ihrem Blick etwas Verhangenes, Apathisches verlieh, als nähme sie die Welt um sich herum gedämpft wahr. Ihr Händedruck war schlaff.

„Dass ich dich mal kennenlerne. Hab schon viel von dir gehört."

Roland rief energisch in den hinteren Teil des Wohnzimmers hinein.

„Kai, Lars!"

Erst jetzt bemerkte Thomas die beiden Jungen, die vor einem Schrank, der die gesamte Breite des Raums einnahm, auf dem Boden saßen. Zwischen ihnen war eine große Decke auf dem Teppich ausgebreitet, darauf standen einige Dutzend Spielzeugautos in säuberlichen Reihen aufgestellt. Die Jungen, zwei hochgewachsene dünne Burschen, die einander, aber weder ihrer Mutter noch ihrem Vater ähnlich sahen, standen auf, schüttelten ihm wortlos die Hand und setzten sich dann gleich wieder auf ihre Plätze. Thomas wunderte sich, dass zehn- und zwölfjährige Jungs noch mit Matchboxautos spielten, wollte schon eine Bemerkung machen, dass sie wohl die Autobegeisterung des Vaters geerbt hatten, ließ es dann aber, weil ihr Spiel ihm seltsam still und statisch vorkam.

Direkt neben der Decke mit den Autos stand ein kleiner Beistelltisch, auf dem eine Schrotflinte mit aufgeklapptem Doppellauf lag. Das Metall glänzte schwarz, der Schaft war aus poliertem, fein gemasertem Holz. Roland bemerkte Thomas' Blick und nahm das Gewehr vom Hocker. Mit einer routiniert wirkenden Bewegung klappte er es zu und erzeugte dabei ein sattes, nach mechanischer Präzision klingendes Geräusch.

„Mein Jagdgewehr. Hab's gerade gereinigt."

„Du bist Jäger?"

Roland zeigte auf eine Stelle neben dem gemauerten Kamin, wo ein großes Jagddiplom an der Wand hing.

„Seit das Geschäft mit der Tankstelle und der Werkstatt mehr oder weniger von selbst läuft, hab ich eine neue Herausforderung gebraucht. Da hab ich mich zur Jagdprüfung angemeldet. War eine Menge zu lernen."

Er ging zur Wand und klopfte mit dem Knöchel des Zeigefingers auf das entspiegelte Glas des Rahmens.

„Das nimmt mir keiner mehr."

Während sie sich an einen Esstisch am anderen Ende des Raums setzten, holte Thomas den Wein aus seinem Rucksack.

„Ich hab was mitgebracht."

Ingrid nahm die Flasche entgegen und stellte sie auf den Tisch.

„Soll ich sie aufmachen?"

Sie betrachteten die Flasche. Nichts sonst stand auf dem Tisch, keine Vase, kein Aschenbecher, kein zufällig abgestellter Gegenstand.

„Also für mich nicht", sagte Thomas. „Ich muss ja noch fahren."

Thomas machte eine Pause, um seinen Gastgebern die Gelegenheit zu geben, ihm eine andere Erfrischung anzubieten, aber Roland und Ingrid starrten nur weiter auf die Flasche.

„Ich hab den Wein hier im Laden gekauft. Da ist alles noch wie früher, obwohl eine neue Besitzerin drin war."

Roland sah ihn fragend an.

„Wieso? Den führt doch Agnes, die Tochter der alten Hilgers."

„Die Agnes war noch ein Kind, als ich sie das letzte Mal gesehen hab. Die Frau, die da bedient hat, war aber grau und in unserem Alter."

Ingrid löste sich von der Weinflasche, und zum ersten Mal durchdrang etwas Lebendiges, Anteilnehmendes ihren Schleier.

„Agnes ist ziemlich schnell alt geworden in letzter Zeit. Ist ja auch kein Wunder, ihre Tochter hat Krebs."

„Ich glaub, ich hab das Kind im Geschäft gesehen."

„Die kriegt in letzter Zeit kaum noch jemand zu sehen. Agnes hatte vor der Simone schon zwei Fehlgeburten. Irgendwas stimmt nicht mit der. Aber sie wollte ja unbedingt noch ein Kind."

Jetzt starrte auch Thomas auf die Weinflasche, und das Gespräch verstummte, bis von draußen ein Geräusch zu hören war, ein explosionsartiges Puffen und Knattern, das rasch näher kam und an Lautstärke zunahm.

„Was ist das denn?", fragte Thomas.

Roland verzog einen Mundwinkel und grinste.

„Das rätst du nie."

Sie standen auf und gingen zum Fenster. Roland zog die Gardinen beiseite, das Geräusch war inzwischen so laut, dass man sich nicht mehr verständigen konnte. Ein kleiner, völlig verrosteter Traktor fuhr beinahe im Schritttempo am Haus vorbei. Vom Fahrer sah man nur die massigen Schultern und das lange tiefschwarze Haar, das fast das ganze Profil verdeckte. Als der Lärm abebbte, fragte Thomas:

„Ist das Karl? Karl Ritz?"

„Kann man den verwechseln?"

Thomas blickte dem knatternden Traktor hinterher und runzelte die Stirn.

„Der ist wieder da? Seit wann?"

„Ist vor ein paar Wochen plötzlich aufgetaucht. Und alle fragen sich seitdem, was er hier will. Lungert einfach nur rum und fährt auf seinem Schrotthaufen durch die Gegend."

Roland blickte zu seinen Söhnen, die trotz des Lärms weiter unbeeindruckt mit ihren Autos gespielt hatten. Eine tiefe Sorgenfalte war zwischen seinen Augen.

„Aber eins sag ich dir: Wenn er meinen Kindern zu nahe kommt, weiß ich, was ich zu tun hab."

Sein Blick wanderte zu dem Schrotgewehr, das wieder neben seinen Söhnen auf dem Beistelltisch lag. Die beiden Jungen blickten kurz auf und wandten sich dann aber gleich wieder ihrem Spiel zu, das darin bestand, die Autos in immer neuen Reihen anzuordnen.

„Wieso glaubst du, dass er deinen Kindern was tun könnte?"

„Das fragst du noch? Der hat doch zweimal im Bau gesessen, zuerst im Jugendknast wegen schwerer Körperverletzung und Brandstiftung. Und dann gleich noch mal ein paar Jahre im richtigen Knast wegen Mord. Der ist in die Fußstapfen seines Vaters getreten."

„Soviel ich weiß, war es nicht Mord, sondern Totschlag im Affekt", sagte Thomas.

Ingrid hatte sich zu ihnen ans Fenster gesellt und sagte:

„Affekt und mildernde Umstände, das sagen sie immer, und dann sind solche Typen nach ein paar Jahren wieder draußen. Bis sie es wieder tun."

Thomas kratzte sich am Hinterkopf und ließ den Blick durch das Wohnzimmer schweifen. Es wirkte überladen mit seinem Eichenesstisch und dem wuchtigen Wandschrank, der die ganze Wand fast bis zur Decke einnahm.

„Gibt's eigentlich den Ritz-Hof noch?"

„Mehr oder weniger. Die alte Ritz ist, kurz nachdem Karl in den Jugendknast gewandert ist, gestorben. Seitdem steht das Haus leer. Verrottet einfach vor sich hin. Hat nie wer kaufen oder abreißen wollen."

Die Männer setzten sich wieder an den Esstisch, Roland wischte einige Mal mit der flachen Hand über die Tischplatte und fragte:

„Und was treibst du so? Arbeitest du immer noch bei der Zeitung?"

„Ja, zumindest bis letzte Woche. Ich gönne mir jetzt mal eine Auszeit."

Ingrid nickte mehrmals und sagte:

„Hattest du ein Burnout?"

„So was Ähnliches."

„Das haben jetzt viele Leute. Wenn ich in der Stadt leben müsste, könnten sie mich nach spätestens einem Monat in die Klapsmühle stecken."

„Von der Stadt hab ich jetzt auch erst mal genug. Ich werd den Sommer auf dem Land verbringen."

„Wo denn?"

„Warum nicht hier? Kennt ihr jemanden, der ein Haus vermietet? Kann ruhig was Einfaches sein."

Roland grinste ihn an.

„Du willst dich hier wieder niederlassen? Ich erinnere mich noch gut, wie du nichts wie weg hier wolltest."

„Zumindest für einen Sommer."

„Ich werd mich mal umhören, ob wer was vermietet."

Aus einer der aufgesetzten Taschen von Rolands Hose kam ein Piepton. Er nahm ein Handy heraus und sagte laut:

„Was ist?"

Roland verdrehte die Augen, während eine verzerrt klingende Frauenstimme aus dem Lautsprecher zu hören war.

„Ich frag ihn."

Roland steckte das Handy wieder in die Tasche.
„Muttern fragt, ob du noch auf einen Kaffee vorbeikommst."
Die beiden Männer gingen wieder zu dem alten Haus hinüber, wo Rolands Mutter bereits in der Eingangstür auf sie wartete. Als sie näher kamen, lächelte sie Thomas für einen Moment an. Dann verzog sie wieder ihren Mund zu einem kraftvollen Grinsen und tippte mit dem Zeigefinger auf ihre Schneidezähne. Noch bevor sie etwas sagen konnte, fuhr Roland sie an:
„Ja, Mam, wir wissen es!"

Das Haus

Thomas wischte sich mit dem Ärmel seines T-Shirts den Schweiß vom Gesicht und nahm einen Schluck aus der Wasserflasche. Er hatte nicht damit gerechnet, dass die Aprilsonne schon eine solche Wärme spenden würde. Allerdings hatte er sich auch seit Jahren nicht mehr körperlich derart verausgabt. Der Verkäufer im Gartengroßhandel hatte ihn abschätzig gemustert und gefragt, wie lang die Hecke sei, die er zu schneiden beabsichtige. „So fünfzehn, zwanzig Meter", hatte Thomas geantwortet, und der Mann hatte ihm zum Kauf einer elektrischen Heckenschere geraten. Er hatte sich dennoch für eine Handschere entschieden, schließlich werde er die Hecke voraussichtlich nur ein, zwei Mal schneiden.

Jetzt bereute er seine Entscheidung. Sein Rücken schmerzte und seine Arme waren schwer. Denn was er zu schneiden hatte, war völlig aus der Form gewachsen, mehr ein Gestrüpp als eine Hecke, seit Jahren nicht geschnitten, ein meterhohes, dichtes Gewucher aus verschiedenstem Gesträuch. Aber er wollte nicht aufgeben, denn er wusste: Wenn er einen Sichtschutz aus dichtem Bewuchs haben wollte, dann musste er das Wuchern bändigen. Die Hecke säumte das Grundstück zur Straße hin, die eigentlich nur ein asphaltierter Weg war, dahinter erstreckte sich eine Weide bis an den Rand eines bewaldeten Hügels. Die anderen Begrenzungen des Grunds waren kein Problem, an der Nordseite knospete bereits in der gesamten Breite ein wuchtiger Flieder, er würde schon bald den Blick auf das dahinterliegende ungenutzte Gartenhaus verdecken. Im Osten und Süden wuchsen Haselnusssträucher und Forsythien, die noch in leuchtend gelber Blüte standen. Hier brauchte er sich keinen Sichtschutz herbeischneiden, dahinter befanden sich nur Äcker, Weiden und ein kleines Waldstück.

In der Mitte des Grunds stand ein kleines, zweistöckiges Haus mit einer gelben, verwitterten Fassade. Es war ursprünglich bloß ein Gartenhaus aus Holz gewesen, ein Ingenieur aus der benachbarten Stadt hatte es vor fünfzig Jahren gebaut, um es als Wochenendhaus zu nutzen. Die Einheimischen hatten den Bau argwöhnisch beobachtet, da sich sonst nie ein Ausflügler oder Tourist in ihr Dorf verirrte. Aber es sollte ohnehin so gut wie nie jemand dort sein, und so hatte Thomas oft als Kind in dem rasch verwilderten Garten gespielt. Einmal war er in der Nacht mit einigen Freunden in das Haus eingebrochen, und sie hatten mit Taschenlampen die Räume durchstöbert.

Nach einigen Jahren verkaufte der Ingenieur das Haus. Die neuen Besitzer verputzten die Außenfassade und strichen sie mit der gelben Farbe an, von der jetzt nur noch verblichene Reste übrig waren. Das Haus war mit wildem Wein bewachsen, der jetzt noch keine Knospen gebildet hatte, doch schon bald würde von der verwitterten Fassade nichts mehr zu sehen sein. Den Wein hatten die zweiten Besitzer des Hauses angepflanzt, ein Hippie-Pärchen, das bei jeder Gelegenheit im Garten arbeitete oder mit Freunden feierte. Der Mann, von dem nie jemand in Erfahrung brachte, was er beruflich machte, hatte ebenso langes, glattes Haar wie seine Frau, und die beiden waren bald das Gespött des Dorfes. Gegenstand des Hohns war zunächst, dass sie statt des üblichen Zierrasens eine wilde Wiese angelegt hatten, die sie nicht etwa wöchentlich mit einem Rasenmäher kürzten, sondern je nach Wuchs zwei oder drei Mal im Jahr mit einer altmodischen Sense schnitten. Irgendwann zogen die Hippies wieder weg, ohne sich von jemandem zu verabschieden. Und sie hinterließen einen merkwürdig hergerichteten Garten, dessen Anlage Thomas erst jetzt allmählich zu würdigen wusste. Ein Bauer, der alte Leitner, nutzte die Geschäftsuntüchtigkeit der Hippies und kaufte das Haus für einen Spottpreis, in der Erwartung, dass einer seiner Söhne sich dort einmal niederlassen würde, sobald die Zeit gekommen war. Aber dazu kam es nie, und so standen Haus und Garten seither ungenutzt da.

Roland hatte ihn auf das Haus aufmerksam gemacht, im Scherz zunächst, weil er sich nicht vorstellen konnte, dass jemand dort auch nur einen Sommer lang leben könnte. Aber Thomas hatte den alten Josef Leitner auf seinem Hof besucht, und man war sich bald über einen Mietpreis einig geworden. Er hatte den Bauern kaum wiedererkannt, seine wuchtige Gestalt war geschrumpft, sein Kopf war nur noch von einem dünnen Haarkranz umgeben, sein Gesicht hatte eine gleichmäßige, ungesund wirkende Röte.

„Alle haben mich gefragt, warum ich den Grund nicht einfach verkaufe."

„Und, warum nicht?"

„Ein Leitner verkauft nicht. Und vielleicht will ja der Enkel hier mal was bauen. Mein Wolfgang hat's nicht haben wollen. Hätte nur die Bruchbude drauf abreißen müssen. Aber er wollte ja unbedingt weg von hier."

Leitner blinzelte ihn an.

„Genau wie du."

Thomas blickte zu Boden, bewegte die Hände vor seinem Bauch einige Male auf und ab und sagte verhalten:

„Manchmal muss man einfach weg."

„Was?"

Er wiederholte seine Aussage, so nachdrücklich, dass er kurz selbst erschrak. Leitner machte eine wegwerfende Handbewegung.

„Ich hab Wolfgang den Grund zum Bauen überschrieben. Die Hütte hätten wir mit dem Traktor selbst abgerissen. Nur den Bau hätt' er bezahlen müssen. Aber er wollte ja unbedingt weg."

„Was hat er denn gemacht?"

„Ist Autoverkäufer in der Stadt geworden. Hat bei dem gleichen Autohändler gelernt wie dein Vetter Roland, der jetzt eine eigene Tankstelle mit Werkstatt und Waschanlage hat. Das hat der Wolfgang nicht zustande gebracht. Statt dessen kommt er hier jedes Jahr mit einem anderen Auto vorgefahren. Will wohl seinem Bruder imponieren, weil der Harald den Hof gekriegt hat. War der Ältere, ist halt so."

„Und wie geht's dem Harald?"

„Hat sich anfangs schwer getan auf dem Hof. Hat damals so lange gebraucht, sich zu erholen, dass ich den Hof schon dem Wolfgang geben wollte. Das verdankt er diesem Vieh von Ritz. Ein halbes Jahr ist der Harald im Gipsbett gelegen, mit angebrochener Wirbelsäule. Dann hat er noch mal ein halbes Jahr gebraucht, bis er wieder laufen konnte. Bis heute geht er stocksteif wie eine Bohnenstange. Macht ihm die Arbeit nicht grade leichter. Aber er hat sich durchgebissen, das muss man ihm lassen."

Leitner fuhr sich mit der Hand übers Gesicht und blickte mit zusammengekniffenen Augen ins Leere.

„Der Ritz ist auch wieder aufgetaucht."

„Hab's schon gehört."

„Was will der hier?"

Thomas zuckte mit den Schultern und bewegte langsam den Kopf hin und her. Eine Pause entstand, bis Leitner mit nach innen gewandtem Blick sagte:

„Der Verbrecher kommt zurück und haust in seiner Ruine. Aber der Wolfgang ist sich zu fein, hier auf einem Grund zu leben, der ihn nichts kostet. Warum wollen eigentlich alle weg?"

„Nicht alle. Harald ist geblieben, und mein Vetter, der Roland, auch."

Leitner legte eine Weile den Kopf schräg, bevor er sagte:

„Ja, der ist bei Muttern geblieben. Und die Karin, die Tochter vom Seulen, die ist auch geblieben."

Thomas wich seinem Blick aus und deutete mit einer zögerlichen Geste auf das frisch gestrichene Tor des Hofes.

„Das ist neu, oder?“

Leitner folgte seinem Fingerzeig nicht, verharrte in seiner Haltung und zog einen Mundwinkel zu einem provokanten halben Grinsen in die Höhe.

„Machen wir einen Vertrag für das Haus?“, fragte Thomas.

„Für die paar Monate? Lohnt nicht. Bleib, so lange du willst. Die Hütte wird dir so bald keiner streitig machen.“

Thomas setzte sich vor das Haus auf die Terrasse. Sie war mit Terrakottafliesen belegt, in deren abgesplitterten Ecken Unkraut wucherte. Während er einen weiteren Schluck aus der Wasserflasche nahm, betrachtete er die Pflanzen um ihn herum. Da das Grundstück an einem Hügel lag und abschüssig war, musste für die Terrasse eine Aufschüttung angelegt werden, deren Rand komplett mit Bewuchs aus Efeu und Flieder gesäumt war. Zur Rechten stand ein Strauch, der nur aus drei graubraunen, glatten und kahlen Ästen bestand, an einem hing eine einzige verschrumpelte Frucht, die er nicht kannte. Das immergrüne Efeu bot einen Vorgeschmack darauf, was ihn im Sommer erwartete. Wenn der Flieder kräftig Laub bildete, dann würde die Terrasse sich in eine Laube verwandeln. Hier würde er gut arbeiten können. Im Schatten der Efeuhecke zündete er sich ein Zigarillo an und trank Wasser aus der Metallflasche.

Bevor er sich wieder an die Arbeit machte, wollte er noch einmal ins Haus gehen, um die Flasche aufzufüllen. An der Haustür blieb er kurz stehen und betrachtete den Rahmen. Er wies nur noch Reste grüner Farbe auf, auf Höhe der Klinke war er mit Holzleim geflickt worden. Während er mit dem Finger über die Stelle fuhr, erinnerte er sich, was der Grund für die Reparatur gewesen war. Es war die Spur eines nächtlichen Einbruchs, der rund vierzig Jahre zurücklag.

Er hatte sich damals zur Nacht mit seinem Vetter Roland und Harald Leitner, dem älteren Sohn des Bauern, am Gartenzaun hinter dem Grundstück verabredet. Lange waren sie zögerlich um das Haus gekreist, bevor sie sich dazu durchgerungen hatten, an einer flachen Stelle über die Hecke zu steigen. Dann schlichen sie um das Haus herum, auf der Suche nach einem unverschlossenen Fenster. Aber sie fanden keines und wollten schon ihren Plan fallen lassen, als sie plötzlich ein Geräusch an der Hecke hörten. Sie schalteten ihre Taschenlampen aus und gingen spontan in die Hocke. Mit angehaltenem Atem spähten sie ins Dunkel, in die Richtung, aus der sie das Geräusch gehört hatten. Als ihre Augen sich auf die Dunkelheit eingestellt hatten, sahen sie die Umrisse einer hoch gewachsenen, massigen Gestalt, die sich auf sie zubewegte. Thomas spürte, wie Roland sich an seinem Arm festkrallte. Harald schaltete seine Taschenlampe ein, leuchtete der Gestalt ins Gesicht und rief beim Aufspringen: „Abhauen!"

Im Schein der Lampe stand Karl Ritz vor ihnen, er hielt sich geblendet die Hand vor Augen, so dass von seinem Gesicht nur die ausgeprägten Wangenknochen, die breite Nase und der schmale verkniffene Mund sichtbar waren. Sein halblanges, schwarzes Haar glänzte im Schein der Lampe. Roland sagte in die Runde:

„Wer hat *dem* denn gesagt, was wir vorhaben?"

Die beiden anderen Jungen zuckten mit den Schultern. Karl kam näher und schaltete nun selbst eine Taschenlampe ein, mit der er die Eingangstür des Hauses beleuchtete. Er ballte eine Faust und schlug mit dem äußeren Handballen ein paar Mal leicht auf Höhe der Klinke gegen das Holz.

„Ihr wollt da rein?"

„Was geht dich das an?", sagte Roland.

Karl sah ihn ausdruckslos an, dann ging er einen Schritt zurück und trat wuchtig gegen die Tür. Mit einem splitternden Krachen flog sie auf. Roland fuhr sich mit einer fahrigen Bewegung durch sein säuberlich in der Mitte gescheiteltes Haar.

„Hast du sie noch alle? Das gibt sicher eine Anzeige!"

Roland blickte in die Runde und sagte zu Thomas:

„Ich verpiss mich. Kommst du mit?"

Eine Stille entstand, in der jeder zu Boden schaute und überlegte. Dann baute sich Harald Leiter zur vollen Größe auf, ein hoch aufgeschossener Junge mit leuchtend entzündeter Gesichtsakne und tief liegenden Augen, die ständig in lauernder Bewegung zu sein schienen.

„Hündchen will heim zu Mami."

Roland schnaufte kurz auf. Dann ging er zu der Stelle im Zaun, wo sie eingedrungen waren, blickte sich noch einmal zu Thomas um und verschwand in der Dunkelheit.

Harald drückte die schief in den Angeln hängende Haustür mit der Schulter ein Stück weiter ins Innere und leuchtete in den Flur. Muffig riechende Luft schlug ihnen entgegen. Im Schein der Lampen sahen sie, dass der Boden mit Mäusekot bedeckt war. Die Jungen betraten vorsichtig den kleinen Flur. Als Karl ihnen folgte, blieb Harald kurz stehen und leuchtete ihm ins Gesicht.

„Wer hat *dich* denn eingeladen?"

Karl sah ihn schweigend an, während sein Unterkiefer in eine mahlende Bewegung geriet. Thomas legte die Hand auf Haralds Arm und drückte ihn so weit hinab, dass der Schein der Lampe auf Karls Brust wanderte, die sich in beschleunigtem Rhythmus hob und senkte.

„Lass ihn. Ohne Karl wären wir gar nicht reingekommen."

„Aber wenn wir was finden, gehört es uns."

Sie drangen weiter ins Haus vor und bemühten sich, mit ihren Lampen nicht die Fenster anzuleuchten. Der

Flur führte in eine Küche, in deren Schränken sie nur altes Geschirr und Besteck fanden. Ein türloser Durchgang mündete in eine Stube, die den Hippies wohl als Wohnzimmer gedient hatte. Ein verstaubter Teppich mit orientalisch aussehendem Muster lag auf dem Boden, auf einem Regal an der Wand standen ein paar rostige Teedosen. Im hinteren Teil des Raums führte eine schmale Holztreppe in den oberen Stock des Hauses, sie knarrte unter dem Gewicht der Jungen. Einer der beiden Räume auf der Etage war völlig leer und mit Spinnweben durchzogen, in dem anderen nahm ein Bettrahmen mit einem nackten Federrost einen Gutteil des Raums ein. Gegenüber dem Bett stand eine Kommode. Sie öffneten eine ihrer Laden und fanden einen Stapel Zeitschriften. Am Grund des Stapels stießen sie auf ein Magazin, von dessen Cover eine nackte Frau dem Betrachter mit leicht geöffnetem Mund entgegenblickte. Sie saß auf einem Bett und führte sich die Warze einer riesigen Brust an den Mund, mit der anderen Hand bedeckte sie ihr Geschlecht zwischen den gespreizten Schenkeln.

Harald warf die Zeitschrift aufs Bett und blätterte sie unter dem Schein seiner Taschenlampe durch. Thomas trat näher, richtete auch seine Lampe auf das Magazin. Karl hielt sich im Hintergrund und beobachtete das Geschehen aus der Distanz. Erst als Harald sagte: „Guck dir den Hammer an“, trat er einen Schritt nach vorn und sah einen Mann, der seinen erigierten Penis dem geöffneten Mund einer nackten Frau entgegenreckte. Thomas ging ein Stück beiseite, um Karl Platz zu machen. Harald beharrte auf seiner Position im Zentrum, als Karl vortrat, und sagte zu ihm:

„Da packt dich der Neid der Besitzlosen, was?“

„Auf was? Dass sie ihm gleich sein Gerät abbeißt?“

Thomas lachte kurz auf, verstummte aber gleich wieder, als er bemerkte, dass Karl nicht in sein Lachen einstimmte. Er stand nur da und starrte auf das Foto, bis er seine breite Hand auf das Gesicht der Frau legte und das Papier zusammenknüllte. Dann nahm er die Zeitschrift und rollte sie zu einem Papierrohr ein. Mit einem schnellen Griff packte er Harald beim vorderen Hosenbund, zog kurz kräftig an seinem Gürtel und stopfte ihm das Magazin senkrecht in die Hose.

„Was du findest, gehört dir. War so ausgemacht."

Harald zog das Heft aus seiner Hose und baute sich vor Karl auf.

„Du Wichser."

Karl stand regungslos da, während Harald sich schnell atmend vergewisserte, ob er mit Unterstützung rechnen könnte. Thomas trat einen Schritt beiseite und hob die Hände. Harald verstand die Geste und warf ihm einen verächtlichen Blick zu. In betont lässiger Haltung wich er einen Schritt zurück.

Eine Weile durchstöberten sie noch die Räume, bis es uninteressant wurde, und sie stiegen wieder die Treppe hinab. Als sie bereits im Flur waren, fand Harald in einer Ecke einen alten Straßenbesen. Er stieg durch die schief in den Angeln hängende Haustür nach draußen und stellte sich mit dem Besen in Pose, indem er mit schnellen Bewegungen immer dieselbe Stelle auf dem Boden fegte. Hin und wieder blickte er kurz hektisch um sich, um dann wieder gesenkten Kopfes mit seinen Kehrbewegungen fortzufahren. Im Schein von Thomas' Taschenlampe glänzte Leitners Gesichtsakne dunkelrot.

„Wer hat im Dorf den saubersten Quadratmeter vorm Haus?"

Eine lastende Stille legte sich über die Szene, Thomas spürte, wie sein Mund trocken wurde. Er wollte etwas sagen, brachte aber nichts heraus. Er sah seine Mutter vor sich, wie sie vor dem Haus die Straße kehrte. Jedes Mal, wenn er von der Schule kam, sah er schon von Weitem ihre zierliche Gestalt, den Besen in der Hand, immer dieselbe kleine Stelle auf der Straße kehrend. Nach einiger Zeit hielt sie kurz inne, wischte sich das üppige schwarze Haar aus der Stirn und starrte auf die blank gefegte Stelle, bis sie plötzlich misstrauisch die Straße hinauf und hinab spähte, als lauerte dort irgendetwas. Dann ging Thomas zu ihr, nahm ihr sanft den Besen aus der Hand und sagte:

„Komm ins Haus, Mama."

Sie sah ihn an, mit verstört leerem Blick, der kaum verriet, ob sie ihn überhaupt erkannte.

„Ich muss aber noch kehren."

„Genug gekehrt, Mama. Die Straße ist schon ganz sauber."

Widerstrebend ließ sie sich von ihm über die Waschbetonfliesen des Gangs führen, der zwischen gepflegten Rasenbeeten in einer kleinen Marmortreppe vor dem Haus mündete.

Die Stille zwischen den drei Jungen war inzwischen so drückend geworden, dass sie sogar Harald unangenehm wurde. Für einen Moment schien er nicht zu wissen, was er mit dem Besen anfangen sollte. Dann trat Karl auf ihn zu und riss ihm den Besen aus der Hand. Er nahm den Stiel in beide Hände, hob ihn in die Luft und zerbrach ihn krachend über das angehobene Knie in zwei Stücke. Mit mahlendem Unterkiefer stand er vor Harald, in jeder Hand ein Stück des Stiels. Harald trat einen Schritt zurück und stolperte. Thomas spürte, dass etwas in der Luft lag, das nicht außer Kontrolle geraten durfte. Er stellte sich zwischen die beiden, machte eine beschwichtigende Geste, und ihm wurde einmal mehr bewusst, dass er einen Kopf kleiner war als die beiden anderen. Karl stand nur da und blickte ihn an. Dann lachte er freudlos auf, warf die Besenstücke zu Boden und ging zu der Lücke in der Hecke, ohne sich noch einmal umzudrehen.

Thomas starrte immer noch auf die mit Holzkitt geflickte Stelle am Türrahmen, als ihn eine Frauenstimme aus seinen Gedanken riss, deren Klang ein von weither kommendes, starkes Echo in ihm erzeugte. Er ging zu der schmalen, mit rostigem Draht bespannten Eingangstür am Rand der Hecke. Sie klemmte so stark, dass er sich mit der Schulter dagegen stemmen musste, um sie zu öffnen. Auf der anderen Seite stand Karin Seulen und sah ihn offen an. Es dauerte einen Moment, bevor sie etwas sagten, wenige Sekunden des gegenseitigen Musterns, in dem Bewusstsein, vom anderen ebenfalls aufmerksam betrachtet zu werden. Wohl auch in der Befangenheit, dass sie nicht recht wussten, wie sie sich angemessen begrüßen sollten. Etwas ging in dieser kurzen Zeitspanne in ihrem Gesicht vor, als müsse sie sich erst einmal sammeln, bevor sie ihm die offene Freundlichkeit präsentieren konnte, die ihm immer noch vertraut war. Er wandte rasch den Blick ab, verunsichert, was sein eigenes Gesicht ihr verraten könnte. Schräg hinter ihr stand das blond gelockte Mädchen, das er bei seinem ersten Besuch in dem Geschäft gesehen hatte. Beide hielten Fahrräder in der Hand, von denen sie offenbar gerade abgestiegen waren. Das Mädchen sah ihn mit verstohlener Neugier an, als Karin sich einen Ruck gab und ihm die Hand reichte.

„Hallo, Tom. Ich hab gehört, dass du dich hier eingenistet hast. Und da hab ich gedacht, ich schau mal vorbei."

Ihre Hand fühlte sich weich an, obwohl ihr Druck fest war.

„Das ist meine Nichte Svenja."

Das Kind reichte ihm über den Lenker des Fahrrads hinweg die Hand.

„Wir haben uns schon mal gesehen, als ich im Laden der Hilgers eingekauft hab", sagte Thomas. „Ich hab die Agnes gar nicht erkannt. Aber sie mich auch nicht."

„Doch, hat sie.“

„Ach ja, hat sie dir das erzählt?“

„Svenja hat’s mir erzählt. Hier im Dorf bleibt nie was lange verborgen, das weißt du doch.“

„Dass sie mich erkannt hat, hat sie sich aber nicht anmerken lassen.“

„Sie lässt sich nicht mehr viel anmerken in letzter Zeit. Ihre Tochter ist krank.“

„Hab’s schon gehört. Schlimme Sache.“

„Ja, aber die Simone hat Glück, sie hat die beste beste Freundin, die man sich nur wünschen kann.“

Die Frau strich dem Mädchen, das ihn noch immer mit verhaltener Neugier ansah, sanft übers Haar. Svenja lächelte kurz und blickte zu Boden. Erst jetzt bemerkte Thomas die Ähnlichkeit zwischen dem Kind und der Frau. Beide hatten helle Gesichtshaut mit einer leichten Neigung zur Sommersprossenbildung um die blaugrünen Augen. Er wusste, Karins Haut würde im Laufe des Sommers eine Farbe annehmen, mit der man nicht rechnete. Das Kind hatte den gleichen weichen, fein geschnittenen Mund in einem rundlichen Gesicht mit ausgeprägten Wangenknochen. Beide hatten sie blonde Locken, auch wenn Karins Haar inzwischen gefärbt war, was an einem leichten grauen Nachwuchs erkennbar war. Karin bemerkte seinen forschenden Blick und schob mit einem verlegenen Lächeln ihre hellen Brauen in die breite, immer noch weitgehend faltenfreie Stirn. Er fühlte sich ertappt und sagte:

„Wollt ihr auf einen Sprung reinkommen? Ich kann euch aber nur einen Apfelsaft anbieten.“

„Ich wollt mir schon immer mal den Garten der Hippies anschauen.“

Svenja setzte sich auf den neuen Plastikstuhl, den er im Gartengeschäft gekauft hatte. Er hatte nicht mit Besuch gerechnet und darum nur ein Einzelstück gekauft, sein makelloses Weiß wirkte wie ein Fremdkörper in dieser

Umgebung. Er ging ins Haus und holte zwei Klappstühle aus der Küche. Dann spülte er ein Glas und eine Tasse aus und füllte sie mit Apfelsaft. Bevor er wieder hinausging, blickte er kurz durch das Fenster auf die Terrasse und sah, wie Karin gerade den Arm ihrer Nichte berührte, während beide lachten. Das Lachen bildete kleine Fältchen um Karins Augen und erzeugte ein Grübchen in der linken Wange, das schon immer dort aufgetaucht war, wenn sie belustigt war. Ihre Kinnpartie war runder und weicher geworden, ohne gänzlich ihre Linie verloren zu haben. Sie trug ein weißes T-Shirt, unter dem sich jetzt im Sitzen der Ansatz eines kleinen Bauches wölbte.

Als er die Getränke brachte, stand sie am Rand der Terrasse und betrachtete den Garten. Sie trug eine weit geschnittene Jeans, und doch bemerkte er, dass Karins Schenkel und Hüften voller geworden waren. Sie hatte immer gern und mit Genuss gegessen, es musste sie einige Disziplin gekostet haben, im Laufe der Jahre nicht mehr Spuren der Zeit davongetragen zu haben. Er hatte plötzlich das Gefühl, dass sein Leben und seine Schwächen sich weit sichtbarer in seinem Äußeren abgebildet hatten. Mit linkischen Bewegungen ging er um den Tisch herum und stellte umständlich das Glas und die Tasse auf den Tisch. Er hatte die gebeugte Haltung und die langsamen, schwerfälligen Bewegungen eines übergewichtigen oder viel zu groß geratenen Menschen, obwohl er von beinahe schmächtiger und mittelgroßer Statur war.

Karin reichte das Glas ihrer Nichte, die es auf den Tisch stellte, ohne daraus zu trinken.

„Die Hippies haben ja einen richtig netten Garten angelegt. Und wir haben damals gedacht, dass die hier nur ständig Orgien feiern."

„Ich war auch überrascht. Wenn der ganze Flieder da erst blüht, dann wird's ziemlich bunt und duftig."

Seine Worte kamen schleppend und mit einer leichten Verzögerung, meist ging ihnen ein kurzes Gestikulieren voraus, als müsse er sie erst mit den Händen aus seinem Inneren befördern.

„Du erkennst einen Flieder, der nicht blüht?", fragte Karin.

Für einen Augenblick wirkte sie, als hätte sie sich selbst mit ihrer Bemerkung in Verlegenheit gebracht. Svenja nahm einen Schluck Apfelsaft und blickte ihre Tante über den Rand des Glases aufmerksam an.

„Wir hatten einen Flieder zu Hause in unserem Garten", sagte er.

„Ich weiß. Hast du gesehen, was aus eurem Haus geworden ist?"

„Nein, war noch nicht da."

Eine Pause entstand, bis Karin auf den Baum mit seiner verschrumpelten Frucht deutete und sagte: „Aber was das ist, weißt du nicht, wetten?"

Er schüttelte den Kopf.

„Ein Feigenbaum."

„Ich dachte, so was wächst nur im Süden."

„In Südlage und direkt an der gespeicherten Wärme einer Terrassenmauer wächst er auch bei uns."

Karin legte kurz die Rückseite ihrer Hand an die Stirn ihrer Nichte.

„Du solltest nicht zu lange in der Sonne sitzen. Du weißt, wie schnell du einen Sonnenbrand kriegst."

Svenja deutete auf die Hausfassade, an deren Rand neben einem morsch aussehenden Fensterrahmen ein rostfleckiger Metallstab herabhing, der an einer eingerollten Markise befestigt war.

„Können Sie die rausdrehen?"

Karin lächelte.

„Ich glaube, du kannst ruhig Du zu Tom sagen, oder?"

„Klar, ich hab mit deinem Vater in einer Fußballmannschaft gespielt."

Er kratzte sich am Hinterkopf, seine Bemerkung kam ihm unsinnig und anbiedernd vor.
„Was, der hat Fußball gespielt?"
„Sogar Tore geschossen, jedenfalls mehr als ich."
Thomas erhob sich und drehte den Metallstab vorsichtig um seine Achse. Mit einem Quietschen senkte sich zentimeterweise eine Stoffmarkise aus ausgefranstem, braun-orange gestreiftem Stoff über die Terrasse, bis der Tisch im Schatten lag. Beim Kurbeln bemerkte er, dass sein Hemd große Schweißflecken an den Achseln aufwies. Karin zeigte auf die Markise und brach in ein Lachen aus.
„Wow, voll die Siebzigerjahre!"
„Seit ich hier bin, hab ich schon öfter das Gefühl gehabt, dass die Zeit stehen geblieben ist."
„Den Gefallen tut sie uns nicht."
Thomas wischte sich eine Haarsträhne aus der Stirn. Sie sah ihn schweigend an. Wollte sie ihm die Gelegenheit geben, ihr ein Kompliment zu machen? Er nahm einen Schluck aus der Wasserflasche und schwieg.
„Stimmt es wirklich, dass du dich hier niederlassen willst?"
„Zumindest über den Sommer."
„Und was treibt dich her?"
„Es haben sich ein paar Sachen zugespitzt, beruflich und so. Ich brauch dringend eine Luftveränderung."
„Und die suchst du ausgerechnet hier?"
„Warum nicht? Hier kenn ich mich aus."
Karin trank einen Schluck Saft und betrachtete die Hausfassade. Sie hatte immer noch die Angewohnheit, das eine Auge leicht zuzukneifen und die Braue des anderen zu heben, wenn sie etwas genau anschaute. Sie sah dann skeptischer aus, als sie war.
„Warum hast du dir ausgerechnet die alte Hippie-Hütte als Bleibe ausgesucht? Es gibt komfortablere Häuser."

„Ich brauch nicht viel Komfort. Außerdem verbinde ich mit dem Haus ein paar Erinnerungen. Als Kinder haben wir im Sommer oft vor der Hecke darauf gelauert, dass Miss Hippie sich oben ohne in den Liegestuhl legt."

Karin machte große Augen und hielt ihrer Nichte die Hände auf die Ohren.

„Und was wirst du hier machen?"

„Keine Ahnung. Vielleicht ein Buch schreiben."

„Einen Roman? Du hattest damals schon vor, einen zu schreiben. Ich hab immer wieder nachgeschaut, er ist nie erschienen."

Thomas verlagerte sein Gewicht auf dem Stuhl und zündete sich ein Zigarillo an.

„Ich hab nie so recht gewusst, was ich schreiben soll. Und dann kam die viele Zeitungsarbeit. Wie ist es dir denn so ergangen?"

„Ziemlich unspektakulär. Hab angefangen, im Kindergarten zu arbeiten, das weißt du ja noch. Hab das ein paar Jahre gemacht, dann hab ich in der Stadtbibliothek eine Kinderbuchabteilung aufgebaut. Mittlerweile leite ich die Bibliothek, die Kinderbücher betreue ich immer noch selbst, das war irgendwie mein Baby."

„Klingt toll. Du hast deine Leidenschaften unter einen Hut gebracht."

„Welche Leidenschaften?"

„Kinder und Bücher."

Sie trank einen Schluck Saft und wich seinem Blick aus, und er bereute seine Bemerkung. Nach einem kurzen Schweigen zwang er sich gegen einen starken inneren Widerstand, den Blickkontakt mit ihr zu suchen.

„Wie geht es denn Burschi?"

Sie lachte.

„Mein Gott, Burschi, so nennen wir ihn immer noch. Obwohl mein Brüderchen längst ein alter Herr ist. Er ist in einem guten Behindertenheim untergebracht, wo er sich wohlfühlt."

„Und wie geht's deinem Mann?"

Thomas zog am Zigarillo und verengte die Augen, als müsse er sie vor dem Rauch schützen. Ihren Mann nicht beim Namen genannt zu haben, kam ihm unpassend vor.

„Gut geht's dem."

Karin schöpfte Atem, wollte noch etwas sagen, atmete dann jedoch nur wieder aus.

„So, jetzt müssen wir aber aufbrechen. Svenja muss noch Hausaufgaben machen."

Das Kind zog die Augenbrauen zusammen.

„Ich hab gar keine Hausaufgaben."

„Na, umso besser."

Karin schien die Unsinnigkeit ihrer Aussage selbst zu bemerken und drängte etwas überstürzt zum Aufbruch. Am Ausgang hatte sie Schwierigkeiten, die Tür zu öffnen, und Thomas trat neben sie und half ihr. Er bemerkte, dass sie noch dasselbe Parfüm benutzte wie früher, einen frischen Veilchenduft. Oder bildete er sich das ein?

Beim Abschied reichte sie ihm wieder die Hand, mit offenem Blick diesmal und ohne zu zögern.

„Man sieht sich."

Thomas blickte den beiden hinterher. Bevor sie um die Ecke bogen, drehte sich das Mädchen noch einmal kurz nach ihm um.

Die Brücke

Diesmal konnte Karl das Sichtfenster des Traktors schließen, der Regen war einem kalten, schneidenden Ostwind gewichen. Das Glas war bereits so verdreckt und fleckig, dass er ständig den Kopf bewegen musste, um die sichtdurchlässigen Stellen zu finden. Aber er kannte den Weg gut genug, passierte die Hauptschule am Rand des Dorfes, die er vor fünf Jahren vorzeitig ohne Abschluss verlassen hatte. Seine Kieferknochen begannen zu mahlen, als er an dem Fußballplatz vor dem schmucklosen Neubau vorbeifuhr. Eine kleine Gruppe Kinder stand am Straßenrand und starrte in die Kabine des Traktors. Einige hatten den Mund geöffnet und blickten angestrengt, weil sie den Fahrer durch die schmutzige Scheibe nur verzerrt sahen. Karl drosselte das Tempo und damit den Geräuschpegel, als er ins Dorf einfuhr, aber er erregte auch so noch genügend Aufmerksamkeit. Zwei alte Männer standen vor einem Hauseingang und hielten in ihrem Gespräch inne, als der Traktor an ihnen vorbeifuhr. Auf einem kleinen Parkplatz vor dem Lebensmittelgeschäft brachte Karl sein Gefährt zum Stehen und betrat den Laden. Zwei Frauen standen an der Kasse und redeten mit der alten Hilgers hinter der Theke, eine dritte kramte in einem Regal im hinteren Teil des Ladens. Das Gespräch verstummte, als er den Raum betrat. Er war es gewohnt, dass er Schweigen um sich herum verursachte, und er machte so gut wie nie den Versuch, es zu durchbrechen. Er stellte sich hinter die Frauen und wollte warten, bis er an der Reihe war. Doch beide blickten immer wieder aus den Augenwinkeln über die Schulter nach hinten, traten schließlich beiseite und ließen ihm den Vorrang. Er ignorierte sie und äußerte seine Wünsche für den Wocheneinkauf, Grundnahrungsmittel zumeist, Zucker,

Kaffee, Mehl, Salz, ein wenig billigen Käse und drei Flaschen Schnaps. Kein Gemüse, kein Obst; was der Garten hinter dem kleinen Hof bot, musste reichen. Auch kein Fleisch, das Vieh, das er nicht zum Schlachthof brachte, ein Schwein und eine Rinderhälfte in diesem Jahr, füllte einmal die Woche, am Sonntag, die Töpfe seiner Großmutter.

Sein Großvater hatte den Hof vor fast vierzig Jahren selbst gebaut. Ohne fremde Hilfe, wie er immer wieder betonte. Davor war er Knecht bei einem wohlhabenden Bauern im Nachbardorf gewesen und für seine Arbeit meist in Naturalien bezahlt worden. Als sein Brotgeber eine alte Scheune abriss, um eine neue zu bauen, ließ er seinen Knecht das noch brauchbare Material aus dem Schutthaufen sammeln, Bretter und Balken, die der Holzwurm noch nicht zerstört hatte. Dann pachtete der Großvater von dem wenigen Geld, das er sich erspart hatte, ein paar Morgen billiges Weideland, schwer zugänglich meist, an Hängen und hinter Waldstücken gelegen. Aber er schaffte es, auf eigene Faust in leicht baufällig wirkenden Stallungen eine kleine Viehwirtschaft zu betreiben, mit Hühnern, ein paar Schweinen und fünf, wenn es gut lief zehn Kühen.

Zwei der gepachteten Weideflecken lagen am Fuß eines Hangs nah beieinander, nur durch eine modern umzäunte, breite Wiese voneinander getrennt. Die Weide gehörte dem reichsten Bauern im Ort, Hieronymus Leitner. Da die beiden Wiesen des Großvaters auf der Talseite von einem Bach und hangwärts von einem Waldstreifen begrenzt waren und nur die dazwischenliegende, die Leitner-Wiese, durch eine schmale Brücke erschlossen war, musste der Großvater jedes Mal einen kilometerweiten Umweg zurücklegen, um von der einen Weide zur anderen zu gelangen. Bei der Heuernte, mit dem hoch beladenen Hänger, war das eine mühsame, zuweilen auch riskante Prozedur, da die Wege zu seinem

Besitz nicht befestigt waren. Karl hatte seinen Großvater einmal gefragt, warum er den Hieronymus Leitner nicht bitte, ihm die Durchfahrt durch seine Wiese zu gestatten, um sich die weiten Wege zu ersparen. Sein Großvater hatte mit der Zunge die Unterlippe nach außen gewölbt, die Gabel mit Wucht in die Erde gestoßen und, ohne seinen Enkel anzusehen, geantwortet:

„Eher würd ich die Heuernte auf dem Rücken heimtragen, bevor ich den Drecksack um was bitte."

Als der Großvater starb und sein Enkel der Bauer des kleinen Hofs wurde, beschloss Karl, den weiten Umwegen ein Ende zu bereiten. Bestärkt wurde er in seinem Vorhaben noch dadurch, dass der alte Leitner kurz nach dem Tod des Großvaters bei einem Unfall ums Leben kam. Ein im Hang gekippter Traktor war auf ihn gestürzt und hatte ihn unter sich begraben. Jetzt führte sein ältester Sohn Josef den Hof. Ob der ein Einsehen haben würde, konnte Karl nicht einschätzen, da er alle Menschen als gleich fremd und abweisend empfand. Er kannte den neuen Bauern kaum, hatte nur zwei, drei Mal ein Wort mit ihm gewechselt, wenn man sich auf den schmalen Wegen mit dem Traktor begegnet war und einander mit viel Geschicklichkeit ausweichen musste. Aber er kannte dessen beiden Söhne; dem älteren, Harald, war er immer aus dem Weg gegangen, aber mit seinem jüngeren Bruder, Wolfgang, hatte er gemeinsam die Hauptschule besucht. Er war ein dünner, zu rasch aufgeschossener Junge mit stets glänzend fettigen Haaren und einer auffälligen Lücke in den oberen Schneidezähnen. Wolfgang war der Einzige, mit dem Karl in der Schule hin und wieder in kurzen Gesprächen gesehen wurde.

Niemand nahm Anstoß an Karls Verschwiegenheit, die Lehrer gaben es bald auf, ihn im Unterricht direkt anzusprechen, denn sie merkten, dass jede Anrede ihn in eine geradezu körperlich spürbare Anspannung versetzte. Da seine schriftlichen Leistungen in allen Fächern ausreichend waren, ließen sie ihn kommentarlos Klasse für Klasse passieren. Als dann im letzten Hauptschuljahr sein Großvater überraschend starb, erschien Karl nicht mehr in der Schule und wurde schon vormittags bei der Feldarbeit gesehen. Die Behörde schrieb der Großmutter einen Mahnbrief, der sie an die Schulpflicht ihres Enkels erinnerte. Der Brief wurde nicht beantwortet, und man ließ die Sache auf sich beruhen.

Auch die Mitschüler waren nicht unglücklich, als Karl nicht mehr kam, die Jungen nicht, weil sie stets zu befürchten schienen, dass das Muffige und Randständig-Schäbige, das von seiner Person ausging, bei einem näheren Kontakt vor den Augen der anderen auf sie übergehen könnte. Auch war er für rangstiftende Kraftproben ungeeignet, weil er schon als Halbwüchsiger in der Lage war, jeden noch so energischen Ringergriff oder Schwitzkasten mühelos zu sprengen und den Angreifer im hohen Bogen über den Zaun des Pausenhofes zu werfen. Die Mädchen gingen ihm aus dem Weg, weil ihnen der gedrungen-schwerfällige Junge mit den langen Haaren und den tief liegenden, bei gewissem Licht kaum mehr sichtbaren Augen unheimlich war.

Der jüngere Leitner-Sohn war einmal betont lässig zu ihm hinübergeschlendert, als Karl mit dem Traktor zur Schule kam. Wolfgang war selbst eher still, weil seine schwerfällige Redeweise, wenn sie zu sehr die Oberhand gewann, von den Lehrern korrigiert und von den Mitschülern in der Pause nachgeäfft wurde. Der schlaksige Junge legte den Arm auf die Motorhaube von Karls Traktor und trat fachmännisch mit dem Turnschuh gegen den Vorderreifen.

„Braucht mehr Luft."

„Ist genug drin, der Reifen ist alt."

„Wir hatten auch so einen Oldtimer. Haben ihn letztes Jahr verschrottet."

„Der kann alles, was er muss."

„Unseren neuen Miststreuer könntest du damit nicht fahren."

„Brauch ich auch nicht. Streu meinen Mist lieber selber, da weiß ich, wo er liegt."

Am Nachmittag musste Karl immer wieder an die Begegnung mit Wolfgang Leitner denken, es war das erste Mal seit Langem, dass jemand in der Schule das Wort an ihn gerichtet hatte. In unvertrauter Erregung ging er in den kleinen Vorratsraum am Fuß der Holztreppe und füllte einen mit Stroh gepolsterten Weidenkorb mit einem Dutzend Eiern und einem Stück Speck. Dann verstaute er den Korb unter dem Sitz des Traktors und fuhr zum Leitner-Hof auf der gegenüberliegenden Seite des Hügels. Wolfgangs Vater öffnete die Tür und blickte ihn, an den Rahmen gelehnt, grußlos an. Als Josef Leitner sich nicht rührte, stellte Karl den Korb vor ihn auf den Treppenabsatz. Leitner warf einen kurzen Blick darauf.

„Da sind Eier drin", sagte Karl. „Und ein gutes Stück Speck."

„Das seh ich."

Leitner blickte ihn weiter schweigend an, seine Gesichtshaut glänzte und war leicht gerötet.

Karl strich sich eine Haarsträhne aus dem Gesicht.

„Da drüben am Hang, am Bach, wo wir unsere beiden Wiesen haben, du weißt, wo."

„Klar, viele Wiesen habt ihr ja nicht."

„Eine große Wiese von euch liegt dazwischen, da, wo die Brücke hinführt."

Leitner verlagerte sein Gewicht von einer Seite des Türrahmens zur anderen.

„Und?"

„Lässt du mich mit dem Traktor durch deine Wiese fahren? Da würd ich mir viel Weg sparen."

„Da müsste ich ja die Zäune durchbrechen."

„Ich mach dir zwei schöne Gatter, auf meine Kosten."
„Und was hätt ich davon?"
„Ich würd dir jeden Sommer deine Weide mit mähen. Brauchst nur noch das Heu abholen."
Der Leitner steckte die Hände tief in die Hosentaschen und musterte Karl von oben bis unten.
„Die Zahnlücke von unserem Wolfgang. Warst du das?"
„Ich hab nie was mit dem Wolfgang gehabt."
„Nie was gehabt, ja? Der Wolfgang steht zwar auf lange Haare, aber nur bei Weibern."
Karl senkte den Kopf, blickte in den Korb und begann, mit dem Kiefer zu mahlen. Nach längerem Schweigen sagte er:
„Wär nicht dein Schaden, wenn du mich durchfahren lässt. Du sparst dir jedes Jahr das Mähen."
„Wollte die Wiese sowieso bald auflassen. Scheiß-Land, viel zu steil und abgelegen. Hab das nicht mehr nötig, den ganzen Weg für so ein bisschen Heu."
„Ich würd dir das Heu zum Hof bringen."
Leitner legte den Kopf schräg und zog einen Mundwinkel in die Höhe.
„Ich will nicht so sein und mach dir ein Angebot. Kauf mir die Wiese ab."
„Und wovon soll ich sie bezahlen?"
„Nicht mein Problem, wenn du dir so ein läppisches Stück Weideland nicht leisten kannst. Hat der Alte euch nix hinterlassen? Kannst ja deinen Vater fragen, vielleicht schickt er dir was aus dem Knast."
Karl kniff die Augen zusammen, schwer atmend trat er einen Schritt näher. Leitner zog die Hände aus den Hosentaschen, zögerte kurz unschlüssig und wich zurück.
„Scher dich von meinem Hof, sonst ruf ich die Polizei."
Im Flur tauchte ein kleines Mädchen auf, es stellte sich ängstlich hinter den weiter zurückweichenden Mann.

Karl nahm seinen Korb, schüttete die Eier auf den Treppenabsatz und zertrat sie mit seinen schwarzen Gummistiefeln zu einer gelben, breiigen Masse. Ruckartig wandte er sich um und ging zum Traktor. Seither war er Josef Leitner und seinem Sohn Harald grußlos ausgewichen, wenn er ihnen begegnete, Wolfgang ging ihm fortan aus dem Weg. Oft sah er ihn ohnehin nicht mehr, da er die Schule nicht mehr besuchte. Und so fand er sich damit ab, weite Wege zu seinen Wiesen zu haben.

Karl verließ grußlos den Laden und verstaute die Lebensmittel unter dem Sitz des Traktors. Er schloss den Reißverschluss seines Militärparkas mit der aufgenähten Landesflagge auf dem rechten Ärmel, zog sich die Kapuze über den Kopf und zurrte sie unter dem Kinn fest. Dann startete er den Traktor und fuhr zurück zum Hof. In der Küche roch es nach Zwiebeln und Paprikagewürz, seine Großmutter hatte Kartoffelgulasch gemacht, sein Lieblingsgericht. Sie setzte sich wie gewohnt zu ihm an den Tisch, während er hastig eine große Portion vertilgte.

„Sie haben den Brandstifter noch nicht gefunden."

Karl hielt kurz mit Kauen inne.

„Werden sie auch nicht."

„Wieso bist du so sicher?"

„Weil sie Trottel sind."

„Karl, sag mir die Wahrheit. Hast du die Scheune angezündet?"

Er blickte seine Grußmutter an, sah ihren flehentlichen Blick.

„Nein."

Schließlich leckte er den leeren Teller ab und erhob sich.

„Ich leg mich jetzt was hin. Am Abend fahr ich ins Dorf."

„Das ist gut, wenn du unter Leute gehst."

Er legte noch die Lebensmittel ins Regal, nahm eine der beiden Schnapsflaschen und ging die Treppe hinauf in sein Zimmer. Wie jedes Mal vor seinem Ritual wickelte er die Schnur um die Türklinke und befestigte sie an dem Zollnagel im Türrahmen. Darauf nahm er einen kräftigen Schluck aus der Schnapsflasche und legte seine Kleidung ab. Nackt stand er vor dem stockfleckigen Spiegel und betrachtete sich, während er mit der freien Hand über seine breite, rasierte Brust streichelte. Dann nahm er das Kleid aus dem Schrank und hielt es sich vor den Körper. Nach einem weiteren Schluck aus der Schnapsflasche legte er sich aufs Bett und breitete das Kleid über seinem Körper aus. Langsam ließ er den Kopf auf das Kissen sinken, in der einen Hand die Flasche, in der anderen seinen erigierten Penis.

Die Tanzfläche war noch leer, als er die Discothek betrat. Einige Jungen standen an der Theke, an einem Tisch saß eine Gruppe mit Mädchen, die von Zeit zu Zeit verstohlen zu ihm herüberblickten und miteinander tuschelten. Er reckte die Schultern und spürte die Wirkung seiner körperlichen Präsenz in dem großen Raum. Jetzt erst bemerkte er, dass die beiden Leitner-Brüder unter den Jungen waren. Wolfgangs Blick haftete glasig an der Kellnerin hinter der Theke, die sich hin und wieder rhythmisch zur Musik bewegte und die Männer vor sich demonstrativ ignorierte. Ihr Haar war frisch geföhnt, ihre Augen waren stark geschminkt. Sie trug eine verwaschene, am Becken hoch geschnittene Jeans, die so eng war, dass sich unter dem T-Shirt eine weiche Bauchfalte über den Bund wölbte. Karl stellte sich an den Rand der Theke und bestellte ein Bier. Er trank es in einem Zug aus und überließ sich der Musik, die aus den Lautsprechern dröhnte. Eine Frauenstimme sang in hoher Lage wieder und wieder zu einem dröhnenden Bass: *Uuh, I feel love, I feel love, I feeeeel love.* Er kannte das Lied aus dem Radio, er wusste auch, dass die Sängerin einen üppigen, wilden Lockenkopf hatte.

Er bestellte ein weiteres Bier und trank auch das in einem Zug aus, während die Kellnerin ihn beobachtete. Er spürte die Wirkung des Getränks als warme Welle in seinem Körper. Zwei Mädchen wünschten sich ein Lied und gingen zur Tanzfläche. Sie trugen klobige Clogs mit Plateau-Absätzen, die aber kaum sichtbar waren unter dem weiten Schlag ihrer Jeans. Als ein Mann mit hoher Fistelstimme begann, *Ha, ha, ha, ha, stayin' alive* zu singen, fühlte er, wie der Rhythmus seinen Kopf in eine leichte, von außen kaum wahrnehmbare Schwingung versetzte. Er beugte sich zur Kellnerin hinüber und rief ihr etwas zu. Sie nickte, zapfte mit wiegenden Hüften zwei Biere und stellte eines davon vor Wolfgang Leitner hin. Dabei deutete sie mit dem Finger auf Karl. Wolfgang blickte zu Karl herüber und hob das Bier in die Höhe, als wollte er dem Spender zuprosten. Dann hielt er inne und schaute verschwommen in die Runde. Sein Bruder Harald packte ihn am Arm und zwang ihn, das Bier wieder auf die Bar zu stellen. Er schob den Unterkiefer vor und schubste das Bierglas mit einem kräftigen Schwung über den gesamten Tresen. Es kam kurz vor Karl zum Stehen, die Schaumkrone schwappte über. Durch den Lärm hindurch hörte er Haralds schwammig artikulierende Stimme:

„Mein Bruder will dein Scheiß-Bier nicht."

Karl zündete sich eine Zigarette an, er spürte die Blicke der Kellnerin und der anderen Gäste auf sich. Die Fistelstimme schrie aus dem Lautsprecher: *Stayin' alive* und zog das *alive* mit einem schrillen Schrei endlos lang, bis der Rhythmus wieder bedeutsam einsetzte. Karl trank sein Bier aus und sah zu Wolfgang hinüber, der seinem Blick auswich. Harald erhob sich schwerfällig vom Hocker und ging wankend auf Karl zu, das flackernde Licht einer Discokugel über der Tanzfläche ließ seine Gesichtsakne rot und bläulich glänzen.

„Willst du meinen Bruder anmachen, oder was?"

„Hab ihm nur ein Bier ausgegeben."

„Du hast Glück gehabt, dass mein Vater dir nicht das Maul gestopft hat, als du ihm die Eier vor die Füße gemantscht hast."

Ha, ha, ha, ha, stayin' alive.

„Der Sack hat Glück gehabt, dass es nicht *seine* Eier waren."

Harald stand einen Augenblick schwankend vor Karl und wirkte unschlüssig, was jetzt zu tun sei. Dann bemerkte er aus den Augenwinkeln, dass sein Bruder und noch zwei andere Jungen sich hinter ihm gruppiert hatten. Er trat nach vorn und packte Karl auf der Brusthöhe beim Hemd.

„Wie hast du meinen Vater genannt?"

Karl spürte, wie eine Welle von den Beinen aufwärts durch seinen Körper in seine Brust fuhr, dorthin, wo Harald Leitners Hand immer heftiger an seinem Hemd zerrte. Er hörte das Schnaufen seines Gegenübers, spürte seinen Bieratem. Dann fuhr ihm die Welle in den Kopf, während er das Geräusch von reißendem Stoff hörte. Etwas wurde hart und kalt und eigentümlich klar in ihm. Er blickte auf Haralds Hände auf seiner Brust und sah, dass einige Knöpfe von seinem Hemd abgerissen waren. Es stand einen Spalt weit offen und das geblümte Sommerkleid darunter war sichtbar. Dann sah er seine eigenen Hände vorstoßen, und er spürte, wie seine Schulter- und Brustmuskeln sich anspannten. Er sah seine Hände, wie sie Harald Leitner unter den Achseln packten, mit einem Ruck in die Höhe wuchteten und wegschleuderten. Das letzte Bild, an das sich Karl später erinnerte, war das Stück Hemdstoff, das Harald immer noch in der Hand hielt, als er mit dem Rücken auf dem einige Meter entfernten Barhocker landete – er hörte durch die Musik hindurch das krachende Geräusch splitternden Holzes, als der Hocker unter der Wucht des Aufpralls zerbrach, und das Schnauben des Stieres, der durch die geborstene Tür eindrang, angelockt vom aufblitzenden Stoff des Kleids unter der zerrissenen Hemdbrust, gefolgt von den drei Jungen, die jetzt auf ihn zustürmten, allen voran Wolfgang Leitner.

Dann erinnerte er sich an nichts mehr.

Die Stille

Thomas wachte auf, kurz bevor die Sonne aufging. Früher hatte er oft beklagt, dass er ein chronischer Frühaufsteher war, es passte einfach nicht zu seinem Beruf. Die Konzerte, die er besuchen musste, dauerten häufig bis in die Nachtstunden, doch sein Schlafrhythmus hatte sich seinen Lebensgewohnheiten nie angepasst. Spät ins Bett zu gehen bedeutete für ihn nur, mit wenig Schlaf auskommen zu müssen, was ihm in den letzten Jahren immer schwerer gefallen war.

Wie jeden Morgen seit seinem Einzug ins Haus machte er vor dem Frühstück erst einmal einen Rundgang durch den Garten. Es war ein Ritual, das sich von selbst eingestellt hatte, seitdem er, mehr aus Langeweile denn aus Interesse, das Knospen der Sträucher beobachtet hatte. Als er den Garten zum ersten Mal gesehen hatte, war er ihm grau und kahl erschienen, der Boden war von Resten bräunlichen Grases bedeckt. Erst bei genauerem Hinsehen bemerkte er die zarten, hellgrünen Sprenkel an den Ästen und Zweigen, die ersten Spuren des Frühlings. Beim nächsten Mal war das Grün bereits ein Flaum und auch der Boden begann die Farbe des Lebens anzunehmen. Inzwischen war der Flaum zu Laub geworden und das Grundstück war von außen kaum mehr einsehbar. Was Thomas an dem Schauspiel faszinierte, war, dass alles so schnell ging. Täglich sahen die Pflanzen, wenn man genau hinschaute, ein wenig anders aus – und das, obwohl man die dynamische Kraft, die da am Werk war, eigentlich gar nicht wahrnahm. Das Gras wachsen *sehen* konnte nicht einmal jemand, der sich einbildete, es wachsen zu *hören*.

Langsam ging er die Hecke entlang und beobachtete, wo das frische Laub gerade im Begriff war, eine weitere Lücke zu schließen. Als er an der Gartentür angelangt war, bemerkte er, dass ein Päckchen am Zaun klemmte. Er riss es auf, eine CD kam zum Vorschein. Eine Karte lag bei, sie trug auf dem Kopf das Logo der Zeitung, für die er arbeitete. Darauf stand in einer kaum leserlichen Handschrift: „Die ist in aller Munde, unbedingt besprechen!" Darunter das Kürzel seines neuen Ressortleiters.

Er ging in das Zimmer im oberen Stock des Hauses, das er sich als Arbeitszimmer eingerichtet hatte. Fürs Erste hieß das nur, dass er eine Holzplatte auf zwei Böcken vor das Fenster und ein leeres Regal an eine Wand gestellt hatte. Vor dem Regal stand ein noch unausgepackter Karton. Er trug ihn die Treppe hinunter in das Zimmer, das ihm als Wohn- und Esszimmer diente, und öffnete ihn. In dem Karton befand sich eine Mini-Stereoanlage, die er sonst in der Küche seiner Stadtwohnung auf dem Kühlschrank stehen hatte. Er stellte die Anlage auf den Boden und schloss die Lautsprecher an. Dann packte er die CD aus und legte sie ein, ohne sich das Cover näher anzusehen. Mit der Fernbedienung in der Hand setzte er sich auf ein schmales Sofa gegenüber dem metallenen Wandregal und drückte den Startknopf. Zur Sicherheit dämpfte er gleich zu Beginn die Lautstärke, weil er wusste, dass die meisten Alben auf den Effekt überwältigender Wucht hin produziert waren. Dann schloss er die Augen und lauschte. Nach wenigen Sekunden erklang ein regelmäßig anschwellendes Pumpgeräusch, erzeugt von einer verfremdeten Gitarre, die im Herzschlagrhythmus an Lautstärke zunahm, um dann jedes Mal abrupt in einem erstickenden Schwappen zu verstummen, bevor sie erneut anschwoll. Ein Schlagzeug behauptete sich gegen das Pumpen und unterstützte es zugleich, indem es die Lücken des Rhythmus füllte, ein elektronischer Bass verband sich mit dem weichen Teppich eines Synthesizers zu einem kaum mehr auseinanderzuhaltenden Gemisch und bildete die Grundierung für eine von weither kommende menschliche Stimme, die eine monotone Melodie sang und einen Text, der auch dann nicht verstehbar gewesen wäre, wenn er sich darum bemüht hätte.

Die Musik ließ sofort Wörter in seinem Kopf entstehen, sie stellten sich gleichsam von selbst ein, er brauchte dafür nichts zu tun, als die Musik auf sich wirken zu lassen. Die Wörter fügten sich nicht zu Sätzen, sie begleiteten die Musik nur wie zufällig vorbeikommende Beobachter. Er ließ sie treiben. In immer neuen Anläufen verdichteten sich Ahnungen und Eindrücke zu Formulierungen und Satzfragmenten, die alle um das Phänomen kreisten, wie der Rhythmus dieser Musik eine innere Reibung erzeugte, wie das synkopierte und klar akzentuierte Schlagzeug sich mühsam seinen Weg bahnen musste durch das zähe Pumpen und Ersticken im Herzfrequenzrhythmus. Die Spannung, die dadurch entstand, war beinah körperlich zu spüren, doch die Stimme, hohl und von weither kommend mit ihrer monotonen Melodie machte nichts aus der Spannung. Sie war nur ein Ornament, ja nicht einmal das, sie ertönte nur, weil eben eine Stimme da sein musste. Der mächtige Hall mit seiner enormen Raumgröße versuchte das zu kompensieren und dem Gesang eine Bedeutung zu verleihen, die er nicht hatte. Oder überhörte er etwas, war da noch mehr? Er lauschte tiefer in die Musik hinein, und augenblicklich passten sich auch die Worte in seinem Kopf an das veränderte Hören an. Ganz weit hinten hörte er von rechts ein leises Grollen, ein Grummeln eher, dumpf und unrhythmisch, ganz und gar nicht im Einklang mit der restlichen Musik. Er erkannte das Geräusch und erschrak. Rasch griff er zur Fernbedienung und schaltete die Anlage aus. Es wurde still um ihn herum, auch die Worte und Sätze verflüchtigten sich, nur das Grummeln blieb. Es war nicht auf der CD, es war in ihm, in seinem rechten Ohr. Er blieb sitzen, atmete tief ein und aus, so lange, bis das Geräusch allmählich verebbte und in einen leisen hohen Summton überging. Er wusste, auch das würde in einigen Minuten abklingen, zumindest hatte es das in letzter Zeit immer getan.

Normalerweise würde er sich jetzt all die Worte und Satzfetzen notieren, die ihm während der Musik durch den Kopf gegangen waren, rasch und ungeordnet, um sie später zu Sätzen und dann zu einem Artikel zu formen. Auf diese Weise kamen all seine Kolumnen zustande, einen anderen Zugang zur Musik hatte er nie gehabt. Andere Musikkritiker verfügten über Ideologien, Positionen und Haltungen, aus denen sie unentwegt keinen Hehl machten, Thomas hingegen hatte im Grunde nur eine einzige Überzeugung: dass die Wirkung jeglicher Musik immer primär auf Klang und Rhythmus beruhte, und erst in zweiter Linie auf dem Text.

Er erinnerte sich, wie er als junger Praktikant bei seiner Zeitung zum ersten Mal eine solche Plattenkritik abgeliefert hatte. Der zuständige Musikkritiker hatte nur den Kopf geschüttelt, aber der Ressortchef hatte gemeint: „Das hat was, das hat nicht jeder." In der Tat unterschied er sich von all seinen Zunftkollegen, deren Musikkritiken entweder aus der Interpretation von zitierten Textzeilen oder aus einer Trendbestimmung mit verabsolutierten Geschmacksurteilen bestanden. Thomas hätte, selbst wenn er gewollt hätte, solche Kritiken gar nicht schreiben können. Dafür fehlte ihm schlicht der gerade angesagte Jargon des Eingeweihten, den er immer erst dann verstand, wenn er schon einige Zeit in den anderen Medien in Gebrauch war. Auf der ersten Pop-Podiumsdiskussion, die er noch als Student besucht hatte, war einmal von einer offenbar eminent einflussreichen Band der Pop-Geschichte die Rede, von der er noch nie gehört hatte, den „Fab Four". Jeder in der Runde kannte sie, nur er nicht, er schämte und hütete sich, es zuzugeben. Um welche Band es sich handelte, erfuhr er erst, als ein Kritiker mit kahl geschorenem Kopf und eckiger schwarzer Brille den Mund verzog und sagte, diese Band hätte sich eine monströse Geschmacksentgleisung geleistet: „Yesterday“.

Danach versuchte er selbst, im entsprechenden Jargon über Texte, Trends und Pop-Ideologie zu schreiben, doch sein Ressortleiter hatte ihn beiseite genommen und gesagt: „Was soll der Quatsch? Bleib bei deinen Leisten, schreib wieder über deine Klangdelirien. Das bringt Leserbriefe, mir haben Leute geschrieben, sie hätten noch nie so vor Augen und Ohren geführt bekommen, warum ein Song ihr Lieblingssong ist.“ Thomas hatte geantwortet:

„Niemand in der Branche nimmt mich für voll. Ich bin sogar schon parodiert worden.“

Sein Ressortchef hatte gegrinst.

„Mann, bist du naiv. Das ist ein Ritterschlag. Wer parodiert wird, hat's geschafft, er ist eine Marke.“

So hatte er sich allmählich einen festen Platz in der Zeitung erobert. Man ließ ihm freie Hand, gab ihm eine wöchentliche Kolumne, und als ein wichtiger Preis für Musikjournalismus folgte, ebbten auch die herablassenden Kommentare ab. Nach einiger Zeit versuchten ihn andere Zeitungen abzuwerben, doch er blieb seinem Blatt treu, weil es ihm immer größere Freiheiten ließ. Er brauchte schon bald nichts anderes mehr zu tun, als Konzerte zu besuchen oder Alben anzuhören und dann seine Artikel abzuliefern. Niemanden interessierte, wann er in der Redaktion auftauchte, solange seine Beiträge nur vor Redaktionsschluss eintrafen.

Doch dann kam die Zeitungskrise, die Abonnentenzahlen und die Auflage gingen zurück und damit die Werbeeinnahmen. Dutzende Kollegen wurden entlassen. Es gab einen Führungswechsel in Redaktion und Geschäftsführung, und der neue Chefredakteur, ein quirlig wirkender Mann Ende Dreißig, lud ihn bald nach seinem Dienstantritt in sein Büro. Er begrüßte Thomas mit den Worten:

„Was können Sie für mich tun?"

Thomas blickte ihn fragend an.

„Bin ich der Nächste auf Ihrer Liste?"

Der Chefredakteur lachte laut und ein wenig künstlich.

„Wo denken Sie hin? Ich werd doch nicht unser originellstes Pferdchen im Musikstall schlachten. Wir bräuchten mehr Leute wie Sie."

„Also, was kann ich für Sie tun?"

„Na ja, Sie haben ja mitbekommen, dass die Zeiten nicht gerade rosig sind. Alle müssen Opfer bringen. Ich hab Leute vor der Tür stehen, die würden für einen Bruchteil von dem arbeiten, was Sie verdienen. Aber keine Sorge, ich will Ihnen gar nichts wegnehmen. Ich will nur Ihr Tätigkeitsfeld etwas verbreitern."

„In welche Richtung?"

„Sie liefern zusätzliche Artikel, Literatur- oder Filmkritiken oder was weiß ich."

Der Chefredakteur lehnte sich zurück und ließ ihm Zeit für eine Antwort.

„Auf der Wiese wäre ich dann aber sicher nicht mehr der schwarze Schimmel in der Herde."

„Wir planen eine neue monatliche Beilage, sehr trendy. Zielgruppe Neunzehn- bis Neunundzwanzigjährige, mit einer Musikstrecke, die Sie betreuen werden."

„Doppelte Arbeit fürs gleiche Geld?"

„Die Alternative wäre: Gleiche Arbeit fürs halbe Geld, ist Ihnen das lieber? Die fetten Jahre sind vorbei."

„Ich fürchte, ich hab kein Talent als Blattmacher."

„Nur nicht so bescheiden, Neukirch. Sie lassen sich täglich in der Redaktion blicken und nehmen ein paar hungrige Frischlinge unter Ihre Fittiche. Kein Grund, den Kopf hängen zu lassen."

Thomas fuhr sich mit der Hand über den Hinterkopf und zwang sich mit einer inneren Kraftanstrengung, den Blick zu heben. Der Chefredakteur sah ihn spürbar befremdet an und sagte:

„Um das Organisatorische kümmert sich ohnehin der neue Ressortleiter."

„Wer?"

Der Chefredakteur zog die Augenbrauen hoch und parodierte die Mimik eines Menschen, der soeben bei einer Peinlichkeit ertappt wurde.

„Oops!"

Er blickte auf die Uhr und reichte ihm die Hand.

„Sie machen das schon."

Als Thomas das Vorzimmer der Chefredaktion durchquerte, saß sein Ressortleiter, der über zwanzig Jahre lang sein unmittelbarer Vorgesetzter gewesen war, auf dem neuen Ledersofa für Gäste und Wartende.

Thomas saß immer noch in seinem Wohnzimmer vor der ausgeschalteten Stereoanlage und wartete darauf, dass der Summton in seinem Ohr verklang. Schließlich stand er auf, steckte die CD in das aufgerissene Päckchen zurück und legte sie in eine Schublade des Küchenschranks. Nachdem er die Stereoanlage wieder in den Karton gepackt hatte, ging er auf die Terrasse und setzte sich in die Morgensonne. Er schloss die Augen, lehnte sich im Stuhl zurück und lauschte seinem Atem. Es wurde still um ihn herum, sein innerer Summton verband sich mit den Außengeräuschen und verklang. Er wurde ruhig, eine warme Welle fuhr langsam durch seinen Körper, von den Beinen aufwärts bis in den Kopf. Und ganz allmählich entfaltete sich aus der Stille heraus ein wachsendes Panorama aus Klang. Das Erste, was er vernahm, war ein wildes, aufgeregtes Tschirpen, eine Vogelstimme, die er vor vielen Jahren schon einmal gehört hatte. Er erinnerte sich, wann dieser Klang für ihn erstmals Bedeutung bekommen hatte. Zu seinem zehnten Geburtstag hatte sein Vater auf der Terrasse den Tisch feierlich hergerichtet. Eine Geburtstagstorte mit zehn Kerzen stand darauf, umgeben von drei Kuchentellern mit Servietten daneben. Thomas hatte seinen Vater heimlich durchs Fenster beobachtet, wie er mit ungeschickten Bewegungen den Tisch gedeckt hatte. Am Morgen hatte der Vater nachdenklich vor dem Tablettenkästchen der Mutter gestanden und lange überlegt, welche der bunten Pillen er hineingeben sollte. Am Ende öffnete er das Kästchen noch einmal und legte eine zusätzliche Tablette in eines der Fächer. Seine Mutter saß bereits am Tisch, als sein Vater ihn am Nachmittag auf die Terrasse hinausführte. Sie sah frisch frisiert aus und starrte mit ausdruckslosem Blick in den Garten. Ihre Lippen waren in ständiger Bewegung, ohne dass ein Ton entstand. Sein Vater ging noch einmal ins Haus und kam mit einem Geschenk zurück, das er zunächst hinter dem Rücken versteckt hielt. Als er es seinem Sohn förmlich überreichte, lag eine Mischung aus Stolz und Verlegenheit in seiner Miene. Thomas riss das Geschenkpapier herunter und hielt einen Holzkasten in Händen, auf dem einige bunt gezeichnete Vögel abgebildet waren. In dem Kasten befanden sich acht kleine Holzinstrumente, mit denen man Vogelstimmen imitieren konnte, lauter Gegenstände, denen man zunächst gar nicht ansah, wie man aus ihnen einen Klang hervorrufen konnte. Ein Instrument sah noch am ehesten aus wie eine kleine Holztrompete mit einer trichterförmigen Öffnung am Ende. Thomas nahm es aus dem Kasten, blies hinein und erzeugte einen Ton, der so gar nicht nach einem Vogel klang. Der Vater schlug im Begleitheft nach. „Das soll eine Amsel sein“, sagte er. Dann las er vor: „Blasen Sie nicht aus der Lunge, sondern verwenden Sie nur die Luft, die Sie im Mund haben, indem Sie sie mit den Lippen ganz schnell hintereinander ausstoßen und wieder einsaugen.“

Thomas versuchte es, und brachte ein hektisches Zwitschern zustande. Er sah seinen Vater fragend an, der zuckte mit den Achseln, Thomas probierte es noch einmal und dann hörten sie plötzlich ein ähnliches Geräusch aus dem Kirschbaum am Rand ihres Gartens. Thomas blies wieder in die Flöte, versuchte den Klang dem Zwitschern aus dem Kirschbaum anzupassen und er bekam erneut eine Antwort. Sein Vater lachte und sagte: „Noch mal!“ Thomas blies lauter, der Vogel reagierte mit einer regelrechten Schimpftirade. Das ging eine Weile hin und her, dann stieß sein Vater ihn plötzlich mit dem Ellenbogen an und deutete mit einem Kopfnicken auf die Mutter. Sie saß da, ihr Blick war aus der Leere zurückgekommen und zu der Stelle im Baum gewandert, aus der das Zwitschern kam. Thomas blies weiter, der Vogel antwortete, und der Kopf der Mutter geriet in Bewegung, wanderte hin und her, von Thomas zum Baum und wieder zurück. Nach einer Weile hörten ihre Lippen auf, sich zu bewegen, und verharrten in der Andeutung eines Lächelns. „Das gefällt ihr“, sagte sein Vater leise und Thomas sah, wie seine Augen hinter den dicken Brillengläsern einen feuchten Glanz bekamen.

In der Nacht darauf war Thomas wach geworden und hatte durchs offene Fenster einen Vogel gehört, der meist erst nach Anbruch der Dunkelheit zu singen begann. Es war ein feiner, hoher Ton, ein leicht pfeifender, säuselnder Gesang. Er holte den Kasten aus dem Regal und probierte alle Instrumente noch einmal durch. Beim sechsten wurde er fündig. Es war ein fein gefräster hohler Holzzylinder, in dem ein Metallstift steckte. An einem äußeren Ring konnte man den Stift um seine eigene Achse drehen, so dass er sich an der hölzernen Innenseite des Zylinders rieb. Dabei entstand ein Geräusch, das dem Klang des Nachtvogels derart ähnlich war, dass Thomas für einen Moment vor Freude erschrak. Er ging mit dem Instrument ans Fenster und drehte an dem Stift. Der Vogel verstummte, und es dauerte eine Weile, bis er wieder zu singen begann. Thomas drehte erneut am Stift, und der Vogel verstummte wieder. Thomas blätterte im Begleitheft des Kastens und fand schließlich das Bild des unscheinbar aussehenden Vogels, der dem Instrument zugeordnet war. Es war eine Nachtigall.

Thomas riss sich aus seinen Gedanken, öffnete die Augen und suchte blinzelnd in der riesigen Fichte am Rand des Grundstücks nach der zwitschernden Amsel. Sie saß auf dem Ende eines Zweigs, es war ein Männchen mit glänzend schwarzem Gefieder und leuchtend gelborangem Schnabel. Thomas zündete sich ein Zigarillo an, rauchte einige Züge, dann schloss er wieder die Augen und lauschte erneut dem lebhaften Gezwitscher des Vogels. Er versuchte sich auf das zu konzentrieren, was er sonst noch hörte. Hinter allen Tönen gab es eine Grundierung, eine Art Basisrauschen, von dem er nicht genau wusste, was davon dem Wind in den Blättern und was dem Blutfluss in seinen Ohren geschuldet war. Es war ein unbestimmter, ständig präsenter Klangteppich, der verhinderte, dass all die anderen Klänge über einem Abgrund aus absoluter Stille hingen. Thomas überließ sich für einen Moment dieser Grundierung, blendete alle anderen Geräusche aus, er spürte, wie dieser Klang seinen Atem verlangsamte und erneut die warme Welle in ihm erzeugte, diesmal umgekehrt, vom Kopf ausgehend bis hinunter in die Beine. Dann hörte er aus weiter Entfernung ein leises, zunächst kaum vernehmbares Grollen, das rasch anschwoll und sich in ein schnelles rhythmisches Pochen verwandelte. Es wurde lauter und lauter, übertönte zuerst die sanfte Grundierung und schließlich das Gezwitscher des Vogels. Thomas runzelte die Stirn und öffnete die Augen. Das Pochen war in kleine Explosionen übergegangen, die sich unmittelbar hinter seiner Hecke ereigneten. Er ging zur Gartentür und trat hinaus auf den Weg. Neben der Hecke stand der alte Traktor, den er schon durchs Fenster in Rolands Haus gesehen hatte. Das rostige Führerhaus hatte keine Windschutzscheibe mehr, der durchlöcherte Auspuff, der aus der Motorhaube ragte, stieß schwarze Rauchwolken aus. Auf dem Fahrersitz saß Karl Ritz und blickte ihn an. Sein Haar war lang und glänzend schwarz gefärbt, die Gesichtszüge waren schärfer geworden, die tief in den Höhlen liegenden Augen schwarz umrandet, so dass sie wie geschminkt aussahen, die Wangenknochen so ausgeprägt, dass sich darunter leichte Einbuchtungen in seinen Wangen bildeten, das Kinn hatte zwar an der Unterseite einen leicht undefinierten Übergang zum Hals bekommen, war aber immer noch kräftig und vorspringend. Karls Schultern waren noch breiter geworden, seine Brust unter dem karierten Hemd wirkte eigentümlich weich und massig.

Thomas trat nah an den Traktor heran und schrie in den Lärm hinein:

„Hallo, Karl."

Doch seine Worte hatten keine Chance, zu dem Mann dort auf seinem Traktorsitz durchzudringen. Thomas deutete mit beiden Zeigefingern auf seine Ohren und hob die Schultern. Karl antwortete ihm mit einem umgekehrten Nicken, das nicht mit einem Senken des Kopfes begann, sondern mit einem kurzen Heber. Dann legte er mit einem hässlichen Krachen einen Gang ein und setzte sein Gefährt ruckend in Bewegung.

Thomas blieb auf dem Weg stehen und sah dem Traktor hinterher, bis er an einer Wegbiegung verschwunden war. Hören konnte er ihn noch minutenlang. Er ging wieder in den Garten zurück und blickte zur Fichte hinauf. Die Amsel saß jetzt auf der Spitze des riesigen Baums und war stumm.

Die Waffen

Als Thomas seinen Wagen vor dem Haus seines Vetters parkte, stand Roland neben seinem Jeep und schraubte gerade an einem Außenspiegel der Fahrertür.

„Du hast ja wirklich eine Monsterkarre."

Roland warf einen Schraubenzieher in die Werkzeugkiste und gab Thomas die Hand. Der Spiegel hing lose an der Tür.

„Ein Hummer. Der wurde in der US-Army eingesetzt, wird längst nicht mehr gebaut, hab ihn günstig gekauft und in der Werkstatt wieder fit gemacht. Ist schon ein ziemlicher Spritfresser, aber ideal für die Waldwege in meinem Jagdgebiet. Mit dem kommst du sogar durch Sümpfe. Und wenn gar nichts mehr geht, gibt's immer noch das hier."

Er deutete auf eine Seilwinde am Kühlergrill. Sie standen eine Weile schweigend vor dem Jeep, bis sie die Stimme von Rolands Mutter von oben hörten:

„Genau wie früher. Autonarren wart ihr beide ja immer, erst mit Matchboxautos, dann mit richtigen."

Die beiden Männer blickten nach oben, die Mutter grinste aus dem Badezimmerfenster auf sie herab.

„Weißt du noch, Tom? Wenn der eine einen Peugeot hatte, hat's nicht lang gedauert, und der andere hatte auch einen."

Roland stieß mit einem zischenden Geräusch die Luft aus.

„Du fantasierst wieder. Ich hab nie einen Peugeot gehabt."

Thomas wusste, welches Auto sie meinte. Es war ein Renault 5, sein erstes Auto. Er hatte ihn sich kurz vor seinem achtzehnten Geburtstag von dem Geld gekauft, das er in den Schulferien in einer Kartonfabrik verdient hatte. Tagelang hatte er nichts anderes getan, als damit durch die Gegend zu fahren, und das Gefühl genossen, das Dorf jederzeit auf immer weitere Distanz bringen zu können. Einige Monate später war auf dem Weg nach Hause ein anderer Renault 5 vor ihm gewesen, der Fahrer hatte sein Tempo gedrosselt, war an den Straßenrand gefahren und hatte ihn aus dem heruntergekurbelten Fenster vorbeigewunken. Thomas war weitergefahren und hatte den anderen Renault dann nach kurzer Zeit wieder knapp hinter sich im Rückspiegel gesehen. Dann scherte der Fahrer plötzlich aus und überholte ihn mit dröhnendem Motor. Thomas wunderte sich, dass ein Renault 5 so beschleunigen konnte, und blickte kurz aus dem Fenster, als der Wagen auf der engen Straße wenige Zentimeter neben ihm vorbeiraste. Er erkannte seinen Vetter am Steuer, er trug eine Spiegelsonnenbrille. Bei ihrem nächsten Treffen erzählte Roland ihm, dass sein Renault über einen Turbo verfügte. Dessen Funktionsweise hatte Thomas später selbst am eigenen Leib erfahren, als Roland ihn einmal mit seinem Wagen eine Probefahrt machen ließ. Der Turbolader schaltete sich ein, wenn man das Gaspedal durchtrat, dann erfüllte ein sausendes Geräusch den Innenraum des Wagens, ein Ruck ging durch das kleine Gefährt und man wurde in die Schalensitze gepresst. Thomas war über die Wirkung so erschrocken, dass er sich für einen Moment mit beiden Händen ans Lenkrad klammerte. Roland nahm auf dem Beifahrersitz grinsend die Hosenträgergurte in beide Hände.

„So hängst du jeden GTI ab."

„Aber der Peugeot vom Roland hatte mehr PS", rief die Mutter zu ihnen herunter. Roland presste die Lippen zusammen und schüttelte den Kopf. „Hörst du schlecht? Das war ein Renault." Roland nahm seinen Vetter beim Arm.

„Komm, wir holen den Rasenmäher, den du dir borgen willst. Das Verlängerungskabel ist im Keller, da zeig ich dir was."

Während Thomas seinem Vetter ins Haus folgte, sah er dessen Frau, die im Garten die Wäsche aufhängte. Er winkte ihr zu, aber sie bemerkte ihn nicht. Roland führte ihn in den Keller zu einem Durchgang zum Waschraum, an dessen Wand ein neu aussehender, grauer Stahlschrank stand.

„Da sind meine Schätze drin."

Er nahm einen Schlüsselbund aus der aufgesetzten Tasche am Hosenbein und öffnete damit ein Vorhängeschloss am Schrank, aus dem ein metallischer Geruch drang. Im Inneren standen in gepolsterten Halterungen vier Gewehre nebeneinander aufgereiht. Roland fuhr mit dem Zeigefinger über die Schafte, dann nahm er das mit dem kürzesten Lauf heraus, es war schwarz und hatte ein langes Zielfernrohr. Roland wuchtete das Gewehr mit einer Hand schwungvoll in die Höhe und stützte den Ellbogen auf dem Becken ab. Dabei verlagerte er seinen Körperschwerpunkt und nahm eine federnde Grätsche ein, den Finger nahe am Abzug.

„Mein Prachtstück. Allein das Fernrohr hat zwei Riesen gekostet."

Roland streckte den Arm aus und hielt ihm die Waffe hin, sein Arm zitterte leicht unter dem Gewicht. Thomas nahm das Gewehr entgegen, und da er nicht wusste, was er sonst tun sollte, legte er es sich an die Schulter und blickte durchs Zielfernrohr. Er sah nur Dunkelheit. Roland nahm eine Schutzklappe vom Okular und betätigte einen kleinen Schalter, während er die Waffe auf Thomas' Schulter am Lauf in eine andere Richtung drehte. Jetzt sah Thomas einen Ausschnitt seines eigenen Gesichts, riesenhaft vergrößert, ein roter Leuchtpunkt wanderte unruhig darauf herum. Thomas ließ das Gewehr sinken und blickte in einen rahmenlosen Wandspiegel über einem Waschbecken.

„Mann oh Mann, wofür brauchst du das denn?"

„Rotwild. Damit triffst du ein Reh auf dreihundert Meter – mit Blattschuss. Bei mir leidet kein Tier."

Er nahm ihm das Gewehr aus der Hand, betätigte einen kurzen seitlichen Hebel über dem Abzug und erzeugte ein sattes, metallisches Schnappen, dann stellte er es zurück in den Schrank. Er nahm ein zweites Gewehr heraus, die doppelläufige Schrotflinte, die bei Thomas' letztem Besuch auseinandergebaut im Wohnzimmer auf dem Schemel gelegen hatte. Er klappte den Lauf auf und blickte mit einem Auge hinein, während er das andere zugekniffen hielt.

„Die hast du ja schon gesehen. Ein Klassiker."

„Und was schießt du damit?"

„Krähen."

Roland sah Thomas' fragenden Blick und setzte eine Miene auf, die zwischen Besorgnis und Empörung schwankte.

„Die Mistviecher sind die Ratten der Lüfte, die holen uns die Singvögel aus den Hecken."

Er nahm ein weiteres Gewehr aus dem Schrank, es war kleiner als die beiden anderen und sah dagegen aus wie ein Spielzeug.

„Das ist der alte Flaubert, ein Erbstück von Papa, erinnerst du dich noch daran? Damit hat er immer die Ratten vom Hof gefegt."

„Ich weiß nicht. Und was ist das?"

Thomas zeigte auf das letzte Gewehr, das er noch nicht gesehen hatte.

„Ein Karabiner. Damit haben sie im Zweiten Weltkrieg gekämpft."

Roland nahm die altmodisch aussehende Waffe heraus, betätigte eine schwer gängige Ladevorrichtung über dem Schaft, zog sie zuerst zur Seite und dann mit einem Ruck nach hinten und wieder zurück. Dann hielt er ihm die Waffe hin.

„Was tut man denn damit?"

„Ist nur ein Sammlerstück."

Thomas stellte das Gewehr vorsichtig in die Halterung zurück und bemerkte, dass am oberen Rand ein abschließbares Fach war.

„Und was ist da drin, Munition?"

„Nein, die wird getrennt aufbewahrt, ist Vorschrift."

Roland zog den Schlüssel aus dem Schloss an der Stahltür und öffnete mit einem anderen Schlüssel vom Bund das Schließfach. Er nahm einen polierten Holzkasten heraus und klappte ihn auf. In einer Polsterung aus dunkelblauem Samt lag ein riesiger chromfarbener Trommelrevolver.

„Die hast du ja schon gesehen."

Thomas erinnerte sich an eines der letzten Treffen mit seinem Vetter vor gut dreißig Jahren. Er hatte seine Mutter im Psychiatrischen Krankenhaus besucht und bei der Gelegenheit einen Abstecher bei seinem Cousin gemacht. Roland wohnte damals allein mit der Mutter in dem alten Haus, sein Vater war vor einigen Jahren gestorben. Ganz aufgeregt war er gewesen, als er ihn in sein Zimmer geführt und den Holzkasten mit der Pistole unter dem Bett hervorgeholt hatte.

„Eine 44er Magnum, die gleiche, die Clint Eastwood in ‚Dirty Harry' hatte."

Thomas hatte die Waffe aus dem Samtfutter genommen und sich gewundert, wie schwer sie war.

„Ist die echt?"

„Glaubst du, ich kauf mir ein Spielzeug?"

„Die kann man einfach so kaufen?"

„Nur, wenn man Mitglied im Sportschützenverein der Polizeischule ist."

„Hast du dich als Sheriff verkleidet?"

„Da kann jeder mit sauberem Führungszeugnis rein."

„Und was machst du mit dem Ding?"

„Auf Karten schießen. Das Ding hat einen Rückstoß, der kugelt dir die Schulter aus, wenn du nicht aufpasst.

Das letzte Mal hat jemand einen dicken Holzbalken mitgebracht, aus dem hab ich Sägemehl gemacht."

Thomas hatte die Waffe in der Hand gewogen und dann mit zitterndem Arm auf ein Poster einer Popgruppe an der Wald gezielt.

„Wer braucht so was?"

Rolands Miene wurde ernst, als er ihm erklärte:

„Die Magnum wurde bei der amerikanischen Polizei eingeführt, damit die Cops den Gangstern in ihren Fluchtwagen mit einer Handfeuerwaffe den Motorblock durchschießen können. Schau dir mal die Munition an."

Roland holte einen Pappkarton aus einem abschließbaren Fach seines Wandschranks und nahm eine Patrone heraus.

„Du hast die Munition hier?"

„Ohne ist die Kanone echt nur Spielzeug."

„Erstaunlich, wie leicht man an so ein Ding kommt."

Roland hatte damals nur mit den Schultern gezuckt. Und nun, gut dreißig Jahre später, wunderte Thomas sich erneut, wie einfach es war, sich ein kleines Waffenarsenal zuzulegen.

„Haben alle Jäger eine solche Sammlung im Haus?"

„Manche haben eine viel größere."

„Wäre es nicht sicherer, wenn die Flinten irgendwo verschlossen lägen und nur zur Jagd ausgegeben würden?"

„Warum? Wir sind Jäger, keine Cowboys."

„Na ja, nicht jedem sieht man den Cowboy auf den ersten Blick an", sagte Thomas. „Und wenn einer mal seine Frau in flagranti erwischt, dann ist es vielleicht besser, wenn er keine geladene Knarre zur Hand hat."

„Geladen ist hier gar nichts", erwiderte Roland. „Wie gesagt, die Munition muss laut Waffengesetz gesondert aufbewahrt werden."

Roland verzog einen Mundwinkel, und Thomas forschte in seinem Gesicht, ob er ihn gekränkt hatte. Dann grinste Roland ihn an und sagte:

„Außerdem: Wenn du sämtliche Waffen in einem Magazin aufbewahren würdest, dann hättest du allein in unserem Jagdbezirk ein Waffendepot mit ein paar Tausend Gewehren. Das müsstest du bewachen wie einen Militärstützpunkt."

Roland packte den Revolver wieder ein und legte ihn zurück ins Fach. Eine Zeit lang standen sie schweigend vor dem offenen Waffenschrank, bis Thomas neben der Kiste mit der Magnum ein Lederhalfter mit umwickeltem Gürtel erblickte.

„Und was ist das?"

Roland holte eine schlanke, schwarze Pistole aus dem Halfter und wiegte sie in der Hand. Er zog das Magazin aus dem Griff heraus, mit einem metallischen Gleitgeräusch, das verriet, mit welcher Präzision die Teile ineinander passten. Mit einer geschickten Bewegung schob er das Magazin wieder in die Waffe und hielt sie seinem Cousin mit dem Griff voraus hin. Thomas nahm sie, seine Hand schloss sich wie von selbst um den Griff, der Zeigefinger fand mühelos in den schmalen Metallbügel, der den Abzug vor versehentlicher Betätigung schützte. Er spürte die leicht aufgeraute Oberfläche des Griffs in seiner Handinnenfläche. Die Waffe lag angenehm in der Hand, doch nicht so leicht, dass man sie für ein Spielzeug hätte halten können.

Thomas bemerkte eine leichte Genugtuung in Rolands Blick, einen Ausdruck, den er schon einmal gesehen hatte. Er musste weit in seine Erinnerung hinabtauchen, um sich zu vergegenwärtigen, woher er diesen Blick kannte. Sie waren noch Kinder, vielleicht zehn oder elf Jahre alt, Roland hatte vor dem bevorstehenden Karnevalsfest nicht den üblichen Spielzeug-Trommelrevolver zur Cowboyverkleidung bekommen, sondern die Imitation einer silbernen Falcon, bei der man das Magazin in den braunen, unten abgeschrägten Griff einschieben konnte. Die dafür nötige Schreckschussmunition waren nicht die gängigen roten Ringe mit pulvergefüllten Gefäßchen, die in die Bohrungen der Trommelrevolver passten, sondern längliche rote Streifen, die man vorsichtig in das Magazin einfädeln musste. Ein außenliegender Schlaghammer brachte die Pulverkammern zur Explosion und ein Mechanismus in der Pistole schob mit jedem Schuss den Streifen nach oben und warf das leere Gefäß im hohen Bogen aus der Waffe. Die Pistole war aus Metall, sie war schwer und sah ungemein echt aus. Thomas würde nie den Stolz in Rolands Blick vergessen, als er ihm die Waffe vorführte, und ebenso wenig den Neid, den er selbst bei dieser Vorführung empfand. Der Neid war umso größer, als ihm sein Vater den Besitz von knallenden Pistolen streng verboten hatte. „Die Dinger heißen nicht ohne Grund ‚Schreckschusspistolen'", hatte sein Vater gesagt. „Und du weißt genau, was so ein Knall bei deiner Mutter auslösen kann." Zum Trost kaufte er ihm zum Karnevalsfest Pfeil und Bogen und eine Indianerperücke mit Federschmuck.

„Das ist eine Neun-Millimeter Automatik", sagte Roland und nahm ihm die Pistole aus der Hand. Thomas sah zu, wie Roland die Pistole in das Halfter steckte und wieder in den Waffenschrank zurücklegte.

„Und so was braucht man für die Jagd?"

„Die ist Gold wert, wenn ein angeschossener Keiler aus dem Gebüsch bricht, die hast du schnell zur Hand. So ein Vieh kann dir in seiner Panik mit den Hauern ein Stück Fleisch aus dem Bein reißen. Und außerdem –" Roland trat einen Schritt näher auf ihn zu und senkte leicht die Stimme. „Zum Personenschutz."

„Bist du ein Bodyguard?"

„Höchstens mein eigener. In unserem Jagdgebiet treiben sich rumänische Schmugglerbanden herum. Die sind bewaffnet."

Thomas sah, dass sich eine senkrechte Stirnfalte zwischen Rolands zusammengekniffenen Augen gebildet hatte.

„Vor einem Monat war ich nachts auf einem Hochstand. Es war stockfinster. Ich wollte bis zum Morgengrauen ausharren, um Rotwild beim ersten Fressen zu erwischen. Da höre ich plötzlich genau unter dem Hochstand ein Geräusch. Ich kann dir sagen, da haben sich mir die Nackenhaare aufgestellt. Und ich hab mich an das erinnert, was mir ein Jagdkollege gesagt hat, der Polizist ist. ‚Wenn die Rumänen sich bei was erwischt fühlen', hat er gesagt, ‚dann kommt's nur auf eins an: Dass du schießt, bevor die es tun.'"

Thomas trat einen Schritt zurück und tastete mit den Fingerkuppen über eine Stelle am Hinterkopf, an der sich frische Stoppeln zu bilden begannen. Er zögerte einen Moment, bevor er sagte:

„Roland, willst du einen Rumänen erschießen?"

Sein Vetter blickte ihn überrascht an.

„Was? Spinnst du? Ich will mich nur verteidigen können, wenn's hart auf hart kommt."

Eine peinliche Pause entstand, bis sie im oberen Stockwerk das Knallen einer Tür hörten. Thomas spürte plötzlich einen starken Impuls, den Keller zu verlassen.

„Ich glaub, deine Frau ist in der Küche. Ich werd sie fragen, ob sie mir einen Kaffee macht."

Roland nickte und meinte, Thomas solle schon mal vorgehen, er werde das alles noch wegsperren und das Kabel mitbringen. Als Thomas die Küche betrat, stand Ingrid an der Arbeitsfläche des Küchenblocks und schnitt mit einem großen Gemüsemesser Karotten in Scheiben. Sie begrüßte ihn mit einem verhangenen Blick, der durch ihn hindurchzugehen schien. Thomas fragte sich, ob das die Wirkung der Brillengläser war, die ihre Augen verkleinerten. Verlegen stand er in gebeugter Haltung eine Weile schweigend neben ihr und überlegte, was er sagen sollte.

„Ihr habt ja eine ordentliche Waffensammlung im Keller."

Ingrid seufzte und fuhr fort, die Karotten zu schneiden. „Die nutzt einem ja nichts", sagte sie mit matter Stimme. „Wenn du einen Einbrecher im Haus hast, musst du zuerst den einen Schrank aufsperren, um an die Waffe zu kommen, dann den anderen für die Munition", sagte sie, „und dann musst du erst mal laden. Bis dahin kann der Eindringling wer weiß was mit dir machen."

Thomas blickte sie verstohlen von der Seite an. Nicht einmal der Gedanke an ein solches Szenario bewirkte irgend etwas in ihrem verschleierten Blick.

„Da legst du dir besser einen Knüppel neben's Bett", sagte sie, ohne von ihrer Arbeit aufzublicken. „Oder das hier." Sie hob das Gemüsemesser in die Höhe. In diesem Moment kam Roland in die Küche und blickte auf das Messer in Ingrids Hand.

„Alles klar? Machst du Tom einen Kaffee?"

„Schon gut", sagte Thomas. „Ich hab die Zeit übersehen. In der Redaktion warten sie auf einen Anruf."

Während Thomas die Rücksitze seines Wagens umklappte, um den Rasenmäher darin zu verstauen, hörte er plötzlich die Stimme von Rolands Mutter hinter ihm.

„Was ist das für ein weißer Fleck da an deinem Kopf?"

Thomas drehte sich um und strich sich mit der Hand über den Hinterkopf.

„Na ja, irgendwann werden wir alle grau."

„Der Fleck ist nicht grau wie deine anderen Haare. Der ist schneeweiß und rund wie ein Eierbecher."

„Ich fang halt klein an mit dem Weiß-und-weise-Werden."

Rolands Mutter schüttelte den Kopf und klopfte mit dem Fingernagel auf ihre Schneidezähne.

Thomas verabschiedete sich und fuhr um die nächste Straßenecke. Dann stoppte er am Wegrand und starrte bei laufendem Motor mit gehobenen Brauen eine Weile geradeaus. Bevor er weiterfuhr, sog er mehrmals tief die Luft in die Lungen.

Als er das Geschäft der Hilgers passierte, sah er ein blaues Damenfahrrad davor stehen. Er stoppte und versuchte durchs Fenster ins Innere des Ladens zu blicken, konnte aber nichts erkennen. Einen Moment blieb er unschlüssig im Wagen sitzen. Dann parkte er am Straßenrand und ging hinein.

Vor der Ladentheke stand Karin und wartete, bis eine andere Frau ihre Einkäufe erledigt hatte. Agnes Hilgers schnitt mit der Maschine Käsescheiben von einem großen Laib und blickte nicht auf, als er beim Eintritt die Türklingel auslöste. Karin war in ihr Smartphone vertieft, so dass sie sein Eintreten nicht bemerkte. Er stellte sich seitlich hinter sie und sah, dass sie immer noch die Gewohnheit hatte, beim Schreiben leicht die Lippen zu bewegen, als müsste sie die Wörter, die sie schrieb, leise aussprechen, um ihren Sinn zu verstehen. Das Licht, das durch das kleine Ladenfenster fiel, verlieh ihrem Haar einen schwachen rötlichen Glanz, der graue Nachwuchs, den er neulich bei ihrem Besuch bemerkt hatte, war verschwunden. Sie trug eine Jeans und ein dunkelblaues Kapuzen-Sweatshirt, dessen Ärmel sie hochgeschoben hatte. Die Haut auf ihren Armen war leicht gebräunt, auf ihren Handrücken tauchten die ersten Sommersprossen auf. Nach einer Weile schien sie zu spüren, dass sie beobachtet wurde, und blickte sich um.

„Hey, ich hab dich gar nicht gesehen."

Sie schob ihr Handy in die Bauchtasche ihres Sweatshirts und fuhr sich mit der anderen Hand durchs Haar.

Eine leichte Röte stand auf ihrem Gesicht. Er fragte sich, ob das von der Sonne herrührte oder von innen kam.

„Ich wollte dich nicht stören", sagte er. „Ich war gerade bei meinem Vetter und wollte mir nur noch schnell was fürs Abendessen besorgen, bevor der Laden schließt."

Seine Begründung erschien ihm zu wortreich. Er bemerkte, dass die Röte in ihrem Gesicht nicht wich, und war ein wenig enttäuscht. Das diffuse Licht im Geschäft verdunkelte das Grün in ihren Augen.

„Wie geht es Roland?", fragte sie. „Man kriegt ihn nicht mehr oft zu Gesicht."

„Er war doch mit deinem Mann befreundet, mit Kurt."

„Na ja, so weit man hier halt Freunde hat", antwortete sie. „Kurt, Roland und noch ein paar andere Männer hatten einmal im Monat einen Männerabend. Im Sommer wurde auf der Terrasse gegrillt und jede Menge Bier getrunken. Aber seit Roland verheiratet ist, hat er sich ziemlich zurückgezogen. Er geht, glaub ich, nur noch zur Jagd."

„Er hat mir seine Waffen gezeigt, eine ganz schöne Sammlung."

„Jeder Junge braucht sein Spielzeug."

„Wohl wahr. Als Kind hab ich gern mit Roland gespielt, er war immer ziemlich ernst, hat jedes Detail furchtbar wichtig genommen. Das hat unsere Spiele immer so… so echt gemacht."

„Irgendwie ist er ein großer Junge geblieben", sagte sie. „Und die Frauen im Dorf haben das leider wohl auch so empfunden. Sah lange so aus, als würde er Junggeselle bleiben. Gut, dass er noch seine Ingrid gefunden hat, sie scheint sogar mit seiner Mutter auszukommen."

Dann legte sie den Kopf schräg und lächelte verlegen, als befürchtete sie, zu viel gesagt zu haben. Er bemerkte, dass ihr Lächeln ein wenig asymmetrisch war und nur auf einer Gesichtshälfte ein Grübchen erzeugte. Das war etwas in ihrer Mimik, das er noch nicht kannte. Er suchte nach einem Weg, ihr die Verlegenheit zu nehmen, und gestikulierte schwerfällig mit den Händen.

„Das letzte Mal haben Roland und ich miteinander gespielt, als wir beide unsere Erfassung von der Bundeswehr bekommen haben. Er hat damals eine todernste Miene aufgesetzt und mit einer ganz tiefen Stimme gesprochen: ‚Was, du willst verweigern und Zivildienst machen? Alten Omas den Arsch auswischen? Jedem das seine. Aber wenn der Russe kommt, hab *ich* mein Gewehr im Schrank und kann mein Haus verteidigen.'"

Sie lachte über seine Parodie, und noch während ihre Belustigung verebbte, versank ihr Blick nach innen. Dann überzeugte sie sich davon, dass niemand ihnen zuhörte, und trat einen Schritt näher.

„Und als er dann beim Bund war", sagte sie, „ist seine Mutter durchs Dorf gelaufen und hat voller Stolz erzählt, dass ihr Sohn jeden Abend zu Hause anruft und ins Telefon weint, weil er es vor lauter Heimweh nicht aushält."

Sie hielt einen Moment inne und sah ihn offen an. „Das hat sie wohl für Liebe gehalten."

Thomas musste einer Frau Platz machen, die ihre Einkäufe erledigt hatte und sich zwischen ihnen hindurchzwängte, um den Laden zu verlassen. Karin stellte einen Plastikkorb mit Lebensmitteln auf die Ablage neben der Kasse. Dafür musste sie so nah an ihm vorbeigehen, dass sie ihn mit der Schulter streifte. Er atmete ein und roch ein unaufdringliches Deodorant und etwas Weiches, Körperliches, das in ihm ein aus ferner Tiefe aufsteigendes vertrautes Gefühl hervorrief.

Während Agnes Hilgers Karins Einkäufe in eine Rechenmaschine eingab, öffnete sich hinter ihr der Vorhang und der Kopf ihrer Tochter tauchte auf. Simone trug eine schwarze Strickmütze, die ihre wächserne Gesichtshaut noch blasser wirken ließ. Als sie Karin sah, hellte sich der Blick ihrer runden, brauenlosen Augen auf. Sie trat neben ihre Mutter und sagte zu Karin:

„Wie geht's den Hasen?“

„Denen geht's gut. Svenja beschäftigt sich viel mit ihnen. Aber ich glaube, sie vermissen dich trotzdem.“

Thomas bemerkte, wie viel Wärme Karin in ihre Stimme und ihren Blick legte. Und er war nach all den Jahren aufs Neue überrascht, wie authentisch sie bei einer solchen Anteilnahme wirken konnte. Eine innere Reserve, eine Diskrepanz zwischen Äußerung und Empfindung schien ihr in einem solchen Moment völlig fremd zu sein. Simone trat einen Schritt näher an ihre Mutter heran.

„Mama, darf ich sie besuchen?“

Agnes Hilgers atmete schwer und wich dem Blick ihrer Tochter aus.

„Du weißt, dass das nicht geht.“

„Bitte! Ich zieh auch Handschuhe und Mundschutz an.“

„Wir reden später darüber.“

Das Mädchen verkniff zornig den Mund und verschwand grußlos hinter dem Vorhang. Karin packte die Lebensmittel in einen Fahrradkorb und Thomas begleitete sie, als sie das Geschäft verließ. Während er ihr half, den Korb auf dem Gepäckträger zu befestigen, befürchtete er, sie könnte ihn fragen, ob er keine Einkäufe zu erledigen hatte. Doch sie fragte nicht. Sie hatte die Unterlippe eingezogen und war in Gedanken versunken.

„Was hat es mit den Hasen auf sich?“

„Ach, sie hatte zwei schöne Löwenkopfkaninchen, die waren ihr Ein und Alles. Der Arzt meinte, es sei besser, nach einer Chemotherapie jeden Kontakt mit Tieren zu vermeiden, um das Risiko einer Infektion auszuschließen. Svenja hat dann die Hasen übernommen, sie schickt Simone täglich Fotos von ihnen aufs Handy. Im

Moment ist sie auf Kriegsfuß mit ihren Eltern, sie wollen über Ostern ein paar Tage wegfahren, Svenja weigert sich mitzukommen, weil sie nicht weiß, wohin mit den Hasen. Und ich kann sie nicht nehmen, weil wir da selbst einen Kurzurlaub geplant haben."

Thomas sah durch das Fenster in der Ladentür, wie Agnes Hilgers hinter der Schneidemaschine stand und ausdruckslos ins Leere starrte. Karin wollte etwas sagen, atmete aber nur einmal schwer ein und aus. Ein kurzes Schweigen entstand zwischen ihnen, er spürte, wie sein Blick zu versinken begann. Er kämpfte mit den Händen dagegen an und sagte, einem spontanen Impuls folgend:

„Ich könnte die Hasen doch nehmen."

„Du? Du wärst so ziemlich der Letzte, den ich mir als Hasen-Sitter vorstellen kann."

„Wieso?"

„Du müsstest dich um sie kümmern. Füttern, Stall putzen, sie bürsten, sie haben gerade Fellwechsel."

Er begann schon, sein spontanes Angebot zu bereuen, während die Skepsis in Karins Gesicht allmählich in eine schalkhafte Belustigung überging.

„Weißt du was? Ich nehm dein Angebot an."

Eine erneute Pause entstand, während der sie spürbar nach einem Weg suchte, um etwas zu sagen. Schließlich schob sie beide Hände in die Hosentaschen, streckte dabei leicht die Arme und sagte in möglichst beiläufigem Ton:

„Warst du eigentlich schon bei eurem Haus?"

Er schüttelte den Kopf, diesmal ließ er es zu, dass ein Blick sich auf den Weg in die Tiefe machte. Und wie schon früher in solchen Momenten wusste sie, wann sie von ihm lassen musste. Und er wusste, wie schwer ihr das fiel. Sie verabredeten noch einen Termin für die Hasenübergabe, dann stieg Karin aufs Fahrrad, und Thomas widerstand dem Impuls, ihr nachzublicken.

Körper

Er brauchte einiges Fingerspitzengefühl, um die Temperatur des Wassers so einzustellen, dass sie angenehm war. Der Warmwasserregler klemmte leicht und ließ sich nur ruckweise bewegen. Als es ihm schließlich gelang, die Wärme seiner Körpertemperatur anzupassen, hielt er den Kopf eine Weile in den Strahl der Dusche, bevor er das Shampoo aus der kleinen Plastikflasche in sein Haar massierte. Er hatte den Wärter gebeten, ihm ein zweites Fläschchen auszuhändigen, weil eines nicht für sein langes Haar ausreichte. Der Wärter hatte nur gegrinst.

„Vielleicht noch eine Kurpackung? Wenn's nach mir ginge, hätten wir dir die Matte abrasiert. Aber der Direktor steht aufs Moderne im Jugendstrafvollzug. Das nächste Mal bist du alt genug für den Erwachsenenknast. Da gibt's Extrawürste nur rektal."

Vor einigen Tagen hatte der Wärter überraschend die Zellentür geöffnet und gerufen:

„Ritz, Post für dich."

Auf einem Rollwagen lag ein gründlich verschnürtes Paket. Auf der Vorderseite stand in der ungelenken Schrift seiner Großmutter die Adresse seines Heimathofes.

Der Wärter zerschnitt mit einem Taschenmesser die Schnüre und sagte:

„Aufmachen!"

Karl öffnete den Deckel des Pappkartons. Unter mehreren Schichten Zeitungspapier lag eine Karte mit dem Bild der Jungfrau Maria, sie trug eine Krone und blickte verschämt zu Boden. Auf der Rückseite stand:

„Lieber Karl, ich hab dir was gebacken und was Warmes zum Anziehen gestrickt. Damit du auch dort ordentlich aussiehst. Deine Großmutter Annemarie Ritz."

Als der Wärter auf das Paket zeigte und „Ausräumen!" sagte, bemerkte Karl, dass Hannes, sein Zellengenosse, ein magerer, nervöser Drogensüchtiger auf Entzug, hinter ihn trat und ihm über die Schulter blickte. Karl nahm einen in Wachspapier eingewickelten Kuchen und zwei Tafeln Schokolade aus dem Karton. Unter weiteren Schichten aus Zeitungspapier kamen ein hellblauer Wollpullover mit Zopfmuster und eine gleichfarbige Pudelmütze zum Vorschein. Karl legte den Kuchen und die Kleidungsstücke auf den Rollwagen und trat einen Schritt zurück. Der Wärter blickte noch einmal in den Karton und holte ein rotes Haargummi heraus, an dem ein kleiner Plastik-Marienkäfer befestigt war.

„Das hast du übersehen."

Karl hatte das Wasser endlich auf eine angenehme Temperatur eingestellt und verteilte das nach Apfel riechende Shampoo so gleichmäßig wie möglich in seinem Haar. Er schloss die Augen, nicht nur, um sie vor dem Shampoo zu schützen, sondern mehr noch, um wenigstens eine Weile nicht die jungen Männer ansehen zu müssen, die in enger Reihe unter den fünf Duschköpfen an der gegenüberliegenden weiß gekachelten Wand standen. Exakt sieben Minuten hatten sie Zeit für ihre Dusche, bis ein Trillerpfiff sie aufforderte, zehn anderen Gefangenen Platz zu machen. Eine zu lange Zeitspanne, um die Blicke unbefangen umherschweifen lassen zu können, zumal in einer Welt, in der jeder Blick mit Bedeutung aufgeladen war und als solcher auch registriert wurde. Mit geschlossenen Augen stellte Karl sich die nackten Körper vor, die er soeben gesehen hatte, einige waren bereits deformiert und aufgeschwemmt vom Alkohol, andere waren verbogen und gekrümmt von zu viel lauerndem Misstrauen, manchen sah man an, dass jahrelanger Fußball oder ein anderer Sport sie geformt hatte.

Als er die Augen wieder öffnete, sah er mit einem kurzen Seitenblick, dass Terry, der Bursche mit dem auffälligsten Körper, sich nur zögerlich unter den Duschstrahl stellte. Beim Hereingehen hatte Karl gesehen, dass Terrys Lenden und Oberschenkel starke Rötungen aufwiesen, die von einer frischen Verbrühung herrührten. Terry war Karls Blick ausgewichen und hatte sich unter den Duschkopf gestellt, der sich ganz außen bei der Tür befand. Er war ein hochgewachsener, blonder Mann mit einem extrem muskulösen, trainierten Körperbau. In seiner Zelle hing nicht wie bei den meisten Insassen Bilder von nackten Frauen, sondern ein großes Foto von ihm selbst, auf dem er für einen Body-Builder-Wettbewerb posierte, daneben ein Poster von Arnold Schwarzenegger mit eingeöltem, grotesk verrenktem Oberkörper. Terry konnte auf seinem unförmig geschwollenen Bizeps die Adern hervortreten und seine Brüste hüpfen lassen, ohne dabei ein anderes Körperteil bewegen zu müssen. In der vergangenen Woche hatte er es ausgiebig vorgeführt, als er gemeinsam mit Karl den Duschraum betreten hatte. Kurz vor Ablauf der sieben Minuten hatte er mit einer lässigen Handbewegung den Mann verscheucht, der Karl gegenüberstand. Dann seifte er sich noch einmal ausgiebig seinen Unterleib ein. Mit einer werdenden Erektion sagte er zu Karl:

„Mann, hätt ich wieder mal Lust auf eine Keule. Aber weißt du was? Zur Not tun's auch lange Haare und ein hingereckter Arsch."

Kurz darauf hatte Terry im Speisesaal Karl gegenübergesessen und ihn angestarrt, während er den Stiel einer Gabel wiederholt in einen Pfirsich bohrte und ihn wieder herauszog. Karls Zellengenosse hatte ihn am Morgen gewarnt:

„Terry hat's auf dich abgesehen. Er steht hier ziemlich oben auf der Hühnerleiter, und wenn er da bleiben will, muss er beweisen, dass er kriegt, was er will. Ist nicht das erste Mal."

Am Tag vor dem nächsten Gemeinschaftsduschen hatte Terry sich beim Essen wieder Karl gegenübergesetzt. Zwischen jedem Bissen erzeugte er mit der Zunge eine Wölbung in der Wange. Karl ignorierte ihn, aß ruhig weiter und wartete auf den Moment, als Hannes in einer hinteren Reihe des Speisesaals seinen Teller vom Tisch warf und schrie:

„Pass doch auf, du Arschloch!"

Während der Aufseher nach hinten lief, um nach dem Rechten zu sehen, stand Karl auf, ging rasch um den Tisch herum und kippte Terry den Teller mit der noch dampfenden Suppe in den Schoß. Terry stieß einen gedämpften Schrei aus und wollte aufspringen, doch Karl packte ihn an der Schulter und warf ihn mit einer solchen Wucht zurück, dass der Stuhl beinahe umkippte. Dann presste er die Hand auf seinen Nacken und drückte mit zusammengekniffenen Lippen zu, so dass Terry einen Moment reglos mit starr angespanntem Körper dasaß. Ohne ihn loszulassen, steckte Karl die andere Hand in die Hosentasche. Darauf verstärkte er den Druck an Terrys Nacken so stark, dass seine Hand zu zittern begann. Terry stieß einen hohen, gepressten Laut aus und bäumte sich gegen den Griff auf. Da ließ Karl ihn los, zog schnell die andere Hand aus der Hosentasche und setzte sie an Terrys Kehle. Kurz drückte er zu, um ihm zu zeigen, was diese Hand an seinem Hals anrichten könnte. Erst als Terry zu würgen begann und der Aufseher auf die Geräusche am anderen Ende des Raums aufmerksam wurde, löste Karl den Griff und hinterließ unter Terrys Kinn deutlich sichtbare Abdrücke seiner Finger.

Alle am Tisch hatten gesehen, was in diesen wenigen Momenten geschehen war: Wie Terry trotz einer frischen Verbrühung beinahe stumm und reglos dasaß. Sie hatten gesehen, wie Karl diesen muskelbepackten Mann mit einer Hand sekundenlang bewegungsunfähig gemacht hatte.

Hannes war danach ganz aufgeregt zu ihm gekommen.

„Jetzt kannst du auf der Hühnerleiter bis ganz nach oben aufsteigen, das musst du nutzen!“

Doch Karl vermied weiterhin alle Begegnungen, die für einen solchen Hierarchiesprung nötig gewesen wären. Dennoch machten die Ereignisse im Speisesaal rasch die Runde. Man ging Karl aus dem Weg, und auch Terry machte fortan einen Bogen um ihn.

In der Umkleidekabine ließ Karl sich Zeit. Als die anderen bereits angezogen waren, suchte er noch einmal die Toilette auf, die dem Duschraum gegenüberlag. Bevor er hineinging, überzeugte er sich davon, dass niemand mehr auf dem Gang war. Er schloss die Tür und band ein Hosenbein seiner Jogginghose mit seinem Handtuch zusammen. Dann zog er die Schlaufe am Rand des Handtuchs über die Türklinke und zog den Bund der Hose über die spitzwinkligen Metallstreben am oberen Türrand, die mit einer Federeinrichtung dafür sorgten, dass die Tür immer geschlossen blieb. Als er sich davon überzeugt hatte, dass man die Türklinke nicht mehr bewegen konnte, stellte er sich vor den Metallspiegel. Er wusste, dass ihm nur wenig Zeit blieb, darum betrachtete er sein Gesicht nur flüchtig, die tief liegenden Augen über den ausgeprägten Wangenknochen, die Linien, die von seinen Nasenflügeln zu den Enden des schmallippigen Mundes führten und in der Neonbeleuchtung des weiß gekachelten Raums noch tiefer aussahen als sonst. Er fuhr sich mit der Hand über seine schwarze Brustbehaarung. Wie gern hätte er sie abrasiert, aber das war hier einfach nicht möglich. Er holte tief Luft, betrachtete noch einmal jedes Detail, das der Spiegelausschnitt zeigte. Ein Spiegel gehörte zu den Dingen, die er hier am meisten vermisste. In seiner Zelle waren Gegenstände aus Glas oder Metall nicht erlaubt.

Dann riss er sich los von dem Anblick und zog schnell Unterhemd und Unterhose aus. Er nahm einen metallenen Mülleimer, setzte ihn umgedreht vor den Spiegel und stellte sich darauf. Nun konnte er die untere Hälfte seines Körpers betrachten. Langsam fuhr er sich mit der Hand über den Bauch, glitt tiefer. Er spreizte die Knie auseinander und drückte seinen Penis und seine Hoden zwischen seine Beine. Dann schloss er die Oberschenkel wieder und klemmte mit ihnen sein gesamtes Geschlecht ein, bis nur noch das Schamhaar darüber sichtbar war. Einen Moment lang blieb er so stehen und kämpfte gegen den Schmerz an, der augenblicklich in seinem Unterleib entstand. Er betrachtete sich und registrierte, dass er diese Position nur aufrechterhalten konnte, wenn er die Knie zusammendrückte, wie eine verschüchterte, züchtige Frau. Er erinnerte sich an ein Mädchen, das er einmal beim Spielen auf einem Bauernhof gesehen hatte, auf dem sein Großvater damals noch gelegentlich aushalf. Das Mädchen war vielleicht zehn Jahre alt, es saß auf dem Boden und spielte mit bunten Glasmurmeln. Es trug einen Rock und hatte beim Sitzen die Beine leicht gespreizt, so dass man die weiße Unterhose sehen konnte. Die Mutter des Mädchens ging mit einer großen Schüssel in den Händen über den Hof und sagte im Vorbeigehen:

„Beine zusammen!"

Ohne aufzublicken schloss das Mädchen die Schenkel und nahm eine andere Sitzhaltung ein.

Der Schmerz in den Hoden wurde heftiger, weil Karl den Druck verstärken musste, um gegen seine beginnende Erektion anzukämpfen. Als er auf dem Gang ein zweifaches Trillerpfeifen hörte, warf er einen letzten Blick in den Spiegel. Er sah seinen festen, leicht gewölbten Bauch, die ausgeprägten, aber leider viel zu schmalen Hüften, dazwischen das haarige Dreieck, das spitz auf seine Schenkel zulief. Dann gab er sein Geschlecht frei und stieg ächzend von dem Papierkorb.

Die Hasen

Die plötzliche Aktivierung des Bildschirmschoners riss Thomas aus seinen Gedanken. Er betätigte die Maustaste, der Bildschirmschoner verschwand und wich einer Seite in seinem Mailprogramm, die zur Hälfte mit Sätzen gefüllt war. Er las den letzten Satz, runzelte die Stirn und löschte einen Teil davon, rückwärts, Wort für Wort. Dann überlegte er kurz, schrieb neue Wörter an die Stelle der alten. Jetzt las er den ganzen Satz noch einmal, schüttelte den Kopf und markierte ihn mit der Maus. Kräftiger als nötig hämmerte er mit dem Zeigefinger auf die „Entfernen"-Taste und stand vom Schreibtisch auf. Er ging zum Fenster und blickte in den feinen Regen, der seit Tagen ohne Unterbrechung fiel. Die Erde konnte die Wassermengen längst nicht mehr aufnehmen, der Boden des Gartens war aufgeweicht, die Pfade hatten eine schlammige Oberfläche bekommen. Er ging nur noch mit Gummistiefeln nach draußen und hatte es aufgegeben, den Holzboden des Flurs sauber zu halten. Die Feuchtigkeit war allmählich ins Haus gedrungen, und er musste einen elektrischen Heizstrahler einschalten, um das permanente leichte Frösteln zu vertreiben.

Er betrachtete die Hecke und die Sträucher am Rand des Grundstücks, ihr Laub war dichter geworden, seit der Regen nach einer längeren Trockenperiode eingesetzt hatte, ihr Grün schien ihm satter zu sein, aber vielleicht war das nur eine optische Täuschung, das diesige Licht, das die dichte Wolkendecke durchließ, verlieh den Dingen dunklere, kräftigere Farben. Die Pflanzen waren vollgesogen und bereit für das Sonnenlicht und die Wärme, die sie schon bald wieder einhüllen sollten. Dann würden sie explodieren und endgültig die Gestalt des Sommers annehmen. Er wusste es, er hatte es einst oft im Garten seines Elternhauses am anderen Ende des Dorfes beobachtet.

Thomas schloss die Augen und lauschte. Es war nichts anderes zu hören als das leichte Prasseln des Regens auf dem Dach über seinem Arbeitszimmer. Verstummten die Vögel bei Regen oder waren ihre Stimmen nur übertönt von dem Geräusch des Wassers? Als er die Augen wieder öffnete, fiel sein Blick auf den Hasenstall, der mit einer grünen Plane bedeckt am Zaun zwischen einem Flieder- und einem Holunderbusch stand. Ihm fiel ein, dass es Zeit für die erste Fütterung war. Er setzte sich wieder an den Schreibtisch und klickte mit der Maus das kleine Kreuzchen in der rechten oberen Ecke des Bildschirms an. Ein grau hinterlegtes Feld tauchte auf, mit der Frage, ob er die begonnene E-Mail speichern wolle. Er überlegte kurz, dann klickte er auf *Verwerfen* und klappte das Laptop zu.

In der Küche gab er etwas Salat, eine Karotte und einen zerteilten Apfel in eine Schüssel. Dann zog er eine Regenjacke und Gummistiefel an und ging zum Hasenstall. Seine Schritte erzeugten quatschende Geräusche auf dem Boden. Der Stall war eine etwa eineinhalb Meter breite und einen halben Meter tiefe Box aus dünnem Sperrholz, die auf vier Holzfüßen stand. Der Unterboden war aus Blech, um die Reinigung zu erleichtern, im vorderen Teil waren ein metallenes Gitter und daneben eine kleine Holztür eingelassen. Der aufklappbare Deckel war mit grüner Teerpappe überzogen, die regendicht war, aber die Holzwände hatten an den Rändern Ritzen, so dass sich schon bald feuchte Flecken an der Innenseite des Stalls bildeten. Darum hatte er im Baumarkt eine Plastikplane gekauft und sie über den Stall gebreitet. Jetzt schob er sie so weit zurück, dass er den Deckel öffnen konnte. Die beiden Tiere kauerten sich in einer Ecke zusammen. Ein scharfer Geruch schlug ihm entgegen, er hatte den Stall seit dem Beginn des Regens nicht gesäubert, das Stroh war vollgesogen mit Urin und durchsetzt mit Kotköteln und Nahrungsresten. Er zog ein Paar Arbeitshandschuhe aus den Taschen seiner Regenjacke, nahm einige Handvoll schmutzigen Strohs heraus und steckte sie in einen Eimer. Dann tauschte er die vergammelte Nahrung gegen die frische aus und wollte den Deckel schnell wieder schließen, aber einer der Hasen hinderte ihn daran, indem er sich auf die Hinterpfoten stellte und sich aufgerichtet mit den Vorderpfoten auf den Stallrand abstützte.

Thomas betrachtete das Tier, das ihm den Kopf mit den langen hängenden Schlappohren entgegenreckte. Er hatte als Kind auf Bauernhöfen oft Tiere gesehen, die in ihrem eigenen Dreck hausten, Kühe in engen Stallboxen oder Schweine in schlammigen Verschlagen. Aber etwas unterschied die Hasen von diesen Tieren, sie schienen den Dreck, der sie umgab, nicht anzunehmen. Die Hinterbeine und Gesäße der Kühe waren mit dem Kot beschmiert, den sie absonderten, und die rosig-borstige Haut der Schweine war gesprenkelt von dem Dreck, in dem diese Tiere vegetierten. Die Hasen jedoch sahen erstaunlich sauber aus, nicht einmal das helle Bauchfell, das er jetzt gut sehen konnte, weil das Tier in seiner aufrechten Haltung verharrte, wies auch nur die geringsten Schmutzspuren auf. Er betrachtete den anderen Hasen, der in einer Ecke saß und ihn aus seinen runden, dunklen Augen beobachtete. Sein Fell war tiefschwarz, es glänzte seidig und war ebenfalls makellos. Die Tiere wirkten wie herausgeputzte Fremdkörper in ihrer dreckigen Umgebung. Thomas zog einen Handschuh aus und berührte das beigefarbene Rückenfell des immer noch stehenden Hasen, es fühlte sich weich, trocken und seidig an. Der Hase wand sich geschmeidig unter der Berührung, brachte seinen Kopf unter seine Handfläche und drückte zwei Mal kräftig von unten dagegen. Thomas streichelte dem Tier einige Male über die Ohren und senkte langsam den seitlich gelegten Kopf über den

Hasen, bis sein Ohr fast den Kopf des Tieres berührte. Das Geräusch, das er hörte, ließ seine Gedanken in die Tiefe sinken.

Als Kind hatte er sich immer einen Hund gewünscht. Sein Vater hatte das abgelehnt, aus Sorge, dass das Gebell die Mutter ebenso erschrecken könnte wie zuvor das Gekreisch ihrer Katze. Als Trost hatte er ein weißes Angora-Kaninchen bekommen. Thomas ignorierte anfangs trotzig das rotäugige Tier, das keinen Laut von sich gab und die meiste Zeit nur reglos und apathisch in der Ecke des Stalls saß. Erst nach Wochen berührte er das Kaninchen nach dem Füttern zum ersten Mal und er war überrascht, wie weich ihm das dichte flauschige Fell durch die Finger glitt. Das Tier erstarrte zunächst unter seiner Berührung, doch dann entspannte es sich und machte mit ausgestreckten Pfoten seinen Körper lang und geschmeidig. Dann nahm er das Tier aus dem Stall und trug es in die Küche, wo seine Mutter auf der Bank saß und mit dem gekrümmten Zeigefinger kleine Kreise auf der Tischdecke nachzog. Als sie Thomas mit dem Tier im Arm sah, wich sie mit geweiteten Augen zurück.

„Ganz ruhig, Mama, der Hase ist lieb. Und ganz leise."

Seine Mutter betrachtete argwöhnisch zuerst ihn und dann das Tier.

Thomas schob mit dem Fuß einen Stuhl vor seine Mutter und setzte sich. Das Kaninchen zappelte kurz mit den Hinterbeinen, als Thomas es auf seinen Schoß hob. Nach einigen Strichen über das Rückenfell beruhigte es sich.

„Magst du spüren, wie sich sein Fell anfühlt?", sagte Thomas und ergriff die Hand seiner Mutter. Sie schüttelte den Kopf und versuchte, sich seinem Griff zu entziehen. Doch Thomas hielt ihr Handgelenk mit sanftem Druck fest.

„Komm, Mama, trau dich."

Als er spürte, dass ihr Widerstand schwächer wurde, zog er ihre Hand langsam zum Rücken des Tieres und ließ sie erst los, als sie das Fell berührte.

Die Mutter betrachtete mit gehobenen Brauen ihre Hand, die in der dichten Wolle des Tieres versank. Dann bewegte sie ihre Finger, langsam und zaghaft. Plötzlich blickte sie mit offenem Mund und geweiteten Augen zur Decke, einem Ausdruck, den sie immer annahm, wenn sie auf etwas lauschte. Dann senkte sie ihren Kopf, näherte ihr Ohr dem Kopf des Tieres und sagte:

„Er knackert."

„Was?"

„Er knackert und knubbert."

Thomas senkte ebenfalls den Kopf zum Rücken des Tieres, sein Gesicht war jetzt ganz nahe dem Gesicht seiner Mutter, ihr Atem roch leicht nach Kaffee. Und dann hörte er das Geräusch, das der entspannt dasitzende Hase erzeugte, ein ganz leises, sattes Knacken des Kiefers, ein Grummeln beinahe, begleitet von einer Vibration des Kopfes, die man mit der Hand spüren konnte. Es war offenbar eine Reaktion auf das Streicheln, ein Laut des Behagens, es war seine Art zu schnurren.

Als Thomas am nächsten Tag von der Schule nach Hause kam, stand die Tür zu seinem Kinderzimmer offen. Seine Mutter kniete vor dem geöffneten Hasenstall und hatte den schräg gelegten Kopf über das Tier gebeugt, das mit geschlossenen Augen ausgestreckt dalag und ruhig und gleichmäßig atmete. Die Hand der Mutter war so tief in dem weißen Fell versunken, dass sie kaum noch sichtbar war. Als sie Thomas bemerkte, sagte sie, ohne den Kopf zu heben:

„Er knackert und knubbert wieder."

Thomas kniete sich neben seine Mutter und berührte mit seitlich gelegtem Kopf leicht ihre Schläfe. So saßen sie eine Weile reglos da und lauschten dem Behagen des Tieres.

Der Regen wurde stärker und nässte bereits das frische Stroh in dem offenen Stall. Thomas schob den immer noch aufrecht stehenden Hasen zurück und wollte den Deckel schon schließen, doch das Tier erhob sich wieder und setzte die Pfoten auf den Rand des Stalls, der schwarze Hase saß ruhig in der Ecke und beobachtete das Geschehen. Als Thomas den Hellen in den Stall zurückschieben wollte, brachte das Tier erneut seinen Kopf unter seine Handfläche und drückte zweimal fest dagegen. Er hatte diese drängende Bewegung schon einmal beobachtet, bei der Übergabe der Hasen im Garten von Karins Bruder Helmut. Er war inzwischen ein untersetzter Mann mit schütterem Haar, einige Jahre jünger als Thomas. Er hatte Thomas bereits am Eingang seines Hauses im Jogginganzug erwartet und ihn mit einem weit ausholenden und übertrieben kräftigen Händedruck begrüßt.

„Echt super, dass du die Hasen nimmst, solang wir in Urlaub sind! Ich hab schon gedacht, wir müssen sie in einen Bräter mit Senfsoße stecken."

Sie lachten gemeinsam, und danach wurde rasch deutlich, dass Helmut mit diesem Scherz seine Bereitschaft zum Gespräch verausgabt hatte. Thomas war nicht unglücklich darüber, dass er nicht schon wieder, zumal in Karins Gegenwart, erzählen musste, was ihn in sein Heimatdorf zurückgetrieben hatte. Es gab auch kaum Anlass für weiteren Austausch, die beiden Männer hatten in jungen Jahren so gut wie nichts miteinander zu tun gehabt, Helmut war noch ein Teenager gewesen, als Thomas das Dorf verlassen hatte. Jetzt konnten beide Männer sich dem wortkargen Gehabe provinzieller Männlichkeit überlassen. Was es hier zu bereden gab, war Frauensache.

„Svenja und Simone sind auch da, sie wollen dir ein paar Tipps für die Hasenpflege geben", sagte Karin und ging voraus, an dem frisch geweißten Fertigteilhaus vorbei, zu einem gepflegt wirkenden Garten mit gedüngten Kräuterbeeten und Blumenrabatten. Thomas bemerkte, dass Karins Gang nur wenig an Geschmeidigkeit eingebüßt hatte. Sie trug eine helle Bluse, deren aufgekrempelte Ärmel ihre weichen Unterarme freilegten. Ihre Haut hatte schon so viel Farbe angenommen, dass die wenigen Sommersprossen auf den Handrücken kaum mehr erkennbar waren.

Am Rand einer kurz geschnittenen Rasenfläche war ein kleines Gehege aus gesteckten Gitterteilen aufgebaut. Daneben standen Svenja und Simone und blickten auf die Hasen, die das bereits kahl gefressene, eingehegte Rasenstück schnüffelnd nach Resten von Halmen absuchten. Obwohl es ein warmer Frühlingstag war, trug Simone eine bunte Strickmütze und darunter ein Tuch um den Kopf gebunden, ihre Gesichtshaut wirkte bei Tageslicht nicht ganz so blass wie in der Neonbeleuchtung des Ladens. Als sie Thomas und Karin näherkommen sah, nickte sie ihnen kurz zu. Svenja sah ihn offen an, und ihm fiel wieder die Ähnlichkeit mit ihrer Tante auf, sie hatte ihre blaugrünen Augen und den gleichen neugierigen, wachen Blick. Thomas stellte sich auf die andere Seite des Geheges und betrachtete die Tiere, ihr Fell glänzte in der Sonne, das eine tiefschwarz, das andere beige mit einem leicht rötlichen Schimmer. Das Auffälligste an ihnen war die lange Mähne am Hinterkopf, die den gesamten Übergang vom Kopf zum Rumpf bedeckte.

„Jetzt weiß ich, warum sie Löwenkopf-Hasen heißen“, sagte Thomas.

Simone hob die Stelle, an der sich ihre Brauen befunden hatten, und sagte, ohne den Blick zu heben:

„Das sind keine Hasen, das sind Kaninchen.“

Svenja trat einen Schritt näher und knuffte sie unsanft mit dem Ellbogen.

„Du mit deinen Kaninchen. Hast du schon mal Eier vom Osterkaninchen gekriegt, du Kaninchenfuß?“

Thomas war überrascht von der Heftigkeit des Ellbogenstoßes und von der Schroffheit ihres Tons. Dann bemerkte er, dass etwas Lebhaftes in Simones Blick auftauchte, begleitet von einem leicht schiefen Lächeln, das für eine Weile nicht mehr aus ihrem Gesicht wich. Thomas ging in die Hocke, steckte einen Finger durch die Gitterstäbe und sagte:

„Ich dachte immer, Kaninchen sind Haustiere und Hasen leben wild auf dem Feld."

„Das denken alle", sagte Simone, „es gibt aber auch wilde Kaninchen, sie graben sich Höhlen und leben in Verbänden. Hasen sind größer, sie haben keine Bauten und leben als Einzelgänger. Die kann man nicht zähmen."

Simone ging vor dem geschlossenen Türchen des Geheges in die Hocke und öffnete die Verriegelung. Helmut sog hörbar die Luft ein und sagte:

„Simone, du weißt, was ich deiner Mutter versprochen habe."

„Ja, ja", erwiderte Simone und rollte mit den Augen. Aus der Bauchtasche ihres Kapuzen-Sweatshirts holte sie einen in Kunststoff eingeschweißten Mundschutz heraus und riss mit den Zähnen die Verpackung auf. Mit flinken, geübten Bewegungen legte sie sich die weiße Stoffmaske über Mund und Nase und befestigte sie mit einem Gummiband am Hinterkopf. Dann griff sie in die Gesäßtasche ihrer Jeans und zog ein Paar weißer, ebenfalls eingeschweißter Baumwollhandschuhe heraus. So gewappnet öffnete sie das Gittertürchen des Geheges. Sofort stürmten ihr beide Tiere entgegen. Simone breitete die Hände aus und versperrte ihnen den Ausgang. Der helle Hase schmiegte seinen Kopf in Simones linke Hand, legte sich flach auf den Boden und ließ sich streicheln. Der Schwarze versuchte an ihrer Hand vorbei ins Freie zu kommen. Als er merkte, dass ihm das nicht gelang, stützte er sich mit beiden Pfoten auf Simones

Hand, als wolle er sie zu Boden drücken. Als er auch hier an seine Grenzen stieß, presste er seinen Kopf in ihre Handinnenfläche und drückte ein paar Mal so fest dagegen, dass Simone leicht zurückwich. Während sie den Kopf des hellen Hasen weiterhin in ihrer gewölbten Hand hielt und ihm die Wangen kraulte, lieferte sie dem schwarzen mit der Rechten einen kleinen Kampf. Immer wieder stützte er sich aufrecht mit beiden Pfoten auf ihre Hand oder drückte mit der Stirn dagegen. Das alles geschah völlig lautlos, bis das Tier einsah, dass es nicht an der Hand vorbeikommen würde, und einen Schritt zurückwich. Simone streckte ihren Arm aus, um das Tier zu streicheln, und sagte:

„Ich kann dich jetzt nicht rauslassen. Dann brauchen wir wieder eine Stunde, um dich einzufangen."

Der Schwarze wich vor ihrem ausgestreckten Arm zurück, hoppelte zum anderen Ende des Geheges und blickte Simone aus seinen runden dunklen Augen an, als wolle er signalisieren: Wenn du mich nicht rauslässt, dann lass ich mich nicht streicheln. Simone schloss das Türchen und nahm das Netz ab, das über das Gehege gespannt war, um die Tiere vor Greifvögeln zu schützen. Dann ging sie um das Gehege herum zu dem Schwarzen, aber er wich wieder vor ihrem ausgestreckten Arm aus. Schließlich stieg sie über den Gitterrand in das Innere und ging in die Hocke. Als sie die Knie bog, sah Thomas, wie dünn ihre Beine waren. Der helle Hase kam auf sie zu, stellte sich aufrecht und legte seine Vorderpfoten auf den Oberschenkel des Mädchens. Und auch der Schwarze ließ sich jetzt streicheln, indem er den Kopf auf den Boden legte. Alle hatten sich schweigend um das Gehege versammelt und sahen zu, wie das Mädchen ihre Hasen kraulte, die bis vor Kurzem noch in ihrer Obhut gelebt hatten. Ein Schleier hatte sich über Simones Blick gelegt, das anfänglich noch schiefe Lächeln entspannte sich, es schien, als würde sie die Welt um sich herum vergessen. Karin legte ihrer Nichte beide Hände auf die Schultern, das Kind trat näher an sie heran und schmiegte sich mit dem Rücken an ihren Körper.

Helmut räusperte sich und sagte:

„Ich geh mal in den Keller und hol das Futter für die Löwen."

Als der schwarze Hase sich aus Simones Hand herauswand, hinter ihren Rücken hoppelte und sich mit den Vorderpfoten an dem Mädchen aufrichtete, lachte Svenja auf und lehnte ihren Hinterkopf an Karins Körper. Thomas beobachtete Karin verstohlen von der Seite, es lag etwas Entspanntes, Innig-Selbstvergessenes in dieser körperlichen Nähe zu ihrer Nichte.

Er erinnerte sich, wie er zum ersten Mal auf Karins unbefangenen Umgang mit ihrer Körperlichkeit aufmerksam geworden war. Es war an einem Samstagabend, als er mit seinem Vetter an der Theke der Dorfdisco stand. Roland hatte sich Mut angetrunken, denn er plante, an diesem Abend eine Nachbarin zum Tanz aufzufordern, für die er seit einiger Zeit schwärmte. Es war ein unscheinbar wirkendes, stilles Mädchen mit einem blonden Pferdeschwanz, das mit dem Rücken an die Wand gelehnt stand und auf irgendetwas zu warten schien. Aus den Lautsprechern sang eine raue Männerstimme: *Lay back in the arms of someone,* und Roland bestellte sich ein weiteres Bier.

„Wenn du das austrinkst, wirst du sie nicht mehr ansprechen, höchstens anlallen oder ankotzen", sagte Thomas und nahm ihm das Bier aus der Hand.

Roland hob schwerfällig den glasigem Blick.

„Die spricht man nicht einfach so an."

„Wieso nicht?"

„Die ist was Besonderes."

In diesem Moment kam Karin mit einer Freundin an die Theke, um etwas zu trinken zu bestellen. Sie hatte das Volumen ihres ohnehin schon dichten Haares mithilfe eines Föhns verdoppelt, trug eine knappe Jeans und eine eng anliegende weiße Bluse mit breitem offenem Kragen. Ein leichter Duft nach Apfelshampoo ging von ihr aus. Thomas war überrascht, wie sehr sie sich in letzter Zeit verändert hatte. Das erste Mal hatte er sie vor sechs oder sieben Jahren bewusst wahrgenommen, als sie mit drei anderen Mädchen gemeinsam Gummi-Twist spielte. Sie war vielleicht zehn Jahre alt gewesen, ihr langer Pferdeschwanz hatte bei den komplizierten Hüpffiguren auf und ab gewippt. Ihr Gesicht war gerötet gewesen vor Anstrengung und Aufregung, und als sie mit einem beinahe akrobatischen Sprung aus dem weißen Gummi-Viereck, das zwei Freundinnen mit ihren Beinen aufgespannt hatten, heraussprang, warf sie die Arme in die Luft und rief: „Voilà!"

Als sie ihm zwei oder drei Jahre später das nächste Mal auffiel, hatte er sie zunächst beinahe nicht erkannt. Es war an einem Sommernachmittag im Laden der alten Hilgers gewesen. Mehrere Mädchen kauften Süßigkeiten, und die alte Hilgers, seit jeher mürrisch und zu raumgreifendem Griesgram neigend, war sichtlich genervt wegen der plappernden Mädchenschar, die ohnehin nur Groschenbeträge in die Kasse brachte. Doch einmal hellte sich ihre Miene auf und der Anflug eines Lächelns verlieh ihrem Gesicht einen ungewöhnlichen Ausdruck. Das Mädchen, das diesen Ausdruck offenbar ausgelöst hatte, stand mit dem Rücken zu ihm gewandt. Karin trug einen Jeansrock und ein rotes T-Shirt. Ihr Körper wirkte schlank und hochgestreckt, strahlte aber dennoch eine gewisse Weichheit aus. Sie plauderte kurz mit der alten Hilgers, erklärte ihr, warum sie das Haribo-Konfekt so liebte, das sie gerade im Begriff war zu bezahlen, besonders die gelben und weißen Teilchen, die mit Lakritze gefüllt waren. Und sie schwärmte so freimütig und ungekünstelt, so ohne Ziererei und höfliche Konvention, dass sogar die alte

Hilgers davon nicht unberührt blieb. Als Karin sich umdrehte, die Zähne bereits an der Konfektverpackung, stieß sie beinahe mit Thomas zusammen. „Huch!", sagte sie und er sah zum ersten Mal diesen Blick, über den er sich später noch so oft wundern würde. Es war ein offener, ungeschützter Blick, als gäbe es in diesem Augenblick nichts, was sich zwischen ihre Neugier und den Gegenstand ihres Interesses stellen könnte.

Auch jetzt, Jahre später, im flackernden Licht der sich drehenden Discokugel, sah Thomas, dass Karins Gesicht leicht gerötet war, wie damals beim Gummi-Hüpfen. Doch die Farbe rührte wohl von der Sonne her, denn ein schmaler Kranz Sommersprossen hatte sich um ihre Nase und auf den weichen oberen Wangenpartien gebildet. Das Licht der Neonbeleuchtung und der Discokugel ließ das Grün-Blau ihrer Augen beinahe künstlich wirken. In ihrem Blick lag wieder jene Aufmerksamkeit und Neugier, die er beim Spiel mit dem Gummiband noch nicht bemerkt hatte. Ihre Freundin Lydia, ein pummeliges Mädchen mit Ponyfrisur und einem beträchtlich entwickelten Busen, kam mit Karin im Schlepptau zu ihnen herüber. Lydia stupste Roland unsanft gegen die Schulter und sagte:

„Wieso tanzt du nicht mit Helga? Sie wartet doch bloß drauf, dass du sie aufforderst."

Roland sah sie mit verschwommenem Blick an.

„Die ist was Besonderes, die ist – "

„Was?"

„Eine... eine..."

„Was?"

„Eine Heilige."

Karins Freundin verdrehte die Augen und sagte:

„Au, Backe! Aber manchmal hast du auch nicht so heilige Fantasien, oder?"

Roland beugte sich zu ihr hinüber, blickte ihr kurz auf den Busen und sagte mit dem Ausdruck schwammiger Entrüstung:

„Von Helga? Nie!"

Ein leichter Schalk blitzte in den Augen des Mädchens auf.

„Ach so. Von wem hast du dann unheilige Fantasien?"

Als sich eine leichte Röte über Roland glänzendes Gesicht legte, lachte Karin hell auf. Sie legte einen Arm um die Schultern ihrer Freundin und sagte:

„Verstehe, für das sind wir lange gut, was?"

Karin lachte noch einmal und blickte Thomas offen an. Es war ein leicht herausfordernder Blick, aber es lag dennoch keine Koketterie darin, eher die freudige Überraschung, dass etwas Neues, Aufregendes in ihr Leben getreten war, und man sah ihre Bereitschaft, sich dem nicht zu verschließen. Auch wirkte ihre Geste in keiner Weise verführerisch, als sie so dastand, den Arm um die Schulter der Freundin gelegt, und sich Seite an Seite mit ihr freiwillig dem Reich der unheiligen Mädchen zuordnete, obwohl das andere Mädchen zwar weniger hübsch war, sich aber mit ihrer üppig entwickelten Oberweite eher für die feuchten Fantasien pubertierender Männlichkeit eignete. Karin begann sich damals offenbar ihrer werdenden Körperlichkeit und all dessen, was sie damit auslöste, bewusst zu werden. Dem offenen Blick, der sich mit diesem ungekünstelten Selbstbewusstsein verband, hielt Thomas nicht lange stand. Aber während er sein Bierglas nahm und sich eine Zigarette anzündete, freute er sich insgeheim, dass dieser Blick für einen Moment ihm gegolten hatte, auch wenn die momentane Konkurrenz – sein betrunkener Vetter, der gerade ein anderes Mädchen anschmachtete – nicht eben übermächtig war.

„Und was meinst du dazu, Karl?", fragte Karin über seine Schulter hinweg. Thomas drehte sich um, am anderen Ende der Theke saß Karl Ritz, ein fast leeres Bierglas vor sich. Er trug ein eng anliegendes Hemd, das an den Schultern spannte und dessen Knöpfe vollständig geschlossen waren, so dass der breite Kragen unter seinem Kinn eingeklemmt war. Sein langes schwarzes Haar glänzte und erzeugte wechselnde Lichtreflexe. Thomas hatte ihn bisher nicht bemerkt, aber Karins Frage deutete darauf hin, dass er schon länger dagesessen und ihre Unterhaltung mit angehört hatte. Karl nahm einen langen Zug an seiner Zigarette und beobachtete Roland, wie er über sein Bierglas hinweg zu Helga hinüberstarrte, die immer noch an der Wand lehnte und so tat, als ginge sie das Geschehen um sie herum nichts an. Dann warf Karl die Zigarette zu Boden, trat sie aus und sagte:

„Klarer Fall. Alles Fotzen außer Mama."

Thomas konnte ein prustendes Lachen nicht gänzlich unterdrücken, fasste sich aber gleich wieder, weil Roland neben ihm sein Glas auf die Theke knallte und mit dem Finger auf Karl deutete.

„Was hasse gesagt?"

Karl ignorierte die gelallte Frage und zündete sich eine neue Zigarette an. Karin wirkte irritiert, die Neugier war aus ihrem Blick verschwunden, sie hatte ihre Cola genommen und sich wortlos von den anderen entfernt.

„Einen Cent für deine Gedanken", sagte Karin. Svenja, die immer noch an ihre Tante geschmiegt dastand, hielt sich kichernd die Hand vor den Mund. Thomas wurde bewusst, dass er offenbar einen abwesenden Eindruck gemacht hatte, und kratzte sich verlegen am Hinterkopf.

„Ich denk nur, hoffentlich krieg ich die beiden Löwen da gebändigt."

„Simone kann ja gelegentlich vorbeikommen und nach dem Rechten sehen", sagte Karin. „Was meinst du, Simone?"

Das Mädchen hielt kurz in ihrem Spiel mit den Hasen inne und zuckte gleichgültig die Schultern.

„Von mir aus."

Der Regen lief am Kapuzenrand seiner Regenjacke entlang und war bereits in den Kragen gedrungen, als er sich an Simones abschließende Mahnung erinnerte:

„Hasen haben zwar mehr Probleme mit Hitze als mit Kälte. Aber was sie gar nicht vertragen, ist Zugluft und Nässe."

Thomas fluchte und wischte sich mit der Hand über den nassen Nacken. Er nahm einen Sack frischen Strohs, den er am Vortag beim alten Leitner geholt hatte, aus dem Kofferraum seines Wagens und verteilte einige Handvoll davon im Stall um die Hasen herum. Die Tiere gerieten in Aufregung, sofort vergruben sie ihre Nasen in das Stroh, packten einzelne Halme mit den Zähnen, verteilten sie hierhin und dorthin und bereiteten sich ein Lager. Bevor er den Stalldeckel zuklappte und die Plane darüber breitete, atmete er tief den vertrauten würzigen Kindheitsgeruch des Strohs ein.

Kurz vor der Abenddämmerung wurde der Regen allmählich schwächer, schließlich ging er in ein leichtes Tröpfeln über. Thomas stand unschlüssig in der Küche und blickte aus dem Fenster. Kleine Pfützen hatten sich rings um das Haus gebildet, überall tropfte es von den Bäumen und Sträuchern. Der Garten strahlte eine kühle Frische aus. Er öffnete den uralten, aber immer noch funktionstüchtigen Kühlschrank, schloss ihn gleich wieder und schaltete das Radio ein. Aufdringliche Musik mit einem wummernden Bass ertönte, hastig drehte er die Lautstärke zurück, bis nichts mehr zu hören war. Dann ging er die Treppe hinauf ins Arbeitszimmer und stand eine Weile vor dem Schreibtisch. Er überlegte, ob er sein Laptop einschalten sollte. Schließlich setzte er sich in einen Sessel und legte die Arme auf die hölzernen

Lehnen. Er saß unmittelbar unter dem Dach des Gartenhauses und hörte, wie sporadisch der Regen von einer hohen Fichte auf das Dach fiel. Es waren zwei Stellen, auf denen die Tropfen aufprallten, eine direkt über ihm und eine über der linken Ecke des Zimmers. Ihre Regelmäßigkeit bildete einen Rhythmus, der zweite Tropfen traf ein wenig verfrüht auf, beinahe synkopiert. *Ta-tam, ta-tam, ta-tam.* Thomas schloss die Augen und überließ sich dem tropfenden Takt. Das Brummen und Rauschen der Gastherme in der Küche legte einen grundierenden Teppich unter das Klopfen. Ohne dass er es bemerkte, gerieten seine Schultern in eine leichte Pendelbewegung, während er sich den Klängen überließ. Von fern näherte sich leise ein Summton, in einer so hohen Frequenzlage, dass er ihn zunächst mehr spürte als hörte. Der Ton schwoll an, stabilisierte sich knapp über der Wahrnehmungsgrenze auf der rechten Seite seines inneren Klangraums. Er überließ sich dem Ensemble aus dem fernen Summen, dem Klopfen des Regens und dem Brummen der Therme, bis es sich zu einem Gewebe verdichtete. Dann begann er leise vor sich hinzusummen, in einer Stimmlage einige Oktaven unter dem hohen Ton in seinem rechten Ohr, und doch in enger harmonischer Beziehung zu ihm. Er saß da, reglos und ruhig, die Hände auf den Lehnen des Sessels, bis eine einsetzende Müdigkeit sich allmählich dämpfend über alle Klänge legte und das Summen zum Verstummen brachte.

Laute

Obwohl er die Scheibenwischer auf Schnellgang geschaltet hatte, verschafften sie ihm bei den Regenmassen keine freie Sicht. Thomas sah im Rückspiegel, dass Roland auf der Rückbank saß und verschmitzt grinste. „Ich verrate dir einen Trick", sagte er. „Drück den Zigarettenanzünder rein, dreh ihn einmal im Uhrzeigersinn." Thomas tat es und der Scheibenwischer bewegte sich so schnell, dass er kaum mehr sichtbar war. Sie fuhren auf einer schmalen, geraden Straße, die durch einen dichten Wald führte. Thomas blickte wieder in den Spiegel und sah, dass Karin neben Roland saß und sich mit einer weißen Lotion die Unterarme eincremte. Mit langsamen, geradezu liebkosenden Bewegungen strich sie mit den Handinnenflächen ihre Arme auf und ab und summte dabei eine Melodie, die ihm bekannt vorkam, die er aber nicht einordnen konnte. Thomas bemerkte, dass Roland sie von der Seite argwöhnisch beobachtete, und plötzlich wurde Karin dieser Argwohn bewusst. Sie lachte und sagte: „Na, magst du auch ein bisschen was?" Dann fuhr sie Roland kurz mit der Hand durchs Haar. Thomas spürte eine aufkeimende Eifersucht. „Das tut sie bei mir nur deshalb nicht", dachte er, „weil ich diese hässlichen runden weißen Flecken im Haar hab." Schließlich beruhigte er sich mit dem Gedanken, dass sie Roland wie einem Kind über den Kopf gestreichelt hatte. Roland blickte trotzig aus dem Seitenfenster. Thomas beobachtete im Rückspiegel, wie Karin sich eincremte, in langsamen, zärtlichen Bahnen fuhr sie sich mit den Handflächen über ihre Wangen und dann hinab über den Hals. Thomas drehte sich kurz um und wollte Karin anlächeln, aber ihr Platz war plötzlich leer. Roland saß allein auf der Rückbank und schrie: „Bist du verrückt, guck auf die Straße!"

Thomas blickte wieder nach vorn und konzentrierte sich auf das Fahren. Jetzt war Karin wieder im Rückspiegel zu sehen, sie hatte die oberen Knöpfe ihrer Bluse geöffnet und cremte sich hingebungsvoll das Dekolletee ein. Thomas lehnte sich in den Sitz zurück und fuhr entspannt weiter, bis er eine Gestalt am Straßenrand stehen sah. Er erkannte sie zunächst nicht, dann sah er, dass es seine Mutter war. Ihr regennasses Haar hing ihr wirr ins Gesicht. Sie hielt einen Besen in der Hand und kehrte damit unentwegt auf derselben Stelle. Thomas drehte sich um und rief: „Das war meine Mutter!" – „Guck nach vorn!", sagte Roland. „Sie hat doch eine Waffe." Thomas blickte in den Rückspiegel und sah, dass seine Mutter verschwunden war. An der Stelle, wo sie gestanden hatte, lehnte Karl Ritz lässig an einem Baum, in der einen Hand einen Regenschirm mit Blumenmuster, in der anderen ein schwarzes Gewehr mit Zielfernrohr.

„Wahnsinn, was hier für eine Luft im Auto ist", sagte Roland. – „Was ist denn mit der Luft?", fragte Thomas. „Sie riecht so arg nach Frau, dass man kaum mehr atmen kann." Roland hielt sich die Nase zu, dann öffnete er das Fenster und steckte den Kopf hinaus.

Thomas bemerkte, dass sein Mund trocken war, seine Zunge klebte förmlich am Gaumen. „Ich hab irrsinnigen Durst", sagte er und fuhr sich mit der rauen Zunge über die ausgetrockneten Lippen. „Nimm mal 'nen Schluck!", sagte Karl, der plötzlich mit dem Gewehr in der Hand auf dem Beifahrersitz saß und ihm eine Flasche mit einer durchsichtigen Flüssigkeit reichte. Thomas nahm die Flasche, die kein Etikett hatte, setzte sie sich an den Mund und trank in langen genüsslichen Zügen. Er spürte, wie die Flüssigkeit seinen Gaumen benetzte, wie sie den Schlund hinunterglitt und auch dort die Trockenheit vertrieb. Thomas trank weiter, Schluck für Schluck, leerte die Flasche bis zur Hälfte, bis er bemerkte, dass die Flüssigkeit in seinem Inneren ein Brennen verursachte, das sich sogleich in seinem gesamten Körper ausbreitete. Thomas roch an der Flasche und reichte sie zornig Karl zurück. „Bist du irre? Was hast du mir da gegeben?“ Grinsend klopfte Karl drei Mal mit dem Gewehr auf den Boden und antwortete: „Feuerwasser, was sonst?“ Thomas spürte, wie der Alkohol sich in seinem Kopf ausbreitete. Er hörte jetzt den Regen viel deutlicher als vorher, den Fahrtwind auch und das Geräusch des Motors, in das sich ein gleichmäßiges Klopfen mischte, das immer lauter wurde. „Hörst du das Klopfen im Motor?“, fragte Thomas. „Du hörst Gespenster“, antwortete Roland. „Da ist doch ein Klopfen!“, beharrte Thomas. „Ich höre es ganz deutlich.“ Das Klopfen schwoll an, es füllte seinen Kopf aus, pochte von innen an seine Stirn, so stark schließlich, dass er es geradezu körperlich spürte. Panik überfiel ihn, denn er wusste, dass er jeden Moment die Kontrolle über sein Fahrzeug verlieren würde. Das Klopfen wurde noch lauter, steigerte sich zu kleinen Explosionen. Thomas nahm die Hände vom Lenkrad, presste sie an seine Schläfen und erwachte.

Er brauchte eine Weile, bis er erkannte, wo er war. Fahles Mondlicht fiel durchs offene Fenster und deutete die Konturen der Gegenstände im Raum an, das Bett, in dem er lag, das kleine Regal an der Wand gegenüber. Dann hörte er ein Klopfgeräusch, das vom Garten kam. Er stand auf und spürte einen leichten Schwindel, als er ans Fenster trat. Mit angehaltenem Atem lauschte er in die Nacht hinein, das Klopfen ertönte erneut, es kam vom Hasenstall, ein kurzes rhythmisches *Paff, Paff, Paff.* Dann verstummte das Geräusch, um nach wenigen Minuten wiederzukommen. Er zog eine Jogginghose und ein Sweatshirt an und ging mit einer Taschenlampe in den Garten. Der Regen hatte aufgehört, die Luft war angenehm kühl und feucht von den dunstenden

Pflanzen. Er leuchtete auf das Gitterfenster des Stalls und sah den hellen Hasen, das Licht der Taschenlampe ließ seine Augen rötlich aufblitzen. Dann öffnete er den Stalldeckel, ein warmer Geruch nach Stroh, Heu und Tier wehte ihm entgegen. Der dunkle Hase saß still in der Ecke und blinzelte im Schein der Lampe. Thomas klopfte mit dem Fingerknöchel gegen die Innenwand des Stalls und suchte vergeblich nach einer Erklärung, wie die Tiere dieses laute Klopfgeräusch erzeugt haben könnten. Dann schloss er den Deckel und ging ins Haus zurück. Er lag noch eine Zeit lang wach und lauschte. Das Klopfen kam nicht zurück, und nach einer Weile schlief er wieder ein.

Am nächsten Morgen öffnete Thomas eine SMS, die Karin ihm kurz vor ihrer Abreise geschickt hatte. „Hallo Tom, Hasen-Mom, für den Fall, dass was ist: Simones Nummer. Hab eine gute Zeit! Karin." Noch während er Simones Nummer wählte, wurde ihm bewusst, dass er selbstverständlich davon ausging, ihre Krankheit würde sie davon abhalten, zur Schule zu gehen. Er wollte schon auflegen, als sie sich mit einem leisen, aber bestimmten „Hallo" meldete. Im Hintergrund waren Kinderstimmen zu hören.

„Hallo Simone, hier ist Thomas Neukirch, stör ich dich in der Schule?"

„Hab gerade Pause. Ist was mit den Hasen?"

„Ich bin mir nicht sicher. In der Nacht haben sie ziemlich komische Geräusche gemacht."

„Was für Geräusche?"

„Sie haben irgendwie rhythmisch geknallt. *Paff, paff.* Zuerst hab ich gedacht, die haben Blähungen, ich hab ihnen am Abend Kohlblätter und Löwenzahn gegeben. Aber das waren richtige kleine Explosionen, die hätten eher zu einem Elefanten gepasst."

Simone kicherte leise, es war das erste kindliche Lachen, das er von ihr hörte.

„Das waren Warnlaute", sagte sie, „so machen sie ihre Artgenossen auf eine Gefahr aufmerksam. Wahrscheinlich ist eine Katze oder ein Marder am Stall vorbeigeschlichen."

„Und wie machen sie diese Laute?"

„Indem sie mit den Hinterbeinen auf den Boden stoßen."

„Dann waren alle Hasen in einem Umkreis von einem Kilometer gewarnt. Ich bin jedenfalls davon wach geworden."

„Das war ja auch der Sinn der Sache. Aber keine Sorge, Kaninchen können nur zwei laute Geräusche erzeugen."

„Und was ist das zweite?"

„Das wollen Sie nicht hören. Ein Quieken, wenn sie in Lebensgefahr sind. Wenn sich Räuber in Ihrem Garten rumtreiben, sollte man die Verschlüsse am Stall mit Karabinerhaken sichern. Ich bring Ihnen welche. Jetzt muss ich wieder in die Klasse."

Noch bevor er sich verabschieden konnte, hatte sie aufgelegt. Thomas setzte sich mit einer Tasse Tee auf die Terrasse und zündete sich ein Zigarillo an. Der Flieder stand jetzt in voller Blüte und verbreitete in der Sonne einen betäubend süßlichen Duft. Am Rand des Zauns schlich eine Katze vorbei, ein schlanker, grau gestreifter Tiger. Das Tier hielt kurz inne, fror seine geschmeidige Bewegung für einen Moment ein und blickte aufmerksam herüber, zuerst zu ihm und dann zum Gittergehege, in dem die Hasen Seite an Seite nebeneinander im Gras saßen. Thomas erhob sich, nahm einen Fichtenzapfen vom Boden und warf ihn in Richtung der Katze. Das Tier schreckte auf und lief davon.

Als Kind hatte er eine ähnlich aussehende Katze besessen, sein Vater hatte sie ihm zu seiner Einschulung ins Gymnasium geschenkt. Er hatte sich anfangs nicht sonderlich für sie interessiert, aber er erinnerte sich noch lebhaft, wie überrascht er war, als er zum ersten Mal ihr Schnurren hörte. Bei der nächsten Gelegenheit machte er seine Mutter auf das Geräusch aufmerksam. Er kraulte die Katze am Hinterkopf, und nach einer Weile begann sie zu schnurren. Die Brauen seiner Mutter hoben sich, ein leichtes Lächeln entspannte ihre Züge.

„Wie klingt das, Mama?" Sie legte den Kopf leicht schräg und lauschte. Dann sagte sie:

„Sie schmurgelt."

„Sie schmurgelt?", sagte er, „Du meinst, sie schnurrt."

Ernst und mit Bestimmtheit in der Stimme erwiderte sie:

„Nein, sie schmurgelt. Hör, wie sie schmurgelt."

Eine Weile saßen sie da und streichelten gemeinsam die Katze auf ihrem Schoß.

Thomas hatte schon früh gelernt, welche Geräusche seine Mutter mochte und welche nicht. In dem Kasten mit den Holzinstrumenten zur Imitation von Vogelstimmen befand sich etwa ein kleines gedrechseltes Trötchen, das den quäkenden, schalmeiartigen Ton einer Stockente nachahmte. Als er zum ersten Mal hineinblies, verzog seine Mutter das Gesicht und hielt sich die Ohren zu. Thomas frage sie, warum ihr der Klang nicht gefalle, und sie antwortete:

„Es ökelt."

Er lachte auf.

„Der Klang ekelt dich?"

„Nein", hatte sie erwidert, „ekeln tut grobe Leberwurst. Das da ökelt. Hör!" Thomas blies noch einmal in das Trötchen, und seine Mutter verzog den Mund, als habe sie auf etwas widerlich Schmeckendes gebissen.

Immer wenn sie auf einem Wort für ein Geräusch beharrte, begann sie ihr Insistieren mit der Aufforderung „Hör!", als würde der Klang von selbst das zu ihm passende Wort preisgeben, wenn man nur genau hinhörte. In solchen Momenten verschwand ihr fremdländischer Akzent fast völlig.

Manchmal forderte sie Thomas auch von sich aus auf, einen Klang zu erzeugen. „Blibber noch mal, bitte", sagte sie etwa, wenn sie wollte, dass er mit vorgewölbten Lippen einen Trillerpfeifton erzeugte. Dann sah sie ihn belustigt an, kicherte leise und klatschte in die Hände. Es gab Tage, da saß sie stundenlang vor dem Radio und lauschte der Musik, mit entrücktem Ausdruck, den Blick in einer Ferne verloren, und es war unmöglich, sie zu irgendeiner Reaktion zu bewegen. Irgendwann schaltete Thomas dann das Radio aus, stellte einen umgedrehten Putzeimer auf den Küchentisch, holte den hölzernen Fleischklopfer aus der Schublade und sagte:

„Und jetzt, Ladies und Gentlemen, let's rumpeldipumpel!"

Dann begann er, im rhythmischen Gleichtakt auf den Eimer zu schlagen. Seine Mutter hatte das dumpfe Hämmern „Rumpeldipumpel" getauft, und es stand bald für alle möglichen klopfenden Geräusche auf Töpfen, Tischplatten oder Blechdosen. Wenn er sein Klopfen dann noch mit rhythmischen „Piff"- und „Paff"-Rufen unterstützte, runzelte seine Mutter die Stirn, schürzte die Lippen und begann sich leicht in den Schultern zu wiegen.

Es gab aber auch Geräusche, die seine Mutter ängstigten, und es war nicht immer abzusehen, welche Klänge solche Zustände auslösen konnten. Einmal kam Thomas in die Küche, um sich ein Glas Milch zu holen, und fand seine Mutter vor, wie sie mit dem Rücken an die Wand gepresst dastand und sich die Ohren zuhielt, ihre Augen waren weit aufgerissen. Vor ihr stand die Katze und miaute, offenbar um Nahrung bettelnd. Als seine Mutter Thomas sah, schrie sie:

„Aufhören!"

Thomas jagte die Katze aus der Küche, nahm seine Mutter beim Arm und brachte sie dazu, sich auf einen Küchenstuhl zu setzen.

„Was hast du, Mama?

Seine Mutter blickte ihn mit vor Angst geweiteten Augen an.

„Mama, wie klingt die Katze?“

Sie schüttelte nur den Kopf und sagte:

„Keine Wort.“

In der folgenden Nacht riss ihn ein Geräusch aus dem Schlaf. Er hatte es noch traumgefiltert im Ohr, als er erwachte, und brauchte einen Moment, um die Lage zu erfassen. Das Fenster war geöffnet, er lauschte. Dann kam das Geräusch wieder, ein lang gezogener Schrei, kehlig an- und abschwellend. Dann erneut, lauter noch und eindringlicher. Zunächst dachte er, ein Mensch sei in Not, ein Kind vielleicht, völlig außer sich oder besessen von etwas. Aber dann hörte er den animalischen Unterton, das Wilde, Raubtierhaft-Bedrohliche. Die Tür ging auf, mit Deckenlicht, grell und ohne Ankündigung. Blinzelnd sah er seinen Vater im Pyjama, das Haar zerzaust, die Augen hinter den dicken Brillengläsern flackerten.

„Komm schnell, Mama ist in Panik, geh zu ihr, ich verscheuch die Katzen.“

Thomas sprang aus dem Bett, folgte seinem Vater in den Flur. Die Tür zum Elternschlafzimmer stand offen. Seine Mutter saß aufrecht im Bett und hielt beide Hände auf die Ohren gepresst. Schweißperlen standen ihr auf der bleichen Stirn, ihre Brust hob und senkte sich schnell. Thomas ging mit einem beklommenen Gefühl auf sie zu, er hatte seine Mutter noch nie im Bett des elterlichen Schlafzimmers gesehen. Ihr gelöstes schwarzes Haar fiel in langen Wellen auf ihr weißes Nachthemd. Sie blickte ihn an, begann ihn gerade zu erkennen, da drang der Schrei des Tieres erneut durchs geschlossene Fenster. Ihre Augen weiteten sich, ihr Atem begann zu rasen, sie öffnete den Mund, gab aber keinen Laut von sich. Thomas setzte sich auf den Bettrand und legte seine

Hände auf die ihren, die fest auf die Ohren gepresst waren.

„Ganz ruhig, Mama, das sind nur Katzen."

Er hörte, wie sein Vater die Haustür öffnete, etwas rief und mehrmals in die Hände klatschte.

„Papa hat sie verscheucht, Mama, sie sind weg."

Seine Mutter saß reglos da und starrte an ihm vorbei aufs Fenster. Während er ihre Hände an ihren Ohren streichelte, begann sich allmählich ihr Atem zu beruhigen, doch ihr Blick kehrte nicht mehr zurück. Nach einer Weile betrat sein Vater den Raum und blieb zwei Schritte von dem Bett entfernt stehen.

In den Tagen darauf saß seine Mutter still und völlig reglos auf der Küchenbank neben dem eingeschalteten Radio. Sie reagierte weder auf das Gehörte noch auf jegliche Ansprache und war weder zum Bügeln noch zum Kehren der Straße zu bewegen. Selbst als Thomas das Radio abstellte und mit dem Fleischklopfer auf einen Topf hämmerte, saß sie nur da und sah ihn ausdruckslos an. Er trommelte lauter, im schnelleren Takt, aber sie zeigte keinerlei Reaktion. Er fühlte eine unbestimmte, lähmende Angst in sich aufsteigen, die er mit immer wilderem Gehämmer zu verscheuchen suchte. Doch es half nichts, seine Mutter blieb unerreichbar. Er nahm den größten Suppentopf aus dem Schrank und einen schweren stählernen Schöpflöffel aus der Besteckschublade und steigerte sein Getrommel zu einem ohrenbetäubenden, metallischen Krawall. Doch mehr als ein Stirnrunzeln und eine tiefe Falte über der Nase vermochte er damit bei seiner Mutter nicht hervorzurufen, ihr Blick blieb versunken in einer unerreichbaren Tiefe. Wütend warf er den Schöpflöffel zu Boden, trat nah vor sie hin und berührte ihren Kopf mit seiner Schläfe. Dann blickte er lange in die Richtung, in die ihr Blick zu weisen schien. Aber es gab gar keine Richtung, nur einen undurchdringlichen Schleier über einem abgrundtief dunklen Innenraum. Schließlich packte er seine Mutter bei den Schultern, sie waren schmal und biegsam wie die einer Stoffpuppe.

„Hey, wo bist du?“

Dann sprang er auf, fegte den Suppentopf vom Tisch und lief aus der Küche, hinaus ins Freie. Er rannte drauflos und blieb erst stehen, als er keuchend den Dorfrand erreicht hatte. Und er lief weiter, über eine Wiese, versuchte an ihrem Rand über einen Bach zu springen, schaffte es nicht ganz und rutschte von der Böschung zurück in den Bach. Das Wasser in seinen Schuhen erzeugte ein Quatschen, als er mit zügigem Schritt weiter bis zum Waldrand ging. Schwer atmend blieb er stehen und ließ sich auf einen umgekippten Baumstamm sinken, um Luft zu schöpfen. Er presste beide Hände auf seine Ohren und konzentrierte sich auf das Geräusch, das sein beschleunigter Atem in seinem Inneren erzeugte. Es war ein scharfes, bedrohlich nahes Zischen, das unter einem leichten grundierenden Grollen seinen ganzen Kopf ausfüllte. Er wartete, bis sein Atem langsamer wurde, dann nahm er die Hände von den Ohren, und die Außenwelt kam ihm für einen Moment unnatürlich still vor. Von fern blökte eine Kuh, ein Traktormotor knatterte, wurde aber gleich wieder abgestellt. Dann hörte er über sich ein Geräusch, das seine Mutter einmal *Schrieb, Zrieb* genannt hatte, es war das Tschirpen einer Amsel. Thomas brauchte eine Weile, bis er den Vogel im Geäst einer Rotbuche ausfindig machte. Sein braunes Gefieder verriet ihm, dass es ein Weibchen war. Er begann wieder schwerer zu atmen, hob einige Äste vom Boden und warf damit nach dem Vogel, bis er davonflog. Dann zerbrach er einen kräftigen Ast in der Mitte und hielt zwei Knüppel in Händen. Er kniete sich vor den Baumstamm und begann, mit den Hölzern auf den Stamm zu schlagen, langsam zunächst, abwechselnd im gleichmäßigen Rhythmus. Dann schneller und härter, bis einzelne Stücke von der morschen Rinde absplitterten. Er steigerte sein Hämmern in einen wilden Wirbel, so lange, bis seine Handgelenke zu schmerzen begannen. Schließlich hielt er inne, warf die Knüppel ins Gebüsch und kniete eine Weile reglos mit gesenktem Kopf da, bis er hinter sich eine Stimme hörte.

„Du klingst wie ein Indianer auf Kriegspfad."

Thomas erschrak und fuhr herum. Karl Ritz stand lässig mit der Schulter an die Rotbuche gelehnt und drehte sich eine Zigarette. Sein langes tiefschwarzes Haar fiel strähnig und glänzend über seine Schultern, die sich unter einem karierten Flanellhemd spannten.

„Und du *siehst aus* wie ein Indianer auf Kriegspfad."

Für einen Moment verhärteten sich Karls Züge, und Thomas fürchtete schon, dass er zu weit gegangen war. Dann grinste Karl und führte den Kleberand des Zigarettenpapiers an die Zungenspitze.

„Dann bete zu Manitu, dass wir zum gleichen Stamm gehören", sagte Karl und hielt Thomas die Zigarette hin.

Sie setzten sich nebeneinander auf den Baumstamm und rauchten. Thomas wartete darauf, dass Karl ihn fragte, was er hier mache und was es mit dem Getrommel auf sich habe. Aber die Frage kam nicht. Schließlich klopfte Thomas mit dem Handballen auf den Baumstamm und sagte:

„Ist ein super Gerät zum Trommeln-Üben."

Karl blickte ihn kurz von der Seite an und nahm ihm die Zigarette aus der Hand. Thomas wurde die Stille immer unbehaglicher und er fragte:

„Habt ihr Katzen auf dem Hof?"

„Klar, sonst hätten wir bald mehr Mäuse als Mistkäfer."

„Könnt ihr eine neue brauchen?"

„Hat eure Junge gekriegt?"

„Nein, aber die macht einen Wahnsinnslärm, schreit in der Nacht wie verrückt. Ich hab zuerst gedacht, da wird einer abgemurkst. Ist nicht zum Aushalten."

„Das ist der Deckschrei."
„Was?"
„So klingt's, wenn's einer ihr besorgt." Karl drückte seine Zigarette an dem Baumstamm aus und sagte: „Auf eine mehr oder weniger kommt's auch nicht mehr an. Bring sie mir am Nachmittag auf den Hof."
Dann stand Karl auf und verschwand grußlos im Wald.
Zu Hause stieß Thomas mit einem Messer einige Luftlöcher in einen großen Karton und setzte die Katze hinein. Das Tier sträubte sich, es fauchte und kratzte ihm eine blutige Strieme am Handrücken. Er befestigte den Karton mit einer Schnur auf dem Gepäckträger seines Fahrrads und fuhr hinaus zu dem kleinen Ritz-Hof am Rand des Dorfes. Als er dort eintraf, schüttete Karls Großmutter gerade einen Eimer mit Essensresten auf den Misthaufen neben dem Eingangsgatter. Sie blickte kurz aus ihrer gebeugten Haltung zu ihm auf und nickte ihm zu.
„Karl hat mir gesagt, du bringst uns eine Katz. Was ist es denn?"
„Ein normaler gestreifter Haustiger."
„Ich mein': Kater oder Weibchen?"
„Kater."
Sie grunzte abschätzig und machte eine wegwerfende Handbewegung.
„Karl ist hinten im Stall."
Dann ging sie mit einem leichten Watschelgang zurück zum Haus. Thomas band den Karton los und trug ihn zu den kleinen Stallungen im hinteren Teil des Hofes. Die Katze war unruhig, sie miaute und verlagerte unentwegt ihre Position im Karton. Eine Tür zum Kuhstall stand offen, Thomas rief Karls Namen in die offene Tür hinein, erhielt aber keine Antwort. Er trat in den Gang, ein kleines, völlig verdrecktes Fenster tauchte den Stall in ein schummriges Licht. Es roch nach Milch und Mist,

Heu und Kuh. Während seine Augen sich allmählich an das Halbdunkel gewöhnten, sah Thomas plötzlich eine Bewegung am anderen Ende des Gangs. Er erkannte Karl, er stand da, beide Hände in die Hüften gestemmt, sein Haar, das zu einem Pferdeschwanz zurückgebunden war, erzeugte selbst in diesem diffusen Licht eine schwach glänzende Reflexion. Karl trug das Flanellhemd, das er bei der Begegnung im Wald getragen hatte, aber nicht mehr die militärgrüne Arbeitshose, sondern einen weit geschnittenen, gemusterten Faltenrock. Thomas kniff fest die Augen zusammen. Als er sie wieder öffnete, war Karl verschwunden. Er spürte, wie sein Mund trocken wurde, und rief mit brüchiger Stimme:

„Karl, bist du das?“

Nach einigen Momenten trat Karl aus der Stallbox, in der einen Hand eine Mistgabel, in der anderen einen Eimer. Wie am Vormittag trug er wieder seine Arbeitshose, sie steckte in am Rand umgestülpten schwarzen Gummistiefeln. Für einen Moment standen die beiden Jungen sich schweigend gegenüber, dann ging Karl auf Thomas zu und nahm ihm den Karton aus der Hand.

„Lass mal sehen.“

Er ging mit dem Karton ins Freie und öffnete ihn vorsichtig.

„Pass auf, die kratzt.“

Karl packte das fauchende Tier beim Nackenfell und hielt es sich auf Augenhöhe. Mit der anderen Hand ergriff er den Hinterleib des Tieres und schob ihn leicht nach vorne. Das Tier verharrte bewegungslos mit angelegten Ohren.

„Ein Kater“, sagte Karl, „kastriert?“

„Keine Ahnung.“

„Stinkt’s bei euch manchmal wie bei Harald Leitner unterm Arm?“

Thomas lachte.

„Ja, manchmal."

„Dann hat er's noch. Aber er war's nicht, der in der Nacht geschrien hat."

„Woher weißt du das?"

„So schreien die Weibchen. Und weißt du, warum?"

Thomas zuckte mit den Schultern.

„Weil der Pimmel vom Kater Widerhaken hat. Wenn er sie rammelt, beißt er ihr in den Nacken, damit sie still hält. Dann wird sie starr, wie als Baby, wenn die Mutter sie so packt und herumträgt."

Thomas beobachtete Karl, wie er mit bestimmten, aber behutsamen Griffen die Katze inspizierte, ihre Zähne überprüfte, ihren Bauch abtastete. Die Sehnen traten auf seinen kräftigen Unterarmen hervor. Für einen Moment fragte Thomas sich, ob das, was er soeben im Stall gesehen hatte, eine Einbildung gewesen war. Doch warum sollte er sich diesen maskulin wirkenden Burschen in einem Faltenrock vorstellen? Er begann sich unbehaglich zu fühlen, betrachtete verstohlen den Bund von Karls Arbeitshose, ob da irgendwo ein Stück gemusterten Stoffes über dem Gürtel hervorlugte. Aber es war nichts zu sehen.

Karl setzte die Katze auf den Boden und ließ sie laufen. Sie blickten dem Tier hinterher, wie es neugierig die neue Umgebung erkundete.

„Macht einen gesunden Eindruck, dein Kater. Kann sein, dass er zu dir zurückläuft. Bring ihn einfach wieder, wenn du's dann noch übers Herz bringst."

Und ohne ein weiteres Wort ließ Karl ihn auf dem Hof stehen und ging wieder in den Stall.

Geisteskrank

Er hasste das Wort „irre". „Ist ja irre!", rief sein einstiger Ressortleiter, als er seine erste Musikkritik gelesen hatte. „Unbedingt mehr davon, das ist einfach irre!" Er erinnerte sich noch, wie er damals zusammengezuckt war. So oft schon hatte er das Wort in dieser flapsig exaltierten Bedeutung gehört, aber er konnte sich nie daran gewöhnen. Er hatte in seinem Leben einfach zu viele „Irrenanstalten" von innen gesehen. Zwar stand das nicht auf den Türschildern der psychiatrischen Kliniken, aber in seinem Dorf nannte man sie so, wobei er sich nicht sicher war, was ihn an der Bezeichnung mehr geängstigt hatte, das „Irre" oder die „Anstalt". Eine Anstalt ist meist eine geschlossene, man betritt sie selten freiwillig, man wird in sie eingewiesen.

„Dieser Song ist so irrsinnig schön!", hatte jemand in einem Leserbrief geschrieben, „dass er mich in den Wahnsinn treibt. Ich kann einfach nicht aufhören, ihn zu hören. Als ich Ihre Zeilen gelesen habe, wusste ich, warum ich nach ihm süchtig bin."

Thomas hielt kurz inne, las die letzten Sätze noch einmal, widerstand dem Impuls, etwas zu ändern, und schrieb weiter.

Der Leserbrief wurde abgedruckt, mitsamt seinen Zeilen, die dem Leser seinen Wahnsinn erklärt hatten. „Ein Wahnsinn!" Je öfter er diesen Ausruf des Überschwangs hörte, desto mehr vermied er es, das Wort mit dem Zustand, den es eigentlich bezeichnete, in Verbindung zu bringen. Dabei hatte er das Wort ursprünglich gemocht, denn es spricht von den Sinnen, die einem bekanntlich Streiche spielen können. Und wenn die Streiche überhand nehmen, ist man irgendwann von

Sinnen und betritt die wirre Welt des Wahns. Doch nie hätte er „Ein Wahnsinn!" ausgerufen, wenn er sich begeistert ein Wort für einen Klang notierte, das seine Mutter gerade erfunden hatte.

Am liebsten verwendete er das Wort „verrückt". Denn genau so kam ihm seine Mutter vor, wenn sie vor dem Haus auf der Straße stand und stundenlang mit ihrem Besen die gleiche Stelle fegte. Verrückt war sie worden, versetzt und an die falsche Stelle verschoben. Denn nicht das, was sie tat, war verkehrt, bloß der Ort stimmte nicht mehr. Irgendwann einmal hatte ihr Kehren einen Sinn gehabt, eine Bedeutung, man sah es an der Hingabe, mit der sie den Besen führte. Etwas musste gereinigt werden, unbedingt, nur diese eine und einzige Stelle, keine andere, aber sie war einfach nicht sauber zu bekommen, was will man machen? So stand die Mutter da, blickte zuweilen hierhin und dorthin, doch zumeist einfach nur entrückt ins Leere und fegte ihre Stelle, die nicht und nicht rein werden wollte. Der reine Wahnsinn.

Verrückt also, damit konnte er leben. Doch dann verdarb ihm eine Radiomoderatorin eines Kultursenders das Wort. Sie war eine Frau, die niemandem ihr Alter verriet, sie trug stets extravagante schwarze Kleidung und ein Band im Haar. Sie hatte eine Vorliebe für den französischen Chanson und sprach manche Wörter oder auch ganze Sätze, die sie betonen wollte, mit einem derart heiseren Schleier über der Stimme aus, dass man meinte, ihr würde jeden Augenblick vor lauter Hingabe und Verfeinerung die Stimme versagen. Und just in einem solchen Moment kaum mehr artikulierbarer Verzücktheit hauchte sie: „Ich hab halt eine Schwäche für alles Verrückte."

Thomas lehnte sich in seinem Schreibtischstuhl zurück, verschränkte die Arme hinter dem Kopf und las den letzten Absatz noch einmal. Dann stand er auf und öffnete ein Fenster, es klemmte in dem verwitterten Holzrahmen. Vom Arbeitszimmer hatte er einen Ausblick über die Wiese hinweg bis an den Waldrand. Eine leichte Brise wehte ins Zimmer, der Himmel war klar und blau und verhieß einen warmen Maitag. Die Hasen saßen in dem Gittergehege, das er auf dem Rasen aufgebaut hatte, und fraßen den frischen Löwenzahn, den er auf der Weide gepflückt hatte. Selbst jetzt, in der Kühle des Morgens, mieden sie die Sonne und suchten den Schatten des Überdachs.

Ein simulierter Glockenton aus seinem Laptop meldete eine neue E-Mail, sie stammte von einem seiner Praktikanten. Hektisch schloss er das Mailprogramm wieder und sein Text über den Wahnsinn tauchte auf, darüber ein kleines Fenster mit der Frage, ob er die Änderungen an seinem Textdokument speichern möchte. Er zögerte lange, während er sich über den Hinterkopf strich und sich mit den Fingerkuppen davon überzeugte, dass die nachwachsenden Stoppeln an der kahlen Stelle noch vorhanden waren. Dann klickte er auf *Abbrechen*. Er schloss kurz die Augen, legte die Finger auf die Tasten und fuhr, ohne zu speichern, in dem Dokument fort:

In den Kliniken begegneten ihm die verschiedensten Bezeichnungen für die Ausnahmezustände seiner Mutter: psychotisch, schizoid, schizophren. Anfangs hatte er sich am ehesten noch mit „psychische Störung" anfreunden können, eine Störung klang nach etwas Vorübergehendem, wie die gelegentlichen Bildstörungen im Fernsehen, die von einem eigens dafür vorgesehenen Störungsbild angezeigt wurden. „Wir arbeiten daran", stand dann in einem schwarzen Balken in der Mitte eines Kreises, der mit farbigen Rechtecken gefüllt war. Doch als absehbar war, dass die Störungen andauerten und wiederkehrten, fand Thomas sich mit der Bezeichnung „psychische

Krankheit" ab. Eine Krankheit war etwas Fassbares, es gab Symptome und Medizin, einen Verlauf und Hoffnung auf Heilung. Wer krank ist, hat ein Anrecht auf Schonung und Nachsicht. Das galt für den Körper wie für die Psyche. Im Lateinunterricht begegnete ihm die Psyche als märchenhafte Figur, sie war die schöne Geliebte des Amor, den sie aber nie bei Licht sehen durfte. Im Philosophieunterricht erfuhr er, dass die Psyche aus dem Griechischen kam und „Seele" bedeutete. Hatte seine Mutter eine kranke Seele? War ihre Seele nicht gesund, wenn sie dastand und die immergleiche Stelle der Straße fegte? Erreichte das, was sie sah, während sie mit dem Besen in der Hand in die Ferne starrte, ihre Seele? Als Kind hatte er sich die Seele immer als ein tief im Inneren verborgenes Gefäß vorgestellt, in das man allenfalls hineinhorchen konnte. Wenn er seine Mutter beobachtete, wie sie mit leicht geöffneten Lippen den Kopf schräg legte, sobald ihr ein Geräusch plötzlich zu einem Klang wurde, das Brummen einer Hummel etwa oder das Pfeifen eines Kindes, dann glaubte er, dass sie mit ihrem inneren Gefäß Verbindung aufgenommen hatte. Und wenn sie dann noch ein Wort für das Gehörte fand, wunderte er sich nie, dass es dieses Wort in seiner Sprache zumeist gar nicht gab, schließlich war das Gefäß für niemand anderen zugänglich. Je vertrauter er mit ihrer Liebe zur Sphäre der Klänge wurde, desto fester war er überzeugt davon, dass es nicht ihre Seele war, die von einer Krankheit heimgesucht wurde. Was war es dann? Die Antwort fand er in einem altmodisch aussehenden Buch, das er in der Schulbibliothek entdeckt hatte. Es war ein medizinisches Handbuch, dick und vergilbt, darin stieß er auf ein Kapitel mit der Überschrift „Geisteskrankheiten".

Geisteskrank – obwohl keiner der behandelnden Ärzte das Wort je verwendete, schien es ihm noch am ehesten das zu treffen, was mit seiner Mutter nicht stimmte. Der

Geist ist es, der einem sagt, dass man aufhören kann, eine Stelle zu fegen, sobald sie sauber ist. Nicht die Seele, sondern der Geist ist es, der einen warnt, dass man keinen geistreichen Eindruck macht, wenn man stundenlang mit einem Besen in der Hand auf der Straße steht und in die Ferne starrt. Wer an einer so simplen Aufgabe wie dem Fegen einer Straße scheitert, dessen Geist hat sich verflüchtigt.

Geisteskrank also, damit konnte er leben. Doch je länger er über das Wort „Geist“ nachdachte, desto fremder, ja unheimlicher wurde es ihm. Was ist das überhaupt, Geist, in welcher Sphäre existiert er? Wie kann dieses ganz und gar Andere, Unstoffliche mit der Welt der materiellen Dinge in Kontakt treten? Der Geist ist so selbstverständlich Teil des Menschlichen, wir sind täglich mit ihm in Berührung, wenn wir auch nur die geringste Ordnung in unser Leben bringen wollen. Aber sobald wir versuchen, über ihn nachzudenken, wird er sofort zum Rätsel. Es ist doch kein Zufall, dass der Geist, sobald er ein Geist ist, zum Gespenst wird.

Er schlug das Wort „Geist“ im Wörterbuch nach. Es gehört zu einem Wortstamm, der „erregt, aufgebracht sein und schaudern“ bedeutet. Die Sprache hat also das Erschrecken konserviert, das immer schon die Begegnung mit dem Geistigen ausgelöst hat, ein Fluidum des Unverständlichen, Irrationalen umgibt seit jeher das Mysterium, dass die materielle Welt sich überhaupt geistig erfassen, gleichsam vergeistigen lässt. Was Wunder, dass der Geist die Quelle für die sonderbarste und abgründigste Erkrankung ist, die den Menschen heimsuchen kann.

Wie aber wird ein Geist überhaupt krank?

Über den Zustand seiner Mutter herrschte von Anfang an ein vielgestaltiges, immer wieder erneuertes Schweigen. Sein Vater nutzte keines der zur Verfügung stehenden Wörter. Weder die Seele noch der Geist noch die

Psyche kamen in seinem Wortschatz vor, zumindest nicht, wenn er mit seinem Sohn redete. Wenn er die Besonderheiten, die das Leben mit der Mutter mit sich brachte, beim Namen nannte, betraf das stets nur praktische Belange des Alltags, die schon bald zur Normalität wurden. Seine Mutter war durchaus in der Lage, die anfallenden Tätigkeiten des Haushalts zu verrichten, nur konnte es passieren, dass sie beim Kochen plötzlich innehielt, aus dem Fenster blickte und in der Pfanne nur auf einer kleinen Stelle rührte, während rings um den Fleck herum alles anbrannte. Bügeln konnte sie nur unter Aufsicht, die so unauffällig wie möglich erfolgte. Meist saß er dann mit seiner Mutter im selben Raum, machte Hausaufgaben oder las Comics.

Begonnen hatte das Schweigen sein Onkel. Er hatte nie ein Wort über die Krankheit seiner Schwester verloren und verstand es, eine derart undurchdringliche Wand aus Abwehr und Ummäntelung um ihre Andersartigkeit zu errichten, dass niemand ihn je darauf ansprach. So führte er die Schwester ihrem künftigen Ehemann zu, ein schönes und etwas sonderliches neunzehnjähriges Mädchen, extrem schüchtern und wortarm, was aber meist gar nicht unangenehm auffiel in der dörflichen Welt der Männer, in der eine Frau, die zu viel Worte machte, bald als Schnattergans oder Tratschtante galt. Und sein Vater, dieser unscheinbare und kleinwüchsige Mann, der nie damit gerechnet hatte, je eine so ansehnliche Frau abzubekommen, war selbst ein wortkarger und zurückhaltender Mensch. So war ihm die Stille, die seine junge Frau umgab, nur recht.

Aus dem wenigen, das über die Schweigewände hinweg zu dem Sohn drang, machte er sich ein Bild, das er seinerseits für sich behielt. Von einem Großonkel war einmal beiläufig die Rede gewesen, der in einer bosnischen Irrenanstalt gestorben war, vielleicht hatte sich ja irgendwas vererbt. Ein andermal hörte er Andeutungen über eine verpfuschte Narkose bei einer Mandeloperation in der Kindheit, die zu einem Sauerstoffmangel im Hirn geführt haben könnte, möglicherweise war ja etwas zurückgeblieben. Zu dem Bild, das er sich machte, gehörten auch die wenigen Erinnerungen, die er an die Eltern seiner Mutter hatte. Seine Großmutter war eine frühzeitig gealterte Frau mit von der Arbeit geröteten Händen. Sie sprach ihn manchmal in einer fremden Sprache an, von der er nur wenige Worte verstand. Ihre verhangenen dunklen Augen hatten einen wässrigen Glanz und waren stets gerötet. Sein Großvater, der immer stark nach den filterlosen Zigaretten roch, die er ständig rauchte, hatte zwei tiefe Längsfalten im Gesicht, die von den Spitzen seines dichten weißen Schnurrbarts bis zum Kinn verliefen. Sein Enkel hatte ihn niemals lachen sehen, der schmale Mund sah so fest verschlossen aus, dass sich die Lippen unter einer unentwegten Kraftanstrengung gekräuselt nach vorn zu stülpen schienen. Thomas hatte als Kind immer Angst gehabt, dass die gebändigte Kraft, die in diesem Mund eingekapselt war, irgendwann einmal nach außen dringen könnte. Und da er spürte, wie eingeschüchtert sein Vater in der Gegenwart des Alten war, mied er selbst bei den seltenen Besuchen jede Nähe zu dem mürrischen Mann.

Als er neun oder zehn Jahre alt war, erzählte ihm sein Vater, dass der Onkel nach Kanada ausgewandert war und die Großeltern bald aus Bosnien nachkommen lassen wollte. Er sollte sie nie wiedersehen. Als er am Abend darauf mit seiner Mutter in der Küche saß und heimlich ihr Bügeln überwachte, sprach er, einem plötzlichen Impuls folgend, den Namen seines Onkels laut aus: Bogdan. Seine Mutter schaute vom Bügelbrett auf und zog eine Falte zwischen den Augenbrauen. Dann lächelte sie und begann leise eine Melodie in ihrer Muttersprache zu singen. Er lauschte mehr auf den Klang ihrer Worte denn auf ihre Bedeutung. Sie vergaß dabei, das Bügeleisen zu bewegen, so dass er es ihr aus der Hand nehmen musste.

Das Eheleben seiner Eltern verbarg sich unter einer Dämmschicht aus Stille und Verschwiegenheit. Der Vater behandelte seine Frau stets behutsam und rücksichtsvoll, was ihrer Schreckhaftigkeit geschuldet war, aber gewiss auch dem Umstand, dass er selbst dann nicht das Gefühl verlor, nach Maßgabe der Attraktivität weit über Stand geheiratet zu haben, wenn die Krankheit wieder einmal den Geist überwucherte und seine Frau sich gehen ließ und das dichte schwarze Haar ihr in wirren Strähnen in die Stirn hing. Doch in seiner Rücksicht lag noch etwas anderes, schwer Greifbares, ein Schuldgefühl vielleicht, weil zur Ehe Dinge gehörten, die für die Mutter zeitlebens jenseits aller Fassbarkeit gewesen sein müssen. Hinter der Schlafzimmertür der Eltern war es, da weder sein Vater noch seine Mutter schnarchten, immer absolut still. Seine Mutter schlief in der Regel etwas länger als ihr Sohn, sie kam immer erst aus dem Schlafzimmer, wenn er schon sein Pausenbrot gemacht und seine Schulsachen eingepackt hatte. Dann trug sie ihren geblümten Morgenmantel, und eine leichte Verwirrtheit lag in ihren großen, dunklen Augen, sie brauchte immer eine Weile, um die Nacht abzustreifen. Sie begrüßte ihn mit einem förmlichen „Gute Morgen“ und verschwand im Bad, aus dem sie erst wieder auftauchte, gewaschen, frisiert und angekleidet, wenn er schon im Begriff war, das Haus zu verlassen. „Hab schöne Tag, Tommy!“, rief sie ihm dann hinterher, manchmal winkte sie auch, als würde er sich für längere Zeit verabschieden.

Einmal hörte er, wie sich im Dorfladen zwei Frauen unterhielten. Sie hatten ihn nicht bemerkt, weil er sich im hinteren Teil des Ladens bei dem Regal mit den Süßigkeiten aufhielt. Er erkannte die Stimme ihrer Nachbarin. Irgendwann wurde er auf ihr Gespräch neugierig, weil sein Name fiel. Er schlich sich näher heran und lauschte.

„Es wird immer schlimmer mit der. Jetzt steht sie schon jeden Tag vor dem Haus und kehrt auf derselben Stelle.“

„Wahnsinn, wie hält der Neukirch das nur aus?“

„Eine richtige Ehe war das ja nie. Die ist ihm schon in der Hochzeitsnacht davongerannt, ich hab's selbst gesehen. Mitten in der Nacht ist die im Nachthemd aus dem Haus gestürzt. Die hat ausgesehen, als wär ihr ein Gespenst begegnet.“

Thomas nahm die Hände von der Tastatur und verschränkte sie hinter dem Kopf. Dann stand er auf und blickte aus dem Fenster. Der schwarze Hase hatte seinen Kopf auf den Rücken des hellen gelegt und begann, sein langes Nackenfell zu lecken. Thomas zündete sich ein Zigarillo an und las, was er zuletzt geschrieben hatte. Dann klickte er rasch mit der Maus auf das Kreuzchen am Bildrand. Das kleine, grau hinterlegte Fenster erschien vor dem Text und bot ihm erneut die drei Möglichkeiten an: *Speichern*, *Verwerfen* oder *Abbrechen*.

Er saß, die Maus in der Hand, so lange vor dem Monitor, bis er das Zigarillo fertig geraucht hatte. Ein leichter Wind fuhr in die riesige Fichte vor dem Haus und versetzte ihren Wipfel in eine schwankende Bewegung. Eine Krähe saß auf einem der oberen Äste und ließ sich schaukeln. Thomas trank einen Schluck kalten Tee und verzog das Gesicht. Dann klickte er auf *Verwerfen* und der Text verschwand.

Sissi

Noch ein Zigarillo, dann würde er die E-Mail seines Ressortleiters beantworten. Es war die einzige Verpflichtung, die er sich für den Vormittag auferlegt hatte, aber er konnte sich einfach nicht dazu durchringen. Seit dem Frühstück saß er nun schon auf der Terrasse und ließ sich von der Maisonne bescheinen. Ein leiser Südwind kühlte, so dass er keinen Schatten benötigte, das sanfte Rauschen hüllte ihn ein, machte ihn träge und ein wenig schwindlig. Langsam rauchte er das Zigarillo zu Ende, zögerte das Ausdrücken des Stummels so lange hinaus, bis er sich fast die Finger verbrannte. Dann nahm er sich vor, langsam bis zehn zu zählen und dann abrupt aufzustehen. Als er bei sieben angelangt war, hörte er plötzlich einen durchdringenden Vogellaut, den er noch nie gehört hatte. Er kam aus einem Baum am Rand des Grundstücks, ein kräftiges, raues und rhythmisches Tschirpen, in raschen, fünf-, sechsfachen Wiederholungen mit längeren Pausen dazwischen. Er spähte in den Baum, konnte aber den Vogel zunächst nicht sehen. Erst als das Tier die Position gewechselt hatte und auf einem anderen Ast tschirpte, sah er ihn. Es war ein großer Vogel mit langem kräftigem Schnabel und roter Haube. Er schloss die Augen und suchte nach einer lautmalerischen Beschreibung für den Klang seines Rufes. Er verwarf mehrere Versuche, am ehesten traf es noch ein kehliges *Tschwi, Tschwi, Tschwi* in einer mittleren Vogelstimmlage. Dann hörte er plötzlich ein helles, zaghaft fragendes „Hallo?" jenseits des Zauns. Er verhielt sich ruhig und hoffte, dass der Rufer seine Anwesenheit nicht bemerkt hatte. Doch nach einem Räuspern erklang das „Hallo" erneut, lauter und bestimmter, aber immer noch als Frage. Mit leichtem Widerwillen ging Thomas zur Gartentür und öffnete sie. Vor ihm stand

Simone. Ihre hochgeschlossene Windjacke und die Strickmütze, tief in die Stirn gezogen, waren eigentlich zu warm für die Jahreszeit. Sie hatte etwas mehr Farbe als bei ihrer letzten Begegnung, aber die fehlenden Brauen über den runden, wachsamen Augen verliehen ihrem Gesicht etwas Nacktes, Kränkliches. Nach einem flüchtigen Blickkontakt senkten sie beide beinahe gleichzeitig den Kopf.

„Ich wollte nur die Karabinerhaken für den Stall vorbeibringen."

Thomas öffnete die in den rostigen Angeln quietschende Tür und sie gingen über den Rasen zum Stall. Als sie das leere Gittergehege passierten, deutete Simone mit dem Finger darauf.

„Warum sind sie nicht da drin? Da können sie wenigstens ein bisschen hoppeln."

Thomas' Hände gerieten vor seinem Bauch in eine schaufelnde Bewegung.

„Ich wollte sie gerade reinsetzen."

Simone ging wortlos zum Stall und holte eine weiße Stoffmaske aus dem Rucksack. Sie stülpte sie über Mund und Nase und befestigte sie mit einem Gummiband am Hinterkopf. Dann hob sie den Deckel an.

„Da stinkt's durch die Maske."

„Stimmt, wie im Hasenstall."

Mit ihrer Maske und der steilen Falte zwischen den Augen erinnerte sie ihn an eine Chirurgin, die gerade einen ungeschickten Assistenzarzt rügte.

„War nur ein Witz", sagte Thomas. „So hat man früher im Dorf gesagt, wenn's irgendwo streng gerochen hat."

„Ich weiß, dass man so redet", sagte sie und nahm den Mundschutz ab. „Das ist einfach nur blöd. Stellen Sie sich vor, Sie würden zu zweit in einem kleinen Zimmer hausen und eine Woche lang auf dem Boden klein und groß machen. Was glauben Sie, wie's da stinken würde?

Zuerst zwingen wir sie, im Schmutz zu leben, und dann werfen wir ihnen vor, dass es scheiße riecht."

Thomas sah sie an, die Falte zwischen ihren Augen war noch tiefer geworden, eine Kerbe in der blassen, makellosen Haut. Er war überrascht über ihre schnelle, scharfe Artikulation, die ihm nicht zu ihrem Alter zu passen schien.

„Du hast ja Recht. Ich werde heute den Stall sauber machen."

Der helle Hase hatte sich inzwischen mit den Vorderpfoten auf der Stallkante abgestützt und reckte seinen Kopf in Simones Richtung. Sie zog zwei Stoffhandschuhe aus dem Rucksack, streifte sie über und streichelte dem Hasen den Rücken. Dann drehte sie sich abrupt um und sagte.

„Nehmen Sie sie mal heraus!"

Ihr Ton war fordernd und ließ keine Widerrede zu. Er nahm den Hasen aus dem Stall und hielt ihn vor seine Brust, das Tier saß ruhig auf seinem Unterarm und atmete gleichmäßig.

„Jetzt riechen Sie an ihr."

„Was?"

„Riechen Sie an ihrem Nacken."

Er senkte die Nase über das Tier.

„Und? Wie riecht sie?"

„Ich weiß nicht."

„Riechen Sie noch mal!"

„Irgendwie nach Holz, nach süßem Holz."

Der Anflug eines Lächelns überzog ihr Gesicht und bildete für einen Moment kleine Fältchen um ihre nackten Augen. Dann sah sie ihn gleich wieder ernst an.

„So riecht ein Kaninchen selbst dann noch, wenn es in einem solchen Dreck lebt. So viel zum Thema: Da stinkt's wie im Hasenstall."

„Ich hab mich schon gewundert, dass ihr Fell nie schmutzig wird. Die sehen immer aus wie aus dem Ei gepellt."

Sie nickte.

„Das liegt daran, dass ihr Fell schmutzabweisend ist. Und so fein, dass Kaninchenhaare für Laborversuche genutzt werden. Fühlen Sie mal!"

Mit verschleiertem Blick sah sie zu, wie er mit der Hand über das Fell des Tieres strich, das entspannt auf seinem Arm lag.

„Er fühlt sich total weich an."

„Er ist eine Sie. Die beiden sind Zwillingsschwestern. Wenn Sie sich daran gewöhnt haben, wie sie sich anfühlen, kommt Ihnen ein Katzenfell wie eine Fußmatte vor."

Er lachte kurz auf.

„Ja, das kenn ich, ich hatte als Kind einen Hasen."

Sie sah ihn misstrauisch an.

„Sie hatten ein Kaninchen?"

„Ein Angora."

„Eines? Ein einziges?"

Er nickte mit gesenktem Kopf.

„Das ist Tierquälerei. Kaninchen leben in Familienverbänden. Sie sind extrem soziale Tiere. Stellen Sie sich vor, Sie müssten ihr ganzes Leben allein, ohne einen anderen Menschen in dem Haus da verbringen."

Sie blickten beide zu dem Gartenhaus, an dessen verwitterter Fassade der Wein kräftig zu knospen begann. Er wollte schon spontan erwidern, dass er gar nicht wisse, ob ihm die Vorstellung so unangenehm wäre, verwarf den Gedanken aber gleich wieder. Er setzte den Hasen ins Gehege und holte auch den Schwarzen aus dem Stall, der ruhig in einer Ecke hockte. Eine Weile standen Thomas und das Mädchen schweigend vor dem Gehege und sahen den Tieren dabei zu, wie sie schnell im Kreis hoppelten und geschickt Zusammenstöße vermieden, indem sie mit einem kurzen Satz über den anderen hinwegsprangen. Plötzlich hörte er direkt über ihnen wieder das laute Tschirpen. Er trat einen Schritt zurück und blickte nach oben. Der Vogel saß auf einem Ast und klopfte mit dem Schnabel gegen einen Baumstamm.

Simone folgte seinem Blick.

„Ein Specht."

„Bist du sicher? So einen hab noch nie gesehen."

Sie blickten beide angestrengt nach oben, während das Tier laute rhythmische Klopfgeräusche erzeugte.

„Ganz sicher", sagte sie. „Haben Sie ein Fernglas?"

Er lief ins Haus und holte einen alten Feldstecher, ein Erbstück seines Vaters. Als er zurückkam, hatte Simone ihr Smartphone gezückt und bewegte ihre Finger flink über das Display. Ohne aufzublicken fragte sie:

„Hat er eine schwarze Zeichnung um die Augen?"

Thomas hob das Fernglas und hielt den Atem an, um es ruhig zu halten.

„Ja, sieht aus wie eine Zorromaske, die Augen haben einen hellblauen Kranz um die riesige Pupille. Willst du mal sehen?"

Sie ignorierte seine Frage.

„Und seine Rücken- und Schwanzfedern, sind die kräftig grün, mit braunen Flecken und schwarz-weißen Ausläufern an den Rändern?"

„Ja."

„Dann ist es ein Grünspecht."

Er ließ das Fernglas sinken und sie das Handy. Der Vogel begann wieder zu tschirpen, aber sein Ruf wurde bald übertönt von einem in der Ferne donnernden Geräusch, das rasch anschwoll. Der Specht flog davon. Ein Traktor tauchte auf und hielt mit laufendem Motor vor der Gartentür. Auf dem Fahrersitz saß Karl. Thomas winkte ihm zu, Karl erwiderte den Gruß mit einer kurzen, flüchtigen Bewegung der Hand. Eine Weile sahen sie sich schweigend an, das Donnern des Motors verhinderte, dass jemand etwas sagte. Thomas deutete mit beiden Fingern auf seine Ohren, Karl blickte durch die Gittertür in den Garten. Als er Simone und das Hasengehege sah, stellte er den Motor ab. Das Gefährt schüttelte sich zwei Mal, stieß ein letztes Puffen aus, dann wurde es still.

„Hallo, Karl, jetzt sag bloß, das ist euer alter Traktor."

Karl nickte.

„Unglaublich, dass du das Ding noch mal zum Fahren gebracht hast."

„Hat mich ein paar Tage Arbeit gekostet", antwortete Karl mit einer Stimme, die Thomas fremd vorkam, höher, als er sie in Erinnerung hatte, und in eine künstlich wirkende Weichheit gezwungen. „Hab mir dabei die Nägel ruiniert."

Er hob seine Rechte, der breite Handrücken war gebräunt, die kräftigen Finger liefen in rot lackierte, exakt gleich geformte Nägel aus, nur der Nagel des Zeigefingers war abgebrochen.

Inzwischen war Simone nähergekommen und beobachtete Karl mit verhohlener Neugier.

„Das ist Simone und das ist –" Thomas zögerte einen Moment, suchte mit den Händen nach Worten und Karl sagte rasch:

„Ich bin die Sissi."

Eine schweigsame Pause entstand, dann stieg Karl vom Traktor herab und näherte sich der Gartentür. Noch bevor Thomas die Tür öffnete, um ihn hereinzulassen, bemerkte er das starke, süßliche Parfüm, das Karl verströmte. Er trug einen hellblau glänzenden, billig aussehenden Jogginganzug, der eng anlag und seine massige Gestalt betonte, die Jacke spannte an den breiten Schultern, darunter zeichneten sich die Brüste ab, jedoch nicht die mächtige muskulöse Wölbung, die er in Erinnerung hatte, sondern zwei weiche, weiblich wirkende Kuppeln. Sein Gesicht war glatt und beinahe faltenlos, doch beim näheren Hinsehen war das einem dick aufgetragenen Make-up geschuldet, das einen sichtbaren Übergang zur weißen, faltigen Haut des Halses bildete. Die Wangen mit ihren tiefen Einbuchtungen wiesen kaum Bartschatten auf. Die Augen waren schwarz umrandet, was sie noch tiefer in ihre Höhlen versinken ließ, der aufgetragene bläuliche Lidschatten war nur schwach zu sehen. Sein Mund war immer noch schmal und verkniffen, aber blutrot geschminkt, was einen scharfen Kontrast zum schwarz gefärbten Haar bildete. An seinen Ohren hingen goldglänzende Ohrringe.

Karl deutete auf die Hasen im Gehege, die sich beim Auftauchen des Traktors ängstlich in einer Ecke aneinandergeschmiegt hatten.

„Sind das deine?"

„Nein, die gehören Simone. Die machen Ferien bei mir."

„Warum?"

„Eigentlich pflegt sie eine Freundin von Simone, eine Nichte von der Karin. Aber die sind jetzt alle in Urlaub."

Karl dachte kurz nach und wandte sich an Simone.

„Und warum sind sie nicht bei dir, wenn es deine sind?"

Ihre Stimme war fest und hatte etwas Trotziges, betont Lässiges, als sie antwortete.

„Ich bin grad allergisch auf Tierhaare."

Karl nickte.

„Wir hatten früher auch Kaninchen auf dem Hof. Meine Oma hat zu Ostern immer einen leckeren Braten daraus gemacht." Karl fügte mit noch höherer Stimme als zuvor hinzu: „Aber du hast sie wohl kaum zum Fressen gern, oder?"

Simone verzog angewidert den Mund.

„Ich esse kein Fleisch."

„Solltest du aber, siehst blass aus."

Simone trat einen Schritt nach vorn, ihre zarte Gestalt wirkte zwergenhaft gegenüber Karls Massigkeit.

„Ich kann mir ja ein bisschen braunen Spachtel ins Gesicht schmieren."

Thomas räusperte sich und kratzte sich am Hinterkopf.

„Simone, hast du die Karabinerhaken mitgebracht?"

Sie kramte einige silberne Schlüsselanhänger aus ihrem Rucksack. Karl grinste kurz und entblößte weiße, extrem gleichmäßige Schneidezähne, noch eine Neuerung.

„Angst vor Räubern?"

Simones Augen verengten sich, sie verschränkte die Arme vor dem Körper.

„Sie haben in der Nacht Signale getrommelt."

„Das haben unsere auch mal gemacht. Hab's ignoriert, weil sie sicher im Stall hinter dickem Draht waren. Bis irgendwann ein Mistvieh von einem Fuchs den Verschluss gelöst hat. Keine Ahnung, wie er das geschafft hat. Das war's dann mit dem Osterbraten."

„Darum die Karabinerhaken", sagte Simone und gab sie Thomas. „Einfach am Abend über die Verschlüsse am Stall klicken."

Karl betrachtete die Hasen, seine Wimpern in den tiefen Höhlen waren schwarz und lang.

„Warum sperrst du sie in ein Gehege? Warum lässt du sie nicht im Garten frei laufen?"

„Gute Frage", sagte Simone, beider Blicke waren auf Thomas gerichtet.

„Weil der Zaun voller Löcher ist. Die büchsen doch aus."

„Na und?", sagte Karl. „Wenn du sie gut behandelst, kommen sie wieder. In der Nacht sind sie froh, wenn sie einen sicheren Stall haben, das ist ihr Bau."

Simone legte den Kopf schräg und ließ ihren Blick rasch über Karls ganze Gestalt schweifen, von den Ohrringen bis hinab zu den grellbunten Turnschuhen. Dann sagte sie:

„Ganz schön tierlieb für einen, der sie geschlachtet hat." Dann wandte sie sich an Thomas: „Ich muss jetzt los. Sissi hat Recht, Freilauf im Garten wär das Paradies. Und Löcher im Zaun kann man flicken."

Sie packte ihren Rucksack auf den Rücken, nickte ihnen zu und verließ grußlos den Garten.

Karl sah ihr hinterher und grinste.

„Rotzfrech, die Göre. Wer ist das?"

„Die Enkelin von der alten Hilgers."

„Agnes hat eine Tochter? Was ist mit der Kleinen? Die hat gar keine Augenbrauen."

„Du schon."

Karl zog kurz die Brauen zusammen, sie waren zu schmalen, geschwungenen Strichen gezupft und pechschwarz gefärbt. Thomas blickte zu Boden und bereute seine Bemerkung.

„Karl, ich wollte nicht –"

„Ich heiß' nicht mehr Karl."

„Du erwartest doch nicht im Ernst, dass ich dich *Sissi* nenne, oder?"

„Wenn dir *Elisabeth* lieber ist. Das steht in meinem Pass."

Thomas wusste nicht mehr, wo er unbefangen hinblicken konnte, und begann leicht den Kopf hin und her zu wiegen. So entstand eine unangenehme Pause, bis Karl sagte:

„Was hat dich eigentlich hierher verschlagen?"

„Ich brauch dringend eine Pause."

„Wovon?"

„Von meinem Job, eigentlich von allem."

„Was machst du?"

„Bin immer noch Musikkritiker bei einer Zeitung."

„Also vom Trommeln verstehst du was. Und jetzt hast du genug?"

„Vor allem vom ganzen Drumherum. Und du? Seit wann bist du draußen?"

„Seit vierzehn Jahren. Hab ein paar Jahre Haftzeitverkürzung gekriegt. Wegen guter Führung." Karl grinste kurz. „Es wären noch mehr gewesen, wenn die Sache mit dem Jugendknast nicht gewesen wär."

„Tut mir leid, Karl, dass ich dich nicht mehr besucht hab."

Karl schwieg und kniff den Mund zusammen.

„Ich hab gedacht, du willst das nicht", sagte Thomas. „Du hast meine Briefe nicht beantwortet."

„Schreiben war nie mein Ding." Karls Stimme war erstmals in ihre natürliche Lage gesunken. Das Tschirpen des Vogels erklang wieder. Sie blickten beide ins Geäst über ihnen.

„Ein Grünspecht", sagte Thomas. „Und was treibt dich hierher?"

„Wollte nur mal gucken, ob unser Haus noch steht. Und dann hab ich gesehen, dass ein Raum noch bewohnbar ist. Da hab ich gedacht, ich bleib eine Weile."

„Warum hast du den Hof nie verkauft?"

Karl zuckte mit den Schultern und ging auf das Hasengehege zu. Sein Gang war weich und geschmeidig, ein leichter Hüftschwung versetzte seine Schultern in eine Pendelbewegung. Der schwarze Hase verfolgte den hellen, sie liefen schnell im Kreis, immer nah an den Gitterwänden entlang, um den Radius so groß wie möglich zu halten. Karl wiegte sich in den Hüften und wischte sich mit einer gezierten Bewegung eine schwarze Haarsträhne aus der Stirn.

„Die passen zu dir", sagte Karl und deutete auf das Gehege.

„Wieso?"

„Sind Fluchttiere."

Dann ging er langsam zur Gartentür. Bevor er sie öffnete, drehte er sich noch mal um.

„Wenn du mich noch einmal Karl nennst, zünde ich dir die Hütte an."

Dann zwinkerte er Thomas zu, bestieg den Traktor und startete ihn. Das Gefährt bäumte sich zweimal auf, bevor der Motor ansprang und eine schwarze Wolke ausspuckte. Das Blech der Motorabdeckung hatte seinen gesamten Lack verloren und war komplett von einer rotbraunen Rostschicht überzogen. Thomas stand da mit schräg gelegtem Kopf und lauschte dem sich entfernenden Gepuffe, es dauerte lange, bis es ihm nicht mehr in den Ohren klang.

Die Handtasche

Karl öffnete die Augen und sah seinen Atem, eine Dunstwolke vor seinem Gesicht, die sich rasch verflüchtigte. Er zog seinen Schlafsack bis über die Nase und steckte die Hände in die Hose, um sie an seinen Hinterbacken zu wärmen. Ein schauderndes Frösteln überfiel ihn, gegen das er mit einem Schnaufen ankämpfte. Leise zählte er bis zehn, dann öffnete er den Reißverschluss seines Schlafsacks. Er richtete sich auf und lehnte sich mit dem Rücken an die grob gezimmerte Holzwand. Fahles Morgenlicht fiel durch das kleine fleckige Fenster, auf dem sich Eiskristalle gebildet hatten. In verkrampfter Körperhaltung zog er Stiefel und einen Militärparka an und blies sich warmen Atem in die Hände. Durch die freien Stellen auf der Fensterscheibe sah er Winternebel über dem grauen Fluss hängen. Von einem kleinen Holztisch nahm er einen Plastikkanister und schüttelte ihn, unter einer Eisschicht schwappte noch etwas Wasser gegen die Wände. Mit einem Stock durchstieß er das Eis und füllte eine Konservendose. Dann zündete er einen Spirituskocher an und wärmte sich eine Weile die Hände an der Flamme, bevor er die Dose mit dem Wasser darauf stellte. Aus einem Glas schüttete er Instantkaffee in eine schmutzige Tasse, er hatte nicht genug Wasser, um sie zu reinigen.

Noch einmal blickte er aus dem Fenster, um zu prüfen, ob jemand zu sehen war. Der Teil der Rasenfläche, den er einsehen konnte, war menschenleer. Eine Saatkrähe suchte in einer hölzernen Mülltonne vergeblich nach etwas Fressbarem.

Als er die quietschende Holztür öffnete, schlug ihm die eiskalte feuchte Luft des Flusses entgegen. Am gegenüberliegenden Ufer ragten die Türme einer Fabrik aus der Nebelbank heraus, die ersten Boten der nahen

Großstadt. Am Horizont kündigte ein schmaler, unbedeckter Streifen Himmel den werdenden Tag an, der Wolkenrand war in einem kühl leuchtenden Rosa gefärbt, die Sonne würde schon bald hinter einer dicken, bleigrauen Wolkendecke verschwunden sein.

Karl stellte sich an einen Baum und urinierte, warmer Dunst stieg auf und hüllte ihn ein, während er das Areal des menschenleeren Strandbads überblickte, die Reihe der begehrten Umkleidehäuschen, die man mieten konnte und nie wieder aufgab, wenn man von der Stadt eines zugeteilt bekommen hatte. Dahinter der kleine Spielplatz und der mit einem Metallrolladen versperrte Kiosk, an dem die Gäste im Sommer Würstchen und Getränke kaufen konnten. Kein Mensch war zu sehen, kein Fahrzeug zu hören. Dennoch musste er sich beeilen, am Tag war jederzeit damit zu rechnen, dass jemand von der Stadtverwaltung auftauchte, um nach dem Rechten zu sehen.

Er hatte das Häuschen auf seinen Streifzügen durch die Peripherie der Stadt entdeckt, nachdem er die Schlafstelle im Obdachlosenheim verlassen hatte. Nach einigen Tagen schon hatte er die Enge und die Ausdünstungen der schnarchenden Männer nicht mehr ausgehalten. Seinem Bewährungshelfer teilte er die Adresse seines Heimathofes mit. Dabei hatte er nur wenige Wochen dort gewohnt, bis die restlichen Vorräte aufgebraucht waren. Als Karl sein Heimathaus nach der Entlassung aus dem Jugendgefängnis betreten hatte, stand noch die Kartoffelsuppe auf dem Herd, die seine Großmutter zubereitet hatte, bevor sie in der Küche zusammengebrochen war. Einen Tag darauf war sie vom Postboten auf dem Boden liegend gefunden worden. Sie war bereits tot, Schlaganfall.

Karl ging in das Umkleidehäuschen zurück, inzwischen kochte das Wasser in der Dose. Er goss es auf das Kaffeepulver, rührte mit dem Stock in der Tasse und nahm schlürfend den ersten Schluck. Während er das Wärmegefühl im Bauch genoss, öffnete er mit einem Taschenmesser eine Dose mit Fleischaufstrich und schmierte die bräunliche Paste auf eine Scheibe Schnittbrot. Bevor er aß, schaltete er einen Kassettenrekorder ein, der auf einem Holzregal an der Wand stand, die Mechanik ächzte vor Kälte, als sie sich in Bewegung setzte. Eine hohe, kraftvoll gepresste Männerstimme schrie:

Ro-xanne, you don't have to wear the dress tonight – walk the streets for money, you don't care if it's wrong or if it's right.

Das Lied begann zu leiern, die Batterie hielt der Kälte nicht stand, er schaltete das Gerät dennoch nicht aus.

Neben dem Rekorder stand ein Handspiegel, er betrachtete sich darin. Schwarze Bartstoppeln bedeckten die Einbuchtungen seiner Wangen und sein breites Kinn bis hinab zu seinem hervortretenden Adamsapfel. Er schüttete das restliche Wasser aus der Flasche in eine weitere Konservendose und rührte mit einem Pinsel etwas Rasierseife darin zu Schaum. Dann verteilte er den kalten Schaum gleichmäßig auf Gesicht und Hals und zog in langsamen Strichen mit einer Einwegrasierklinge hindurch. Am Ende fuhr er mit den Fingerkuppen über seine Haut, er spürte noch Stoppeln. Erneut seifte er sich ein und rasierte sich geduldig. Viermal wiederholte er die Prozedur, bis sein Gesicht sich glatt und völlig bartlos anfühlte. Den schwarzen Bartschatten, den keine Klinge beseitigen konnte, bedeckte er mit etwas bräunlicher Abdeckcreme. Dann nahm er zwei silbrig glänzende Ohrringe in Herzform aus einer Pappschachtel und legte sie an. Die Löcher dafür hatte er sich selbst mit der kurzen Spitze seines Taschenmessers gestochen. Seine Ohrläppchen waren danach tagelang entzündet gewesen, obwohl er die blutenden Löcher sofort mit Schnaps desinfiziert hatte. Mit einer Bürste fuhr er sich durch das lange strähnige Haar, bis es ihm glatt und schwarz glänzend auf die Schultern fiel.

Er öffnete die Außengurte eines speckigen Koffers und holte das verschlissene, blass-rote Kleid heraus. Er hatte es nach seiner Haftentlassung neben einigen anderen Gegenständen in einem Karton ausgehändigt bekommen. Rasch zog er sich Pullover und Hose aus und schlüpfte in das Kleid. Obwohl es ihn augenblicklich fröstelte, bereute er, dass er keinen mannshohen Spiegel hatte, in dem er sich betrachten konnte. Er faltete das Kleid mehrmals an den Beinen hinauf, bis es einen breiten Gürtel um seine Hüften bildete. Dann zerrte er die Jeans darüber. Zufrieden steckt er beide Hände in die Hosentaschen und fühlte, dass das Kleid seine Hüften verbreiterte. Dann packte er eine halbvolle Flasche Schnaps in eine Plastiktüte und zog den Parka an.

Bevor er die Hütte verließ, blickte er noch einmal durchs Fenster und prüfte, ob niemand zu sehen war. Einen Teil des Badeareals durchquerte er im Sichtschutz der anderen Umkleidehäuschen. Am Zaun angekommen, stieg auf eine bereitgestellte Mülltonne und kletterte darüber. Die Straße war noch menschenleer, ein VW Käfer fuhr mit stotterndem Motor vorbei, auf der Windschutzscheibe war nur ein kleines Sichtfeld vom Eis befreit. Er zog die Kapuze seines Parkas tief in die Stirn und ging mit gesenktem Kopf zu einer U-Bahn-Station.

Als er in den Waggon stieg, hüllte Wärme ihn ein. Sein Körper begann sich zu entspannen, er öffnete seinen Parka, holte seine Geldbörse aus der Innentasche und zählte das Geld darin. Dreiunddreißig Mark vierundsiebzig, zu wenig für seine geplante Anschaffung. Als sich in der nächsten Station die Zugtür öffnete, musterte er einen einsteigenden Mann. War er ein Fahrscheinkontrolleur? Die Frage beunruhigte ihn aber nicht sonderlich. Bei einer seiner ersten U-Bahn-Fahrten war plötzlich ein Kontrolleur vor ihm gestanden. „Fahrscheinkontrolle!“, hatte er gesagt und ihm einen Ausweis hingehalten. Karl hatte ihn ignoriert und aus dem Fenster geblickt. „Ihren Fahrschein, bitte!“, hatte der Mann in nachdrücklichem Ton gesagt. Dann war Karl aufgestanden, hatte sich zur vollen Größe aufgerichtet und mit mahlenden Kiefern und zusammengekniffenen Augen dem Kontrolleur ins Gesicht gestarrt. Der Mann hatte sich nur geräuspert und war wortlos weitergegangen.

Die Begegnung hatte Karl auf einen Gedanken gebracht. Er stieg an der nächsten Station aus, stellte sich an einem weitgehend menschenleeren Platz einem vorbeieilenden Passanten in den Weg und sagte: „Haben Sie etwas Kleingeld?“ Wenn der Mann sich dann mit einer Ausflucht an ihm vorbeidrücken wollte, versperrte ihm Karl mit einem Ausfallschritt erneut den Weg und starrte ihn einfach nur aus seinen tief liegenden Augen an. Mehr als dieser Blick war nie nötig, um einen Mann dazu zu bringen, seine Geldbörse zu zücken. Er wusste, dass die anderen Männer im Obdachlosenheim sich beim Schnorren eher auf Frauen oder Jugendliche konzentrierten. Karl indes wandte sich immer an Männer, er setzte lieber auf Einschüchterung denn auf Weichherzigkeit. Und er hatte Erfolg damit. Er hatte einen Weg gefunden, für seinen Lebensunterhalt zu sorgen. Der Preis dafür war allerdings, dass er in der Stadt leben musste.

Auch heute brauchte er nur einen knappen Vormittag, um die Summe zusammenzubekommen, die ihm für seine geplante Anschaffung fehlte. Als es so weit war, ging er in die Fußgängerzone im Stadtzentrum und betrat den großen Kaufhof, den er in den letzten Tagen schon so oft besucht hatte. Im gläsernen Eingangsbereich blieb er eine Weile im warmen Luftzug des Heizgebläses stehen. Zuerst ging er in die Drogerieabteilung mit ihren vielfältigen Düften und kaufte die größte Dose Nivea, die im Regal stand. An der Kasse genoss er es, in einer Reihe mit fremden Frauen zu stehen, und das Gefühl, die Creme nicht heimlich stehlen zu müssen. Mehrmals strich er mit seinen breiten, schwarz geränderten Fingerspitzen über das glatte Metall der königsblauen Dose. Dann fuhr er mit der Rolltreppe eine Etage höher. Alles hier war hell, sauber und geordnet, eine Vielzahl an Gerüchen vereinigte sich zu einem berauschenden Großraumaroma, Geräusche drangen auf ihn ein, eine Lautsprecheransage, die unterging im Brummen des Treppenmotors, Menschenstimmen von irgendwoher, weiche Musik, die kaum gegen das Gebläse der Klimaanlage ankam, doch immerhin vernehmbar genug, um sich von ihr beschwingen zu lassen. Der Gedanke an das Ziel seiner Fahrt versetzte ihn in eine kurz aufwallende Hochstimmung. Er erreichte die Etage mit der Lederwarenabteilung, schlenderte vorbei an Brieftaschen, Geldbörsen und Reisekoffern, bis er zu den Regalen mit den Damenhandtaschen kam. Mit dem Finger fuhr er über die Lederoberflächen, echten wie künstlichen, er wusste genau, wo sein Zielobjekt stand, zögerte aber dennoch mit wachsender Erregung den Moment hinaus, bis er es erreichte. Kurz keimte die Angst auf, sie könnte weg sein, verkauft an irgendjemanden, der ihren Wert kaum zu schätzen wusste. Aber sie war noch da. Ein Prachtstück aus nachtschwarz glänzendem Kunstleder, leicht bläulich schimmernd bei gewissem Lichteinfall. Ihr silberner Verschluss war besetzt mit winzigen glitzernden Edelsteinimitaten, die Länge des Umhängebands konnte mit einer runden, eleganten Silberschnalle verstellt werden. Er betrachtete das Preisschild und schnappte vor Glück nach Luft. Ihr Preis war um die Hälfte reduziert, seit er sie zuletzt in Händen gehalten hatte. Er beschloss spontan, mit dem restlichen Geld ein Parfüm zu kaufen.

Die Plastiktüte schwang schwer an seiner Hand, als er seine Schätze durch die Fußgängerzone trug. Zum dritten Mal schon ging er sie nun auf und ab, jedes Mal, wenn er kehrtmachte, blieb er kurz stehen und blickte in die Tüte. Er hätte die Tasche gern herausgenommen und sie umgehängt. Er blickte sich um, sah die Menschen vor den Schaufenstern und verspürte einen stumpfen, wachsenden Unmut, der ihn hinderte, die Tasche zu tragen. Er ärgerte sich, dass seine Hochstimmung so rasch verflogen war, er wusste, sie würde erst wiederkommen, wenn er es wagte, sein Schmuckstück umzuhängen. Noch einmal ging er die Passage entlang, aber er hatte keinen Blick mehr für die Schaufenster, nicht einmal für das fein beleuchtete Schmuckgeschäft oder für die Boutique mit Damenwäsche, wo er sonst so gern verweilte. Er bog in eine Nebengasse und ging raschen Schrittes zu einem kleinen Innenstadtpark. Schwer atmend suchte er eine möglichst abgelegene Bank und setzte sich darauf. Die Kälte des Holzes drang rasch durch den Stoff seiner Jeans. Er blickte sich um, zog die Flasche Schnaps aus der Tüte und nahm einen kräftigen Schluck. Schnaufend wischte er sich über die Lippen und spürte, wie sich Wärme in seinen Eingeweiden ausbreitete. Während er sich eine Zigarette drehte, nahm er einen weiteren Schluck und noch einen. Dann holte er die Handtasche aus der Tüte und drehte sie mehrmals auf Augenhöhe hin und her. Die bläulichen Effekte waren bei dem diffusen Winterlicht kaum noch zu sehen, auch die Steine am Verschluss funkelten nicht mehr so wie in der Kunstbeleuchtung des Kaufhauses. Er spürte eine leichte Enttäuschung und kämpfte sie mit weiteren Schlucken aus der Flasche nieder. Gern hätte er jetzt Musik gehört, und er bereute, dass er den Rekorder nicht mitgenommen hatte. Der Refrain des Liedes, das er am Morgen gehört hatte, fiel ihm ein, er sang ihn leise vor sich hin:

Ro-xanne, you don't have to put on the red light.

Er betrachtete die Schnapsflasche, ihr Boden war noch drei Fingerbreit bedeckt, seine Fingerbreite, er setzte sie an und trank sie in einem Zug leer.

Als er sich erhob, spürte er die Wirkung sofort, wohlige Wärme im Bauch, ein leichtes, noch schwindelfreies Drehen im Kopf, das sich rasch auf seinen Körper ausbreitete, seinen Gang geschmeidiger machte, vor allem in den Hüften. Auf dem Rückweg zur Fußgängerzone machte er einen kleinen Umweg, der an einem Lebensmittelladen vorbeiführte. Er ging hinein, suchte die gekühlte Fleischtheke, um die Handtasche in die Neonbeleuchtung zu halten. Da war er wieder, der bläuliche Schimmer, und auch die Steine am Verschluss glitzerten. Mit federnden Schritten ging er zum Regal mit den Spirituosen und nahm die billigste Flasche Korn heraus.

Bevor er schließlich von der Seitengasse wieder in die belebte Fußgängerzone einbog, trank er im Schutz eines Hauseingangs die Flasche halb leer. Prustend stieß er auf und kämpfte mit zusammengekniffenen Augen einen kurzen Schwindel nieder. Dann stopfte er die Niveadose, den Parfümflakon und die Schnapsflasche in die Handtasche. Sanft strich er mit der Handfläche über das stark ausgebeulte Kunstleder. Darauf verlängerte er den Gurt bis zum Maximum, hängte sich die Tasche an die Schulter und mischte sich unter die Menschen.

Er genoss das Gefühl, wie die Handtasche gegen seine Hüfte schlug und ihm bei jedem Schritt einen leichten Schwung verlieh. Er spürte die Blicke, die auf ihn gerichtet waren, viele Blicke, und auch das genoss er. Schließlich würde auch er eine Frau anschauen, die eine solche Tasche schwang. Er erinnerte sich an die ungeheure Erregung, als er zum ersten Mal in einer mondhellen Nacht nur mit seinem Kleid bekleidet über das Areal des Strandbads gewankt war. Berauscht von einer Flasche Schnaps und erfüllt von dem befreienden Glück, ganz er selbst und ganz bei sich zu sein. Regelrecht getanzt hatte er bei der Vorstellung, irgendwann einmal, inmitten von fremden Menschen, in einem Badeanzug auf einem der Liegestühle des Strandbads zu ruhen, die nackte, rasierte Haut der Luft, der Sonne und den Blicken ausgesetzt. Wer sah ihn jetzt, wie er so weich und weiblich, mit dieser eleganten Tasche an der Schulter, durch die Einkaufsstraße schlenderte? Er spürte die Blicke regelrecht körperlich, auf seiner Haut, an seinem Geschlecht. Wie schaute ihn dieser schlanke junge Kerl da an? Er war ihm vor einigen Minuten schon einmal aufgefallen, wie er in seinen engen verwaschenen Jeans und seiner schwarzen Lederjacke seinen Weg gekreuzt hatte. Jetzt kam er ihm entgegen und sah ihn direkt an, ja er lächelte sogar spitzbübisch. Hatte er ihn wirklich angelächelt? Karl drehte sich nach ihm um und ertappte den Mann dabei, wie er sich seinerseits umdrehte – nach ihm. Doch der Bursche wirkte gar nicht ertappt, im Gegenteil, er lächelte wieder, kein Zweifel, das Lächeln galt ihm.

Karl ging weiter, die Tasche schlug mit ihrem schweren Inhalt gegen seinen Körper und ließ ihn sich in den Hüften wiegen. Ob der Bursche sich noch immer nach ihm umdrehte?

Karl verspürte plötzlich einen starken Drang auf der Blase. Er sah sich um, ein Schild wies den Weg zu einer U-Bahn-Station. Er betrat die Rolltreppe, sie war defekt, er musste die Treppe benutzen. Er schwankte bei jedem Schritt über die hohen metallenen Stufen und hielt sich am schwarzen Gummi des Handlaufs fest, die andere Hand war fest an die Tasche gedrückt. Er öffnete die Metalltür zur öffentlichen Toilette, scharfer Uringeruch schlug ihm entgegen. Bevor er an ein Urinal trat, sprühte er sich etwas Parfüm aus dem Flakon auf die Hand und sog den süßlichen Blumenduft ein. Während er sich entleerte, hielt er den duftenden Handrücken an die Nase.

Dann trat er vor den Spiegel, der über den beiden weißen Waschbecken hing, und blickte hinein. Sein langes Haar glänzte im Neonlicht, der Bartschatten war kaum zu sehen unter der Abdeckcreme. Er bereute, dass er keinen Lippenstift gekauft hatte. Schnaufend stützte er sich am Becken ab und spuckte hinein. Als er den Kopf wieder hob, bemerkte er im Spiegel, wie sich die Eingangstür öffnete. Der junge Mann in der engen Jeans kam herein und stellte sich neben ihn ans benachbarte Becken. Er drehte das Wasser auf, quetschte etwas Seife aus dem Spender und wusch sich die Hände. Eine Weile standen sie schweigend nebeneinander, Karl beobachtete im Spiegel mit glasigem Blick jede Bewegung des Mannes.

Schließlich sagte der Mann mit weicher, gehobener Stimme:

„Ich steh auf Frauentaschen an richtigen Männerschultern."

Karl musste sich jetzt mit beiden Händen am Becken abstützen und kämpfte gegen eine wachsende Übelkeit an. Die Worte des Mannes drangen mit Verzögerung zu ihm durch. *Frauentaschen an Männerschultern?* Was sollte das heißen? Männer tragen keine Frauentaschen. Frauen tragen Frauentaschen, feine, zierliche Frauen. Nur perverse Männer tragen Frauentaschen.

Die Übelkeit wuchs an, schwer atmend kämpfte er einen Würgreiz nieder. Wie durch einen Nebel sah er, dass der Mann wieder sein Lächeln aufsetzte, aber es war nicht mehr das spitzbübische von vorhin, es war herausfordernd und anzüglich.

Karl richtete sich wankend auf und wandte sich dem Mann zu.

„Was willst du von mir, du Schwuchtel?"

Der Mann wirkte einen Moment irritiert, dann verstärkte er sein Lächeln noch.

„Bleib locker, Mann, du bist ein heißer Typ. Tu nicht so, als wüsstest du das nicht!"

„Ein Typ, ja?“

„Und was für einer!“

Der junge Mann lächelte wieder und legte Karl die Hand an die Hüfte. Karls gesamter Körper versteifte sich, während die Hand hinab zu seinem Gesäß glitt. Dort wurde der Druck der Hand stärker, Karl hielt den Atem an, der Schwindel wich einem Brennen, das von seinem Unterleib ausgehend seinen gesamten Körper erfasste. Seine Kiefer begannen zu mahlen, er hörte das Knirschen seiner Zähne, ein Geräusch drang aus seiner Kehle, ein animalischer Laut, der nicht mehr zu ihm gehörte.

Er trat einen Schritt beiseite und hielt plötzlich das Umhängeband seiner Tasche in der Hand. Mit einer raschen Bewegung holte er aus und nutzte den Rückschwung, um die Tasche, beschwert mit einer Dose Nivea, einem Parfümflakon und einer halbvollen Flasche Schnaps, in Richtung des Mannes zu schleudern. Sie traf seinen Kopf mit voller Wucht. Das Letzte, was Karl wahrnahm, war das Geräusch berstenden Holzes.

Die Viehtränke

Seit Tagen hatte er sich vorgenommen, den Friedhof zu besuchen, aber er fand immer wieder einen Grund, es zu verschieben. Den Rasen hatte er gemäht, ein paar Sträucher in die Lücken der Hecke eingesetzt, sogar den Hasenstall stattdessen geputzt. Irgendwann verrichtete er gezielt Dinge, deren Erledigung seit Längerem anstand, etwa die E-Mail-Korrespondenz mit seiner Redaktion und seinen Praktikanten. Doch schließlich war alles erledigt und eine innere Unruhe trieb ihn an.

Thomas lehnte sich zurück und las das soeben Geschriebene. Mit einem leisen Schnaufen setzte er den Cursor vor das erste Wort und hielt er die Entfernen-Taste gedrückt. Er sah zu, wie der Text Buchstabe für Buchstabe verschwand. Nachdem er eine Weile still und mit geschlossenen Augen dagesessen hatte, begann er von Neuem:

Die Abendsonne stand so tief am Himmel, dass er die Hand schützend über die Augen halten musste, um die Inschrift auf dem Grabstein lesen zu können: Günter Neukirch und Brankica Neukirch.

Er fügte die Geburts- und Todesjahre seiner Eltern hinzu. Dann stand er vom Schreibtisch auf und blickte aus dem Fenster. Die Hasen saßen im Gehege eng nebeneinander auf einem schmalen Schattenstreifen an die Gitterstäbe gequetscht. Mit spitzem Einfallswinkel tauchte die Sonne die restliche Rasenfläche in warmes Morgenlicht. Wahrscheinlich hatten die Hasen den ersten Sonnenstrahlen nicht ausweichen können und saßen erst seit wenigen Minuten im schützenden Schatten. Simone hatte ihm am Tag zuvor, dem ersten heißen Frühlingstag des Jahres, eine SMS geschrieben:

„Nicht vergessen: Sie halten Hitze schwerer aus als Kälte."

Erleichtert, wieder einen Anlass zu haben, den Schreibtisch zu verlassen, ging er in den Garten und hängte eine Plane so überlappend über das Netzdach des Geheges, dass die von den Gittern eingefasste Rasenfläche komplett im Schatten lag. Dann setzte er sich im Schneidersitz vor das Gehege und öffnete das Türchen. Der helle Hase kam sogleich angehoppelt und schmiegte den Kopf in seine Handfläche. Unter dem weichen Fell spürte er die Form des Schädelknochens, die zarten Sehnen am Nacken, die geschmeidig filigrane Wirbelsäule. Der Schwarze hielt sich zunächst im Hintergrund, dann konnte auch er nicht der Verlockung der offenen Tür widerstehen und kam näher. Als Thomas die Hand nach ihm ausstreckte, schnupperte das Tier kurz an seinen Fingern. Sobald der Hase merkte, dass er an der tastenden Hand nicht vorbeikam, wich er zurück und beobachtete mit ruhigem, versunkenem Blick den offenen Ausgang.

Thomas schloss das Türchen wieder und stand ächzend auf. Seine untere Rückenpartie schmerzte von der gekrümmten Haltung. Während er sich streckte, beschattete er mit der Hand die Augen und betrachtete das Haus. Die hellgrün nachgewachsenen Spitzen des Efeus, der die Terrasse in dicken, gekrümmten Ästen umwucherte, leuchteten wie phosphoreszierend in der Sonne. Auch der wilde Wein, der mit erstaunlich rasch kletternden Ranken seine Finger über die gesamte Hausfassade ausstreckte, hatte große dreispitzige Blätter ausgebildet, deren hellgrüne wächserne Oberflächen die Sonne reflektierten. All der Pflanzenglanz bildete einen mächtigen Kontrast zu der stumpffarbenen Verwitterung der Hauswand. Thomas blickte hinauf zu dem kleinen morschrahmigen Fenster unter dem Dach, hinter dem jetzt sein Computer wahrscheinlich mitsamt seinem ungespeicherten Dokument in den Schlafmodus versunken war.

Als er wieder an seinem Schreibtisch saß, holte er das Dokument mit einer Bewegung der Maus aus dem Schlummer. Er löschte die Geburts- und Todesjahre und fuhr fort:

Auf der dunklen Marmorplatte des Grabes stand eine metallene Vase mit frischen Nelken. Wer sie wohl dahin gestellt hatte? Hinter der Westmauer des Friedhofs erstreckte sich eine weitläufige Wiese, deren steile Hügel im weichenden Abendlicht kaum mehr erkennbar waren. Aber er wusste, dass sie da waren, er hatte als Kind oft auf ihnen gespielt. Im Winter boten die Hänge sich zum Schlittenfahren an. Im Sommer ließen die Kinder alte Autoreifen hinabrollen, die sie von der Mülldeponie am anderen Ende des Dorfes geholt hatten.

Sein Blick wanderte vom Monitor zum Fenster, und er erinnerte sich an einen dieser Sommertage auf der Friedhofswiese. Es war um die Zeit, als die Mädchen anfingen, für ihn mehr als nervige Gören zu sein, die man besser mied, weil man nicht richtig mit ihnen spielen konnte. Diesmal hatten sich zu einer Gruppe von Jungen, darunter auch sein Vetter Roland und die beiden Leitner-Brüder, einige Mädchen gesellt, die irgendwann zwanglos und demonstrativ unbeabsichtigt dazugestoßen waren. Unter den Mädchen war auch Karin, was recht selten vorkam, weil sie in den Ferien auf ihren Bruder aufpassen musste. Obwohl Burschi, wie alle den Bruder nannten, einige Jahre älter war als Karin, brauchte er ständig Aufsicht, sobald er den elterlichen Garten verließ. Burschi war behindert, aber niemand nannte ihn so, für die meisten war er einfach nicht richtig im Kopf. Als er zwei Jahre alt war, erkrankte er an einer lebensgefährlichen Gehirnhautentzündung. Der Hausarzt hatte sie zu spät erkannt, was zur Folge hatte, dass Burschi nach seiner Genesung einen schweren Hirnschaden davontrug. Er lernte nie sprechen, und da es damals auf dem Land so gut wie keine Behindertenförderung gab und die Mutter sich wegen ihrer Arbeit kaum um ihn kümmern konnte, lernte Burschi nie auch nur die einfachsten Alltagsverrichtungen. Täglich musste er gefüttert und gewickelt werden, meist ging er schweigend im Garten ihres Hauses auf und ab und blickte abwechselnd auf den Boden und in den Himmel. Die Wege, die er dabei zurücklegte, waren immer die gleichen, so dass sich im Laufe des Sommers sichtbare Pfade im Gras bildeten, Spuren seiner scheinbar ziel- und richtungslosen Gänge. Doch selbst dort musste jemand ein Auge auf ihn haben, weil er zu Krampfanfällen neigte und manchmal minutenlang in die Sonne starrte, bis seine Augen tränten und gerötet waren. Wenn Karin in den Ferien etwas mit den anderen Kindern unternehmen wollte, blieb ihr nichts anderes übrig, als Burschi mitzunehmen. So auch an diesem sonnigen Ferientag. Während die anderen Kinder über die Wiese tollten, trottete Burschi ständig hinter Karin her, den Blick abwechselnd zu Boden und in den Himmel gerichtet. Er hatte ein schmales, markantes Gesicht und eine gerade, etwas knochige Nase, seine Augen hatten das gleiche tiefe Grünblau wie die seiner Schwester, auch die helle Wachsamkeit lag darin, obwohl seinem Blick zuweilen jede Gerichtetheit fehlte. Aber vielleicht war das auch nur Einbildung, weil man um seine geistigen Grenzen wusste.

Karin war an diesem Tag ausgelassen. Einmal wollte auch sie einen Autoreifen den Hügel hinaufrollen, um ihn dann hinabrasen zu lassen. Obwohl sie modische Cloques mit dicken Plateausohlen trug, bewegte sie sich geschickt und kraftvoll, was ihr skeptisch anerkennende Blicke vonseiten der Jungen eintrug. Einigen von ihnen entging bei Karins vornübergebeugter Haltung auch nicht, dass ihr Hintern und ihr Becken sich unter den engen Jeans gerundet hatten. Karin war so aufgekratzt und vertieft in ihr Tun, dass sie nicht bemerkte, wie Burschi beim Aufstieg nicht Schritt halten konnte und immer weiter zurückfiel. Hölzerne, ungelenke Bewegungen auf viel zu langen Storchenbeinen. Plötzlich stieß Harald Leiter ein kurzes kehliges Lachen aus und schrie:

„Guck dir den Spasti an!"

Die Kinder blickten in die Richtung, in die Harald deutete. Plötzlich waren alle still und wie gebannt von dem, was sie sahen. Burschi stand am Rand der Wiese über eine Viehtränke gebeugt und trank daraus direkt mit dem Mund gurgelnd in großen Schlucken Wasser. Einige Kinder begannen zu kichern, andere riefen: „Iiiii!" Oder: „Bäh, eklig!"

Thomas erinnerte sich, wie sich damals für ihn die Zeit zu dehnen begann, während eine seltsame Veränderung mit Karin vor sich ging. Sie wurde plötzlich zu einem Menschen, der viel älter und zugleich viel jünger war als sie alle. Fremd war sie ihm in diesem Moment und näher denn je. Ihr Körper straffte sich, ihr Blick wurde klar und gefasst von einem Auftrag. Langsam, ohne jede Hektik ging sie mit steifen Schritten und erhobenem Kopf zu ihrem Bruder, legte ihm die Hand auf die Schulter und zog ihn mit sanfter Gewalt von der Tränke weg.

„Burschi", sagte sie in ruhigem Ton, „das Wasser ist nicht für Menschen, das ist für die Kühe. Komm, wir gehen nach Hause, da kannst du trinken."

Ohne sich zu den anderen Kindern umzublicken, nahm sie ihren Bruder bei der Hand und führte ihn über die Wiese in Richtung des Friedhofs. Alle Kinder sahen ihr regungslos schweigend hinterher. Thomas blickte kurz in die Runde, überall enge Augen in erwartungsvoll verschlossenen Gesichtern. Dann sah er zu, wie Karin, immer noch mit einem Gang, den er noch nie an ihr gesehen hatte, über die Wiese schritt. Ihre Knie schienen sich zu verweigern, wie zähe gallertgefüllte Scharniere. Er hörte seinen Atem und presste die Lippen aufeinander, dann setzte er sich langsam und schwerfällig in Bewegung, so unauffällig wie möglich machte er ein paar kleine Schritte, als könne er so sein Gehen unsichtbar machen. Einige Meter entfernt von der Gruppe verfiel er in einen Laufschritt. Als er Karin erreicht hatte, blieb sie stehen und sah ihn fragend mit weit offenen, feucht schimmernden Augen an. Er senkte den Kopf, wedelte einige Male mit den Händen in der Luft und sagte schließlich:

„Ich muss auch nach Hause."

Sie nickte. Dann gingen sie schweigend die Friedhofsmauer entlang, Karin in der Mitte zwischen ihm und Burschi, den sie immer noch an der Hand hielt. Als sie das Friedhofstor passiert und eine mit dichten Brombeersträuchern gesäumte Allee erreicht hatten, verringerte Karin allmählich die Distanz in seine Richtung und zog ihren Bruder mit sich, so weit, bis ihre Schulter beinahe Thomas berührte. Ohne ihn anzusehen, streckte sie ihren freien Arm aus und tastete nach seiner Hand. Weich fühlte sich ihre Hand an, warm und ein wenig feucht.

Als er nach Hause kam, stand seine Mutter vor der Garageneinfahrt und kehrte die Straße. Sie blickte in seine Richtung, schien aber zunächst durch ihn hindurchzusehen. Dann sagte sie leise:

„Tommy."

Er nahm ihr den Besen aus der Hand und hakte sich bei ihr unter.

„Komm, Mama, wir gehen ins Haus."

Sie wehrte sich ein wenig gegen seinen sanft drängenden Griff und blickte auf die Stelle, die sie soeben gefegt hatte.

„Noch so viel schmutzig."

„Es ist sauber Mama, sauber genug.“

Widerstrebend ließ sie sich ins Haus führen, in die Küche, wo sie sich auf die Bank setzte.

Thomas blickte in seine Erinnerung versunken zum Fenster, dann wanderten seine Hände langsam zur Tastatur und er schrieb:

Er ging in sein Zimmer und suchte in einer Schublade seines Schreibtischs nach einer Musik-Kassette, die er mit Songs aus dem Radio bespielt hatte. Er steckte sie in seinen tragbaren Radiorekorder und trug ihn in die Küche. Seine Mutter saß noch auf der Bank und starrte auf den Tisch. Er stellte den Rekorder darauf und spulte die Kassette zurück. Das Surren des Motors löste eine Veränderung im Gesicht seiner Mutter aus, ihre Lippen zitterten leicht. Er drückte die Starttaste, das Band begann sich zu bewegen. Zunächst war nur ein Rauschen zu hören, dann schwoll aus weiter Ferne ein leiser Shuffel-Rhythmus auf einer Hi-Hat an, mit der Betonung auf dem ersten Schlag, ein flinkes, metallisch helles Tsss-Ts-ts, Tsss-Ts-ts. Der Kopf seiner Mutter neigte sich zur Seite, sie wandte ihr Ohr dem Klang zu.

„Es zischelt und züngelt.“

Die Phase der Hi-Hat verschob sich, es klang, als käme sie aus einer sich langsam weitenden Mundhöhle, die rhythmischen Akzente verschoben sich, wurden schneller, energischer: Tata-Ts, Tata-Ts, dann drei mächtige Basstöne, Bam-Bam-Bam, der Auftakt für dynamisch-bedeutsame Streicher und Bläser, ein halbtaktiger Aufwärtslauf, drei synkopierte Akkorde in kühner Harmonisierung, und die Zeit war reif, der Boden bereitet für den Einsatz von drei Frauenstimmen mit mächtigem Raum:

„Sunny – yesterday my life was filled with rain, Sunny – you smiled at me and realy eased my pain.“

Seine Mutter zog die geschwungenen Brauen hoch, schwarze Bögen über gerundeten Augen, ihr Mund öff-

nete sich. Alles in ihrem Gesicht war plötzlich achtsam und wach. Er setzte sich nah neben sie. Sie roch nach frisch gewaschener Wäsche und Apfelshampoo, das einfallende Licht erzeugte bläuliche Reflexe in ihrem dichten schwarzen Haar. Da sie sich beim Kehren nach Möglichkeit der Sonne zuwandte, war ihr Gesicht gebräunt. Sie lauschte. Bei der nächsten Strophe sah er aus den Augenwinkeln, dass ihre Schultern in eine kaum wahrnehmbare Pendelbewegung gerieten. War da ein Lächeln? Ja, ein Lächeln. Er traute sich nicht, genauer hinzusehen, aus Angst, es zu vertreiben.

Der Song nahm Fahrt auf, dynamisch schwemmender Schwung, Streicher schmückten die Lücken, umspielten tänzelnd die Melodie. Er begann Kopf und Oberkörper zu bewegen, nutzte die unwiderstehliche Pause von eineinhalb Takten nach jedem Sunny, um zweimal im Takt leicht mit der Schulter gegen die seiner Mutter zu stoßen. Es dauerte eine ganze Strophe und einen Refrain, „Sunny one so true – I love you", bis sie sein Stupsen erwiderte. Den Kopf in seine Richtung gewandt, den Blick in eine tönende Ferne gerichtet, wartete sie aufs nächste Sunny, um seiner nahenden Schulter entgegenzukommen. In der letzten Strophe verweigerte er ihr beim zweiten Sunny überraschend die Schulter, ihr Stups ging ins Leere, ihr Körper geriet in leichte Schieflage. Sie lachte und stupste ihn beim nächsten Mal umso kräftiger an. Er tat so, als würde ihn das völlig aus dem Gleichgewicht bringen. Ein kurzes Prusten, Lachfältchen, ihr Haar in Bewegung. Dann eine Variation: Ein zusätzlich eingefügter Moll-Akkord veränderte die Stimmung, eine Andeutung von tröstlicher Melancholie, gradlinig den Viertelschlägen des besungenen Geschehens folgend, ohne jedoch den drängenden Puls zu verlieren.

„My life was torn like a windblown sand – and the rock was formed when you hold my hand."

Sunny – Stups, Stups – I love you… Finale Streicher, furios entfesselt und das Lied war aus.

„Sie feiern", sagte seine Mutter in die plötzliche Stille hinein, „sie feiern – und wir auch."

„Genau, Mama, komm, lass uns noch mal feiern!"

Er spulte das Band zurück und drückte den Startknopf, die züngelnde Hi-Hat setzte wieder ein.

„Hörst du, wie es züngelt?", sagte er und setzte sich wieder neben sie. Sie zog die Lippen nach innen, ein Schatten legte sich über ihren Blick. Der Rhythmus setzte ein und er stupste sie nach dem ersten „Sunny" an. Keine Reaktion. Er wartete eine Strophe ab und stupste erneut. Wieder nichts. Komm schon! Er stupste stärker, brachte ihren Oberkörper in Bewegung, aber es war nur der verlängerte Impuls seines eigenen Stoßes, sie blieb steif und bewegungslos, ihr Blick versank in ihrer inneren Stille.

„Komm, Mama, noch einmal feiern!", rief er und drehte die Musik lauter. Sie zog die Brauen zusammen und kräuselte die Lippen. Ihr Körper wurde so starr, dass seine Schulter beim Stupsen gegen eine Wand stieß. Sie hatte sich dicht gemacht gegen den Schall, hörte und sah nichts mehr von dem, was sie umgab, sah ihn nicht mehr. Er drehte die Musik bis zum Anschlag auf, das Gerät verzerrte, die Lautsprecher dröhnten.

„Bleib hier, Mama, feier mit mir!", schrie er gegen den Lärm an. Sie hielt sich noch nicht einmal die Ohren zu, sie hatte dickere Wände als ihre Hände. Mit einem wuchtigen Schlag stieß er den Rekorder vom Tisch, der Aufprall war kaum hörbar, aber er stoppte das Band. Dann sprang er auf und floh aus der Küche.

Thomas nahm die Hände von der Tastatur. Schwer atmend saß er da und starrte ins Leere. Mechanisch wanderte seine Hand zur Maus und klickte auf das Kreuzchen am oberen rechten Bildschirmrand. Das Menü mit den drei Möglichkeiten erschien: *Speichern,*

Verwerfen, Abbrechen? Er strich sich über den Hinterkopf und tastete über die neue kreisrunde Stelle, die bis vor Kurzem noch kahl gewesen war und auf der sich nun wieder die ersten schneeweißen Stoppeln bildeten, er spürte ihre feinen Spitzen mit den Fingerkuppen. Er stand auf und durchmaß einige Male den engen Raum von Wand zu Wand, dann vom Fenster zur Tür, kurze, ziel- und bewusstlose Schritte. Dann setzte er sich wieder an den Schreibtisch und blickte auf den Monitor. Das Wort *Speichern* war mit einem dünnen Rahmen hervorgehoben, mit einer hektischen Bewegung klickte er es an. Ein anderes Menü tauchte auf, mit blinkendem Cursor im Feld für den Dateinamen. Er legte die Hände auf die Tastatur und schloss die Augen. Unter den Fingerkuppen spürte er die nach innen gewölbte Oberfläche der Tasten. Mit mehreren tiefen Zügen versuchte er, die Frequenz seiner Atmung zu senken, es gelang ihm nicht. Er konzentrierte sich auf seine Hände, wusste genau, welcher Finger auf welchem Buchstaben lag, es half nichts, sein Atem wurde schneller. Er sprang auf und schnappte nach Luft. Hektisch stieß er die Tür auf und lief mit schnellen Schritten die Treppe hinab. Als er ins Freie trat, sog er so viel Luft in seine Lungen, wie er nur konnte. Für einen Moment verschaffte es ihm Linderung, nicht für lange, das wusste er. Darum setzte er sich in Bewegung und umrundete das Haus mit energischen Schritten. Die Hasen blickten auf, als er an ihnen vorbeischritt, aber er nahm keine Notiz von ihnen. Gehen, nur gehen und atmen. Er spielte kurz mit dem Gedanken, das Grundstück zu verlassen, stand schon an der Gartentür, ging dann zurück zur Terrasse und zündete sich ein Zigarillo an. Gegen seine Gewohnheit inhalierte er mehrmals, ein scharfes Brennen in den Bronchien ließ ihn husten und beruhigte dennoch seine Atmung ein wenig. Der Rauch hatte seiner Lunge einen natürlichen Grund zum Protest gegeben. Er nahm noch einen Zug und trat das Zigarillo auf den verwitterten Fliesen aus. Dann ging er ins Haus zurück, schnaufend stieg er die Treppe hinauf ins Arbeitszimmer. Er tippte mit dem Finger gegen die Maus, der Monitor seines Laptops wurde hell und das Feld für den Dateinamen erschien erneut mit blinkendem Cursor.

„Leck mich!“, sagte er laut vor sich hin und klickte auf das Feld *Abbrechen,* der ungespeicherte Text erschien, und noch bevor er in Versuchung kam, eine Zeile davon zu lesen, klickte er rasch auf das Kreuzchen in der oberen Ecke und wählte von den auftauchenden drei Optionen, ohne zu zögern, *Verwerfen.* Und der Text verschwand.

Steifhüftig ging er ins Erdgeschoss und setzte sich auf einen Sessel. Er lauschte in sich hinein und hörte nichts als seinen Atem, alles war stumm und leer und stumpf. Die Außengeräusche drangen wie durch einen wattigen Nebel zu ihm, er wollte sie auch gar nicht hören. Er wusste nicht, wie lange er so dagesessen hatte, bis er aufstand und mit langsamen, mechanischen Bewegungen die Dinge verrichtete, die jetzt unvermeidlich waren. Er kramte die Stereoanlage aus dem Karton, schloss die Boxen an, stellte sie vor sich auf den Boden. Dann holte er eine Metalldose aus dem Küchenschrank, sie enthielt einige hellblaue Pillen. Er nahm eine heraus und schluckte sie, dann noch eine. Für die dritte brauchte er einen Schluck Wasser. Er holte eine ungeöffnete Flasche Schnaps aus dem Kühlschrank und stellte sie neben den Sessel. Mit einem Schnaufen setzte er sich und wartete. Als er die erste Beschleunigung seiner Blutzirkulation spürte, trank er einen kräftigen Schluck Schnaps und kämpfte gegen den leichten Ekel an, den er in all den Jahren nie verloren hatte. Er legte die CD, die sein Ressortleiter ihm vor Wochen geschickt hatte, in die Stereoanlage. Mit der Fernbedienung betätigte er die Play-Taste und trank noch einen Schluck. Er spürte ein leichtes Vibrieren in Armen und Beinen. Das regelmäßig anschwellende Geräusch erklang wieder, doch diesmal spürte er sofort, wie sich die verfremdete Gitarre, die im Herzschlagrhythmus pumpte, mit seinem eigenen Puls verband, sein Körper wurde elastisch und empfänglich für alles, was da schwang und schwoll. Er drehte die Lautstärke höher und bemerkte, dass es zwei Gitarren waren, die pumpend zu einer verschmolzen. Als das Schlagzeug mit seiner überwältigenden Wucht einsetzte, spürte er die Bass-Drum im Unterleib und die peitschenden Snare-Schläge auf der Haut, er zuckte zusammen, sein Körper bäumte sich kurz auf. Die Hände tasteten nach der Fernbedienung, lauter, härter. Dann ergriff er die Flasche und sank mit einem langen Stöhnen im Sessel zurück.

Der Angriff

Wie oft hatte er schon versucht, das Phänomen zu beschreiben. Als es zum ersten Mal auftrat, war er erschrocken und zugleich fasziniert davon, ein Geräusch zu vernehmen, das keine Ursache in der Außenwelt hatte. Es war einfach in ihm und nur für ihn allein hörbar. Entdeckt hatte er es, als er beim Abspielen einer Schallplatte plötzlich ein leises Knistern im Hintergrund hörte. Er war überrascht, weil die Platte neu war und er sie überdies nass abspielte, mit einem zusätzlichen auf dem Vinyl aufliegenden hohlen Kunststoffarm, der ein weiches Bürstchen an seiner Spitze mit destilliertem Wasser versorgte, um den Staub und die elektrostatischen Ladungen zu beseitigen. Woher kam das Knistern? Er hob den Tonarm von der Platte, die Musik verstummte, aber nicht das Geräusch. Es war in seinem Ohr, leise zwar, aber deutlich vernehmbar. Es verschwand bald wieder und kam einige Tage später verwandelt zurück, dumpfer, hektischer und lauter.

„Tinnitus" lautete die Diagnose des Hals-, Nasen-, Ohrenarztes, er empfahl viel Ruhe, Stressvermeidung und den völligen Verzicht auf laute Musik. Einen Rat, den Thomas berufsbedingt nur schwer beherzigen konnte, und so lernte er seinen Tinnitus im Laufe der Jahre in verschiedenen Formen und unterschiedlichen Intensitäten kennen, als arhythmisches Klopfen, als helles Zischen oder als ein scheinbar fernes Knacken, das Minuten, Stunden und manchmal auch Tage dauern konnte. Es war zu seinem klanglichen inneren Begleiter geworden.

Als er heute erwachte, nach seiner ersten Klangorgie in seiner neuen Behausung, erlebte er den Ton in seiner quälendsten Form: als hohen Summton, der dem Geräusch ähnelte, das einst im Fernseher nach Sendeschluss das Testbild begleitet hatte. Doch nicht die Art oder Intensität des Klangs war das Schlimmste, sondern die Tatsache, dass seine Lautstärke anschwoll. Es begann leise in einem hinteren Winkel seiner imaginierten Gehörzone und wurde allmählich lauter. Wenn es etwa zwei Drittel seiner Lautstärke erreicht hatte, verbündete es sich mit einem stechenden Schmerz in seiner linken Schläfe, der sich bis zum Höhepunkt des Summtons für einen kurzen Moment derart steigerte, dass seine ganze linke Gesichtshälfte zusammenzuckte. Dann dauerte es eine halbe Minute, bis der Ton leise wiederkehrte und gleichmäßig anschwellend seinem erneuten schmerzvollen Höhepunkt entgegensummte.

Er öffnete die Augen, Dämmerlicht fiel ins Zimmer und erhellte gnädig sanft die Welt der Dinge: den Sessel, neben dem er lag, die immer noch eingeschaltete Stereoanlage, die herumliegenden CDs mit ihren aufgeklappten Hüllen und die fast leere Schnapsflasche. Ächzend stemmte er sich in die Höhe und kämpfe gegen eine Woge aus Schmerz und Brechreiz an. Er wartete die Pause in seinem inneren Klangmartyrium ab und ging ins Badezimmer. Bewusst vermied er den Blick in den Spiegel. Aus einer Toilettetasche nahm er eine Packung Aspirin und quetschte zwei Tabletten aus der Blisterfolie. Er schluckte sie mit einem Glas Wasser, das er dann zur Gänze austrank. Die Flüssigkeit belebte ihn ein wenig. Er ging zurück ins Wohnzimmer und schaltete die Stereoanlage aus. Während er seine Schläfen massierte, blickte er aus dem Fenster in den Garten. Der üppig blühende Flieder versperrte ihm den Blick auf das Hasengehege, und mit einem plötzlichen bodenlosen Fluten in der Magengegend wurde ihm bewusst, dass er am Vorabend die Hasen nicht aus dem Gehege genommen und in den nächtlichen Schutz des Stalls gebracht hatte. Eilig ging er in den Garten und blieb einige Meter vor dem Gehege stehen. An der hinteren Seite war ein Gitterteil aus den im Rasen steckenden Befestigungsstäben gerissen und ins Innere der Gehegefläche gedrückt. Das Netz hing an der Stelle lose herab. In einer Ecke saß ruhig und unbeweglich der schwarze Hase, sein heller Gefährte war verschwunden. Thomas blickte sich im Garten um, keine Spur von dem Tier. Langsam umrundete er das Haus, schaute in jedes Gebüsch, das Bücken verursachte Übelkeit und einen stechenden Schmerz in der Schläfe. Wenigstens war der in ihm schwellende Heulton leiser geworden.

„Hase, Hase!“, rief er und ihm wurde bewusst, dass er Simone nie nach dem Namen des Tieres gefragt hatte. Er ging zum Auslauf zurück, der Schwarze sah ihn mit starren, weit aufgerissenen Augen an. Thomas prüfte die Festigkeit des Geheges, ein Hase konnte unmöglich die Gitterwand verschoben haben. Ein größeres, kräftigeres Tier musste sie nach innen gedrückt, dann die Pfote unter das Gitter geschoben und den Hasen herausgeangelt haben. Einige Büschel hellen Fells lagen auf dem Rasen und deuteten auf einen Kampf hin. Eine leise Hoffnung keimte in ihm auf, vielleicht war das flinke Tier ja seinem Fänger entkommen und durch ein Loch im Zaun entwischt. Er verließ den Garten und umrundete das Grundstück, durchkämmte die Wiesen, den Hang an der Nordseite bis zum angrenzenden Waldsaum. Immer wieder rief er „Hase, Hase!“ und kam sich plötzlich lächerlich dabei vor.

Dann fiel ihm der andere Hase ein, der immer noch allein in der Einzäunung saß. War er womöglich noch in Gefahr? Als er die Gartentür erreichte, war er bereits in einen Laufschritt verfallen. Außer Atem stand er vor dem Gehege und spürte, wie sich Magensäure in seinen Schlund drängte.

Dann öffnete er das Gattertürchen, der Schwarze hoppelte ihm sofort entgegen, und zum ersten Mal wich er seiner ausgestreckten Hand nicht aus, sondern ließ sich streicheln und auf den Arm nehmen. Thomas trug den Hasen behutsam zum Stall. Steif und starr saß das Tier auf seinem angewinkelten Unterarm, der Atem ging rasch und flach. Mit ruckartigen Kopfbewegungen spähten die immer noch geweiteten Augen in die eine, dann in die andere Richtung. Als Thomas den Hasen in den Stall setzte, hoppelte er sofort in eine Ecke und blickte ihn mit dem Rücken zur Wand an. Er näherte seine Hand dem Kopf des Tieres, der Hase streckte seinen Körper und kam ihm mit der Schnauze entgegen. Dann begann er, an seiner Hand zu lecken. Die Zunge fühlte sich feucht und ein wenig rau an. Thomas ließ es eine Weile zu, dann wischte er sich die Hand am Rasen ab und nahm sein Handy aus der Hosentasche. Während er noch einmal den Blick über das Grundstück schweifen ließ, dachte er nach, was er nun tun sollte. Es war Samstag, Simone war zu Hause. Was sollte er ihr sagen? Ein Anflug von Übelkeit überschwemmte ihn, Würgreiz trieb ihm Flüssigkeit in die Augen. Nachdem er mehrmals tief Luft geholt hatte, steckte er das Handy zurück in die Tasche. Er brachte das Gehege wieder in seine ursprüngliche Form und straffte das Netz darüber. Dann holte er einen Eimer und eine kleine Gartenschaufel aus dem Geräteschuppen. Sorgfältig sammelte er die weichen Fellbüschel ein. Darauf kniete er sich neben das Gehege, grub mit der Schaufel ein Loch direkt neben dem unteren Gitterrand und vergrößerte es so weit, bis es einen kleinen Tunnel ins Innere bildete, durch den er seine nach innen gewölbte Hand hindurchstecken konnte. Er ging ins Haus, duschte und rasierte sich. Nachdem er aufgeräumt und alle Spuren des nächtlichen Geschehens beseitigt hatte, machte er sich einen Kaffee. An Frühstück war noch nicht zu denken. Dann durchkämmte er noch einmal die Umgebung des Hauses, das Tier blieb verschwunden. Er wartete bis zur Mittagszeit, dann schrieb er eine SMS.

„Hallo Simone, ein Hase ist leider ausgebüxt. Bin dabei, ihn überall zu suchen. Ich melde mich."

Es dauerte keine Minute, bis sie antwortete:

„Ich komme."

Er verzog den Mund und sog laut die Luft ein. Rasch ging er in den Garten und prüfte noch einmal, ob er alle Fellspuren beseitigt hatte. Dann holte er den schwarzen Hasen aus dem Stall und trug ihn zum Auslauf. Wieder verkrampfte sich der Körper des Tieres, sein Kopf ging ruckartig in alle Richtungen, er spähte sichtlich nach dem Angreifer. Thomas hockte sich vor das Gitter und beobachtete, wie sich das Tier auf die gleiche Stelle setzte, an der er es am Morgen angetroffen hatte. Hinter dem Gehege bemerkte er neben einem Hartriegelstrauch ein weiteres Fellbüschel, er schob die Zweige auseinander und beugte sich nieder, um das Büschel aufzuheben. Dann sah er hinter dem Busch, am unteren Rand des rostigen Zauns, ein Stück helles Fell durch die Blätter schimmern. Er kroch ins Gebüsch und erblickte den Hasen, zwischen Zaun und Boden gequetscht, sein Körper wies keine sichtbaren Verletzungen auf. Er berührte das Tier mit dem Zeigefinger, der Körper fühlte sich kalt und steif an. Dann erst bemerkte er, dass dem Tier der Kopf fehlte, zwischen den Schultern ragte die helle Spitze eines Knochens heraus, umgeben von rotem Fleisch. Thomas hielt den Atem an und kämpfte einen heftigen Würgreiz nieder. Dann nahm er einen Stock und schob die Blätter der umgebenden Sträucher auseinander, auf der Suche nach dem abgetrennten Kopf, aber er fand ihn nicht.

Ächzend kroch er aus dem Gebüsch. Als er sich erhob, ließ ein bodenloser Schwindel ihn wanken. Er ging zum Geräteschuppen und holte ein Paar Gartenhandschuhe und eine Plastiktüte heraus. Um das tote Tier herauszuziehen, musste er einige Kraft aufwenden, so fest steckte der Torso unter dem Zaun. Das Raubtier musste den Hasen mit einiger Kraft dort hineingeschoben haben. Er schob den kopflosen Leichnam in die Tüte und versteckte sie im Geräteschuppen hinter einem Sack mit Stroh. Als er zurück zum Gehege ging, hörte er schon eine Mädchenstimme rufen:

„Hallo.“ Es war nicht Simones Stimme, sie war heller, jünger. Dann öffnete sich die Tür und Karins Nichte Svenja trat in den Garten. Kurz erfüllte es ihn mit leiser Freude, dass sie einfach unaufgefordert hereinkam. Ihr Gesicht war gebräunt, helle Sommersprossen hatten sich rund um ihre grünblauen Augen gebildet, ihre blonden Locken waren von der Sonne gebleicht. Wieder war er überrascht und berührt von der Ähnlichkeit mit ihrer Tante.

„Ihr seid schon zurück?“

„Gestern gekommen, Montag beginnt wieder die Schule.“

Hinter ihr tauchte Simone auf, die sofort wortlos an ihm vorbei zum Gehege ging. Sie zog ihre Handschuhe aus der Gesäßtasche ihrer Jeans und öffnete das Gittertürchen. Der Hase hoppelte auf sie zu und schob seinen Kopf unter ihre ausgestreckte Hand. Simone murmelte etwas, das er nicht verstand, dann drehte sie sich zu Thomas und Svenja um, die sich hinter sie gestellt hatten.

„Plüm ist total verstört.“

Simone betrachtete den frisch gegrabenen Tunnel am Gehegerand und streckte die Hand hindurch. Ohne sich umzudrehen, sagte sie:

„Seit wann ist sie weg?“

Thomas kratzte sich am Hinterkopf und fuhr sich mit der Fingerspitze über die nachwachsenden Stoppeln. Schließlich ließ er die geöffneten Hände sinken und bewegte sie kurz neben seinen Hüften in einem kleinen Halbkreis.

„Ich hab sie heute morgen ins Gehege gegeben. Dann hab ich ein, zwei Stunden im Haus gearbeitet. Als ich das nächste Mal nach ihnen gesehen hab, war er weg. Hat sich wohl freigegraben."

Simone erhob sich, eine steile Falte zwischen den brauenlosen Augen.

„Sie haben sich noch nie freigegraben."

Thomas zuckte mit den Schultern und schob die Unterlippe vor.

„Er heißt Plüm?"

Simone nickte.

„Und der andere?"

„*Die* andere! Plüsch."

Simone ging in die Hocke und ließ den Blick schweifen. Dann kniete sie sich neben dem Hartriegelstrauch nieder und spähte ins Gebüsch. Eine heiße Welle flutete Thomas' Gesicht, kurz keimte in ihm die Panik auf, sie könnte den Kopf des Hasen finden. Als sie wieder auftauchte, hielt sie das helle Fellbüschel in der Hand, das er entdeckt hatte. Er biss sich auf die Lippen, er hatte in der Hektik vergessen, es zu beseitigen.

„Das kann der Wind dahin geweht haben", sagte Svenja und trat einen Schritt auf ihre Freundin zu.

Simone schüttelte leicht den Kopf und atmete hörbar ein und aus. Thomas steckte die Hände tief in die Hosentaschen und wusste nicht, wo er hinschauen sollte.

„Komm", sagte Svenja und klopfte ihrer Freundin recht unsanft auf den Rücken, „wir gehen sie suchen. Vielleicht hoppelt sie ja irgendwo herum und findet nicht zurück."

„Plüsch, Plü-üsch!" Dutzende Mal erklang der Ruf in den nächsten Stunden aus drei unterschiedlichen Kehlen, bis Simone immer leiser rief und schwer zu atmen begann. Das Gehen hatte sie angestrengt, ihr Gesicht war blasser geworden, ihre Augen hatten sich gerötet. Thomas sah, wie Svenja sie mehrmals aus den Augenwinkeln beobachtete, bis sie schließlich energisch zu Simone sagte:

„So, ich hab tierisch Durst, ich brauch ’ne Pause.“

Sie gingen zurück zum Haus, die Mädchen setzten sich an den Terrassentisch. Thomas holte Apfelsaft und Mineralwasser aus dem Kühlschrank und goss drei Gläser voll. Er musste sich beherrschen, sein Glas nicht allzu gierig in einem Zug hinabzustürzen. Sein Mund war trocken, seine Zunge klebte pelzig am Gaumen. Er lauschte kurz in sich hinein, der Heulton war zu einem leisen Rauschen geworden, das sich mit dem Geräusch der Windböen um ihn herum vermischte. Die Mädchen saßen schweigend da und tranken. Simone atmete schnell und flach, die Pupillen in ihren dunklen runden Augen waren geweitet, ihre Gesichtshaut glänzte. Das Tuch, das sie unter ihrer Mütze um ihren Kopf gebunden hatte, war verrutscht, ihre entblößten kahlen Schläfen waren von bläulichen Adern durchzogen. Als das Schweigen unbehaglich zu werden begann, zog Svenja ihr Smartphone aus der Hosentasche und tippte mit flinken Bewegungen darauf herum.

„Ich hab was gefunden, schaut euch das mal an.“

Sie klappte den Etuideckel des Gerätes auf und stellte es aufrecht auf den Tisch. Thomas und Simone rückten zögerlich näher zusammen und blickten auf das Display. Das Youtube-Logo erschien, dann startete ein Video, begleitet von schneller, hektischer Musik. Ein brauner Feldhase tauchte auf, im vollen Lauf über eine Wiese, seine Hinterläufe vollführten bei jedem beidbeinigen Schritt einen Sprung, der seinen Körper so weit dehnte, dass die helle Unterseite seines Rumpfes sichtbar wurde. Seine Ohren flogen hin und her. Die Kamera schwenkte, zwei langbeinige schlanke Hunde kamen ins Bild, die hinter dem Hasen herjagten, sie waren ihm dicht auf den Fersen. Der Hase schlug einen Haken und vergrößerte dadurch ein wenig die Distanz zu seinen Verfolgern, die Hunde scherten aus, passten sich seinem Kurs an und brauchten einige Sekunden, bis sie wieder ihr volles

Tempo erreichten, die Distanz verringerte sich wieder. Die Musik wurde lauter, dramatischer. Ein Hund setzte sich etwas von dem anderen ab, hatte die Nase vorn, seine gebleckten Zähne hatten den Hasen fast erreicht, er schnappte nach ihm, verfehlte ihn, schnappte erneut, biss wieder ins Leere, aber er schaffte es, mit der Schnauze gegen ein Bein des Hasen zu stoßen. Der Hase verlor im vollen Lauf das Gleichgewicht, überschlug sich mehrmals, flog in die Höhe, landete auf den Pfoten und setzte sofort seine rasende Flucht fort, im Nu war er wieder auf Tempo. Svenja klatschte in die Hände, Simone starrte gebannt auf den Monitor. Der führende Hund holte auf, sein schmaler Rücken streckte sich und ließ seine Beine fliegen, züchtende Menschenhand hatte seinen Körper ebenso für ein rasendes Tempo ausgestattet wie die Natur den Leib des Hasen. Wieder war die schnappende Schnauze des Jägers nah an den Läufen des Verfolgten, der Flüchtling bewegte kurz den Kopf und blickte im vollen Lauf zurück, dann schlug er plötzlich mit den Hinterbeinen aus, der Hund kippte zur Seite und flog aus der Bahn. Der Film stoppte und zeigte die letzte Szene noch einmal in extremer Zeitlupe. Jetzt konnte man erkennen, wie sich der Körper des Hasen vor dem Ausschlagen zusammenzog und gleich wieder zur vollen Länge auseinanderschnellte, seine Hinterbeine traten fast waagerecht nach hinten aus, eine Hinterpfote mit ihren langen Krallen traf die Lefzen des Hundes und riss seine Schnauze zur Seite.

Svenja stoppte das Video und hielt ihrer Freundin die flache Hand hin. Simone lächelte matt und schlug mit der Handfläche dagegen.

„Es geht noch weiter“, sagte Svenja und betätigte den Startknopf.

Jetzt jagte nur noch ein Hund dem Hasen hinterher. Wieder der kurze Blick des Hasen nach hinten, dann noch ein Blick, es sah so aus, als ließe er den Jäger absichtlich aufrücken, der schnappte nach ihm, war fast auf gleicher Höhe. Dann schlug der Hase plötzlich einen derart scharfen Haken, dass er die Richtung seines Laufs um beinahe neunzig Grad änderte, ein akrobatischer Schwenk bei vollem Tempo, ein Sprung eher, dessen Fliehkräfte ihn beinahe aus der Bahn warfen, Gras und Erde flogen auf. Der Hund, den Hasen wenige Zentimeter vor der Schnauze und bereit, jeden Moment zuzuschnappen, wollte die Beute so knapp vor dem finalen Fangbiss nicht davonkommen lassen und versuchte, mit einem kräftigen Sprung den Haken des Flüchtlings ohne Tempoverlust nachzuvollziehen. Ganze Grasbüschel flogen durch die Luft, der Hund warf den Kopf zurück, die Beine brachen ein, sein Körper landete seitlich auf dem Boden und rutschte einige Meter, bevor er sich mehrmals überschlug. Als das Tier sich erhob und versuchte, weiterzulaufen, humpelte es. Wieder stoppte der Film und zeigte die letzte Szene in Zeitlupe. Man sah die langen Beine des Hundes, die das gleiche akrobatische Kunststück wie der Hase versuchten. Doch selbst ein so schlanker Hundekörper war zu schwer für ein solches Manöver, die Wucht der Fliehkräfte war zu viel für das Sprunggelenk. Der Film wurde noch langsamer abgespielt, das Hundebein herangezoomt, und man konnte deutlich sehen, wie das Bein beim Abstoßen seitlich wegbrach. Der Hund würde nie wieder einem Hasen hinterherjagen.

Wieder hielt Svenja ihrer Freundin die Hand hin, die verhalten lachend mit einem laut klatschenden Geräusch zuschlug. Sie blickte zum Gehege mit dem schwarzen Hasen und sagte:

„Das ist das Einzige, was sie besser können als alle anderen: weglaufen."

Dann wandte sie den Kopf, sah Thomas direkt an und fügte leise hinzu:

„Wenn man sie lässt."

Eine Weile herrschte wieder Schweigen in der Runde, bis Svenja ihrer Freundin leicht gegen den Arm boxte.

„Plüsch hat sich bestimmt rausgegraben."

Simone blickte zum Gehege auf dem Rasen und runzelte die Stirn.

„Komisch, dass gerade Plüsch sich freigegraben hat, das hätt ich eher der Plüm zugetraut. Und noch komischer ist, dass Plüm ihr nicht gefolgt ist."

Thomas fuhr sich durchs Haar und widerstand der Versuchung, die nachwachsenden Stoppeln an der weißen Stelle zu betasten.

„Vielleicht bin ich ihr ja zuvorgekommen. Gut möglich, dass Plüsch gerade putzmunter die Gegend erkundet und morgen wieder auftaucht."

„Sie würde keine Nacht überstehen", erwiderte Simone, „hier gibt's Füchse, Marder und Eulen, und sie hat keine Erfahrung mit Fressfeinden. Sie ist ja kein Wildtier und weiß nicht, wie man sich einen Bau gräbt."

„Das kannst du nicht wissen", sagte Svenja, ein gereizter Unterton lag in ihrer Stimme, den sie jedoch sogleich milderte. „Wer weiß, was die alles drauf hat."

„Und was, wenn sie nicht zurückkommt? Dann hat meine Mutter endlich erreicht, was sie will. Sie wird mir einfach keine neuen Hasen erlauben. Und sie weiß genau, dass ich Plüm niemals einsam ohne Gefährtin lassen würde. Ich müsste sie weggeben."

„Dann frag ich halt meinen Vater, ob er eine Neue besorgt", sagte Svenja.

„Das macht der nie im Leben. Der macht sich ja jetzt schon ins Hemd über jeden Pissfleck im Rasen."

Svenja senkte den Kopf, darauf wusste sie offenbar nichts zu erwidern. Wieder entstand eine schweigsame Pause. Thomas betrachtete die beiden Mädchen, die äußerlich so unterschiedlich wirkten. Svenja hatte eine leichte Sonnenbräune von der Reise mitgebracht. Ihr blondes Haar hing ihr zerzaust in die Stirn, sie strahlte eine kindliche Vitalität aus, die im Kontrast stand zur milchigen Makellosigkeit von Simones Gesichtshaut. Thomas blickte in die Ferne und holte sich Simones Bild vor das innere Auge. Er fragte sich, welche Farbe wohl Simones Haar und ihre Brauen gehabt hatten, bevor sie ihr ausgefallen waren. Die tiefbraunen Knopfaugen deuteten auf einen dunklen Typ hin, es waren ausdrucksstarke Augen, mit einem leicht mandelförmigen Schwung in den Winkeln. Ihr Mund mit den blassen Lippen war voll und klar gezeichnet, die Nase ein wenig aufgeworfen.

„Hallo, sind Sie noch da?"

Simone sah ihn direkt an und riss ihn mit ihrem fordernden Ton aus seiner Versunkenheit. Er fühlte sich ertappt, seine Hände gerieten in Bewegung und er sagte, einem spontanen Impuls folgend:

„Dann besorg ich halt eine neue Häsin."

Die beiden Mädchen blickten ihn überrascht an.

„Ich meine, falls es überhaupt notwendig ist. Und wisst ihr was? Ich werde den rostigen Gartenzaun reparieren, und sie jeden Tag ein paar Stunden im Garten frei laufen lassen."

Simone legte kurz die Schneidezähne auf die Unterlippe, als würde sie sich ein Lächeln verbeißen.

„Hat Sissi Sie überzeugt?"

Svenja trank mit sichtlich erleichterter Miene einen großen Schluck Saft und wischte sich den Mund ab.

„Wer ist Sissi?"

„Eine Riesin auf einem uralten Traktor", sagte Simone. „Sie ist doch eine Frau, oder?"

„Na ja", sagte Thomas und drehte sein leeres Glas in den Händen. „Wie man's nimmt."

Svenja blickte von einem zum anderen.

„Wovon redet ihr, bitte?"

Simone ignorierte ihre Frage und sah ihn mit neugierigem Blick an.

„Was soll das heißen: *Wie man's nimmt?* Ist Sissi eine Frau oder nicht?"

Thomas zögerte mit der Antwort, als er Svenjas vor Unverständnis offen stehenden Mund sah.

„Tja, wenn sie Sissi heißt, dann muss sie wohl eine sein. Ich hab sie viele Jahre nicht gesehen. Als ich sie das letzte Mal getroffen hab, da hieß sie noch Karl."

Svenja machte große Augen, dann prustete sie in ihr Glas und brach in ein haltloses Kichern aus, in das Simone nach einem kurzen Zögern verhalten einstimmte.

„Jetzt ballen Sie beide Hände zu Fäusten. Spüren Sie die Spannung in Ihren Handrücken, das Biegen der Fingerknöchel. Fühlen Sie, wie sich Ihre Fingernägel in das Fleisch eingraben. Lassen Sie Ihre Gedanken vorüberziehen wie Wolken am Himmel. Achten Sie auf das Gefühl, das das Ballen der Fäuste in Ihnen auslöst."

Karl hörte seinen eigenen Atem, durch das Fenster drangen die Geräusche von vorbeifahrenden Autos.

„Und jetzt lösen Sie die Fäuste wieder. Öffnen Sie Ihre Hände und spüren Sie, wie *An*spannung in *Ent*spannung übergeht. Achten Sie auf den Unterschied. Was hat sich verändert? Vielleicht spüren Sie eine leichte Wärme in Ihren Armen."

In der Tat flutete ein warme Welle durch seine Oberarme bis hinauf in die Schultern. Seine geschlossenen Augenlider begannen schwer zu werden.

„Wenden Sie nun die Aufmerksamkeit Ihrem Gesicht zu. Spannen Sie jeden Muskel darin an, schneiden Sie eine Grimasse und halten Sie sie. Was fühlen Sie jetzt in Ihrer Stirn, in den Wangen, den Lippen? Achten Sie darauf, wie sich die Anspannung in Ihrem Gesicht bis in den Hals ausbreitet!"

Karl spürte sämtliche Muskeln in seinem Gesicht. Seine Wangenknochen hoben sich und verengten die Augen zu schmalen Schlitzen. Es kostete ihn einige Kraft, die Grimasse zu halten, und er genoss die Anstrengung. Wie jedes Mal an dieser Stelle der Übung konnte er der Versuchung nicht widerstehen und öffnete kurz ein Auge einen Spaltbreit. Und er sah, wie die Therapeutin ihn mit entspannten Zügen beobachtete. In einer der letzten Stunden hatte er sie dabei ertappt, wie sie selbst mit verzogenem Gesicht vor ihm gesessen hatte. Ihre ansonsten sanften Züge mit den eng beieinander liegenden, jetzt geschlossenen Augen hatten sich in eine groteske Fratze verwandelt. Die Stirnfalten unter ihrem weißen Scheitel hatten sich zu gequetschten Furchen vertieft. Ihre auseinandergerissenen Lippen entstellten die gesamte Mund- und Kinnpartie und ließen die Sehnen an ihrem Hals hervortreten. Er war irritiert und gerührt zugleich von diesem Anblick, den sie ihm bot, ohne es zu wissen. Vertraute sie ihm so völlig, dass er nicht blinzelte und sie mit einem Ausdruck ertappte, den wahrscheinlich nicht einmal ihre engsten Freunde oder ihr Ehemann kannten? Öffnete sie auch manchmal selbst heimlich die Augen, um seine Grimasse zu sehen? Warum machte sie die Übungen überhaupt mit, warum brauchte eine Psychotherapeutin Entspannung? War er am Ende selbst der Grund für ihre Anspannung?

Er hatte einmal in einem unbeobachteten Moment vor dem Metallspiegel im Waschraum des Gefängnisses mit offenen Augen die Grimasse gezogen und war entsetzt gewesen über den Anblick. Der Wulst über seinen Augenbrauen hatte sich verdickt, die Kiefermuskeln traten noch mehr als sonst hervor, sein Mund war zu einem irrsinnigen Grinsen verzerrt. Gerahmt von den stoppelkurzen Haaren sah sein Gesicht aus wie die Fratze eines Wahnsinnigen kurz vor einem Gewaltausbruch. Als er sein Gesicht erlöst hatte, befiel ihn plötzlich eine beinahe schmerzliche Sehnsucht nach seinen langen Haaren.

„Und jetzt lösen Sie die Grimasse wieder auf. Fühlen Sie, wie die Spannung von Ihnen abfällt und sich in *Ent*spannung verwandelt. Spüren Sie dem Gefühl in jedem Teil Ihres Gesichts nach, achten Sie darauf, wie Ihre Stirn sich glättet, wie die Wangenknochen in eine bequeme Position herabsinken, wie Ihre Lippen sich öffnen, Ihr Hals wieder weich wird. Geben Sie sich ganz dem Gefühl der Entspannung in Ihrem Gesicht hin. Prüfen Sie, ob sich Ihr Kinn nicht noch weiter senken möchte, oft ist noch ein wenig Spielraum übrig. Spüren Sie, wie sich eine angenehm warme Welle von Ihrem Gesicht aus langsam in den ganzen Körper ausbreitet, in den Hals, die Brust, den Bauch, bis hinab in die Beine und die Zehen. Genießen Sie das Gefühl und lassen Sie es eine Weile auf sich wirken. Atmen Sie ruhig und gleichmäßig."

Karl gab sich einer leichten Schläfrigkeit hin, einer Erschlaffung seiner gesamten Muskulatur, er fühlte, wie er zusammenschrumpfte und im Polster des bequemen Sessels versank. Sein Kopf neigte sich leicht zur Seite, etwas begann in ihm zu versacken, ein warmes, tiefes Rot breitete sich auf der Innenseite seiner Lider aus und wurde dunkler und dunkler. Ein kurzes Nervenzucken in seiner Schulter riss ihn aus der Tiefe und er öffnete die Augen. Die Therapeutin saß da und lächelte ihn freundlich an. Ihre dunklen Augen ruhten sanft auf ihm, sie spiegelten das wider, was er in seinem Gesicht fühlte. Sein Kiefer war heruntergesunken, seine Wangenknochen, ansonsten zwei Pole unentwegt wirkender Kraft, hingen herab. Die tiefe Falte über seiner Nasenwurzel hatte sich geöffnet und gespreizt. Alles in seinem Gesicht war schlaff, kraftlos und weich.

„Wie fühlen Sie sich?"

Er rieb sich heftig mit beiden Händen über das Gesicht.

„Wie auf einer kleinen, wackligen Eisscholle mitten im Meer."

„Ein beeindruckendes Bild."

„Ich will das aber nicht."

„Was?"

„So aussehen."

„Was glauben Sie, wie Sie aussehen?"

„Wie ein treudoofer, kriecherischer Hund."

„Für mich haben Sie friedlich und gelöst ausgesehen."

Er betrachtete seine Hände, die gespreizt auf seinen Schenkeln lagen, ein Zeigefingernagel hatte einen leichten Trauerrand, er bog den Finger nach innen und schob ihn unter den Handteller.

„Sie sagen, Sie wollen nicht so aussehen. Aber wie haben Sie sich gefühlt während der Entspannung?"

„Wie jemand anders."

„Und wie ist dieser jemand, was ist anders an ihm?"

„Keine Ahnung, anders halt."

Die Therapeutin verlagerte ihr Gewicht in ihrem Sessel und schlug die Beine übereinander. Ihr knochiges Knie zeichnete sich unter dem Stoff der dunklen Hose ab. Darüber trug sie eine cremefarbene Bluse unter einer geöffneten grauen Strickjacke mit einer metallischen, anthrazitfarbenen Brosche.

„Erinnern Sie sich an Situationen, in denen Sie eine ähnliche Entspannung gespürt haben?"

Er blickte zum Fenster, es dämmerte bereits, die Außengeräusche schienen von weit her zu kommen. Er brauchte lange für die Antwort, sie ließ ihm Zeit, nichts in ihrer Miene drängte.

„Nein."

„Wirklich nicht?"

Er betrachtete seinen schmutzigen Fingernagel.

„Vielleicht wenn ich meiner Oma beim Kühefüttern zugesehen hab."

„Wie alt waren Sie da?"

„Zehn oder so."

„Und wie war das?"

„Sie ist mit einem großen Blechkessel von Kuh zu Kuh gegangen. Hat jede mit Namen angeredet und sie kurz zwischen den Hörnern gekrault. Und dann hat sie mit einem Schöpfer das Futter in die Tröge geschüttet."

„Woran erinnern Sie sich noch?"

„An den Geruch im Stall, warm und dunstig."

„Und wie hat Ihre Großmutter auf Sie gewirkt?“

„Ruhig und irgendwie total bei sich. Sie hat oft gar nicht gemerkt, dass ich da war. Manchmal hat sie vor sich hin gesummt.“

„Hat Ihre Großmutter dabei ausgesehen wie ein kriecherischer Hund?“

Er schwieg und presste die Lippen aufeinander.

„Warum darf Ihre Großmutter so aussehen und Sie nicht?“

Er zuckte mit den Schultern.

„Vielleicht weil sie eine Frau ist?“, fragte die Therapeutin und beugte sich vor. Er verschloss sogleich sein Gesicht vor diesem aufmerksamen Blick und bemerkte, dass sie einen Seufzer unterdrückte. Sie nahm einen Schnellhefter von einem Beistelltischchen, legte ihn sich auf den Schoß und schlug ihn auf. Er wusste, dass sie nicht darin lesen wollte, sonst hätte sie ihre Lesebrille aufgesetzt.

„Das ist der Polizeibericht von Ihrer Festnahme und Ihrer Einvernahme. Und da steht –“

„Sie lesen meine Akte?“

„Das muss ich, und das wissen Sie auch. Das hier ist keine gewöhnliche Therapie. Es ist eine vom Gericht verordnete Maßnahme zur Gewaltprävention. Und Ihre Einwilligung darin war die Bedingung für eine Prüfung auf vorzeitige Haftentlassung.“

Sie sprach ruhig und betont sachlich. Er holte mehrmals tief Luft und spürte, wie seine Kiefermuskeln sich bewegten.

„Herr Ritz“, sagte die Therapeutin, ihre Stimme hatte einen leicht beschwörenden Ton angenommen, „das heißt aber nicht, dass die Dinge, die hier besprochen werden, nicht vertraulich sind. Ohne Vertrauen ist jede Therapie sinnlos.“

Er lehnte sich im Sessel zurück.

„Und was steht in dem Bericht?“

„Dass Sie den Mann in der öffentlichen Toilette mit einer Damenhandtasche geschlagen haben, die Sie kurz zuvor gekauft hatten. Und dass in der Tasche ein Frauenparfüm war."

„Und?"

„Warum haben Sie die Handtasche gekauft?"

„Das war ein Geschenk für meine Freundin."

Jetzt gelang es der Therapeutin nicht mehr, ihr Seufzen zu unterdrücken.

„In dem Bericht steht auch, dass Sie unter Ihrer Kleidung ein Damenkleid getragen haben."

Er schwieg und versuchte, das Mahlen seiner Kiefermuskeln unter Kontrolle zu bringen. Sie ließ die Stille lange im Raum stehen, er konnte ihren Blick nicht deuten. Sie beugte sich leicht vor und sagte mit künstlich besänftigter Stimme:

„Auch nach der ersten Verhaftung vor fünfzehn Jahren hatten Sie ein Frauenkleid unter Ihrer Männerkleidung getragen."

Sein Atem begann schwerer zu gehen.

„Ist das verboten?"

„Nein. Wie geht es Ihnen denn damit, dass Sie in der Strafanstalt kein Kleid tragen können? Vermissen Sie es?"

„Ich vermisse da eine Menge."

„Würden Sie dort gern die Ohrringe anlegen, die Sie bei der Verhaftung getragen haben?"

„Verarschen Sie mich? Dann wäre ich Freiwild."

„Warum? Ich kenne Strafgefangene, die Ohrringe tragen."

„Aber nicht solche."

„Was ist der Unterschied?"

„Meine sind – "

„Was?"

„Anders."

„Heißt anders: fürs andere Geschlecht?"

Wieder schwieg er mit verschränkten Armen.

„Herr Ritz, ich muss Sie jetzt etwas fragen, weil das für die Therapie ganz wichtig ist und weil möglicherweise sogar die Haftverkürzung und Ihr ganzes künftiges Leben davon abhängen. Sind Sie mit dem Phänomen der Transsexualität vertraut?"

Er schnaufte hörbar, bevor er antwortete.

„Ich bin kein Transvestit."

„Das meine ich auch nicht. Transvestiten sind Männer, meistens Homosexuelle, die bei einer öffentlichen Revue in Frauenkleider schlüpfen. Das ist für sie ein Spiel, eine lustvolle Inszenierung."

Er schob den Kiefer vor.

„Ich bin kein Homo."

Sie hob beschwichtigend die Hände. Er sah einen Anflug von Furcht in ihrem Blick. Sie fasste sich, und er empfand plötzlich Respekt vor ihrem Mut.

„Was lösen homosexuelle Männer in Ihnen aus?"

„Nichts. Ich habe nix gegen die. Solange sie mich nicht anmachen. Ich hab nur nichts zu schaffen mit Tunten, die sich in einem Weiberfummel auf die Bühne stellen und Verrenkungen machen."

„Ich rede nicht von Travestie, ich rede von Transsexualität. Das ist etwas völlig anderes."

„Klingt trotzdem krank."

„Die Medizin betrachtet das heute längst nicht mehr als Krankheit. In den Lehrbüchern nennt man das ‚Geschlechtsidentitätsstörung'."

„Ich hab also keine Krankheit, sondern eine Störung?"

„In den neuesten Auflagen der Lehrbücher heißt es auch nicht mehr Störung, sondern Geschlechtsdysphorie."

„Diphtherie?"

Sie lachte kurz auf.

„Mein Gott, ich bombardiere Sie hier mit Fachbegriffen. Die sind jetzt aber gar nicht wichtig. Ich weiß ja nicht einmal, ob Sie an einer Geschlechtsidentitätsstörung … ob Ihre geschlechtliche Identität fließende Grenzen hat. Das müsste von einem Spezialisten untersucht werden."

„Bei mir fließt gar nix."

Die Therapeutin klappte den Schnellhefter zu und blickte kurz zur Decke, als würde sie dort nach den richtigen Worten suchen.

„Es gibt eine alte Redensart für das Phänomen: eine weibliche Seele, die in einem männlichen Körper gefangen ist. Können Sie mit dem Bild etwas anfangen?"

Seine Augen begannen sich unruhig zu bewegen.

„Eine gefangene Seele?"

Sie nickte.

Er starrte eine Weile auf den Polizeibericht, der immer noch auf ihrem Schoß lag. Wieder ließ sie eine lange Pause zu. Dann sah er auf.

„Haben gefangene Seelen ein Recht auf Haftverkürzung?"

Der Braten

„Überraschung!"

Seine Tante zog sich einen gepolsterten Topfhandschuh über die mit Altersflecken übersäte Rechte und hob den Deckel eines großen schwarzen Bräters an, der in der Mitte des gedeckten Tisches stand. Ein Duft nach Gewürzen und geschmortem Fleisch wehte ihm entgegen und rief Erinnerungen wach. Er spürte, wie sich Speichel in seinem Mund sammelte.

„Hmmm!", sagte Ingrid und schob den Kopf über den Bräter. „Klara, du bist wirklich die beste Köchin der Welt."

„Das hab ich extra für Thomas gekocht", sagte seine Tante und nickte ihm aufmunternd zu.

Thomas beugte sich vor und blickte in den Bräter. In einer braungelben Senfsauce lag ein schmaler länglicher Braten, an den langen eingeknickten Hinterbeinen erkannte er, dass es ein Feldhase war. Der Torso war gerade so lang, dass er ausgestreckt in dem Bräter Platz hatte.

„Das war immer dein Lieblingsessen, das weiß ich noch. Thomas hat nämlich oft bei uns gegessen, wenn seine Mama wieder im Krankenhaus war."

Obwohl sie über ihn in der dritten Person redete, blickte sie ihn beim Sprechen an.

„Das weiß ich noch genau. Ich weiß noch alles. Ich hab auch noch all meine –"

„Mam!", sagte Roland energisch und rollte mit den Augen. „Wir wissen es."

Die Tante nahm eine Geflügelschere vom Tisch und beugte sich über den Bräter.

„Lass mich das doch machen", sagte Ingrid und wollte ihr die Schere aus der Hand nehmen. Doch die Tante wich unwirsch dem Griff ihrer Schwiegertochter aus.

„Das kannst du nicht."

Dann packte sie mit der bloßen Hand den dampfenden Braten und setzte die Schere an den Ansatz eines Hinterbeins.

„Klara, du verbrennst dich!", rief Ingrid.

Roland beugte sich zu Thomas hinüber und sagte leise:

„Sie hat kein Gefühl mehr in den Flossen, spürt keine Temperatur."

„Ach was!", sagte die Tante und trennte mit einem knirschenden Geräusch das Bein vom Torso ab. Dann ergriff sie es mit der bloßen Hand am Knochen und legte es Thomas auf den Teller.

„Das Hinterbeinchen war immer dein Lieblingsstück. Und das zweite, das kriegt der Roland."

Wieder packte sie den Torso, schnitt auch das zweite Bein ab und legte es auf den Teller ihres Sohnes. Dann hielt sie die Schere Ingrid hin.

„Den Rest kannst du machen."

Thomas blickte auf das Bein auf seinem Teller, wieder sammelte sich Wasser in seinem Mund, doch diesmal war es keine Regung des Appetits. Er erinnerte sich, wie er das Loch, das er im Garten für den toten Hasen gegraben hatte, vergrößern musste, weil die Beinchen in die Höhe ragten. Das Bein auf seinem Teller war noch länger, er dachte an das Video des fliehenden Hasen, an die enorme Sprungkraft, die einst in diesen Muskeln gesteckt hatte. Als er beim Ausheben des Lochs gerade den letzten Spatenstich verrichtet hatte, hörte er jenseits der Hecke das dröhnende Geräusch eines großvolumigen Automotors. Roland parkte seinen Jeep direkt vor der Gartentür und stieg aus dem Wagen. Er trug seine olivfarbene Jägerkluft, dazu grüne Gummistiefel und auf dem Kopf eine Kappe mit Militärmuster. Er griff sich zum Gruß an den Schild der Mütze und sagte:

„Hab gehört, dir ist ein Karnickel ausgebüxt."

Thomas räusperte sich und hielt den Spaten in die Höhe.

„Ehrlich gesagt, hab ich es gerade begraben."
„Scheiße, was ist passiert?"
„Ich hab den Hasen mit abgebissenem Kopf im Gebüsch gefunden. Irgend ein Tier hat's aus dem Gehege gezerrt. Ich hab's einfach nicht fertiggebracht, den Mädchen die Wahrheit zu sagen."
„Ohne Kopf? Dann war's ein Fuchs. Vor ein paar Tagen wurde einer in der Gegend gesehen. Die machen das so, beißen ihrer Beute als Erstes den Kopf ab. Dann deponieren sie den Rest irgendwo als Vorrat. Die Mistviecher werden immer frecher, die trauen sich schon am helllichten Tag auf die Höfe und reißen Hühner. Warst du zu Hause, als es passiert ist?"
Thomas zögerte mit der Antwort.
„Schon, aber ich war voll konzentriert auf meine Arbeit."
„Dann war's ein besonders schlauer Fuchs. Der hat sicher dein Haus seit Tagen beobachtet und auf den passenden Moment gewartet."
Sie schwiegen eine Weile, während über ihnen ein lautes Krächzen zu hören war. Roland blickte in den Himmel, wo sich eine Krähe mit ausgebreiteten Flügeln in beträchtlicher Höhe von einer Windbö tragen ließ und dicht hinter einer anderen Krähe her flog. Sie näherte sich der vorausfliegenden Krähe, und als sie sie erreicht hatte, verschmolzen beide Vögel kurz zu einem schwarzen Punkt. Dann folgte erneut ein lautes Krächzen, und die Tiere entfernten sich wieder voneinander.
Roland nahm die Mütze ab und fuhr sich mit der Hand durchs Haar.
„Kein schöner Gedanke, dass dein Kuscheltier in die Reißzähne eines Raubtiers gerät. Aber du solltest den Mädels trotzdem sagen, was passiert ist. Sie müssen wissen, wie es da draußen zugeht."
Er deutete auf das Gehege auf dem Rasen, in dem der schwarze Hase im Schatten lag.

„Der Killer wird keine Ruhe geben, bis er auch den anderen hat. Wenn er sich an Haustieren von Kindern vergreift, ist Schluss mit lustig. Ich werd ihn dir vom Hals schaffen."

Thomas wollte etwas sagen, ließ es dann aber, als er Rolands entschlossen zusammengekniffene Augen sah. Er wich dem Blick aus und schaute so lange zu Boden, bis er wieder das Krächzen der Krähen über sich hörte. Wieder verfolgte eine Krähe die andere, mit ein paar Flügelschlägen brachten sich beide Vögel in eine Aufwindströmung und segelten nah beieinander. Die Verfolgerin bewegte zweimal die Flügel, kam näher, bis die andere krächzend abdrehte.

„Luftkampf", sagte Roland. „Sie jagt sie davon. Hast du viele Krähen im Garten?"

„Nein, höchstens ein oder zwei, die im Komposthaufen nach Nahrung stöbern."

„Nie mehr?"

„Nein, wieso?"

„Dann ist es wahrscheinlich ein Brutpärchen. Dein Garten liegt in ihrem Revier. Jetzt ist Brutzeit, sie haben irgendwo ein Nest, das sie gegen andere Krähen verteidigen. Das sind Kannibalen, die fressen die Jungtiere der eigenen Art. Und wenn's nur das wär! Magst du immer noch Singvögel? Als Kind warst du ganz verrückt nach ihrem Gezwitscher."

„Ich hab schon einige gesehen, sogar einen Grünspecht."

„Bald wirst du keine mehr sehen. Die schwarzen Teufel holen sämtliche Eier und Küken aus den Nestern. Das sind die Ratten der Lüfte. Wir schießen sie reihenweise ab, aber sie werden einfach nicht weniger."

Plötzlich legte Roland den Zeigefinger an die Lippen und deutete mit geweiteten Augen auf die Fichte. Eine Krähe saß auf einem der unteren Äste und blickte mit schräg gelegtem Kopf auf sie herab. Roland ging auf

Zehenspitzen zu seinem Jeep und öffnete den Kofferraum. Als er zurückkam, hatte er das Schrotgewehr in der Hand, das Thomas bei der Besichtigung des Waffenschranks im Keller gesehen hatte. Roland holte zwei rote Patronen aus der Brusttasche seiner Jacke und verzog vor Behutsamkeit das Gesicht, als er so leise wie möglich den Lauf aufklappte und die Patronen in die beiden Öffnungen steckte.

„Was hast du vor?"

„Ich dachte, du magst Singvögel?", flüsterte Roland und klappte langsam den Lauf zu. Er grätschte die Beine leicht auseinander und legte sich den Schaft an Schulter und Wange. Dann holte er tief Luft und kniff das linke Auge zu.

„Warte!", sagte Thomas und spürte, wie sein Atem schneller ging. Als Roland nicht reagierte, klatschte Thomas zwei Mal laut in die Hände und die Krähe flog vom Ast auf. Roland ließ das Gewehr sinken und schüttelte den Kopf.

„Du warst schon immer ein Weichei."

„Wo sind eigentlich eure Kinder?", fragte Thomas, während Ingrid ihm Kartoffeln und Rotkohl auf den Teller schaufelte.

„Kai ist auf Klassenfahrt und Lars liegt krank im Bett."

„Was hat er denn?"

„Mathe-Malaria", sagte Roland mit einem Grinsen.

Thomas runzelte verständnislos die Stirn.

„Wenn Lars eine Zwei in einer Schularbeit hat, dann hat er zwei Tage Magenschmerzen", sagte die Tante, nahm das Rückenstück des Hasen und biss hinein.

„Wow!", sagte Thomas. „Wenn ich eine Zwei in Mathe hatte, dann hatte ich drei Tage Party."

„Das waren auch andere Zeiten", sagte Ingrid und wischte sich die gekräuselten Lippen mit einer Serviette ab, noch bevor sie einen Bissen gegessen hatte. „Wer heute keine Bestnoten in der Schule hat, für den ist Essig mit Praktikum oder Studienplatz."

Thomas schnitt in das Bein auf seinem Teller, das Messer drang durch die bräunliche Kruste der dünnen Haut und zerteilte das helle Fleisch bis auf den Knochen. Er blickte auf und sah, wie seine Tante ihm aufmunternd zunickte. Mit dem Griff der Gabel klopfte sie sich auf die Schneidezähne, zwischen denen ein winziges Stückchen Fleisch klemmte.

„Ich werd in einem Monat neunundachtzig."

Roland hielt mit dem Kauen inne und sagte gedämpft durch ein heißes Stück Kartoffel in seinem Mund:

„Mam, man sieht deine Mandeln."

Thomas zog das Messer aus dem Hasenbein und aß eine Gabel Rotkohl. Er widerstand dem Impuls, sich am Hinterkopf zu kratzen, und sagte:

„Und wo ist Kai auf Klassenfahrt?"

„In Berlin", sagte Roland. „Er hält ein Referat über den Fall der Mauer, drei Wochen hat er dran gearbeitet."

„Ihr habt tüchtige Jungs", sagte Thomas und startete einen neuen Versuch am Hasenbein.

„Alles eine Frage der Erziehung", sagte Ingrid, die die einzige Kartoffel auf ihrem Teller mit der Gabel in vier Teile zerlegte. „Wenn unsere Söhne ihr Taschengeld aufbessern wollen, dann müssen sie an der Tankstelle helfen."

„Wie viel Taschengeld kriegen die Kids denn heute so?", fragte Thomas, ohne den Blick vom Teller zu heben. Er begann sich unbehaglich zu fühlen bei dem angestrengten Versuch, ein Gespräch aufrechtzuerhalten.

„Kai kriegt vier Euro im Monat und Lars fünf", sagte Ingrid, „aber jetzt kriegt Lars auch wieder vier, weil er so viele Schlafanzüge verbraucht."

Sie aßen eine Weile schweigend, Thomas zerquetschte eine Kartoffel in der Bratensoße.

„Kai ist auf Klassenfahrt, in der Hauptstadt“, sagte die Tante und biss wieder in den Hasenrücken.

„Wir wissen es, Mam.“

„Ich hab Klassenfahrten immer gehasst“, sagte Thomas. „Hab in den Etagenbetten der Jugendherbergen immer Platzangst gekriegt.“

„Ich find’s okay“, sagte Roland. „Ist eine gute Übung in Kameradschaftsgeist.“

Die Tante sah lächelnd und kauend ihren Sohn an und sagte dann zu Thomas gewandt:

„Als Roland damals auf Klassenfahrt war, hat er nach der ersten Nacht solche Magenschmerzen gekriegt, dass er drei Tage früher als die anderen nach Hause fahren musste. Er hat immer gewusst, wo sein Heim ist.“

Roland schnaufte tief auf, jeder blickte auf seinen Teller und widmete sich schweigend seinem Essen. Thomas schob sich das erste Stück Fleisch in den Mund und kaute vorsichtig darauf herum. Der Geschmack und die Konsistenz erinnerten ihn an gemeinsame Familienessen. Doch die Erinnerung wurde überlagert von dem Gedanken, wie sich die Körper der Hasen im Stall anfühlten, wenn er sie berührte, die beweglichen Sehnen und Knochen unter dem weichen Fell, die entspannten Muskeln am Rückgrat und an den Hinterbeinen, die nun entblößt und in Fetzen auf den Tellern lagen. Er überwand seinen inneren Widerstand und schluckte den Bissen hinunter. Ein unangenehmes Speicheln füllte seinen Mund, sein Magen fühlte sich voll an.

Das Schweigen dauerte an, begann sich zu dehnen, bis die Tante es mit einem bedächtigen, lang gezogenen „Ja, ja“ durchbrach. Thomas blickte auf und ihm wurde plötzlich die Ähnlichkeit zwischen seiner Tante und seinem Vater bewusst. Es waren offene, klar konturierte Gesichter. Sie hatten die gleichen, hellen, wässrig blauen Augen unter breiten Brauen. Die Haut über den gerade abfallenden Wangenknochen war immer ein wenig gerötet, der Mund schmal, mit Lippen, die sich farblich nur wenig von der Gesichtshaut abhoben. Seine Tante hätte im Gegensatz zu seinem Vater den fehlenden Kontrast mit Lippenstift korrigieren können, aber sie hatte zeitlebens diese Möglichkeit nie genutzt. Ihr weißes Haar, immer noch kurz gehalten, dicht und akkurat gescheitelt, hatte einst die gleiche aschblonde Farbe gehabt wie das seines Vaters. Selbst die starkknochige, leicht gedrungene Figur teilte sie mit ihrem Bruder, sie hatte sie ihrem Sohn vererbt, in kräftigerer und hochgewachsener Ausprägung. Und Thomas wurde wieder bewusst, wie wenig er selbst äußerlich von diesem Zweig seiner Familie abbekommen hatte. Er hatte die braunen Augen und die südländisch filigranen Züge seiner Mutter geerbt, er war zartgliedrig und einen halben Kopf kleiner als sein Vetter. Und da sein dichtes dunkelbraunes Haar wie das seiner Mutter kaum an Farbe eingebüßt hatte, stachen die kreisrunden weißen Stellen am Hinterkopf umso krasser ins Auge.

„Ja, ja", sagte seine Tante wieder in die schweigende Runde hinein, ohne vom Teller aufzublicken, und löste damit eine weitere Kindheitserinnerung aus. Thomas sah sich an demselben Tisch, gemeinsam mit seinen Eltern. Es war eine der wenigen Erinnerungen, die er an seinen Onkel, Rolands Vater, hatte: ein schmalschultriger Mann, der zusammengesunken neben seinem Sohn saß und mit glasigem Blick auf den Tisch starrte. Ein Jahr später sollte er, nicht ganz fünfzigjährig, an Leberzirrhose sterben. Thomas gegenüber saß sein Vater, der anlässlich der Firmung von Sohn und Neffe ein weißes Hemd und eine Krawatte angezogen hatte und gelegentlich sorgenvoll zu seiner Frau hinüberblickte, die etwas abseits an der Schmalseite des Tisches saß. Den Blick ins Leere gerichtet, stocherte sie mit der Gabel in ihrem Essen herum, ohne etwas davon zu sich zu nehmen. Sie trug eine frisch gebügelte weiße Rüschenbluse, was einen scharfen Kontrast zu ihrem schwarzen Haar bildete, das in Wellen auf ihre Schultern fiel. Minutenlang lastete ein dumpfes Schweigen über der Runde, nur unterbrochen durch den Singsang eines abfallenden „Ja, ja", das die Tante in regelmäßigen Abständen vor sich hinsagte. Irgendwann antwortete sein Vater, wahrscheinlich ohne dass es ihm bewusst war, mit einem nach oben gezogenen, geseufzten „Ja-a". Schließlich stimmte auch Rolands Vater mit gehobenen Brauen in den Bejahungsreigen ein, mit einem leicht krächzenden „Ja!", das im Gegensatz zu den Äußerungen von Gattin und Schwager einsilbig war und ganz ohne Wechsel in der Tonhöhe auskam. Nach weiteren Minuten schweigenden Schneidens, Gabelns und Kauens war wieder die Tante mit ihrem absteigenden „Ja, ja" an der Reihe, und wenige Sekunden später folgte erneut das geseufzte, aufsteigend bejahende Echo, doch diesmal kam es nicht von Thomas' Vater, sondern von seiner Mutter, und zwar in einer derart exakten Imitation von dessen Stimmklang und gleitendem Tonhöhenanstieg des „As", dass plötzlich alle für einen Moment überrascht von ihrem Teller aufblickten. Als seine Mutter die Blicke auf sich gerichtet sah, nickte sie mehrmals mit eingezogenen Lippen und wiederholte das „Ja, ja" der Tante. Wieder traf sie exakt Klang und Melodie, das zweite „Ja" eine Quart tiefer als das erste. Die Runde aß schweigend weiter, und nach einer Minute stimmte die Mutter erneut das gleitende „Ja-a" an, und es klang mit seinem Aufwärtsglissando wieder genauso wie das seines Vaters, der sich daraufhin gleichsam ertappt räusperte. Als seine Mutter schließlich auch noch mit gehobenen Brauen das dritte, das kurze, einsilbige „Ja!" des Onkels nachahmte und dabei nicht nur täuschend echt seinen trotzig bestätigenden Tonfall traf, sondern auch noch das tiefe kehlige Krächzen, das niemand ihrer Stimme zugetraut hätte, konnte Thomas nicht mehr an sich halten und brach in ein prustendes Lachen aus.

„Guck mal, Ingrid, wie es dem Thomas schmeckt“, sagte die Tante und deutete mit der Gabel auf ihren Neffen. „Der strahlt wie ein Honigkuchenpferd.“

Thomas bildete mit Daumen und Zeigefinger einen Kreis und nickte seiner Tante zu.

„Ich hatte ja ehrlich gesagt keine Freude damit, dass Lars nach Berlin fährt“, sagte Ingrid.

„Warum?“, fragte Thomas und verbarg auf seinem Teller ein Stück Fleisch unter einem Häufchen Rotkohl.

„Wegen all den Flüchtlingen, die da jetzt rumlaufen“, sagte Ingrid. „Da ziehen nachts ganze Horden durch die Straßen.“

„Ich war im Winter in Berlin bei einem Konzert“, warf Thomas ein. „Ich hab mich da nicht anders gefühlt als sonst.“

„Weil du keine Frau bist“, sagte Roland. „Wenn Lars ein Mädchen wär, hätt ich ihn nicht fahren lassen. Hast du nicht die Attacken in der Kölner Silvesternacht mitgekriegt? Mein Jagdkollege, der Polizist, der hat mir erzählt, was da abgelaufen ist. Die Schweine sind organisiert auf die Frauen losgegangen. Die haben sogar dann nicht von ihren Opfern abgelassen, als die Polizei aufmarschiert ist. Da haben bürgerkriegsähnliche Zustände geherrscht, hunderte Flüchtlinge haben sich der Polizei einfach in den Weg gestellt. Der Einsatzleiter hat später gesagt, eine solche Menschenmenge wäre nur mit Schusswaffengebrauch zu stoppen gewesen. Und weil er davor zurückgeschreckt ist, musste er seine Einsatzkräfte zurückziehen. Kannst du dir das vorstellen? Die haben die Mädchen einfach den Horden überlassen. Ein zweites Mal darf so was nicht passieren. Wenn das bis zu uns schwappt, bin ich gewappnet.“

Thomas legte Messer und Gabel auf den Tisch. Sein Vetter sah ihn erwartungsvoll an, mit einer Miene, die Entschlossenheit und Leutseligkeit zugleich ausdrückte.

„Gibt es hier im Dorf denn überhaupt Flüchtlinge?"

Noch bevor Roland antworten konnte, hob seine Mutter einen Zeigefinger und sagte in feierlichem Ton:

„Der Muselmann hat viele Ehefrauen. Und einen Harem hat er auch. Aber hier hat er gar nix."

Thomas widmete sich wieder seinem Hasenbein, obwohl er wusste, dass er keinen Bissen mehr davon hinabwürgen würde. Die Worte seiner Tante erinnerten ihn daran, wie sie damals nach dem Bejahungsreigen beim Familienessen plötzlich den Finger gehoben und gesagt hatte:

„Ich hab meine Putzstelle gekündigt."

„Warum?", sagte sein Vater. „Ich dachte, die Arbeit ist so leicht."

„Von wegen!", sagte die Tante. „Das ist ein Schweinestall. Und es riecht überall nach Curry, sogar im Schlafzimmer."

„Sie hat lange gar nicht gewusst, für wen sie putzt", hatte der Vater gesagt, als sie nach dem Essen bereits auf dem Heimweg waren. „Die Agentur hat ihr einfach einen Schlüssel gegeben, und sie hat geschwärmt, wie wenig Arbeit sie dort hat. Dann hat sie erfahren, dass die Wohnung einem indischen Arzt gehört."

„Und warum hast du sie vorhin nicht an ihr Schwärmen erinnert?", fragte Thomas.

Sein Vater seufzte. „Wenn du eine große Schwester hättest, würdest du mich das nicht fragen."

„Was ist Curry?", fragte seine Mutter, als sie aus dem Auto stiegen. Ohne eine Antwort abzuwarten, ging sie ins Haus. Thomas öffnete das Garagentor, damit sein Vater den Wagen hineinfahren konnte. Als er das Metalltor schloss, fragte er:

„Wie hat Tante Klara eigentlich reagiert, als sie Mama zum ersten Mal gesehen hat?"

Der Vater grinste, lockerte seine Krawatte und öffnete den obersten Hemdknopf.

„Sie hat uns zu Kaffee und Kuchen eingeladen und dann kein Wort mit ihr geredet. Hat Mama nur die ganze Zeit dabei beobachtet, wie sie die Mandelstückchen vom Apfelkuchen pflückt. Nicht mal sonderlich feindselig, nur neugierig. Du kennst sie ja. Bei der Verabschiedung hat sie mir dann ins Ohr geflüstert: ‚Wenigstens ist sie nicht aufgetakelt.' Wenn deine Mutter damals Lippenstift aufgelegt, ein schickes Kleid oder Schmuck getragen hätte, dann wäre sie für alle Zeiten bei ihr unten durch gewesen."

Bald nach diesem ersten Treffen war die Tante regelmäßig zu ihnen ins Haus gekommen, und sie machte kaum einen Hehl daraus, dass ihre Besuche der Überprüfung der Haushaltsführung dienten. Manchmal kochte sie auch gemeinsam mit ihrer Schwägerin, zeigte ihr, wie man die Lieblingsgerichte ihres Bruders zubereitet. Dann standen die beiden Frauen nebeneinander an der Anrichte, und wenn seine Mutter plötzlich beim Zwiebelschneiden innehielt und gedankenverloren aus dem Fenster starrte, dann nahm ihr die Tante das Messer aus der Hand und sagte:

„Sag mir Bescheid, wenn du fertig geguckt hast."

Einmal hatte Thomas von seinem Zimmer aus beobachtet, wie die Tante bei einem ihrer Besuche seine Mutter beim Kehren auf der Straße antraf. Sie stellte sich schweigend neben ihre Schwägerin und sah ihr eine Weile dabei zu, wie sie die immer gleiche Stelle fegte. Dann ging die Tante langsam mit gesenktem Kopf die Straße entlang und rief plötzlich: „Komm mal her, Brankica!" Seine Mutter folgte zögernd dem Ruf, für einen Moment standen die beiden Frauen nebeneinander, und Thomas fiel auf, wie unterschiedlich sie wirkten. Hier die robuste, stämmige Tante mit dem aschblonden akkurat gescheitelten Haar und den klaren, leicht maskulin wirkenden Zügen, dort seine Mutter, zierlich und einen Kopf kleiner, ihr langes dunkles

Haar fiel nach vorn, als sie sich ebenfalls zum Boden hinabbeugte.

Die Tante deutete mit dem Finger auf eine dunkle Teerstelle, die durch eine Straßenreparatur entstanden war.

„Siehst du den Fleck da?"

Seine Mutter nickte.

„Kehr ihn weg!"

Seine Mutter begann zu fegen, von allen Seiten näherte sie sich dem Fleck, ihre flinken Bewegungen wirkten kontrolliert und gewissenhaft.

„Warte mal!", sagte die Tante, legte eine Hand an den Besen und beugte sich tief über den Fleck.

„Ist immer noch da, der Fleck. Mach weiter!"

Seine Mutter fegte wieder, mit kräftigeren Strichen und mehr Druck als zuvor, bis die Tante wieder den Besen festhielt.

„Komisch, der Fleck wird einfach nicht heller. Ich glaub, du hast den falschen Besen."

Die Mutter drehte den Besen um und fuhr mit der flachen Hand über die Borsten. Dann hob sie die Brauen und sagte:

„Ja, falscher Besen. Ich brauch Radiergummi."

„Eben", sagte die Tante, nahm ihre Schwägerin beim Arm und führte sie ins Haus.

Später beobachtete Thomas die beiden Frauen, wie sie auf der Terrasse saßen und schweigend Kaffee tranken. Seine Mutter folgte mit ihren Augen einem Insekt, das unter dem gewellten Kunststoffdach kreiste.

„Eine Brummel", sagte die Mutter.

Die Tante folgte ihrem Blick.

„Das ist keine Brummel, Brankica, das ist eine Hummel."

Die Mutter runzelte die Stirn.

„Aber sie hummelt nicht, sie brummelt."

Gedankenverloren beobachtete die Tante das Insekt und sagte schließlich:

„Auch wieder wahr."
Minuten später, als die Hummel längst den Weg ins Freie gefunden hatte, sagte die Tante:
„Und es ist trotzdem eine Hummel."

Thomas gab endgültig den Kampf gegen das Hasenbein auf und breitete die Serviette darüber.
„Tante Klara", sagte er, „weißt du eigentlich, dass deine Schwägerin auch eine Muselmanin war?"
„Quatsch!"
„Doch! Ihre Eltern waren bosnische Moslems."
„Das ist was anderes."
„Was ist daran anders?"
Sie nahm wieder ihr Stück Hasenrücken in beide Hände, biss hinein und sagte mit vollem Mund:
„Einfach alles."

Die Hexe

Allmählich spürte er, wie die gespeicherte Nachtkühle des Bodens durch den Baumwollstoff des Sweatshirts drang und die Haut seines Rückens erreichte, während sich die Vorderseite seines Körpers, beschienen von der frühsommerlichen Morgensonne, immer wärmer anfühlte. Mit geschlossenen Augen lag er auf dem Rasen, die Sonne färbte die Innenseite seiner Lider hellrot. Ein leiser Wind ließ die Blätter des Flieders zittern, eine unbekannte Vogelstimme machte sich lebhaft bemerkbar. Für einen Moment genoss er die Laute, dann flackerte eine Unruhe in ihm auf, die Sorge, ob neben den Außengeräuschen noch ein inneres erklang. Er lauschte in sich hinein, aber da war nichts, die Sorge zerfloss, er hörte nur seinen Atem, der ruhig und gleichmäßig ging. Dann vernahm er über sich ein lautes Krächzen und er öffnete die Augen. Sonnenlicht blendete ihn, er legte die flache Hand an die Stirn und blickte aus ihrem Schatten in die Höhe. Auf einer Telefonleitung saßen zwei Krähen, er erkannte eine der beiden an der grauen Zeichnung der Brustfedern. Es war der Vogel, den er kürzlich vor dem Gewehrlauf seines Vetters verscheucht hatte.

„Krakra", rief er zu ihm hinauf. Es war der Name, den seine Mutter einst den Krähen gegeben hatte. Die Kühle an seinem Rücken begann in seinen Körper vorzudringen. Er richtete sich auf und bemerkte, dass die Krähen ihn mit schräg gelegtem Kopf beobachteten. Er nahm ein paar Walnusskerne aus seiner Hosentasche und warf sie einige Meter neben sich auf den Rasen.

„Kommt, Krakras, holt sie euch!", rief er den Vögeln zu, aber sie blickten nur stumm auf ihn herab. Er drehte sich um und wärmte seinen Rücken in der Sonne. Die Blätter des Feigenbaums neben der Terrasse hatten ein sattes Grün angenommen, der wilde Wein hatte mit seinen wächsern glänzenden Blättern inzwischen fast die gesamte Hausfassade bedeckt, die verwitterte Wand darunter war kaum mehr sichtbar. Der gesamte Garten war mit Laub bewachsen, das zwar schon die Üppigkeit des Sommers aufwies, aber noch nicht gänzlich das frische Grün des Frühlings eingebüßt hatte.

Am Rand des Gartens stand seit einigen Tagen ein mannshoher Gitterkäfig. Sein Vetter hatte die Bauteile dafür auf einem Trailer gebracht, den er an seinen Jeep angehängt hatte. Roland hatte ihm beim Aufbau geholfen, mit einem Spaten einige Zentimeter der oberen Rasenschicht abgetragen und ein engmaschiges Baugitter als Fundament in den Boden gelegt. Danach hatte er die Grasnarben wieder aufgelegt.

„Damit der Fuchs sich nicht von unten reingraben kann", sagte er. „Aber keine Sorge, bald ist Treibjagd, da werd ich dir den Killer vom Hals schaffen."

Nachdem sie den Käfig gemeinsam zusammengebaut hatten, stand Roland eine Weile unschlüssig davor, bis er schließlich sagte:

„War Karin wieder mal hier?"

Thomas forschte in Rolands Gesicht, was er mit der Frage bezweckte. Dann senkte er den Kopf, seine Hände gerieten in Bewegung.

„Wieso?"

„Nur so. Die Leute reden schon, du kennst das ja."

Thomas spürte, wie eine heiße Welle von seinem Magen ausgehend in ihm aufstieg. Er wollte die Bemerkung zunächst ignorieren, doch dann sagte er:

„Ich hab nicht ohne Grund vor diesem verdammten Scheiß-Kaff das Weite gesucht."

Mit einer wischenden Handbewegung verscheuchte er die Erinnerung an das Gespräch mit seinem Vetter und stand vom Rasen auf. Er öffnete die Tür des Käfigs und ging hinein. Der schwarze Hase saß im Schatten des kleinen Stalls, den Thomas als Sonnen- und Regenschutz an die Rückwand des Käfigs gestellt hatte. Das Tier beobachtete ihn, während er mit einem Spielzeugrechen ein Rasenstück von einigen Kötteln befreite und sich im Schneidersitz darauf niederließ. Sobald er saß, hoppelte das Tier auf ihn zu und stellte sich vor ihm auf die Hinterbeine. Sein Bauchfell war hellgrau und flauschig. Thomas widerstand dem Impuls, die Hand nach dem Tier auszustrecken, und wartete ab. Nach einer Weile setzte der Hase sich in Bewegung und begann, ihn zu umkreisen. Nach zwei Umrundungen wechselte er die Richtung und hoppelte erneut um ihn herum. Einmal spürte Thomas den leisen Druck der beiden Vorderpfoten auf seinem Rücken, als das Tier ihn als Stütze nutzte, um sich aufzustellen. Dann setzte sich der Hase vor ihn hin und blickte ihn an. Jetzt erst streichelte er ihm über Rücken und Kopf, und wieder war er überrascht über die Glätte und Weichheit des Nackenfells. Der Hase begann leise zu knacken, dann drückte er mehrmals kräftig den Kopf gegen seine Handinnenfläche und wand sich aus seiner Hand. Ein Ausdruck eines Wunsches, das wusste er inzwischen, aber was wünschte er sich von ihm? Das Tier hoppelte wieder auf ihn zu, stellte beide Vorderpfoten auf seinen Schenkel und streckte ihm den Kopf entgegen. Er konnte die braune Iris von der riesigen Pupille unterscheiden. Thomas zog sein Handy aus der Hosentasche und machte rasch ein Foto von dem aufrecht stehenden Tier. Dann schickte er es an Simone, mit dem Kommentar:

„Plüm tanzt gerade um mich herum."

Zu seiner Überraschung kam die Antwort kaum eine Minute später:

„Sie braucht dringend Gesellschaft, zur Not tut es auch ein kahler Riese auf zwei Beinen."

Der Hase stand immer noch reglos auf Thomas' Bein gestützt und sah ihn an. Für einen Moment rührte ihn der Anblick und er wandte den Blick ab. Dann schob er das Tier beiseite, stand auf und verließ den Käfig.

Er setzte sich wieder auf den Rasen, schloss die Augen und lauschte. Es war still, kein Vogellaut war zu hören, nur das kaum mehr vernehmbare Rauschen des Windes in den Blättern. Umso deutlicher war das Pochen seines Pulses in seinen Ohren hörbar, sein Ausatmen erzeugte ein leises Pfeifgeräusch im linken Lungenflügel. War da noch ein anderes Pfeifen, in seinem Kopf, seinem Ohr? Nein, Einbildung! Oder doch? Er klatschte zwei Mal laut in die Hände, um ein Außengeräusch zu erzeugen, der Hase blickte erschrocken auf. Schließlich begann Thomas zu pfeifen, keine Melodie, nur belanglose Töne, und ging ins Haus.

In der Küche öffnete er den Kühlschrank, in dem sich abgesehen von zwei Flaschen Wein und einer Flasche Schnaps nur etwas Salami, Weichkäse und ein Fertiggericht befanden. Er roch an dem Käse, zuckte zurück und stellte ihn wieder in den Kühlschrank. Dann fiel ihm ein, dass Karin ihm beim letzten Besuch ein Stück Apfelkuchen mitgebracht hatte, das noch in Aluminiumfolie eingepackt auf der Ablage stand. Er packte es aus und kostete davon. Obwohl der Teig schon etwas aufgeweicht war, schmeckte der Kuchen köstlich – süß, voll und intensiv nach Apfel. Lustvoll zerlegte er mit den Fingern den Kuchen und stopfte ihn sich gierig in den Mund, schließlich tupfte er noch die letzten Krümel von der Folie.

Dann leckte er seine Finger ab, ging ins Arbeitszimmer und schrieb das Wort *Stille* auf eine leere Seite des aufgeklappten Laptops.

Stille. Still! Halt still, steh still, lieg still, schweig und sei still! Mucksstill, mäuschenstill. War er je gestillt worden? Er wusste es nicht. Wenn ja, dann muss das Saugen, Schmatzen und Glucksen, erzeugt am eigenen

Leib, ein beängstigendes Geräusch für seine Mutter gewesen sein.

Er brauchte die Stille und er hasste sie. Nur in aller Stille ist das Innere vernehmbar. Doch je deutlicher er hörte, was alles in ihm klingt, desto mehr wuchs die Unruhe, die Angst vor dem schwarzen Schallloch, dem tonlosen Abgrund, der jeden, aber auch jeden Ton verschlucken kann. Dann brauchte er dringend Geräusch, das in ihn dringt, Geräusch und Rausch. Wenn ein Geräusch mit einem anderen verschmilzt, entsteht eine Kulisse aus Geräusch. Schnell eine CD einlegen, egal welche, die nächstbeste, Hauptsache, Klang. Und dann den Lautstärkeregler hoch, ohrenbetäubend, mehr Betäubung, mehr, bis die Nachbarn an die Wände hämmern oder gleich die Polizei rufen. Mehrmals hatte er die Wohnung wechseln müssen, da halfen weder Schaumstoff noch Dämmmatten an den Wänden. Die Ohren immer noch nicht betäubt genug, eine blaue oder grüne Pille ohne Wasser geschluckt, eine rote hinterher. Dann rasch ein Taxi gerufen, auf zur ganz großen Kulisse, einem still gelegten Fabrikgebäude am Rand der Stadt, in der er nur deshalb wohnte, weil es dort solche Fabriken gab, die stillgelegt zur großen Geräuschkulisse werden konnten, für den nächsten Rausch, den nächsten Rave. An diesem Abend legte ein Star aus den Staaten auf, er hatte den Namen vergessen, egal, nur neu musste es sein, es war immer neu, jeden Abend wurde etwas Unerwartetes geboten, die Gemeinde erwartete das. Er würde den Namen des DJ am nächsten Morgen in der Redaktion recherchieren.

Die Pillen beginnen schon im Taxi zu wirken, machen ihn hellwach und hellhörig, ein Auto stoppt neben ihm an einer Kreuzung, das Motorgeräusch schwillt an wie das puffende Dröhnen von Helikopterrotoren. Eine leise Vorahnung auf das, was kommen würde. Der Türsteher kennt ihn, winkt ihn durch. Schon auf dem Flur spürt er den wummernden Bass in seinen Fußsohlen. Vorbei an der Garderobe, er braucht sie nicht, er trägt nur ein kurzärmeliges Hemd, eine dünne weite Hose und bequeme, weiche Schuhe.

Als er den riesigen Tanzsaal betritt, trifft ihn der Schall wie eine hohe, wuchtige Welle, gegen die er sich erst einmal anstemmen muss. Ein Bass, so tieffrequenzig, dass er ihn mehr spürt als hört, dringt sofort in Bauch und Unterleib, elektronische Bassdrum-Schläge, gnadenlos auf den geraden Zählzeiten, lassen Tausende von Körpern im Gleichklang beben, nur am Ende des Taktes erzeugt eine simulierte Snare-Drum eine schneidende Synkope, die alle Tänzer kurz ekstatisch zucken lässt. Der Saal ist erfüllt von einer Geruchskomposition aus Schweiß und hunderten von Deos, Hitze hüllt ihn ein. Dann ein viertaktiger Break in noch höherer Lautstärke und doppelter Geschwindigkeit, rasend wirbelndes Schlagwerk in einer Präzision, die ein menschlicher Drummer nie erreichen könnte. Dazu weiße und blaue Lichtblitze, die durch den Saal zucken und schweißnass glänzende Gesichter zum Leuchten bringen. Die Menge reagiert darauf mit einem Schrei, so vielkehlig, dass er selbst durch diese irrwitzig laute Musik hindurchgellt. Am anderen Ende des Raums steht auf einer Empore ein vor sich hin tänzelnder Mensch mit einer Baseballkappe unter dem Kopfhörer, der Zeremonienmeister an den Reglern, er wirkt winzig aus dieser Distanz.

Als der Grundbeat wieder einsetzt, ist er allen bereits vertraut, Bass, Bassdrum, zwei eingeworfene Synthesizerakkorde und die Synkope, mehr nicht, mehr ist auch nicht nötig. Er löst sich vom Rand der Tanzfläche, tritt einige Schritte nach vorn und sucht sich inmitten der bebenden Leiber einen Platz, der ihm einen kleinen Bewegungsradius verschafft. Viel Platz braucht er nicht, niemand braucht das hier, denn man tanzt nur auf der Stelle, man bewegt sich nicht im Raum, man wird von ihm bewegt. Niemand tanzt hier mit jemandem, niemand sendet Signale aus oder giert nach Blicken, jeder ist für sich, eingekapselt in einer Blase aus überwältigendem Schall. Keiner nimmt ihn wahr, niemand spricht ihn an, und doch spürt er an einem solchen Ort die intensivste Form von Gemeinschaft, die er je erfahren hat, erzeugt von einer tönenden Elektrizität, die dieser tausendköpfigen Masse aus anonymen Körpern ein nie gekanntes Leben verleiht, eine Bestimmung. Alles, was er jetzt noch tun muss, ist die Augen zu schließen und sich der Musik zu überlassen. Als er spürt, wie seine Schultern sich gleichsam von selbst zu bewegen beginnen, greift er kurz in die Hosentasche und überzeugt sich davon, dass das flache Pillendöschen noch da ist. Dann nimmt alles seinen Lauf.

Er stand vom Schreibtisch auf, ging zum Fenster und sah, wie die eine Krähe die andere beim Fressen der Nuss beobachtete. Die Terrasse war jetzt an ihrem äußeren Rand völlig von Efeu zugewachsen, dessen Blätter in der Sonne glänzten. Der Feigenbaum bildete rechter Hand ein schattiges Dach über den verwitterten Fliesen, der Flieder ebenso auf der anderen Seite. Die Hippies hatten einen ausgeprägten Sinn für die Gestaltung von Außenraum gehabt. Wie der Feigenbaum wohl für einen Hasen aussah? Er musste mit seinen prächtigen dreiteiligen Blättern für das kleine Tier wie ein tropischer Urwaldriese wirken.

Thomas ging zum Laptop zurück und brachte mit einem Mausklick auf *Verwerfen* den Text zum Verschwinden. Sein Mailprogramm zeigte ein gutes Dutzend neuer Nachrichten an. Ohne eine der Mails zu öffnen, klappte er das Laptop zu und ging in den Garten. Als der Hase ihn kommen sah, sprang er ihm entgegen und nagte energisch am Gestänge. Einem plötzlichen Impuls folgend, öffnete Thomas die Käfigtür. Plüm bewegte sich vorsichtig einen Schritt nach vorn und steckte den Kopf zur Tür hinaus. Der Hase zögerte, blickte nach links, dann nach rechts, wie ein Kind an einer befahrenen Straße. Dann sprang er mit einem kräftigen Satz über die Metallschwelle auf den Rasen. Thomas hockte sich in seine Nähe, das Tier hoppelte heran, blieb aber außerhalb seiner Reichweite. Eine Zeit lang saßen sie so nebeneinander, dann machte der Hase sich auf, den neu eröffneten Raum zu erkunden. Zunächst maß er einmal mit entspannten Sprüngen den Grund in seiner gesamten Länge aus. Dann schnüffelte er ausgiebig den Rasen nach genießbaren Gräsern ab, Zentimeter für Zentimeter, indem er seinen Leib immer länger werden ließ, bevor er einen Schritt weiter hoppelte. Thomas sah, dass der runde, gedrungene Eindruck, den sein Körper in entspannter Sitzhaltung machte, nur daher rührte, dass er seinen Leib wie eine Ziehharmonika zusammenschieben konnte und dabei die langen Hinterläufe seitlich unter seinen Körper legte. Ausgestreckt war ein Hase fast doppelt so lang, geschmeidig und schlank. Am Rand der Hecke angekommen, hielt das Tier kurz inne und verschwand dann im dichten Laub der Stauden. Thomas wartete eine Weile, bis Plüm wieder herauskommen würde, aber sie blieb verschwunden. Er zerteilte das Laub an der Stelle, wo der Hase hineingekrochen war, und brauchte eine Weile, bis er in dem tiefen Schatten das schwarze Fell hinter dem Stamm einer Heckenstaude ausmachen konnte. Thomas beschloss zu warten, legte sich an den Rand der Hecke auf den Rasen und streckte die Beine aus, damit die Sonne sie bescheinen konnte. Eine Kohlmeise flatterte mit schnellen, kurzen Flügelschlägen von Ast zu Ast.

Thomas genoss die Wärme in seinen Beinen und hörte plötzlich ein lautes Krächzen wenige Meter neben sich. Die Krähe saß ruhig im Gras und sah ihn aus ihren dunklen Knopfaugen an. Ihr tiefschwarzes Gefieder glänzte in der Sonne. Er holte einen Walnusskern aus seiner Hosentasche und warf ihn in Richtung der Krähe. Sie sprang erschrocken auf und hüpfte mit einem kurzen Flügelschlag einen Meter zurück. Dann legte sie den Kopf schräg, musterte die Nuss und trippelte vorsichtig auf ihren schwarzen dünnen Beinen näher. Als sie die Nuss fast erreicht hatte, hielt sie kurz inne, dann schoss plötzlich ihr Kopf nach vorn, sie packte die Nuss mit dem Schnabel und entfernte sich rasch wieder. Mit der Kante ihres mächtigen Schnabels zerlegte sie die Nuss in mehrere Teile und schluckte eines nach dem anderen. Thomas warf eine weitere Nuss, diesmal musste der Vogel ein gutes Stück näher kommen, um sie zu erreichen. Das Tier zögerte lange, stolzierte trippelnd auf und ab, bis es sich ein Herz fasste und sich näherte. Thomas sah, dass das Brustgefieder der Krähe eine rautenförmige Musterung aus verschiedenen Grautönen aufwies, der Rest des Gefieders schimmerte bläulich schwarz. Schließlich schoss ihr Kopf nach vorn und wieder entfernte sie sich rasch mit einem Flügelsprung, sobald sie die Nuss im Schnabel hatte. Dann hörte er ein Krähen über sich, die zweite Krähe saß auf einem Ast und blickte auf das Geschehen herab. Er warf eine weitere Nuss auf den Rasen, der Vogel stieß sich vom Ast ab und segelte in einem eleganten Bogen herab, doch die andere Krähe kam ihr zuvor und schnappte ihr die Nuss vor dem Schnabel weg. Er brauchte drei weitere Nüsse und einen gezielten Wurf, damit der andere, scheuere Vogel auch auf seine Kosten kam.

Thomas zerteilte wieder das Laub der Hecke, um nach dem Hasen Ausschau zu halten, doch er war nirgends zu sehen. Er suchte die Hecke gründlich ab, kroch an manchen Stellen hinein, um in schattige Winkel zu tasten, doch der Schwarze blieb verschwunden. Thomas' Rücken begann zu schmerzen, er richtete sich auf und streckte sich stöhnend durch. Dann sah er zwischen zwei Sträuchern hindurch, dass der Hase auf der anderen Seite des Zauns saß und ein großes gezacktes Blatt Löwenzahn fraß. Thomas rannte zum Ausgang des Gartens und lief um das Grundstück herum zu der offenen Wiese, die sich bis zu einem ausgedehnten Hügel erstreckte. Sie war bedeckt mit unzähligen weißen Gänseblümchen und leuchtend gelben Löwenzahnblüten. Vorsichtig näherte er sich dem Hasen, der immer noch fressend in der Nähe der Hecke saß. Als er die Hand nach ihm ausstreckte, hoppelte das Tier ein paar Schritte zur Seite und fraß weiter. Er näherte sich erneut, doch wieder entwich der Hase mit einem lässig wirkenden Sprung seinem Zugriff. Thomas pflückte ein Löwenzahnblatt und hielt es dem Ausreißer hin. Er fraß es in aller Ruhe, Thomas packte zu, doch das Fell des Tieres erwies sich als so glatt und geschmeidig, dass es durch seine Hände glitt. Er würde fest zupacken müssen. Während er immer wieder vergeblich versuchte, den Hasen zu fangen, keimte eine wachsende Sorge in ihm auf. Was, wenn Plüm einfach auf der offenen Wiese davonhoppelte? Er wusste, dass er dann keine Chance hatte, sie jemals wieder in den schützenden Käfig zurückzubringen. Er malte sich aus, wie er das Simone beibringen müsste. Doch der Hase machte gar keine Anstalten, auf die offene Wiese hinauszulaufen, er wich ihm immer nur gerade so weit aus, dass Thomas ihn nicht zu fassen bekam. Es schien fast, als würde das Tier das Ganze als eine Art Fangenspiel genießen. Irgendwann verschwand der Schwarze dann wieder in der Hecke, Thomas kniete sich nieder und sah gerade noch, wie er durch ein Loch im Zaun schlüpfte und auf der anderen Seite im Garten auftauchte. So schnell er konnte, rannte er um das Grundstück herum in den Garten zurück. Als er den Hasen erreicht hatte und ihn erneut fangen wollte, hoppelte er in die Hecke und erschien kurz darauf auf der anderen Seite des Zauns. Thomas lief hinters Haus und holte ein Gitterteil des alten Geheges, das in Einzelteile zerlegt an der Wand stand. Dann lief er wieder hinaus. Außer Atem und verschwitzt erreichte er die offene Wiese, wo der Hase genüsslich Löwenzahn fraß. Erneut kam es zu dem Fang- und Schnapp-Spiel, und wieder war er chancenlos gegen die Wendigkeit, bis der Hase schließlich erneut durch das Loch im Zaun in den Garten entwich. Doch diesmal versperrte Thomas ihm den Rückweg ins Freie, indem er das Gitterteil vor das Loch drückte und es provisorisch hinter einem Ast festklemmte. Erleichtert wollte er aufstehen, doch ein plötzliches Brennen im Rücken verhinderte, dass er sich vollständig aufrichten konnte. So humpelte er in gebückter Haltung zum Garten zurück. Der Hase lag lang ausgestreckt im Schatten der Hecke und ruhte sich schnell atmend aus, offenbar hatte auch ihn die ungewohnte Bewegung ermüdet, was Thomas eine unsinnige Genugtuung verschaffte und ihn für einen Moment den Schmerz in seinem Rücken vergessen ließ. Er holte rasch ein weiteres Gitterteil vom Gehege und ein Stück Draht und kroch in die Hecke. Der Geruch nach beschatteter, feuchter Erde hüllte ihn ein. Er musste ein wildes Gewucher aus Ranken und Blättern beiseiteschieben und sich in seitlich gekrümmter Sitzhaltung um einen Stamm herum beugen, um das Loch im Zaun zu erreichen und das Gitterteil zwischen die Pflanzen und den Zaun zu schieben. Mehrmals schnitt er sich an den rostigen Enden des zerrissenen Zauns die Hände blutig, während er laut schnaufend mit extrem gebeugtem Rücken den Draht durch die noch intakten Maschen flocht und mit dem Gitter verband. Dann spürte er plötzlich einen heftig stechenden Schmerz im Rücken, der ihm augenblicklich den Atem nahm. Er schrie auf, kippte zur Seite und fiel in einen Heckenstrauch. Zweige brachen knirschend unter seinem Gewicht. Er versuchte sich aufzurichten, doch die Bewegung verursachte wieder einen derart stechenden Schmerz in seiner unteren Wirbelsäule, dass ihm der Schweiß ausbrach. Schwer atmend blieb er liegen und regte sich nicht. Nach einigen Minuten wagte er einen erneuten Versuch, sich aufzurichten, doch der Schmerz war sofort wieder da. Nur in einer Position, in seitlicher Lage mit gekrümmtem Rücken, war es einigermaßen erträglich. So blieb ihm nichts anderes übrig, als in dieser Haltung mit rudernden Armen und Beinen aus dem Gebüsch zu robben. Als er schnaufend den Rasen erreicht hatte, ruhte er sich eine Weile aus, bevor er erneut versuchte, sich aufzusetzen. Doch der Schmerz, wütender und stechender als zuvor, zwang ihn sogleich in die Embryonalhaltung zurück.

Nach einer Reihe von weiteren vergeblichen Versuchen drang langsam die Kühle des Bodens in seine Körperseite. Er tastete sich mit der Hand zur Hosentasche vor und holte sein Handy heraus. Das Heben des Arms, um das Display in Sichthöhe zu bringen, streifte wieder empfindlich die Schmerzzone. Er biss sich stöhnend auf die Unterlippe und wählte die Nummer seines Cousins. Die Mailbox mit Rolands künstlich gesenkter Stimme sprang an. Thomas fluchte. Dann wählte er Karins Nummer, sie meldete sich zu seiner Erleichterung nach dem ersten Klingeln.

„Gott sei Dank, bist du da“, sagte er mit gepresster Stimme.

„Was ist denn los?“

„Ich hab mir den Rücken verrenkt.“

„O je, schlimm?“

„So arg, dass mich bald die Krähen fressen. Ich lieg auf dem Rasen und kann mich keinen Millimeter rühren.“

„Bist du gestürzt?“

„Nein, hab mich nur beim Zaunflicken zu lange gekrümmt, und dann hat’s Zack gemacht.“

„Klingt nach Hexenschuss.“

„Jetzt weiß ich, wieso die alle auf dem Scheiterhaufen gelandet sind.“

Sie lachte kurz auf.

„Rühr dich nicht, ich komme.“

Thomas drehte sich auf dem Boden liegend so, dass er den Garteneingang im Blick hatte, und wartete, bis ein Fahrrad am Zaun abgestellt wurde und Karin seinen Namen rief.

„Es ist offen, ich bin hier.“

Karin trug einen knielangen, dünnen Baumwollrock, Sandalen und ein weißes T-Shirt. In der Hand hielt sie einen kleinen Rucksack. Von unten betrachtet, sah ihr Gesicht runder aus, ihr Hals wirkte weich, ohne dem Kinn gänzlich die Kontur zu nehmen.

„Ich würd ja gern aufstehen, mein Kreuz hat's aber im Moment nicht so mit der Höflichkeit.“

Als sie in die Hocke ging und sich neben ihm niederkniete, war er überrascht über ihre Beweglichkeit. Eine ihrer rasierten Waden war von einer bläulichen Ader durchzogen, die Nägel ihrer Zehen waren dunkel-violett lackiert. Die Ausdünstung ihres erhitzten Körpers, weich, warm und gemischt mit einem unaufdringlichen Deodorant, weckte eine intensive Erinnerung.

Sie schob sich eine blonde Haarsträhne aus der Stirn und öffnete ihren Rucksack.

„Kannst du dich bewegen?“

„Nicht wirklich.“

„Wo tut's denn genau weh? Zeig mal mit dem Finger drauf!“

Ächzend beugte er seinen Arm nach hinten und deutete auf das Zentrum des Schmerzes knapp über dem Steißbein. Sie schob ihm das T-Shirt hoch, zog den Hosenbund hinab und wischte gründlich mit einem Papiertaschentuch über die Stelle.

„Der Schweiß muss weg, sonst klebt es nicht.“

Dann zog sie die Schutzfolie von einem großen quadratischen Pflaster ab und drückte es auf die Stelle. Mit der flachen Hand strich sie die Ränder glatt, er spürte den Rand ihrer Handfläche auf seiner Haut.

„Du glaubst, da hilft ein Pflaster?"

„Wart's ab."

Der Hase kam herangehoppelt und streckte Karin den Kopf entgegen, sie streichelte ihm mit dem Finger über die pelzigen Wangen.

„Frechheit!", sagte Thomas. „Vor mir ist er ständig davongerannt und durch ein Loch im Zaun geschlüpft. Hab eine Stunde lang versucht ihn zu fangen, aber dann hat er die Hex' auf mich gehetzt."

„Bleib einfach noch ein paar Minuten liegen."

Sie setzte sich neben ihn, die Beine seitlich angewinkelt und drückte noch einmal mit der flachen Hand fest auf das Pflaster.

„Was für ein Glück, dass Plüm nicht auch noch ausgebüxt ist", sagte sie.

„Ehrlich gesagt", presste Thomas hervor und versuchte seine Kopfhaltung so zu verändern, dass er sie von der Seite sehen konnte, „der andere Hase ist gar nicht abgehauen. Ein Fuchs hat ihn gerissen."

„Was?"

Er konnte in dieser Haltung ihr Gesicht nicht sehen, und damit auch nicht das Ausmaß ihrer Empörung.

„Gibst du sie denn nachts nicht in den Stall?"

„Schon. Ich hab an dem Tag – ich war nachlässig."

Sie nahm die Hand von dem Pflaster. Plötzlich fühlte er sich ausgeliefert in seiner gekrümmten Haltung, den Kopf seitlich auf seinen Oberarm gestützt.

„Gut, dass du den Mädchen nicht die Wahrheit gesagt hast."

Thomas spürte, wie sich unter dem Pflaster eine prickelnde Wärme auf seiner Haut zu entwickeln begann. Karin schwieg eine Weile, dann erhob sie sich, packte den Hasen mit einem geschickten Griff und trug ihn zum Käfig. Sie strich sich den Rock glatt und blickte zur Terrasse.

„Mit dem wilden Wein sieht das Haus ja richtig hübsch aus."

Unter dem Pflaster entstand allmählich eine Hitze, die die Haut reizte.

„Dein Heizdeckchen beginnt zu wirken. Ich kann jetzt den Rücken wieder ein bisschen bewegen."

„Willst du aufstehen?"

„Ich kann's ja mal probieren", sagte er und versuchte mit verzerrtem Gesicht, sich auf dem Ellbogen abzustützen.

„Warte, ich helf dir."

Sie kniete nieder und packte ihn fest um die Taille. Mit einer gemeinsamen Anstrengung gelang es ihm, langsam auf die Beine zu kommen.

„Stütz dich mit dem Arm auf mir ab, dann gehen wir zur Terrasse."

Während er ihr den Arm um die Schulter legte, wurde ihm bewusst, dass sein T-Shirt völlig durchnässt war. Beschämt nahm er seinen eigenen Achselschweiß wahr.

„Schwester", sagte er, „ich hätt mich ja gern vor der Seniorengymnastik geduscht."

Sie lachte und packte ihn fester, als sie die steinernen Stufen erreicht hatten, die zur Terrasse führten. Ächzend ließ er sich auf den weißen Plastiksessel fallen und blieb in seitlich verrenkter Haltung sitzen.

„Geht's? Soll ich dir was bringen?"

Jetzt erst wurde ihm bewusst, dass sein Mund völlig ausgetrocknet war.

„Unterm Feigenbaum steht eine Wasserflasche."

Sie holte sie und setzte sich ihm gegenüber an den Tisch. Er trank einige Schlucke, dann schüttete er Wasser in die hohle Hand und wischte sich damit übers Gesicht. Vorsichtig versuchte er seine Sitzhaltung zu verändern, viel Spielraum bis zur Schmerzzone hatte er nicht.

„Hattest du schon öfter Probleme mit dem Rücken?“

„Solche jedenfalls nicht. Ich hab mich aber auch schon länger nicht mehr durch ein Gebüsch geschlängelt.“

Sie ließ den Blick über das Grundstück schweifen.

„Du wirst noch einige Löcher flicken müssen, wenn du den Hasen im Garten frei laufen lassen willst. Apropos: Svenja hat mir erzählt, dass du einen neuen Hasen besorgst. Ich hatte mich schon gewundert. Aber jetzt verstehe ich, warum. Du hast ein schlechtes Gewissen.“

Sie sah ihn nachdenklich an.

„Wie lange wirst du denn noch bleiben?“

„Keine Ahnung.“

Sie schien auf eine nähere Erklärung zu warten, aber er verlagerte nur schnaufend seine Sitzhaltung und tastete nach der kreisrunden weißen Stelle an seinem Hinterkopf.

„Ihr habt ein inniges Verhältnis, du und deine Nichte.“

„Ja, wir hatten von Anfang an einen guten Draht zueinander. Ihre Eltern haben eine hässliche Scheidung hinter sich, bei der sie Svenja nichts erspart haben. In der Zeit hat sie oft meine Nähe gesucht.“

„Ihr seht euch sogar ähnlich.“

Etwas blitzte in ihren Augen auf.

„Wir sind schon oft für Mutter und Tochter gehalten worden.“ Ihr Lächeln wich einer kurzen fahrigen Verlegenheit. „Obwohl das altersmäßig schwer möglich ist.“

Er hätte gern gesagt, dass sie eben jünger aussieht, als sie ist, ließ es aber, um ihr das Gefühl zu ersparen, sie hätte nach einem Kompliment gefischt.

„Du konntest schon immer gut mit Kindern. Hab mich oft gewundert, dass du keine eigenen hast.“

Seine Bemerkung war ihm augenblicklich so peinlich, dass er sich auf die Unterlippe biss.

„Entschuldige, ich wollte nicht –“

„Kein Problem. Wir konnten keine kriegen.“

Ein Schweigen setzte ein, das beiden spürbar unangenehm war. Schließlich sagte sie:

„Und du?"
„Ich hab auch keine Kinder."
„Das hätte mich auch gewundert. Wolltest du irgendwann mal eine Familie gründen?"
„Ich hatte nie eine Beziehung, die länger als ein paar Monate gedauert hat."
Sie nickte, und ihr Blick versank für einen Moment. Dann straffte sie plötzlich ihre Haltung und sagte:
„Stell dir vor: Gestern fragt mich Svenja, was eine geschlechtsangleichende Operation ist."
„Du meine Güte, wo hat sie das denn her?"
„Sicher von Simone. Auch wenn man es nicht sieht, sie ist zwei Jahre älter als Svenja. Unter normalen Umständen wär sie schon voll in der Pubertät. Vielleicht ist sie es ja auch, schwer zu sagen."
„Was hat sie eigentlich für einen Krebs?"
„Das weiß niemand so genau, sie redet nie darüber. Irgendwann ist sie einfach für ein paar Wochen im Krankenhaus, zur Chemo. Wenn Svenja das erzählt, klingt es, als wär Simone wegen einem harmlosen Hautleiden auf Kur. Die beiden sind unzertrennlich, trotz des Altersunterschieds."
„Und was hast du Svenja geantwortet, als sie nach der Geschlechtsumwandlung gefragt hat?"
„Hab nur herumgestammelt, denn sie wollte es ziemlich genau wissen. Wie kommen die auf so was?"
„Ich denke, das hat mit Karl zu tun."
„Mit Karl?"
„Hast du ihn mal gesehen, seit er zurück ist?", fragte er.
„Er ist ein paar Mal mit dem Traktor an mir vorbeigefahren. Hat mir zugenickt und ist weitergefahren."
„Ist dir nichts an ihm aufgefallen?"
„Er hat ziemlich seltsam ausgesehen. Hat einen babyblauen Jogginganzug angehabt und große Ohrringe getragen. Hast du ihn getroffen?"

„Er hat mich kurz besucht, als Simone hier war. Er hat sich ihr vorgestellt und gesagt, er heißt Sissi."

„Du verarschst mich."

Er schüttelte den Kopf, und war erleichtert, dass er diese Bewegung bereits ohne Schmerzen ausführen konnte. Sie forschte kurz in seinem Gesicht, dann brach sie in ein hohes Lachen aus. Sie hatte noch die gleiche Art, beim Lachen die Augen zu verengen und sich eine Hand vor den weit offenen Mund zu halten.

„So hat deine Nichte auch reagiert."

„Sissi, Kaiserin der Sioux, ist zurück", sagte sie und lachte erneut. „Zwei Meter groß und ein Kreuz wie ein Kleiderschrank."

Er stimmte in ihr Lachen ein, haltlos und befreit. Sie wischte sich eine Träne aus dem Augenwinkel und wurde langsam ernster.

„Hat Karl sich operieren lassen?"

„Keine Ahnung."

„Hast du gewusst, dass er … Ich meine, ihr wart doch Freunde damals, irgendwie."

„Ich hab ihn mal als Teenager in einem Frauenkleid gesehen. Er hat's sogar drauf angelegt, dass ich ihn im Stall so antreffe."

„Dann muss er dir vertraut haben. Und was hat er dazu gesagt?"

„Wir haben nie darüber geredet."

Sie lehnte sich zurück und schüttelte amüsiert den Kopf.

„Männer!"

Spann an!

Mit geschlossenen Augen saß er vor dem Laptop, das längst in den Schlafmodus gefallen war, und lauschte dem Regen. Seit Stunden fiel er gleichmäßig prasselnd auf das Dach, irgendwo hatte das Wasser sich den Weg durch Schindeln und Gebälk gebahnt und einen feuchten Fleck auf dem vergilbten Putz der Schlafzimmerdecke hinterlassen. Es war ein warmer Sommerregen, der die Wiese in Schleier und Dunst tauchte. Anfangs war das Wasser rasch im ausgetrockneten Boden versunken, doch inzwischen konnte das Erdreich die Mengen nicht mehr fassen, Pfützen bildeten sich auf dem Rasen, die Pfade verschlammten. Der schwarze Hase hatte sich kurz aus der Deckung gewagt und sich nass regnen lassen. Jetzt saß er aufrecht auf den großen Hinterpfoten im Schutz der Plane, die den Großteil des Käfigs bedeckte, und leckte hingebungsvoll sein Fell.

Eine Liedzeile fiel ihm ein und brachte eine wuchtige Erinnerungswelle mit sich. Er öffnete die Augen und berührte die Maus. Eine leere weiße Seite erschien mit blinkendem Cursor in der linken oberen Ecke. Er legte die Finger auf die Tasten.

Hejo, spann den Wagen an! Denn der Wind treibt Regen übers Land.

Er hielt inne und formte mit den Lippen die Worte der Liedzeile, ohne einen Ton zu erzeugen, die Melodie begann in seinem Kopf ein Eigenleben zu führen. Dann schrieb er:

„Wir konnten keine kriegen." Das waren ihre Worte. Wir? Was hat sie damit gemeint? War sie es, die keine

Kinder bekommen konnte? Er spürte, wie sich etwas in ihm gegen diesen Gedanken sträubte. Oder konnte Kurt keine zeugen? Konnten sie am Ende gemeinsam keine bekommen, waren ihre Körper nicht in der Lage, das dafür Nötige zu vollbringen? Vielleicht ertrug ihre Eizelle das peinliche Zappeln oder den Geruch seiner Spermien nicht. Er erinnerte sich, wie überrascht er gewesen war, als er erfuhr, dass Karin geheiratet hatte, und mehr noch: wen! Eine Einladung zur Hochzeitsfeier hatte er nicht bekommen. Er hatte Kurti als einen Jungen in Erinnerung, der aus Angst vor den Worten stets zu viele machte, als wolle er verhindern, dass sie sich gegen ihn verbündeten. Die Leitner-Brüder nannten ihn „Schwätzi“. Viele Jahre war er der engste Freund seines Cousins gewesen, sie wirkten immer ernst und geschäftig, wenn sie zusammen waren. Er hatte sie nie miteinander lachen oder blödeln gesehen.

Thomas schüttelte den Kopf, markierte mit der Maus das Geschriebene und löschte es. Er summte das Lied erneut vor sich hin und notierte:

Hejo, spann den Wagen an! – Das Lied hat eine schöne, einfache Melodie, sobald es vom getriebenen Regen erzählt: vier gleichwertig betonte Viertel (denn – der – Wind – treibt), dann vier tröpfelnde Achtel, die auf dem Boden landen: Re-gen-ü-bers-Land. Eile ist geboten, um eine kostbare Ernte einzubringen und die Frucht vor der Nässe zu bergen: Hol die goldnen Garben, hol die goldnen Ga-a-a-rben. Es war das einzige Lied, das er jemals gemeinsam mit einem Mädchen gesungen hatte.

Wieder wanderte sein Blick vom Monitor zum Fenster. Er dachte an die Zeit, als das Lied für ihn bedeutsam werden sollte. Damals sah er Karin seltener, die Sorge um ihre Familie ließ ihr so gut wie keine Zeit mehr für

Unternehmungen. Der Vater hatte die Familie bald nach der Geburt ihres zehn Jahre jüngeren Bruders verlassen, die Mutter versank in trübsinniges Schweigen und magerte innerhalb eines Jahres sichtbar ab. Als sie schließlich noch ihren Job in einer Textilreinigung verlor, verließ sie das kleine Haus nicht mehr, das ihr nach der Scheidung zugesprochen worden war. Man sah sie nirgends mehr im Dorf, nicht einmal mehr im Garten. Karin erledigte alle Einkäufe und die Versorgung der Familie, es war eine der wenigen Möglichkeiten für ihn, sie nach der Schule zu sehen. Manchmal passte er sie vor dem Geschäft der Hilgers ab, um ein paar Worte mit ihr zu wechseln. Er merkte, wie sie bei solchen Begegnungen mit der Zeit haderte, die sie erübrigen konnte, er glaubte ihr Ringen zu spüren, ihren Wunsch, länger bei ihm zu verweilen, aber schon bald siegte ihr Pflichtgefühl. Und er ärgerte sich über sich selbst, weil er nicht in der Lage war, sie mit einem offenen Blick zum Bleiben zu bewegen. Buchstäblich zwischen Tür und Angel erzählte sie ihm kurz angebunden, dass Burschi immer schwieriger zu handhaben sei. Ständig sei er trotzig und zornig, kaum mehr zu bändigen. Er hatte einmal zufällig gesehen, was das bedeutete. Burschi stand auf der kleinen Terrasse von Karins Elternhaus, den Oberkörper krampfhaft gebeugt, und ohrfeigte sich selbst. Mehrmals schlug er sich mit einem hässlich klatschenden Geräusch ins Gesicht, so fest, dass seine Wange danach gerötet war. Karin war aus dem Haus geeilt und konnte nur mit Mühe und großem Kraftaufwand seine Hände festhalten. „Hör auf, Burschi, hör auf damit!“ Mehr ein Flehen denn eine Anordnung. Burschis Blick wurde fahrig und abwesend, sein Zorn richtete sich nach innen. Karin packte ihn bei den Schultern und Thomas bewunderte sie für ihren Mut, schließlich war ihr rasender Bruder einen Kopf größer als sie. Gleichzeitig bekam er einen trockenen Mund, verspürte ein tiefes Unbehagen,

Zeuge eines so ungeheuerlichen Vorfalls geworden zu sein. Er beobachtete Karin verstohlen, sie hatte die Unterlippe unter die Schneidezähne gezogen, wirkte still und bedrückt. Sollte er sie berühren, wollte sie das? Er wusste es nicht. So wie niemand wusste, was Burschi in seinen rasenden Momenten antrieb, er hatte keine Sprache, es jemandem mitzuteilen. Wut keimte in ihm auf, gegen Burschi. Debiler Berserker! Sogleich schämte er sich für seinen Zorn. So stand er einfach still und hilflos daneben, die Hände tief in den Taschen vergraben, und wartete ab, bis Burschi sich beruhigte.

Dann hörte er wochenlang nichts von Karin. Beim Einkauf im Laden der Hilgers erfuhr er irgendwann, ein Krankenwagen habe lange vor dem Haus der Seulens gestanden und Burschi schließlich auf einer Bahre festgeschnallt abtransportiert. Einige Tage darauf klopfte sein Vater abends an seine Zimmertür und sagte, Karin sei am Telefon. Ihre Stimme war leise und gepresst, sie brauchte zwei Anläufe, bis sie sagte:

„Ich muss ins Krankenhaus, Burschi besuchen, kommst du mit?"

Er holte sie mit seinem Moped zu Hause ab. Nach einem kurzen Disput, wer den einzigen Helm aufsetzen sollte, lenkte sie ein, sie war zu müde fürs Durchsetzen. Er befestigte sorgfältig das Band unter ihrem Kinn. Sie sah ihn durch das Visier an, gespannt und ernst, rote Flecken hatten sich auf der Haut rund um ihre Augen gebildet. Es war das erste Mal, dass er Angst in ihrem Gesicht sah. Auf der Fahrt schmiegte sie sich an ihn, legte die Arme um seinen Bauch, um sich festzuhalten. Er spürte ihren Körper an seinem Rücken, ihre Brust, ihren Bauch, ihren geöffneten Schoß an seinem Gesäß. Er wünschte sich, die Fahrt hätte länger gedauert, zumal er sich mehr und mehr vor dem zu fürchten begann, was sie erwartete. Auf dem Weg vom Parkplatz zum Krankenhaus erzählte sie ihm, dass Burschis aggressive

Anfälle immer ärger geworden seien, er hatte sich das Gesicht blutig gekratzt, in der Nacht verschmierte er seinen Kot an den Wänden. Die Mutter war völlig überfordert, saß nur heulend am Küchentisch und fragte unablässig ihre Tochter, was sie denn jetzt tun solle. Karin versuchte vergeblich, ihren Vater zu erreichen, und so rief sie schließlich den Psychosozialen Dienst des Krankenhauses an.

„Die haben ihm gleich eine Spritze gesetzt und so über ihn geredet, als sei er gemeingefährlich", sagte Karin. „Dabei tut er doch niemandem weh, außer sich selbst."

Tränen traten ihr in die Augen, er wandte den Blick ab und fühlte sich erbärmlich und feige. Sie wischte die Tränen rasch mit dem Ärmel ihres Sweatshirts weg und durchschritt die Eingangstür des Krankenhauses. Der Geruch nach Putz- und Desinfektionsmitteln hüllte sie ein, er war ihm ebenso vertraut wie der Weg in die Psychiatrische Abteilung im zweiten Stock. Wie oft hatte er seine Mutter dort besucht. Für einen Moment fühlte er sich stolz und erwachsen, Karin wenigstens bei der Orientierung auf den Krankenhausgängen eine Hilfe sein zu können. Als eine Schwester sie in das Zimmer führte, in dem Burschi lag, hielt er sich unwillkürlich die Hand vor den Mund. Es roch nach Essensresten und Urin, er musste ein leichtes Würgen unterdrücken. An der Wand hinter den beiden Betten hing ein großes hölzernes Kreuz, sonst waren die weißen Wände nackt. In dem anderen Bett lag eine Frau, die hervorquellenden Augen gegen die Decke gerichtet, sie bewegte unablässig geräuschlos die Lippen, als würde sie ihre Worte zerkauen. Im Bett an der Fensterseite lag Burschi, an Händen, Beinen und Bauch mit Gurten ans Bett gefesselt. Er sah sie kurz aus seinen wässrig-blauen Augen an, aber der Blick verriet nicht, ob er sie erkannte. Karin streichelte ihm über den Arm, er starrte auf ihre Hand, dann wieder ausdruckslos in den Raum hinein. Der Anblick von

Burschis unbedecktem Körper ließ Thomas vor Unbehagen die Augen zusammenkneifen. Er hatte stark an Gewicht verloren, seine Wangen waren eingefallen, Arme und Beine nur noch Haut und Knochen. An der Stelle, wo der Gurt über dem Bauch gespannt war, fehlten zwei Knöpfe am Schlafanzug, ein Teil seines Brustkorbs war entblößt, Rippen, so sichtbar, dass es weh tat. Karin bedeckte sie mit dem Schlafanzug und nahm Burschis angeschnallte Hand, in der eine Infusionsnadel steckte.

„Es wird alles gut, Burschi."

Etwas ging in Burschis Gesicht vor, seine Augen weiteten sich, sein Adamsapfel bewegte sich, die Sehnen an seinem Hals traten hervor. Ein Laut drang aus seiner Kehle, den er noch nie gehört hatte, ein von weither kommendes, dumpfes Stöhnen, das beinahe nicht mehr menschlich klang. Karin trat irritiert einen Schritt zurück, auch für sie war der Ton offenbar neu. Dann straffte sich Burschis Körper und er stemmte sich mit aller Gewalt gegen die Gurte an. Und wieder machte er dieses unheimliche Geräusch, lauter noch und zugleich hohler als zuvor. Karin packte ihren Bruder bei den Armen, um ihn aufs Bett zurückzudrängen. Er versuchte ihr dabei zu helfen, indem er die Beine festhielt, doch Burschi entwickelte überraschende Kräfte, seine Hand- und Fußgelenke an den Gurten waren bereits wundgerieben. Einige Sekunden verharrte er in einer Körperstarre, die Gurte spannten sich, er presste mit solcher Gewalt gegen seine Fesseln, dass er dabei würgend die Zunge herausstreckte. Schließlich sank er erschöpft zurück und blickte apathisch zum Fenster.

Karin stellte sich ans Fußende des Bettes neben Thomas und sagte leise:

„Er ist schon seit Tagen in dem Zustand, und keiner kümmert sich um ihn."

Sie standen da, ohne sich zu berühren, und blickten auf den großen dünnen Jungen, der mit abgewandtem

Kopf dalag und schwer atmete. Nach einigen Minuten ging ein Geräusch von ihm aus, als würde jemand zwei Holzstücke fest aneinanderreiben.

„Was ist das?", fragte Thomas.

„Er knirscht mit den Zähnen. Das macht er immer, wenn er zornig ist."

Plötzlich verstummte das Knirschen und er stemmte sich wieder stöhnend gegen die Fesseln an, zuerst mit den Händen, dann mit den Füßen, schließlich wieder mit dem ganzen, erstarrten Körper. Wieder hielten sie ihn an Beinen und Armen fest, und erneut wunderte er sich, dass in diesen mageren Gliedmaßen, die kaum Muskelmasse zwischen Haut und Knochen aufwiesen, eine derartige Kraft steckte. Als Burschi wieder die Zunge herausstreckte, nahm Karin sein Gesicht in beide Hände und drückte seinen Kopf behutsam aufs Kissen zurück.

„Ruhig, Burschi, ganz ruhig."

„Vielleicht sollten wir die Schwester rufen."

Thomas sehnte sich nach professioneller Unterstützung, nach einem gesichtswahrenden Ausweg.

„Die verpassen ihm nur wieder eine Spritze. Dann liegt er den ganzen Tag apathisch da und starrt sabbernd an die Decke."

Er blickte zu der Frau im Nachbarbett, die immer noch reglos dalag. Burschi sank erschöpft aufs Bett zurück und begann erneut, mit den Zähnen zu knirschen, lauter noch, oder war das Einbildung, weil das Geräusch so unerträglich klang, nach ungeheurer Kiefergewalt, nach derart brachialem Abrieb, dass er bald nichts mehr zum Knirschen haben würde.

„Es gibt was, das gegen das Knirschen hilft", sagte Karin.

„Was?"

Sie schloss kurz die Augen, dann begann sie, leise und verhalten zu singen, mit weicher, aber klar artikulierender Stimme:

Hejo, spann den Wagen an, denn der Wind treibt Regen übers Land, hol die goldnen Garben, hol die goldnen Ga-a-arben.

Thomas betrachtete sie von der Seite und sah, wie ihr Blick seinen Fokus verlor, als sie das zweite *Garben* mit seinen dreifach gezogenen As sang und dabei ganz leicht den Kopf hin und her bewegte. Burschi ruckte zunächst nur seinen Kopf noch energischer in Richtung Fenster. Doch als Karin begann, das Lied erneut zu singen, mit etwas festerer Stimme diesmal, wandte er langsam das Gesicht vom Fenster ab.

„Ich glaub, es wirkt", flüsterte sie. „Magst du mitsingen?"

Thomas bewegte den gesenkten Kopf hin und her und ließ seine Hände neben den Hüften kreisen.

„Ich kenn das Lied nicht."

„Ist ganz einfach, nur die ersten beiden Zeilen."

Und sie sang den Beginn des Liedes erneut. Als sie die erste Zeile wiederholte, stimmte er leise ein, eine Oktav tiefer als sie, was aber nach einigen Worten seine Stimme überforderte und brüchig werden ließ. Sie lächelte ihn kurz an, er räusperte sich und passte sich ihrer hohen Lage an, was seinem Gesang augenblicklich eine Präsenz verlieh, die ihm so peinlich war, dass er wieder verstummte. Karin nickte ihm aufmunternd zu, sie sangen weiter, immer nur die beiden ersten Liedzeilen, leise und allmählich im Gleichklang. Burschi wandte ihnen jetzt das Gesicht zu, es war das erste Mal, dass er Blickkontakt suchte. Karin hob die Brauen und deutete mit einem kurzen Heben des Kopfes in Burschis Richtung. Sie sangen einige weitere Durchläufe, ihre Worte fanden zueinander, ihre Stimmen näherten sich in Lautstärke und Phrasierung einander an, bis Karin plötzlich in einer Pause nach dem Zeilenende innehielt.

„Und jetzt sing einfach weiter, hör nicht auf mich!"

Er fuhr fort, und als der Wind den Regen wieder übers Land trieb, legte sie plötzlich das *Hejo* der ersten Zeile über seinen Gesang, *spann den Wagen an!* Er war überrascht und bemühte sich, nicht aus dem Takt zu kommen. Er sang weiter, und als er an der Reihe war, den gezogenen *Hejo*-Ruf auszustoßen, war sie noch in beschwingten Achteln bei den *goldnen Garben.* Es dauerte zwei Durchgänge, bis sie beide einen stabilen Kanon aufrechterhalten konnten. Der klare, einfache Rhythmus bot ihnen ein sicheres Gerüst, sich überlagernde Worte schufen überraschende Klänge, und schon bald wiegten sie sich beim Singen leicht in den Schultern. Sie sahen dabei Burschi zu, wie er ruhig auf dem Rücken dalag und nur mit den Augen, ohne den Kopf zu bewegen, dem Gesang folgte und beim kanonischen Wechsel der Zeilen einmal in seine und dann in ihre Richtung blickte. Nach einigen weiteren Strophen lagen die Fesseln schlaff auf seinen Gliedmaßen. Thomas wusste nicht, wie lange sie so dastanden und sangen, irgendwann blickte er zu Karin hinüber und er sah, dass sie gelöst aussah, versunken in die hypnotische Wirkung des Kanons und in den Anblick ihres ruhigen, gleichmäßig atmenden Bruders.

Der Regen hatte nachgelassen, er war nur noch ein leises Sprühen, die Sonne brach durch die Wolkendecke und ließ den feinen Regennebel flirren und glitzern. Das plötzliche Licht blendete und ließ den Monitor vor ihm verschwimmen. Thomas stand auf und blickte lange in den immer feiner werdenden Regen, Tropfen fielen von den Blättern und erzeugten Lichtreflexe im dichten Laub. Der schwarze Hase hatte sich wieder aus dem Schutz der Plane hervorgewagt und ließ sein Fell nass rieseln. Er stand lange da und sah zu, wie das Loch in den Wolken größer wurde und eine wachsende Fläche tief blauen Himmels freigab.

Dann zog er die Jalousie vors Fenster, holte den Text aus dem Schlafmodus und schrieb:

Als er sie in der Dämmerung mit dem Moped vor ihrem Haus absetzte und das Band des Helms von ihrem Kinn löste, sagte sie leise:

„Kommst du noch mit rein? Ich mag jetzt nicht allein sein."

Im Flur des engen, zweistöckigen Ziegelhauses roch es muffig, nach Zigarettenrauch und Zwiebeln, eine Ernüchterung, die er sofort innerlich von Karin fernhielt und ausschließlich mit ihrer Mutter in Zusammenhang brachte. Karin legte einen Finger an die Lippen, nahm ihn an der Hand und stieg mit ihm langsam die Treppe hinauf in den ersten Stock. Auf Zehenspitzen ging sie über die knarrenden Dielen an zwei Türen vorbei und öffnete leise eine dritte an der Stirnseite des Flurs. Sie führte ihn in ein winziges Zimmer mit weißen Wänden. In einer Regalwand standen einige Bücher, Schallplatten und Fotoalben, gegenüber ein sorgfältig gemachtes Bett. An der Schmalseite hatte nur ein zum Regal passender Schreibtisch unter dem Fenster Platz, an der Wand neben der Tür stand ein ebenfalls weißer Kleiderschrank. Nirgends hingen Poster oder Fotos an den Wänden. Alles strahlte eine Ordnung und Kargheit aus, die nicht zu Karin zu passen schien. Zugleich imponierte ihm, dass sie nicht auf den üblichen mädchenhaft inszenierten Krimskrams angewiesen war. Ihre Lebendigkeit brauchte keine Äußerlichkeiten.

Karin nahm den Schreibtischstuhl und klemmte die Lehne so unter die Türklinke, dass sie nicht mehr zu bewegen war. Als sie sich zu ihm umdrehte, fühlte er sich in ein aufregendes Geheimnis einbezogen.

„Kriegst du Ärger, wenn mich wer sieht?"

„Meiner Mutter ist scheißegal, wer hier ist. Aber mein Bruder kommt ständig in mein Zimmer. Darum kann ich jetzt auch keine Musik auflegen."

„Auch nicht leise?" Er verspürte eine geradezu körperliche Sehnsucht nach Tönen.

„Er würde es hören und bei mir schlafen wollen."

Sie zog Schuhe, Jacke und Sweatshirt aus und legte sich in Jeans und T-Shirt aufs Bett.

„Komm, leg dich zu mir."

Er zog ebenfalls Jacke und Stiefel aus und folgte ihrer Aufforderung. Als er neben ihr die Beine ausstreckte, entdeckten sie ein Loch in seinen Socken, seine Beschämung schmolz in ihrer Belustigung. Wie oft schon hatte sich eine scheinbar unauflösliche Befangenheit in ihrer Nähe in nichts aufgelöst. Sie rückte an die Wand, machte ihm Platz, dann lagen sie sich auf der Seite ausgestreckt gegenüber, den Kopf auf den angewinkelten Arm gestützt, und sahen sich schweigend an. Er bemerkte, dass ihr Kissen nach ihrem Haar roch. Alles in ihm war wach und bereit für ein Zeichen. Was erwartete sie von ihm? Als sie sich nicht rührte, beugte er sich ungeschickt vor, um sie zu küssen. Sie wich seinem Mund aus, legte ihre Wange auf die seine. Hitze stieg in ihm auf. Hatte er alles falsch gemacht, den Augenblick verdorben? Dann aber schob sie ihren Arm unter seinem Nacken hindurch, umfasste mit dem anderen Arm seine Schulter und zog sich fest an ihn heran. Seine Hitze ging in ihrer Körperwärme auf und verlor jede Qual. Ganz nah an seinem Ohr flüsterte sie:

„Können wir einfach nur so daliegen?"

Er legte die Arme um sie und wusste wie so oft nicht, wohin mit seinen Händen. Er konzentrierte sich auf das Gefühl, das ihr Körper an seinem hinterließ, spürte ihre Brust an der seinen, ihren leicht gewölbten Leib an seinem Bauch, ihre Schenkel an seinen Beinen. Bald merkte er, dass er eine Erektion bekam, gegen seinen Willen, ein harter Verrat an ihrem Wunsch, einfach nur so dazuliegen. Atmen, einfach nur atmen und an etwas anderes denken! Das gelang ihm doch sonst so leicht. Er versuchte, seine Erregung vor ihr zu verbergen und zog sein Becken von dem ihren zurück. Doch sie verhinderte das, indem sie ihn fester an sich zog. Dann lagen sie einfach nur lange da, still und regungslos, und irgendwann spürte er, wie die Aufregung von ihm abfiel und einer tiefen Erschöpfung Platz machte. Er fühlte ihre regelmäßigen Atemzüge an seinem Ohr, passte sich dem Rhythmus an, ein, aus, ein, aus, und wurde immer schwerer, bis er irgendwann einschlief.

Er wusste nicht, wie lange er geschlafen hatte, als ihn Bewegungen neben ihm weckten. Er brauchte einen Moment, bis er registrierte, wo er war. Eine Straßenlampe warf einen zarten Lichtschein durchs Fenster. Dann sah er, dass Karin sich neben ihm die Jeans und das T-Shirt auszog.

„Jetzt du."

Eine Weile lagen sie in Unterwäsche nebeneinander, er tastete nach ihrem Körper. Ließ sie es nur zu oder wollte sie es? Dann zog sie auch noch die Unterwäsche aus und drehte sich auf den Rücken. Er geriet wieder in Aufregung und hörte, wie auch ihr Atem schneller ging, als er ihre weiche Brust berührte. Fühlte sie jetzt wie er? Er streichelte sie, fuhr ihr mit der Hand über den Bauch, hinab zu ihrem Schoß. Sie schloss die Augen, schnappte kurz nach Luft. Was bedeutete das, hatte er ihr weh getan? Er ließ seine Hand ruhen. Dann packte sie ihn plötzlich bei den Schultern und zog ihn auf sich. Er spürte, wie sein Becken zwischen ihre geöffneten Beine glitt, und er hielt die Luft an. Im schwachen Lichtschein der Straßenlampe sah er, dass sie die Augen immer noch geschlossen hielt und die Lippen leicht geöffnet hatte. Dann schob er sein Becken nach vorn, vage und ungeschickt ins Ungewisse zielend. Er spürte einen Widerstand, sie griff nach unten, wies ihm den Weg. Wie gern wäre er länger in ihrer Hand geblieben. Als er erneut das Becken vorschob, spürte er, wie sich ihr ganzer Körper versteifte und wie sich ihre Schenkel seinem Drängen widersetzten. Sie stieß einen kurzen kehligen

Laut aus und kniff die geschlossenen Augen fest zusammen, Falten bildeten sich auf ihrer Stirn. Er wollte sich schon zurückziehen, doch sie zog ihn nur noch stärker an sich heran. Er presste die Lippen zusammen und versuchte es erneut, kräftiger diesmal, wieder stieß er auf einen unüberwindbaren Widerstand; etwas hielt ihren Schoß fest verschlossen, eine widerspenstige Barrikade, er hatte sie in der Feuchte nicht ertastet, da war nur Weichheit gewesen. Aber jetzt war da eine Wand. Beim neuerlichen Versuch, sie zu überwinden, stöhnte sie auf, ein Laut des Schmerzes, nicht der Lust, eindeutig. Dabei presste sie ihre Schenkel so stark zusammen, dass sie seinen Körper von ihrem Schoß wegdrängte. Auf seine Arme gestützt sah er ihr Gesicht, ihre Augen waren immer noch geschlossen, auf ihrer Stirn hatten sich feine Schweißperlen gebildet.

Er wälzte sich auf die Seite und blieb eine Weile schwer atmend neben ihr liegen. Warum sagte sie nichts?

„Alles in Ordnung?"

Sie nickte.

„Hast du schon mal?", flüsterte er.

„Nein. Du?"

Er schüttelte den Kopf.

In dieser Nacht ließen sie es dabei bewenden, und er führte ihr Scheitern auf die Umstände zurück, auf die Anspannung, die der Tag in ihnen hinterlassen hatte, auch auf ihre geteilte Unerfahrenheit und ihr Ungestüm, das ihrem Körper keine Zeit gelassen hatte, sich für das Kommende zu öffnen. Es sollte eine ganze Weile dauern, bis sie wussten, dass weder Erfahrung noch Behutsamkeit noch wachsende Vertrautheit ausreichen würden, um diese ganz besondere Verschlossenheit zu überwinden.

Kurz bevor sie erneut einschliefen, flüsterte sie ihm ins Ohr:

„Aber alles davor war schön."

Wolke

Sie starrten auf die mit Luftlöchern versehene Transportbox, die im Schatten des Feigenbaums auf dem Rasen stand. Die Sonne stand bereits tief, eine kräftige Windbö ließ die großen Blätter zittern.

„Wollen wir ihn nicht rauslassen?“, fragte Thomas und ging vorsichtig in die Hocke. Er spürte immer noch die schmerzende Stelle in seinem Rücken.

„Auf keinen Fall, bevor Simone kommt!“, sagte Svenja. Der schwarze Hase kam herangehoppelt und schnüffelte neugierig an den Löchern in der Transportbox, seine Nase war in ständiger Bewegung. Svenja streichelte dem Tier über Kopf und Nacken und sagte:

„Gleich gibt’s eine Riesenüberraschung, meine Süße.“

Sie trat näher an Thomas heran und flüsterte, als dürfte das Tier nicht hören, was sie sagte:

„Hoffentlich klappt das. Simone sagt, das kann auch schlimm ausgehen, wenn zwei Hasen aufeinandertreffen, die sich nicht kennen. Manche verteidigen ihr Revier und beißen den Neuen. Aber Simone meint, nur zwei Weibchen machen Zickenkrieg, ein Weibchen und ein Männchen ist die beste Paarung.“

Svenja hatte nicht lange gebraucht, um ein Exemplar im Tierheim auszusuchen. Simone hatte tagelang gebettelt, mitfahren zu dürfen, aber ihre Mutter hatte ihr strikt untersagt, einen Ort aufzusuchen, an dem hunderte Tiere auf engstem Raum hausten. Svenja schlug vor, dass sie allein mit Thomas hinfahren und ihr Fotos von potenziellen Kandidaten schicken würde. Es wurde schließlich nur ein Foto daraus, Svenja war sofort überzeugt, als man ihr das Tier zeigte.

„Der könnte bei *Ice Age* mitspielen“, sagte sie, machte ein Foto von dem Tier und schickte es Simone.

Thomas hatte etwas abseits gestanden und gegen den Nachhall eines Panikgefühls angekämpft, das Dutzende laut bellende Hunde im Eingangsbereich des Tierheimarials in ihm ausgelöst hatten. Es ließ erst nach, als sie in die Ruhe des Kleintierhauses eintauchten. Er stellte sich vor, welche Hölle dieser Ort für seine Mutter gewesen wäre.

„Was sagst du, wie findest du ihn?“, rief Svenja aufgeregt ins Telefon. Sie lauschte und rollte die Augen.

„Nett? Echt jetzt? Er ist ein Wahnsinn, die Pflegerinnen nennen ihn George Clooney.“

Sie trippelte von einem Fuß auf den anderen.

„Ja, er ist kastriert.“

Sie beendete das Gespräch und klatschte in die Hände.

„Wir nehmen ihn!“

Jetzt blickte Svenja ungeduldig zur Eingangstür des Gartens und griff schon nach ihrem Handy in der Hosentasche, als das Geräusch eines ankommenden Fahrrads hinter der Hecke zu hören war. Aufgeregt lief sie zur Gartentür und riss sie auf. Simone trug eine Schirmmütze, darunter erstmals kein Tuch um den Kopf gebunden, im Licht der tief stehenden Sonne war ein blonder Flaum an den Schläfen sichtbar. Ihre Gesichtshaut wirkte nicht mehr so bleich wie in den Wochen zuvor, eine Andeutung von Brauen nahm ihren Augen den Eindruck ungeschützter Nacktheit. Sie trug einen silbernen Ohrring in der Form eines Hasen und ein geflochtenes Lederarmband am Handgelenk. Svenja packte sie am Arm und zerrte sie förmlich zu der Transportbox auf dem Rasen.

„Los, mach sie auf!“

Simone ging in die Hocke und öffnete das Türchen an der Schmalseite der Box. Zunächst geschah nichts, dann schob sich eine weiße Hasenschnauze mit schnüffelnder Nase ein Stück weit heraus und verschwand sofort wieder.

„Komm schon, trau dich!“, sagte Svenja und streckte die Hand in die Transportbox hinein. Ein Knurren ertönte aus dem Inneren, ein beinahe menschlich klingender Laut des Unmuts. Zwei Pfoten schnellten vor und schlugen Svenja auf die Finger.

„Au!“, rief Svenja und Simone lachte auf.

Dann sprang der Hase mit einem Satz aus der Box und blickte sich um. Er hatte ein schimmerndes weißes Fell, länger und flauschiger als das der anderen Hasen. Ein klar gezeichneter, breiter schwarzer Strich zog sich über seinen Rücken und mündete vor dem Gesäß zwischen zwei schwarzen Punkten. Auch seine aufstehenden Ohren waren schwarz, dazwischen wehte ein dichtes Büschel langer weißer Haare im Wind. Das Auffälligste jedoch waren seine großen dunklen Augen, die von einem klar gezeichneten maskenartigen Rand aus schwarzem Fell umgeben waren. Seine Schnauze war von einem flauschigen weißen Fellbart verbreitert. Die Form und die extremen Schwarz-Weiß-Kontraste des Fells verliehen ihm ein ungewöhnlich charakterisiertes Gesicht.

„Ist er nicht irre?“, sagte Svenja erwartungsvoll zu Simone, die mit einem leichten Lächeln nickte, während das Tier begann, vorsichtig die Umgebung zu erkunden. Dann wurde der schwarze Hase auf ihn aufmerksam und hüpfte herbei. Für einen ausgedehnten Moment standen die beiden sich wie gebannt gegenüber und musterten einander reglos. Dann hoppelte Plüm auf sein Gegenüber zu, und George Clooney nahm Reißaus. In wenigen Sätzen überquerte er den Rasen, und der Schwarze folgte ihm. Der Flüchtling legte an Tempo zu und schlug einen Haken, doch Plüm ließ sich nicht abhängen und blieb ihm dicht auf den Fersen. Sie verschwanden hinter dem Haus, um wenige Sekunden später auf der anderen Seite des Gartens wieder aufzutauchen. Als sie die freie Rasenfläche erreicht hatten, beschleunigte der Weiße seinen Lauf und hatte das Grundstück mit wenigen Sätzen durchquert, Plüm war mit fliegenden Schlappohren wenige Zentimeter hinter ihm. Clooney schlug einen Haken und steuerte auf die Treppe zu, die zur Terrasse hinaufführte, er flog mehr, als dass er rannte, als er mit gestrecktem Rumpf über die Stufen hechtete, Plüm nahm die Stufen etwas vorsichtiger, aber immer noch in einem Tempo, das sie bisher noch nie an den Tag gelegt hatte. Bei der nächsten Umrundung ums Haus, tauchte der Weiße etwas früher wieder auf dem Rasen auf. Er verlangsamte den Lauf, blickte sich um, als würde er auf seine Verfolgerin warten. Als Plüm auftauchte, änderte Clooney seine Taktik und blieb einfach sitzen. Plüm näherte sich und beschnüffelte den Nacken des Weißen. Der senkte seinen Kopf, legte ihn flach auf den Boden und ließ es zu, dass der Schwarze begann, sein Nackenfell zu lecken.

„Liebe auf den ersten Blick“, flüsterte Svenja.

„Quatsch“, sagte Simone, „der gesenkte Kopf ist eine Unterwerfungsgeste, die Rangfrage ist geklärt, Plüm ist die Hausherrin.“ Sie sprach im ernsten, belehrenden Ton, aber man konnte ihr die Zufriedenheit ansehen. Svenja hielt ihr mit einem schiefen Grinsen die Handfläche hin, Simone schlug nach einem kurzen Zögern dagegen. Der weiße Hase war inzwischen in den Schutz des Fliederbuschs gehoppelt, Plüm folgte ihm und legte sich dicht neben ihn.

„Es beginnt bald zu dämmern“, sagte Thomas. „Jetzt müssen wir das Turtelpärchen nur noch in den Käfig bringen.“

„Kein Problem“, sagte Svenja, kroch in den Fliederstrauch und zog die schwarze Häsin zu sich heran. Sie wehrte sich nicht, ließ sich in den Käfig tragen und in den kleinen Stall setzen. Svenja schloss das Türchen und verließ den Käfig. Dann kroch sie wieder ins Gebüsch und versuchte den Weißen zu fassen, doch der hüpfte mit einem Satz auf die andere, unzugängliche Seite des Flieders. Svenja kroch ächzend um den Stamm herum, und als Clooney in Reichweite war, sprang er wieder auf die andere Seite des Buschs.

„Der verarscht mich“, rief Svenja. „Kann mir mal jemand helfen?“

Thomas hob abwehrend die Hände.

„Ich kriech nie wieder ins Gebüsch, da gibt’s Hexen, die auf einen schießen.“

Simone rollte mit den Augen, zog ihre weißen Stoffhandschuhe aus der Jeans und kroch ins Gebüsch. Als sie nach dem Hasen griff, knurrte er wieder und schlug ihr mit beiden Pfoten auf die Hand. Jetzt war Svenja es, die schadenfreudig lachte.

„Los, pack ihn!“

Simone griff nach dem Hasen, er entwand sich ihrer Hand und hüpfte aus dem Busch, wo Thomas bereits auf den Knien auf ihn wartete und versuchte, ihn zu fangen. Doch das ungemein glatte und flauschige Fell glitt ihm durch die Hände, der Hase schlängelte sich förmlich aus seinem Griff und sprang mit wenigen Sätzen in die Hecke. Sein schimmerndes Fell war leicht auszumachen, aber als die Mädchen sich erneut von zwei Seiten näherten, sprang er einfach zwischen ihnen hindurch und suchte sich einen anderen Platz.

Eine gute Stunde lang versuchten sie den Hasen zu packen, er entkam jedes Mal mit Leichtigkeit und Geschicklichkeit ihren Zugriffen, bis Simone sich erschöpft auf den Rasen sinken ließ.

„Mist“, sagte Thomas, „es dämmert schon, wir müssen den Kerl unbedingt einfangen. Ich hab doch gesagt, wir sollten die Begegnung im Käfig veranstalten.“

„Das ging doch nicht“, sagte Svenja bestimmt und blickte nach Bestätigung heischend zu Simone, die sich energisch dafür ausgesprochen hatte, die Erstbegegnung auf neutralem Außengelände stattfinden zu lassen, um Revierkämpfe zu vermeiden.

„Und was jetzt?“, fragte Thomas. „Wer übernimmt die erste Nachtwache und hält nach Füchsen und Mardern Ausschau?“

Simone saß schwer atmend im Schneidersitz auf dem Rasen und dachte sichtlich angestrengt nach.

„Ich hab eine Idee“, sagte sie schließlich. „Wir holen Sissi.“

Thomas blickte sie überrascht an.

„Und was soll das Fräulein Kaiserin tun? George Clooney mit dem Traktor fangen?“

„Sie weiß sicher Rat, sie kennt sich mit Tieren aus. Haben Sie ihre Telefonnummer?“

Thomas schüttelte den Kopf.

„Dann fahr ich sie holen“, sagte Simone und ging zu ihrem Fahrrad.

„Wo willst du ihn denn suchen?“

„Ich werd sie schon finden, die ist schwer zu übersehen.“

Thomas und Svenja versuchten noch ein paar Mal, den Hasen zu fangen, aber er entwand sich immer wieder aufs Neue so mühelos ihren Zugriffen, dass sie es bald aufgaben und sich erschöpft auf den Rasen setzten. Die untergehende Sonne tauchte die Hügel hinter der Wiese bereits in ein sanftes, warm glühendes Licht, das schimmernde Fell des weißen Hasen, der wenige Meter von ihnen entfernt eine leuchtend gelbe Löwenzahnblüte fraß, hob sich jetzt beinahe künstlich von der dunklen Rasenfläche ab. Die tief stehende Sonne ließ alle Farben kurz vor ihrem nächtlichen Verblassen noch einmal satt und kraftvoll aufscheinen. Thomas fühlte sich plötzlich schläfrig und war froh, dass Svenja, die still und angespannt neben ihm saß, keine Anstalten machte, ein Gespräch mit ihm zu beginnen. Nach einer Weile hörten sie von Ferne das puffende Geräusch eines sich nähernden Traktors.

Thomas streckte seinen schmerzenden Rücken.

„Gott sei Dank, da kommt die Kavallerie."

Das Motorgeräusch des Traktors wurde lauter, der weiße Hase spitzte die schwarzen Ohren und reckte mit geweiteten Augen den Kopf in die Höhe. Dann sprang er mit wenigen Sätzen in den Fliederstrauch und war in seiner Dunkelheit verschwunden, der schwarze Hase flüchtete in die hinterste Ecke des Stalls. Mit einem mehrmaligen metallischen Rucken erstarb der Motor, Stimmen wurden hörbar, und die Gartentür öffnete sich. Zuerst betrat Simone den Garten, sie gab Svenja ein Zeichen mit gehobenen Brauen und breit auseinandergezogenen Mundwinkeln, eine Geste, die Thomas erst zu deuten wusste, als Karl durch die Gartentür trat. Er trug einen roten, knapp knielangen Lederrock und eine schwarze Netzstrumpfhose, seine riesigen Füße steckten in neongrünen Sneakers. Darüber die glänzende Joggingjacke, die er bei seinem letzten Besuch getragen hatte, sie stand so weit offen, dass der Rand eines schwarzen Büstenhalters zu sehen war. Sein langes Haar hing ihm strähnig und unfrisiert in die Stirn. Da er kein Make-up trug, war ein leichter Bartschatten erkennbar. Zögerlich trat er näher und deutete mit einer kurzen Bewegung beider Arme an sich hinab.

„Ich hätt mir ja gern was Passendes angezogen, aber Simone meinte, dafür ist keine Zeit. Wo ist denn George Clooney?"

Svenja starrte Karl mit offenem Mund an und wandte den Blick auch nicht von ihm ab, als sie auf den Fliederstrauch neben sich deutete. Karl räusperte sich lautstark, schob den Rock ein wenig in die Höhe und ging in die Hocke. Ohne mit den Knien den Boden zu berühren, kroch er in den Flieder, das Kunstleder des Rocks spannte sich mit einem knirschenden Geräusch über sein Gesäß, an einer Wade hatte die Netzstrumpfhose eine breite Laufmasche. Die beiden Mädchen warfen sich einen

Blick zu, Svenja hielt sich die Hand vor den Mund, Simone schüttelte den Kopf und hob beschwichtigend die Hände. Nach einer kurzen Weile kam der Hase aus dem Gebüsch gehoppelt und lief über den Rasen zur Terrassentreppe, wo er auf der obersten Stufe aufrecht sitzen blieb, seine Vorderpfoten mit der Zunge befeuchtete und dann mit ihnen das Fell an seinen Wangen putzte. Karl richtete sich auf und schob sich den Rock zurecht.

„Ich brauche einen Besen."

„Willst du ihn verhexen?", sagte Thomas und bereute seine Bemerkung sogleich.

„Hol einfach den Besen, und ihr Zwei bleibt beim Käfig stehen und rührt euch nicht!"

Dann ging Karl langsam zur Terrasse und setzte sich mit angewinkelten Beinen einen Meter hinter den Hasen. Der Rock rutschte ihm nach oben, so dass die massigen Oberschenkel sichtbar wurden. Das Tier hörte auf, sich zu putzen, und drehte den Kopf so weit zur Seite, dass es Karl aus den Augenwinkeln beobachten konnte.

Mit künstlich gehobener Stimme fing Karl an, auf den Hasen einzureden. Thomas war überrascht, dass er zu einer solchen Tonhöhe überhaupt fähig war.

„Ganz ruhig, mein Kleiner, bist ein Schöner, ganz ruhig."

Nachdem er diese Worte eine Weile in einem sanft säuselnden Tonfall wiederholt hatte, rückte Karl einen halben Meter auf den Hasen zu, das Tier zuckte mit dem Kopf und hüpfte die Treppe eine Stufe hinab.

„Ganz ruhig, mein Schöner, ganz ruhig!" Karl flüsterte die Worte beinahe und schob seinen Körper mit erstaunlicher Leichtigkeit langsam und völlig geräuschlos über den Boden auf die Treppe zu. Der Hase wich vor ihm zurück, und blieb wieder eine Treppenstufe tiefer sitzen, seinen hinter ihm säuselnden und kriechenden Verfolger ständig aus den Augenwinkeln im Blick.

„Ganz ruhig, mein Kleiner, ganz ruhig!" Karls Stimme war inzwischen in einen monotonen Singsang verfallen, der Hase bewegte leicht die Ohren und hoppelte jedes Mal ein paar Schritte in Richtung des Käfigs. Die beiden Mädchen sahen dem Schauspiel mit angehaltenem Atem zu, während der Hase und die riesige hinter ihm her kriechende Gestalt sich allmählich auf den Käfig zubewegten. Als sie den Eingang beinahe erreicht hatten, sagte Karl, ohne den säuselnden Ton abzulegen:

„Simone, stell dich mit dem Besen neben den Käfig, aber versperr ihm nicht den Weg!"

Jetzt saß der Hase direkt vor der offenen Käfigtür und blickte sich zu seinem Verfolger um, der inzwischen auf die Knie gegangen war und sich auf allen Vieren dem Tier zentimeterweise näherte. Als er den Hasen fast erreicht hatte und bereits die Hand nach ihm ausstreckte, hüpfte das Tier vom Eingang weg.

„Simone, jetzt!"

Sie trat rasch vor und schob den fauchenden George Clooney sanft, aber bestimmt mit dem Besen durch den Käfigeingang. Dann schloss sie rasch die Tür, drehte sich zu Karl um und hielt ihm strahlend die flache Hand zum Abklatschen hin.

„Ich wusste doch, dass du das drauf hast. Sissi, du bist ein Hasenflüsterer."

Karl, der immer noch auf dem Rasen kniete, wusste zunächst nicht, wie er Simones Geste erwidern sollte, dann hielt er einfach seine Handfläche gegen ihre und bedeckte allein mit dem Handteller Simones gesamte Hand. Er grinste verlegen und sagte:

„Eine Flüsterin, wenn schon."

Thomas holte Apfelsaft und Mineralwasser aus dem Haus und verteilte Gläser an alle. Svenja ging in den Käfig und befreite Plüm aus dem kleinen Holzstall. Dann hockten sich die Mädchen auf den Rasen vor den Käfig und Thomas gesellte sich ächzend zu ihnen. Karl stand etwas abseits und trank in einem Zug sein Glas leer.

„Warum setzt du dich nicht zu uns, Sissi?“, sagte Simone und Thomas verspürte einen leichten Stich, weil sie Karl duzte, ihn selbst redete sie immer noch mit Sie an. Hatte Karl sie aufgefordert, ihn zu duzen? Schwer vorstellbar.

„Dazu müsste ich etwas anderes anziehen“, sagte Karl, aber er ging immerhin in die Hocke und erzeugte dabei das Geräusch reißenden Stoffs. Obwohl inzwischen nur noch schwaches, letztes Licht durch das Laub der Sträucher drang, war der weiße Hase im Käfig immer noch ein leuchtender Fleck, als würde sein Fell phosphoreszieren. Vom schwarzen Hasen waren nur noch die Konturen erkennbar, beide Tiere saßen einen Meter voneinander entfernt und putzten ihr Fell. Der Weiße leckte wieder eine Pfote nass und fuhr sich damit über Kopf und Ohren, wobei er abwechselnd den Kopf in die eine und die andere Richtung bewegte und dabei ein leises, gleichsam seufzendes Geräusch von sich gab. Nach einer Weile hoppelte Plüm auf seinen neuen Gefährten zu und begann ihm wieder das lange Nackenhaar zu lecken. George Clooney beugte den Kopf und ließ sie gewähren.

„Und jetzt eine Folge *Waltons*“, sagte Thomas und trank einen Schluck Saft. Karl grinste und beobachtete, wie Plüm die Position wechselte und das Rückenfell des Weißen putzte. Schließlich schnüffelte sie an seinem Hinterteil, kletterte auf seinen Rücken und verbiss sich in seine weiße Löwenmähne, während sie mit dem Hinterteil schnelle rammelnde Bewegungen vollführte.

„*Die Waltons* ab achtzehn“, sagte Karl, „aber irgendwas ist da verkehrt. Ist der Weiße nicht das Männchen?“

„Wer, bitte, sind die *Waltons*?“, sagte Svenja.

Plüm ließ nicht von dem Weißen ab, biss weiter in sein Nackenfell und zuckte mit dem Hinterleib.

„Igitt, voll eklig!“, sagte Svenja und zog den abgewinkelten Ellbogen ein, den sie kumpelhaft lässig auf Simones Schulter gestützt hatte.

„Das ist ihre Natur“, sagte Simone. „Sie zeigt ihm, wie man Junge macht.“

„Leider fehlt George Clooney dafür das gewisse Etwas“, sagte Thomas.

„Ich find den Namen voll doof“, sagte Simone.

„Dann denken wir uns einen anderen aus!“, rief Svenja. „Fällt dir einer ein?“

Simone zuckte mit den Schultern. Karl setzte sich neben Thomas ins Gras, winkelte die Beine seitlich ab und wieder schien irgendetwas in seiner Garderobe zu krachen. Ein süßlicher Parfümgeruch ging von ihm aus. Sie saßen eine Weile schweigend vor dem Käfig und beobachteten die beiden Tiere, die jetzt still in der Dunkelheit dalagen. Dass der Schwarze immer noch auf dem Weißen lag, erkannte man nur, weil Clooneys gesamter hinterer Rumpf nicht sichtbar war.

„Ich finde, er sieht aus wie eine Wolke“, sagte Karl.

Simone drehte sich zu ihm um, ihr helles Gesicht war ein schwacher Lichtschein.

„Wolke“, sagte sie, „das ist gut, so nennen wir ihn.“

Als sich die beiden Mädchen schließlich verabschiedeten, ging auch Karl zu seinem Traktor. Thomas fragte ihn, ob er noch Lust hätte, ein Bier mit ihm zu trinken. Karl zögerte kurz, dann willigte er ein, und so setzten sie sich auf die Terrasse und lauschten lange einer Grille, die in der Nähe ihr durchdringendes Gezirp anstimmte. Thomas zündete eine Petroleumlampe an, die einen flackernden Schein auf Karl warf und die Konturen seines Gesichts scharf und schattig betonte, die kräftig hervortretenden Wangenknochen, das markante Kinn und die dunklen, tiefen Augenhöhlen. Das erste Bier tranken sie schnell und schweigend, durstig, beinahe gierig, das zweite etwas langsamer und genüsslicher.

„Was gibt es Besseres als ein kaltes Bier in einer Sommernacht?“, sagte Thomas, nur um irgendetwas zu sagen. Karl grunzte bestätigend und trank seine Flasche in einem Zug aus.

„Hast du noch eins?“

„Nein, das war das letzte.“

„Im Ernst?“

„Ich hätt noch was Hochprozentiges.“

„Ist ’ne ganze Weile her, seit wir zusammen eine Pulle leer gemacht haben.“

„Stimmt“, sagte Thomas. „Meistens ist es so geendet, dass ich mich am nächsten Tag an nichts erinnern konnte und mich gewundert hab, warum überall kaputte Möbel oder Mopeds herumliegen. Komm mal mit, ich zeig dir was.“

Thomas ging zur Eingangstür und deutete auf die mit Holzleim geflickte Stelle am Türrahmen, wo Karl vor Jahrzehnten mit einem Tritt die Tür aus den Angeln gerissen hatte.

„Erinnerst du dich noch daran, wie das passiert ist?“

„Und ob.“

„Kannst du mir garantieren, dass morgen das Haus noch steht, wenn ich jetzt die Flasche hole?“

„Nein.“

„Gut, ich hol sie.“

Enthemmungen

Er beschloss, den stechenden Schmerz in seiner Schläfe so gut es ging zu ignorieren und sich nicht der inneren Aufweichung hinzugeben, die aus seinen Eingeweiden kommend allmählich seinen ganzen Körper erfasste. Erst recht versuchte er, die beschämenden Erinnerungen an den gestrigen Abend, die bruchstückhaft wie schmutziges Treibgut herangespült wurden, nicht übermächtig werden zu lassen. Schnaufend setzte er sich an den Schreibtisch und klappte sein Laptop auf. Das Fenster mit den Optionen *Speichern, Verwerfen* und *Abbrechen* erschien, er hatte sich vor der Entscheidung, wie mit dem zuletzt Geschriebenen zu verfahren sei, gedrückt, indem er das Laptop einfach zugeklappt hatte. Er wollte den Text schon ungespeichert löschen, dann las er die letzte Zeile noch einmal:

„*Aber alles davor war schön.*"

Er zögerte und legte die Hand an die Stirn. Dann öffnete er rasch eine neue, leere Seite und begann zu schreiben:

Er hasste den Suff. Er hasste die gegorenen Gefühle, die er aufschwemmte, und dass man das Gegorene im Augenblick der größten Gärung für das Wahre und Echte hielt, das nun endlich ans Licht kam. Er hasste den Sirup der Sentimentalität und die plötzliche Bereitschaft zu jeder Art von Verbrüderung, die sich nie der Nähe verdankt, sondern einem schwellenden Schaum, der jede natürlich gewachsene Distanz bis in die letzte Ritze auffüllt. Und er hasste das berauschende Gebräu aus Selbstmitleid und Aggression, eine giftige Mischung, die sich zwangsläufig in einer verletzenden Zuspitzung und oft genug auch in einer Katastrophe entlädt. Und am meisten hasste er die Scham, die in der Ernüchterung heranwächst, die lähmende, existenzaufweichende Zersetzung des Selbstwerts, die auch diesmal wieder in der sich allmählich einstellenden Erinnerung keimte. Er spürte es bereits. Nur nicht hinhören, nicht hinspüren, einfach weiterschreiben!

Er liebte den Suff. Er liebte die Beruhigung des fliegenden Atems, wenn die Flüssigkeit den Bauch mit Wärme füllt. Das lösende Fluten im Körper, das die Seele plötzlich leicht zu machen scheint. Er liebte den Suff, wenn er noch ein Dusel war, das wohlige Gewicht nach zwei oder drei Bier, die Schwere, die sein Vater immer gesucht hatte, um seine Leere zu füllen, wenn seine Frau wieder einmal in sich selbst versunken und völlig unerreichbar war. Und noch mehr liebte er den Rausch, der erst danach beginnt und den sein Vater nie kennengelernt hatte, weil er jeden Kontrollverlust fürchtete. Dadurch war ihm einiges erspart geblieben – und verwehrt. Dafür hätte es auch mehr gebraucht als ein paar Bier. So viel Bier konnte er gar nicht trinken, dass der Schwindel zum Strudel des Exzesses wurde. Das bewirkte nur der Schnaps. Wenn er nur lange genug die Rebellion ignorierte, mit der sein Magen sich gegen das Ätzwerk des Hochprozentigen wehrte, dann machte es irgendwann ‚Klick' in seinem Kopf. Manchmal glaubte er diesen Klick sogar als reales Geräusch wahrzunehmen, ein Ein- oder Ausrasten eines sperrigen Mechanismus, das alles veränderte. Nach diesem Klick war er nicht mehr derselbe wie zuvor, und darauf kam es auch an. Doch wer war er dann? Was war er dann? Was war er gestern Nacht gewesen, als er zuerst mit Karl und dann mit Sissi eine Flasche Schnaps geleert hatte? Dass sie noch eine zweite geöffnet hatten, sah er erst am Morgen, sie lag auf dem Boden der Terrasse.

Er hielt im Schreiben inne, weil er starken Durst verspürte. Ein Schwindel erfasste ihn, als er aufstand, wankend ging er die Treppe hinab in die Küche und öffnete den Kühlschrank, er war leer. Er hatte seit Tagen nicht mehr eingekauft, inzwischen musste er sich immer mehr überwinden, um das Haus zu verlassen. Er trank einen Schluck aus der Wasserleitung, der leichte Chlorgeschmack ekelte ihn. Dann ging er in den Keller, ein Geruch nach Feuchte, Kühle und Moder schlug ihm entgegen. Zwischen einigem Gerümpel, das die Vorbesitzer hinterlassen hatten, fand er auf einem alten Metallregal noch eine Packung Orangensaft. Er riss sie auf und trank gierig daraus. Während er trank, betrachtete er das Wandregal, es wurde von einem dünnen Rohrrahmen zusammengehalten, dessen weiße Farbe bereits bis auf wenige Reste abgeblättert und dem Rost gewichen war. Er erinnerte sich, dass er das Regal schon einmal gesehen hatte, als es noch völlig weiß gewesen war. Einige Wochen nach ihrem ersten Einbruch in das Haus waren Thomas, Karl und Harald Leitner in einer Sommernacht noch einmal dorthin zurückgekehrt. Sein Vetter Roland hatte sich geweigert, erneut in das Haus einzubrechen. „Ihr riskiert noch eine Anzeige", hatte er gewarnt, was sie nur noch mehr anspornte. Wieder inspizierten die drei Jungen das Innere des Hauses gründlich mit ihren Taschenlampen, und diesmal stiegen sie auch in den Keller hinab, dessen Treppenabgang mit dichten Spinnweben verhangen war. Der Keller stand voll mit alten Möbeln, Kinderwägen und allerlei ausrangiertem Hausrat, nichts Interessantes für die Entdeckungslust von Halbwüchsigen. Sie wollten schon umkehren, als Harald Leitner in dem Metallregal eine große etikettlose Flasche fand, die mit einer durchsichtigen Flüssigkeit gefüllt war. Er zog den Korken heraus und roch an der Öffnung.

„Schnaps", sagte er. „Ob der noch gut ist?"

Karl nahm ihm die Flasche aus der Hand und roch daran.

„Das ist Obstbrand, der hält ewig.“

„Woher willst du das wissen?“

Statt zu antworten, putzte Karl mit dem Ärmel seines Parkas die Halsöffnung ab und trank einen Schluck. Harald riss ihm die Flasche aus der Hand und schnupperte noch einmal misstrauisch daran. Dann wischte er mit demonstrativer Gründlichkeit die Öffnung ab, trank ebenfalls einen Schluck und reichte den Schnaps an Thomas weiter. Er leuchtete mit seiner Taschenlampe ins Regal und fand in einem hinteren Winkel eine zweite Flasche. Er verstaute sie in seinem Rucksack und sagte:

„Die machen wir heut noch leer.“

Bevor sie das Haus verließen, stieg Harald noch einmal in den oberen Stock und holte das Pornoheft, das sie beim letzten Mal entdeckt hatten.

„Damit uns nicht langweilig wird“, sagte er grinsend und steckte das zerknüllte Magazin in seinen Rucksack. Dann kletterten sie über den Zaun und suchten sich einen geschützten Platz am Waldrand. Es war eine sternenklare Nacht, der Vollmond spendete so viel Licht, dass sie bald keine Taschenlampen mehr brauchten. Schweigend ließen sie die Flasche kreisen, der Schnaps war stark und brannte in Kehle und Magen. Aber niemand wollte sich eine Blöße geben und so tranken sie Schluck um Schluck. Harald schaltete seine Taschenlampe wieder ein, als er das Magazin aus dem Rucksack zog und es durchzublättern begann.

Er öffnete die zweite Flasche Schnaps, obwohl die erste noch halb voll war.

„Hab keine Lust mehr, auf euch Schlappschwänze zu warten.“

Dann trank er glucksend und musste sich danach sichtlich zwingen, den letzten Schluck nicht wieder auszuspeien. Eine Weile herrschte Schweigen. Ein Uhu sang den Klang seines Namens, das Gras begann

Feuchte und Kühle abzugeben. Dann war nur noch Haralds Rascheln und Blättern im Magazin zu hören.

„Oh Mann!", sagte Harald plötzlich, „Wahnsinn!" Dem Wahnsinn fehlten bereits einige Ns. Sein Oberkörper schwankte, als er ihnen das aufgeklappte Magazin hinhielt, er bemerkte gar nicht, dass er mit der Lampe daneben leuchtete.

„Hier kriegt's eine von zwei Typen gleichzeitig besorgt. Auf dem einen reitet sie und der andere hat ihn ihr in den Arsch gesteckt."

Karl spuckte ins Gras.

„Wenn du jetzt anfängst, dir einen runterzuholen, reiß ich dir den Stummel ab."

„Geil", sagte Harald, immer noch in das Heft leuchtend. Es fiel ihm immer schwerer, gerade zu sitzen. „Jetzt stößt der eine Ständer im Arsch an den andern in der Möse."

Thomas hörte, wie Karl zu schnaufen begann, und sah im Mondlicht, wie sich seine massige Gestalt anspannte, als er sagte:

„Leitner, du bist 'ne verdammte Schwuchtel."

„Was bin ich?"

„Stehst auf Arschficken und spürst gern Schwänze an deinem."

Leitner warf das Magazin ins Gras und stand auf. Er schwankte so heftig, dass er beinahe umkippte. Dann leuchtete er Karl ins Gesicht, der ebenfalls aufgestanden war.

„Und du bist ein verfickter Zigeunerbastard."

Thomas sah, dass etwas in Karls grell beleuchtetem Gesicht vor sich ging. Die verengten Augen hatten einen feuchten Glanz, die Lippen wurden schmal, die Kieferknochen begannen zu mahlen. Er trat einen Schritt auf Harald zu.

„Sag das noch mal!"

Karls Brustkorb hob und senkte sich, während er die Fäuste ballte. Thomas spürte durch einen Nebel hindurch, dass in der berauschten Enthemmung ein Ausmaß an Gefahr und Gewalt drohte, das beiden Streithähnen nicht bewusst war. Er stand auf und musste kurz selbst einen heftigen Schwindel niederkämpfen, bevor er sich zwischen Karl und Harald stellte.

„Weg da, Tom!“ Karls Stimme klang gepresst.

„Komm runter, Karl!“ Thomas hob abwehrend die Hände.

„Lass ihn nur kommen!“, lallte Harald und fuchtelte mit der Flasche herum.

„Halt die Klappe, Leitner! Du weißt nicht, was du tust.“

„Aus dem Weg!“, sagte Karl und trat einen Schritt näher. Thomas konnte seinen Schnapsatem riechen, es war ein hörbarer Atem, unkontrolliert und schnaufend. Etwas blitzte in Karls Blick auf, etwas Höhnisches angesichts der unerhörten Provokation, dass sich ihm ein Wicht in den Weg stellte, der gerade einmal die Hälfte seines Körpergewichts auf die Waage brachte und der ihm nicht mehr Widerstand leisten konnte als ein kläffender Pinscher.

Ein kurzes Gefühl der Furcht keimte in Thomas auf, eine flüchtige bange Anwandlung nur, denn gleich darauf drang ein Moment der Klarheit durch seinen Nebel, die intuitive Gewissheit, dass dieses bebende Kraftpaket ihm nie etwas antun würde, ganz einfach deshalb, weil die eingekapselte Gewalt, die in Karl gärte und die sich gerade bedrohlich auf einen Ausgang zubewegte, sich nie an einem Menschen entladen würde, dem er sich in einem Kleid gezeigt hatte. Und im Vollbesitz dieser Gewissheit trat er einen Schritt auf Karl zu, so dass sie sich beinahe berührten. Und während Thomas den Kopf angewinkelt heben musste, um seinem Gegenüber noch ins Antlitz sehen zu können, bemerkte er, wie die angespannten Muskeln in Karls Gesicht zu erschlaffen begannen. Der Mund kehrte aus seiner verkniffenen Eingezogenheit zurück, die Kiefer stellten ihr Mahlwerk ein und die Wangenknochen hörten auf, die Augen zu Schlitzen zu verengen. Einige Sekunden standen sie sich so gegenüber, ohne zu wanken, bis sie hinter sich ein würgendes Geräusch hörten und im milden Schein des Mondes sahen, wie Harald Leitner gekrümmt dastand und sich ins Gras übergab.

Thomas trank noch einen Schluck Orangensaft aus der Packung, in der Hoffnung, damit die erneut einsetzende Übelkeit zu lindern. Doch noch während er trank, spürte er, dass die andrängende Empfindung nicht aus seinem Magen kam. Es war eine mächtige Woge der Scham, die seinen gesamten Körper durchflutete. Er eilte die Treppen hinauf in sein Arbeitszimmer und setzte sich an den Schreibtisch. Noch außer Atem fuhr er im Text an der Stelle fort, an der er aufgehört hatte:

Was hatte er gestern mit Karl im Rausch erlebt? Was hatte er gesagt, was hatte er von sich preisgegeben? Scham ist ein seltsames Wort. Es bezeichnet eine abgrundtiefe Aufweichung der gesamten Existenz, eine alles mit sich reißende Auflösung ins Bodenlose. Und es ist zugleich ein Wort für das menschliche Geschlecht. Keine Region ist bedrohter und bedrohlicher als die Schamgegend. Nur keine falsche Scham! Eine widerliche Redensart, die ihre Fadenscheinigkeit und Verlogenheit schon in sich trägt. Denn nichts ist echter, authentischer, wahrer als das Gefühl der Scham. Es gibt keine falsche Scham. Nur keine falsche Scham! ist immer eine Aufforderung zu etwas Dreistem, Impertinentem. Nicht einmal der Rausch schützt dauerhaft vor Scham. Ein Rausch in Gegenwart von Menschen war für ihn nur erträglich im Zustand der Beschallung. Gar nicht laut genug konnte die Musik sein, denn so verhinderte sie jede Mitteilung, jede Vertraulichkeit. Musik garantierte, dass es am nächsten Tag nichts zu bereuen geben würde. Jede Ausnahme von dieser Regel war stets mit tödlicher Beschämung bestraft worden. Was hatte er gestern gesagt, was gefragt? Erinnerungsfetzen tauchen auf: Karl mit der fast leeren Schnapsflasche am Mund, weit zurückgebeugt, seine mächtige Gestalt schwankt bereits. Breitbeinig sitzt er auf dem Terrassenstuhl, den roten Lederrock weit über die Schenkel zurückgeschoben. Er ertappt sich selbst bei einem neugierigen Blick zwischen Karls Beine, seine Zunge ist schwer, als er fragt:

„Sag mal, bist du eigentlich schon operiert?“

Das Gefühl der Beschämung wurde so stark, dass es ihn im Schreiben innehalten ließ. Er senkte den Kopf und ließ sich von seiner Erinnerung an den Abend überfluten.

Karl hatte die Flasche mit einem Knall auf den Tisch gesetzt und sie in seine Richtung geschoben. Dann wischte er sich schnaufend den Mund ab und sagte:

„Nein, ich bin noch nicht operiert. Aber ich hab jetzt die Gutachten dafür.“

„Und? Wirst du es machen lassen?“

„Ich denk schon.“

„Du willst dir echt alles abschneiden lassen?“

„Klar, weg damit! Die Eier ausgeschält und in zwei Lippen verwandelt. Und den Schwanz fein ausgehöhlt und nach innen gestülpt.“

Thomas spürte, wie sich etwas in seinem Unterleib verkrampfte.

„Oh Mann, so genau will ich’s gar nicht wissen.“

Er nahm die Flasche vom Tisch, trank einen kräftigen Schluck und hielt sie Karl hin, der in die Dunkelheit starrte.

„Ich weiß nur noch nicht, *wie* ich es machen lasse.“

„Was heißt *wie?*“

„Es gibt da eine ganz neue Methode. Dabei legen sie dir die Harnröhre so, dass das Ganze da unten ständig feucht ist."

Er sah Karl durch einen leichten Nebel hindurch, mit zerfließenden Konturen, und wunderte sich, dass dessen Worte noch so klar klangen.

„Du verarschst mich, oder?"

„Nein. Mein Arzt rät mir dazu, um eine natürliche Befeuchtung zu ermöglichen."

Thomas spürte, wie sein Magen rebellierte und trank einen weiteren Schluck.

„Und du willst feucht sein, weil –"

„Weil was? Sag's!"

„Weil du einen ranlassen willst?"

Karl grinste ihn anzüglich an. Sein schwarz gefärbtes Haar schimmerte leicht im Schein der Petroleumlampe, die einen flackernden Glanz auf seinem Gesicht erzeugte.

„Warum nicht?"

„Eine Stimme sagt mir, dass dann ein Massaker passiert. Es sei denn, der Auserwählte ist der Gewaltige Hulk."

Karls Kinn schob sich angriffslustig nach vorn.

„Du riskierst immer noch eine dicke Lippe. Komisch, dass du damals nie eine auf die Schnauze gekriegt hast. Aber du warst irgendwie für alle unberührbar, wie ein Zwerg unter einer Tarnkappe."

Sie tranken eine Weile schweigend. Etwas in ihm warnte ihn davor, weiter in Karl zu dringen, doch er ertränkte es mit einem Schluck aus der Flasche.

„Hast du nie Zweifel?"

„Woran?"

„Na, an dem ganzen Gedöns, dass du eine Frau werden willst und so."

„Ich will keine Frau werden, ich war immer eine."

Karls Stimme war plötzlich weich und dünn geworden, sie klang, als sei sie an diesem mächtig ausgeprägten

Adamsapfel in den Kopf hinaufgeklettert. Mit bewusst sanft akzentuierter Bestimmtheit fügte er hinzu:

„Ich hab eine weibliche Seele. Im Körper eines Ungeheuers."

Thomas riss weit die Augen auf, als könnte er dadurch ein schärferes Bild von Karl bekommen.

„Eine weibliche Seele? Hat deine Seele denn ein Geschlecht? Meine hat jedenfalls definitiv keine Eier."

Karl stützte den Ellbogen auf den Tisch und beugte sich zu ihm herüber. Seine Stimme wurde wieder tief und kehlig.

„Deine Seele kann gar keine Eier haben. Die war immer flüchtig, wie der Rauch da."

Er deutete auf die Petroleumlampe.

„Wie meinst du das?"

„Deine Seele war immer nur für Sekunden da. Du konntest einem nie lang in die Augen sehen, noch nicht mal, als du mich im Knast besucht hast. Du hattest immer irgendwas anderes im Kopf. Nur wenn du Musik gehört hast, ist deine Seele aufgetaucht. Dann hast du ausgesehen, als würdest du die Töne regelrecht sehen. Irgendwas in dir war dann plötzlich da, an das sonst kein Schwein rangekommen ist, wahrscheinlich nicht mal du selbst."

Er hatte Karl die Flasche aus der Hand genommen und lange schweigend ins Dunkel gestarrt. Karins Gesicht bahnte sich den Weg durch den Nebel, es war ganz nah vor ihm, er spürte ihren Atem und ihre warmen Hände auf seinen Wangen.

Er klappte das Laptop wieder auf und schrieb:

„Planet Erde an Mondbasis Alpha", sagte sie mit verstellter Stimme, „hört mich jemand?"

Ein Gefühl des Ertapptseins, sein Gesicht immer noch in ihren Händen.

„Entschuldigung, war nur in Gedanken."

„Das bist du oft. Wo bist du denn dann?"

„Ich bin dann bei dir."

„Ach ja? Aber ich will jetzt nicht in deinen Gedanken sein", sagte sie. „Ich will wirklich bei dir sein, und ich will, dass du da bist, wenn ich hier bin. Ich bin ja gern in deinen Gedanken. Aber nur, wenn ich nicht da bin."

Er hatte den Kopf auf ihren Bauch gelegt und in die Laubkrone eines mächtigen Baums geblickt. Und er nahm sich vor, jetzt ganz lange nur bei diesem weichen Bauch zu sein, der sich sanft hob und senkte. Doch schon bald war ihr Bauch wieder in seinem Kopf, und dann war da noch dieses Rauschen im schattenspendenden Laub über ihnen. War es ein Ahorn oder eine Platane?

Er schloss sein Laptop wieder und überließ sich erneut seinen Erinnerungen an den vergangenen Abend.

Karl hatte langsam das Gesicht in den Schein der Petroleumlampe gedreht, seine Augen waren zu Schlitzen verengt, es war ein altersloses Gesicht, mit von harter Hand gemeißelten Zügen.

„Karl?"

„Karl ist tot."

„Ist er nicht."

„Doch, ist er. Ich hab's jetzt amtlich, eine Personenstandsänderung."

„Personensand?"

Karl lachte kurz auf. „Stand, nicht Sand. In meinem Pass steht jetzt: Geschlecht weiblich, Vorname: Elisabeth."

Er prostete Karl mit der Flasche zu.

„Lang lebe Königin Elisabeth!"

„Jahrelang hab ich auf das gewartet, hab davon geträumt. Und als es endlich so weit ist, scheitert es fast an dem bescheuerten Passfoto. Hab mich ein Dutzend Mal am Bahnhof in so einen engen Automaten gequetscht. Und dann jedes Mal die Fotos in den Müll geschmissen."

„Wieso?"

„Hab sie angestarrt und gedacht: So seh ich einfach nicht aus."

„Auf Passfotos sieht man immer scheiße aus."

„Nein, das war's nicht. Ich hab von mir selbst ein Fantasiegesicht, das ganz anders aussieht als das auf den Fotos."

„Und wie sieht das aus?"

„Ganz ehrlich?"

„Nach Sissis künftiger Befeuchtung schockt mich nix mehr."

Karl beugte sich zu ihm herüber und grinste. Thomas sah ihn immer verschwommener.

„Mein Fantasiegesicht sieht aus wie deine Mutter."

„Was?"

Thomas versuchte seine Haltung zu straffen und den Blick zu schärfen.

„Wieso wie meine Mutter?"

„Keine Ahnung. Ich hab mir früher immer gedacht: Wenn ich eine Frau wär, dann würd ich gern so aussehen wie sie, nur ohne den Dachschaden. Mal ehrlich: Wie ist dein Vater zu so einer Frau gekommen? Hat er sie einem Jugo auf dem Viehmarkt abgekauft?"

„Pass auf, was du sagst, Zigeunerbastard."

Für einen Moment verhärteten sich Karls Züge, dann grinste er breit, und sie brachen gemeinsam in ein hemmungsloses, besoffenes Lachen aus. Jedes Mal, wenn Thomas nach Luft rang, um zu Atem zu kommen, sah er Karls bebenden Körper, hörte seine Stimme, die versuchte in hoher Tonlage zu kichern, und er wurde wieder mitgerissen in den Strudel ihrer alten, vertrauten Enthemmung. Minutenlang ging das so, bis Thomas sich die Tränen aus den Augenwinkeln wischte, einen weiteren Schluck aus der Flasche nahm und sich ein Zigarillo anzündete. Er blickte dem ausgeatmeten Rauch hinterher und sagte:

„Was hat eigentlich Sissi, was Karl nicht hat?"
Die Antwort war überraschend spontan.
„Was Weiches."
Thomas nickte und dachte an Karins Bauch, in dessen Weichheit gebettet so angenehm ruhen war, entspannt und zugleich leicht erregt bei dem Gedanken, wie nah er jetzt mit seinem seitlich gedrehten Gesicht ihrem Geschlecht war, ihrer Schamgegend.
„Sissi ist weich?"
„Wie Watte."
Thomas blickte mit sinkenden Lidern in die Dunkelheit und sagte:
„Aber manchmal kann eine Frau auch beinhart werden, kann sich mächtig verweigern, wenn sie sich einen Mann vom Leib halten will. Kann dich aussperren, mit einer Barrikade, hart wie ein Brett. So hart kannst du gar nicht werden, dass du da durchdringst."

Er spürte, wie die Erinnerung sein Gesicht mit Hitze flutete. Mehrmals atmete er schwer ein und aus. Dann befiel ihn eine Erleichterung, die einen überkommt, wenn man soeben einer großen Gefahr entkommen ist. Er öffnete sein Laptop wieder und schrieb:

Er wusste, er konnte seiner Erinnerung trauen, es gab keinen Rausch, der ihn eine solche Indiskretion hätte vergessen lassen. Mit seinen Bildern hatte er sich weit vorgewagt. Wer weiß, wie weit er noch gegangen wäre, hätte Karl nur einmal nachgefragt, welche Härte und Barrikade er denn meine. Und Karl fragte tatsächlich:
„Was redest du da?"
Doch noch bevor er antworten konnte, sah er, wie in Karls Gesicht eine Veränderung vorging. Seine Kiefermuskeln begangen zu mahlen.
„Was quatschst du da für einen Schwachsinn? Was soll das heißen, eine Frau kann sich jemanden vom Leib

halten? Sag das mal den Frauen, die beim Kölner Silvester einen Araber auf sich liegen hatten!"

Er lehnte sich zurück, las das Geschriebene noch einmal und klickte dann auf das kleine Kreuzchen in der Ecke des Bildschirms. Als das Menü mit den drei Optionen erschien, wählte er sofort *Verwerfen.* Der Text verschwand und das darunter liegende Dokument tauchte wieder auf. Er las erneut den letzten Satz und legte den schmerzenden Kopf in beide Hände.

„Aber alles davor war schön."

Paare

Der Sommer hatte seinen Zenit erreicht, die meisten Pflanzen im Garten hatten das Wachstum von Laub und Blüten eingestellt, als würden sie nun in Ruhe das verwalten, was die Erde, das Wasser und das Licht der letzten Wochen in ihnen vorangetrieben hatten. Ein Hibiskus in der Hecke verlor bereits seine weißen Blüten, der Feigenbaum hatte auch die letzten seiner Blätter zu Tellergröße heranreifen lassen, in ihrem Schatten lag der schwarze Hase und döste. Nur der wilde Wein wuchs immer noch unermüdlich in Dutzenden Ausläufern die Fassade hinauf, seine Bestimmung schien die größtmögliche Eroberung von Raum zu sein, die äußersten Ranken hatten bereits das Dach erreicht. Das Haus war nicht mehr sichtbar und sah aus wie eine riesige quaderförmige Pflanze.

Dieser Wein hatte Thomas zunächst ein Rätsel aufgegeben. Er saß mit dem Rücken zum Haus auf der Terrasse und lauschte mit geschlossenen Augen den Geräuschen um ihn herum. Hinter ihm ertönte ein vielstimmiges Gesumm, hunderte Bienen umschwirrten den Wein und flogen seine frischen Blüten an, winzige Knospen, jede einzelne mit einem grünen Häubchen bedeckt. Das Summen schwoll an, ebbte ab, je nachdem, wie viele Tiere sich gerade in seiner Nähe bewegten. Hinter diesen Fluggeräuschen vernahm er noch ein leises Rauschen, das er zunächst für Wind hielt, doch es war völlig windstill. Er hörte genauer hin. Es war eigentlich gar kein Rauschen, eher ein sanftes, gleichmäßiges Rieseln, das aus dem Wein zu kommen schien. Er drehte sich um und sah, dass sich auf der Terrasse am Rand des Hauses ein feiner Teppich aus gelbgrünem Staub gebildet hatte. Vorsichtig seinen Rücken schonend, kniete er sich nieder und tauchte eine Fingerkuppe in den

Staub. Er blieb haften. Es waren winzige Häubchen, die die Weinblüten bedeckten, die Pflanze stieß sie nun ab, um die Gefäße mit dem Nektar für die Insekten zu öffnen. Zu hunderten fielen sie zu Boden und erzeugten bei ihrem Weg über die glatten, glänzenden Blätter das rätselhafte Geräusch. Er hatte sich gefreut, dass er das Geriesel überhaupt wahrgenommen hatte, denn sein Gehör hatte in den hohen Frequenzen bereits an Leistungsfähigkeit eingebüßt. Einige Wochen vor seiner Rückkehr ins Dorf hatte er nach einem nächtlichen musikalischen Exzess einen Hörsturz erlitten, dem ein besonders quälender Tinnitus gefolgt war. Der behandelnde Ohrenarzt hatte ihn mit gerunzelter Stirn gefragt:

„Hören Sie viel laute Musik mit Kopfhörer?"

„Irgendwie ist für mich die ganze Welt ein riesiger Kopfhörer."

Der Arzt zeigte ihm auf einem Blatt Papier das Ergebnis seines Hörtests, eine rot gezeichnete Frequenzkurve, deren Spitzen deutlich unterhalb einer schwarz gezeichneten Normalkurve lagen.

Bemerkt hatte er die Einschränkung seines Hörspektrums erstmals, als er bei Gesprächen in Räumen mit starkem Hintergrundlärm jene Wörter nicht mehr genau verstand, die ihre Bedeutungsunterscheidung den Zisch- und Blasgeräuschen der Artikulation verdankten. So verwechselte er plötzlich „saufen" und „sausen", „feiern" und „seiern". Nur ein weiterer Grund, größere Gesellschaften zu meiden. Doch nun hatte er den Verlust in Form einer Diagnose bescheinigt bekommen, er empfand sie als ein Urteil, das ihm die Beschädigung seines wichtigsten Wahrnehmungssinns vor Augen und Ohren führte. Die hörbare Welt war für ihn kleiner geworden. Es traf ihn tief, ließ ihn zweifeln, ob er überhaupt weiter seinen Beruf ausüben konnte. Eine Zeit lang hörte er keine Musik und schrieb keine Kritiken mehr. War er überhaupt noch in der Lage, den einzigartigen Sound einer Musik objektiv beurteilen und beschreiben zu können? Doch schon bald trieb ihn ein quälendes Verlangen zurück zur Welt der Klänge und er hörte ohne Unterbrechung sämtliche CDs, die sich in seinem Postfach in der Redaktion angesammelt hatten. Und dann schrieb er einen Essay mit dem Titel „Wie Wahrheit klingt“, der mit den Sätzen begann:

Was ist Objektivität beim Hören? Was sind die wahren, die wirklichen Klänge? Wer hört sie? Der junge Mann, der aus voller Seele mitsingt, wenn er seinen Lieblingssong aus einem billigen Autoradio hört? Oder der selbsternannte Kenner, der sie aus Lautsprechern hört, die mehr gekostet haben als das Auto des Burschen?

Als nach all den Stunden voller Musik das Pfeifen in seinem Ohr zurückkehrte, fasste er den Plan, einige Zeit auf dem Land verbringen.

Der eigentliche Auslöser für den Hörsturz war indes nicht Musik, sondern Lärm. Zunächst war es Baulärm vor seinem Fenster, der ihn tagelang von der Arbeit abhielt. Jedes Mal, wenn er sich an den Schreibtisch setzte, um an einem Artikel weiterzuschreiben, dessen Abgabetermin bedrohlich näherrückte, machte das gleichmäßig vibrierende, tieffrequente Brummen eines Dieselgenerators jeden aufkeimenden Gedanken zunichte. Er lief durch die ganze Wohnung, von Raum zu Raum, bis er schließlich kopflos auf die Straße stürzte. Als er auf seiner ziellosen Lärmflucht unter einer Eisenbahnbrücke hindurchging, wurde das Reifen- und Motorgeräusch der vorbeifahrenden Autos durch das Echo des riesigen Gewölbes zu einem überwältigenden Tosen und Donnern verstärkt. Er konzentrierte sich auf seinen Atem und wollte den Tunnel so rasch wie möglich durchqueren, als plötzlich der Boden leicht zu beben begann, gefolgt von einem aberwitzigen Sausen und Brüllen, das augenblicklich eine derartige Panik in ihm erzeugte, dass er sich die Ohren zuhielt und schwer atmend mit dem Rücken an der Tunnelwand verharrte. Ein fahrender Zug war wenige Meter über ihm. Als das Gefährt nach einer markerschütternden Minute endlich die Brücke passiert hatte, sah er das Bild seiner Mutter vor sich. Mit vor Entsetzen geweiteten Augen starrte sie ihn an, Schweißperlen standen ihr auf der Stirn. Nur mit sanfter Gewalt war es ihm gelungen, ihr die Hände von den Ohren zu ziehen, obwohl der Krankenwagen, der nur wenige Straßen von der Eisenbahnbrücke entfernt mit Martinshorn und Blaulicht an ihnen vorbeigerast war, längst um die Ecke gebogen war, sein durchdringendes Warngeheul erklang nur noch als ein Echo aus der Ferne. Es war der erste Besuch seiner Mutter, seit er zum Studium in die Stadt gezogen war, und es sollte ihr letzter bleiben.

Thomas schloss noch einmal die Augen und konzentrierte sich auf das morgendliche Gartenkonzert: das wilde Geschimpfe einer Amsel, das hektisch hohe Gezwitscher einer Kohlmeise. Entspannung breitete sich in seinem Körper aus, Ruhe über dem Schallboden natürlicher Geräusche. Er erinnerte sich, wie er als Kind aus einer Fernsehsendung über Vögel gelernt hatte, dass jeder ihrer Laute eine Bedeutung hatte. Da wurde unentwegt gelockt, gewarnt und geworben, manche Vögel verfügten über eine ganze Palette von Lauten zur Verständigung. Wie viele solcher Laute er wohl schon gar nicht mehr hörte, weil sie jenseits seiner roten Frequenzkurve lagen, und wie viele hörte nie ein Mensch, weil sie außerhalb der schwarzen Normalkurve ertönten? Wieder einmal war er fasziniert davon, wie gut man die Entfernungen der Geräusche abschätzen konnte, der Mensch orientierte sich neben dem sichtbaren Raum stets zugleich an einer Hörhalbkugel, einer Sphäre von immenser Größe. Die Meise etwa saß rechts von ihm, deutlich näher als die Amsel. Aus weiter Ferne und dennoch überaus vernehmbar drang das Grollen eines Flugzeugs heran, ein anschwellender Schallregen, der alles zu bedecken begann. Doch noch bevor das Flugzeug alle anderen Geräusche übertönte, hörte er über sich das Krächzen einer Krähe, und er öffnete die Augen. Auf einem Fichtenast saß das Krähenpärchen nebeneinander und blickte auf ihn herab. Er nahm einen Walnusskern aus der Hosentasche, zerteilte ihn in schnabelgerechte Stücke und warf sie einige Meter von sich entfernt ins Gras. Sofort sprang die keckere Krähe vom Ast und segelte in einem eleganten Bogen so knapp über seinen Kopf hinweg, dass er den Luftzug der ausgebreiteten Flügel spürte. Auf Anhieb fand sie die Nussstückchen im hohen Gras. Mit schräg gelegtem Kopf beobachtete sie, wie er eine weitere Nuss aus der Tasche zog und zerteilte. Er legte sie auf seinen Handteller und streckte den Arm aus. Der Vogel näherte sich mit trippelndem Gang, tänzelte einen Moment unschlüssig vor ihm herum, schnellte schließlich mit dem Schnabel nach vorn und pickte die Nuss von seiner Hand. Er hielt ihr ein weiteres Nussstückchen hin, diesmal zögerte sie nicht, auch der Sicherheitssprung blieb aus. Als die Krähe mit der Nuss im Schnabel an ihm vorbeistolzierte, schoss plötzlich der weiße Hase um die Ecke und rannte geradewegs auf sie zu. Sie flog hektisch auf, verlor dabei die Nuss und brachte sich auf einem Fichtenast in Sicherheit.

Der Hase setzte sich einige Meter von ihm entfernt ins Gras und sah ihn aus seinen dunklen, schwarz umrandeten Augen an. Langes, weißes Kopffell stand aufrecht zwischen seinen schwarzen Ohren und bewegte sich leicht in einem kaum spürbaren Luftzug. Seit Karl ihm vorgeführt hatte, wie man den neuen Hasen vor sich hertreiben konnte, öffnete er jeden Tag für einige Stunden die Gittertür des Käfigs. Der schwarze Hase sprang ihm dann sogleich entgegen und hoppelte ins Freie, der Weiße zögerte stets eine Weile, tat so, als ginge ihn das offene Türchen nichts an, bis er scheinbar beiläufig hinaushoppelte und sofort mit wilden Sätzen über den Rasen jagte. Bei seinen Erkundungen des Gartens wirkte er, als wäre ihm all der Raum im Freien jeden Tag aufs Neue ein Abenteuer, er kroch in jeden Winkel, unter jeden Strauch, prüfte mit der Schnauze den Zaun auf Durchlässigkeit, beschnüffelte sämtliche Pflanzen.

Vor der Dämmerung ließ er sich dann mit einem immergleichen Ritual in den Käfig treiben, Meter für Meter näherte er sich der Käfigtür, um nach jeder Etappe mit leicht nach hinten gedrehtem Kopf auf seinen Verfolger zu warten. Das Kuriose daran war, dass er sich nur dann vorantreiben ließ, wenn Thomas, so wie zuvor Karl, mit künstlich gehobener Stimme „Komm, Hase, komm!" rief. Sobald er in seine normale Tonlage verfiel, schlug der Hase einen Haken und verschwand im Gebüsch.

Nachdem der Hase die Krähe vertrieben hatte – wahrscheinlich unabsichtlich, sie saß einfach in seiner Laufbahn –, hoppelte er gemächlich zum Feigenbaum, ließ sich nah neben seiner neuen Gefährtin auf die Seite fallen und streckte die langen Hinterbeine aus. Eine Weile lag er so da, sein Oberkörper hob und senkte sich in schnellem Rhythmus. Thomas trat näher, ging neben den Tieren in die Hocke und streckte langsam die Hand aus. Der weiße Hase beobachtete ihn argwöhnisch, und als die Hand sein Fell fast erreicht hatte, sprang er mit einem knurrenden Geräusch auf und lief davon. Thomas folgte ihm und setzte sich in einem Meter Entfernung neben ihn ins Gras. Das Tier wartete ab, ob nicht ein weiterer unerwünschter Annäherungsversuch erfolgte, dann begann es zu grasen und bewegte sich unentwegt fressend zentimeterweise auf Thomas zu. Er widerstand dem Impuls, die Hand erneut nach dem Hasen auszustrecken. Nach einer Weile hatte der Weiße ihn grasend erreicht, und Thomas spürte, wie die Schnurrhaare bereits seinen Handrücken kitzelten. Dann drehte der Hase sich langsam um und wandte ihm immer noch fressend den Rücken zu. Thomas sah, dass er jetzt völlig außerhalb seines Sichtbereichs war, das Tier konnte nicht wissen, was der Riese da hinter ihm tat. Thomas war zunächst überrascht und dann seltsam berührt von dieser Geste des bedingungslosen Vertrauens. Eine buchstäblich blinde Hingabe lag darin, eine gefährliche Auslieferung an ein völlig andersartiges und um ein Vielfaches größeres Lebewesen, dessen Absichten im Dunkeln lagen. Thomas sah am Rand des Rasens einen großen Stein in Reichweite liegen. Wie leicht wäre es jetzt, den Stein aufzuheben und dieses kleine Tier dort mit seinen filigranen Knochen und seinem schmalen pelzigen Köpfchen zu erschlagen. Ein kurzer Hieb nur wäre nötig, ja im Grunde nicht einmal das. Er brauchte nur den Stein aus einer gewissen Höhe herabfallen zu lassen, die Schwerkraft würde den Rest erledigen, er würde das Zerbrechen der Knochen nicht einmal in seinen Händen spüren. Er fragte sich, wie oft der Fuchs wohl hatte zubeißen müssen, um das schmale Genick des hellen Hasen zu durchtrennen. Er musste sich zwanghaft und in allen Details die Panik ausmalen, die in dem kleinen Gittergehege ausgebrochen war, bei dem verzweifelten Versuch, der tastenden Kralle des Raubtiers auszuweichen, auf einem Raum, der immer enger wurde, weil das leichte Gitter immer weiter eingedrückt wurde – so lange, bis der zutraulichere und darum mit weniger Fluchtenergie ausgestattete Hase schließlich von messerscharfen Krallen gepackt und aus dem Gehege gezerrt wurde. Und schließlich der entsetzliche finale Schmerz, als sich die Fangzähne immer tiefer in seinem Genick vergruben.

Thomas erschrak über seine Gedanken, befremdet und angewidert von sich selbst, und doch konnte er das Bild, wie er mit dem schweren Stein in der Hand über dem nichts ahnenden Hasen stand, so lange nicht aus seinem Kopf verscheuchen, bis er sich von dem Tier abwandte und ins Haus ging, um sich einen Tee zu machen.

Als er in den Garten zurückkam, sah er, wie die Krähe sich dem weißen Hasen mit trippelnden Schritten von hinten näherte. Er bemerkte sie aus den Augenwinkeln, drehte sich mit einem Sprung um die eigene Achse und stellte sich ihr entgegen. Der Vogel hüpfte zurück, trippelte einige Schritte um den Hasen herum und näherte sich ihm erneut von hinten. Wieder entging der Hase dem Angriff durch eine geschickte Drehung. Dann ließ die Krähe von ihm ab, hüpfte mit einigen flinken Sprüngen zum Feigenbaum und näherte sich dem schwarzen Hasen, der immer noch mit halb geschlossenen Augen im Schatten lag. Als sie sich nah genug von hinten an ihn herangetrippelt hatte, schnellte ihr Schnabel plötzlich nach vorn und sie zwickte dem Ahnungslosen ins Hinterteil. Der Hase sprang erschrocken auf und flüchtete panisch ins Gebüsch. Die Krähe hatte ein kleines Büschel hellgrauen Unterfells im Schnabel und stolzierte damit über den Rasen, bis sie sich mit einem Sprung in die Luft schwang und davonflog.

Während er dem Vogel hinterherblickte, hörte er hinter der Hecke das unangenehme Geräusch einer quietschenden Fahrradbremse. Er ging zur Gartentür und sah, wie ein Mädchen vom Rad stieg, es dauerte einen Moment, bis er Simone erkannte. Es war das erste Mal, dass er sie ohne Mütze sah. Lichtes, hellbraunes Haar war auf ihrem Kopf und an ihren Schläfen nachgewachsen. Da es kurz geschnitten war, fiel nicht so sehr auf, wie fein und flaumig es noch war. Ihr Kopf hatte ohne die Kappe erstmals eine sichtbare Stirn und dadurch eine völlig andere Form, ihre obere Gesichtshälfte lag nicht länger im Schatten eines Schirms versteckt. Ihre Haut hatte vollständig ihre wächserne Blässe verloren, Sommersprossen hatten sich rund um die leicht aufgeworfene Nase gebildet. Die größte Veränderung in ihrem Gesicht waren indes ihre zurückgekehrten Augenbrauen, die sanft zu einem wachen und geradezu erstaunten Ausdruck geschwungen waren. Ihre runden, dunklen Augen waren nicht länger ungeschützt und nackt.

Simone schwenkte eine Plastiktüte und kam auf ihn zu.

„Ich hab Salat und Karotten aus unserem Garten mitgebracht."

Thomas stand immer noch unter dem Eindruck ihrer äußerlichen Veränderung und wusste nicht recht, wie er darauf reagieren sollte. An ihrem Blick sah er, dass sie seine Befangenheit registrierte. Er senkte den Kopf und begann sich leicht in den Schultern zu wiegen, als hingen pendelnde Gewichte an ihnen.

„Heute ohne Svenja?"

Simone verzog verächtlich die Mundwinkel nach unten.

„Sie darf nicht mehr kommen."

„Warum nicht?"

„Ihr Vater hat es verboten." Sie zögerte einen Moment. „Wegen Sissi. Er hat gesagt, ein Ex-Knasti im Minirock ist kein Umgang für ein Mädchen."

„Und was sagt *dein* Vater?"

„Gar nichts, der ist nie da. Aber meine Mutter ist auch nicht begeistert. Das ganze Dorf zerreißt sich das Maul über Sissi."

„Es hat sich offenbar nichts geändert, seit ich von hier weg bin. Sie haben einen Horror vor allem, was ihnen fremd ist."

„Weil sie Spießer sind."

Simone sah sich im Garten um und bemerkte den offenen Hasenkäfig.

„Wo sind sie?"

„Irgendwo im Gebüsch. Ich hab gerade Tee gemacht, magst du einen?"

Sie nickte, ging zur Terrasse und drehte die Markise heraus. Thomas freute sich, dass sie dafür nicht um Erlaubnis bat. Er holte Tassen und Zucker aus dem Haus; als er zurückkam, hatte sie Polster auf zwei Gartenstühle gelegt und sie ein Stück voneinander entfernt vor den Tisch an die Hauswand gestellt, so dass sie beide einen Blick auf die Rasenfläche vor ihnen hatten. Sie setzten sich und tranken ihren Tee. Er bemerkte, dass etwas in ihrem Gesicht arbeitete, eine steile Falte zwischen ihren runden Augen bildete sich, löste sich wieder und kam zurück.

„Meine Mutter sagt, Sissi hat im Gefängnis gesessen."

„Das stimmt."

„Wegen einer Gewalttat."

„Auch das stimmt."

In ihrem Gesicht arbeitete es weiter, die steile Falte löste sich nicht mehr auf. Er spürte, wie sie mit sich rang, ob sie weiterfragen sollte, und wartete ab.

„Haben Sie auch Angst vor ihr?"

Er überlegte einen Moment.

„Eigentlich nicht. Ich kenne ihn aber auch schon seit ewigen Zeiten."

„Wussten Sie schon länger, dass Sissi eine Frau ist?"

„Geahnt hab ich so was, irgendwie. Aber ehrlich gesagt weiß ich bis heute nicht wirklich, was das eigentlich bedeutet."

Simone runzelte die Stirn, und Thomas fürchtete, dass er sie mit seiner Bemerkung überfordert hatte. Plötzlich rannte der weiße Hase im vollen Tempo quer über den Rasen und blieb in Sichtweite vor ihnen stehen. Er sah zu ihnen herauf und spitzte die Ohren. Dann hüpfte er aus dem Stand in die Höhe, schlug wie ein Karatekämpfer mit den Hinterbeinen einmal nach links, dann nach rechts aus. Wieder blieb er mit erwartungsvollem Blick vor ihnen stehen, als würde er für seine Darbietung Applaus erwarten.

Simone lachte auf und klatschte in die Hände.

„Wow, Wolke, Wahnsinn!"

Der Hase sprang noch einmal in die Höhe, dann streckte er sich lang auf dem Bauch aus und legte den Kopf flach auf den Boden.

„Der fühlt sich pudelwohl!", sagte Simone und ergänzte in betont sachlichem Ton: „Wahrscheinlich erlebt er gerade zum ersten Mal in seinem Leben Natur und Bewegungsfreiheit. Und er fasst langsam Vertrauen."

„Nur streicheln lässt er sich nicht."

„Kein Wunder", sagte Simone, „er wurde in einem Karton auf dem Bürgersteig ausgesetzt. Den hat man sicher auch vorher schon mies behandelt. So wie Wolke aussieht, wurde er einem Kind als Kuscheltier geschenkt. Dabei steckt in einem Kaninchen noch viel mehr Wildtier als in einem Hund oder einer Katze. Die springen einem nicht einfach auf den Schoß. Wer ihre Freundschaft will, muss sie kommen lassen. Wahrscheinlich wollte das Kind ihn ständig an sich pressen, wie ein Stofftier. Dagegen hat er sich natürlich gewehrt. Dann kam das erste Käfigputzen, und das war's. Ab in den Karton."

Thomas beobachtete Simone aufmerksam von der Seite, sie sprach im ernsten Ton, mit gerunzelter Stirn und leicht verengten Augen. Als sie seinen Blick bemerkte, stand sie auf und ging zum Rasen hinunter. Sie trug ein T-Shirt und eine enge Jeans und schien etwas zugenommen zu haben, ihr Körper begann sich zu runden und eine leichte Weichheit zu entwickeln. Sie hockte sich einen Meter von dem weißen Hasen entfernt auf den Boden, das Tier sah sie mit misstrauisch geweiteten Augen an, verharrte aber reglos in seiner Haltung. Thomas zündete sich ein Zigarillo an und sah zu, wie Simone lange bewegungslos verharrte, dann langsam, Zentimeter für Zentimeter näher zu dem Hasen heranrückte und dabei ständig mit veränderter Stimme murmelte:

„Ganz ruhig, Wolke, bist ein guter Hase, ganz ruhig."

Dann holte sie ihre weißen Stoffhandschuhe aus der Gesäßtasche und zog einen davon über ihre Rechte. Ganz langsam, beinahe unmerklich streckte sie die Hand aus, das Tier beobachtete sie aus den Augenwinkeln.

„Ganz ruhig, Schäfchenwolke, ganz ruhig", sagte sie, und jetzt erst bemerkte er, dass sie ebenfalls Karls Tonfall imitierte, mit dem er den Hasen erstmals in den Stall getrieben hatte. Doch während Karl seinen sonoren Bariton in einen künstlich säuselnden Tenor verwandelt hatte, klang ihre erhöhte Stimme jetzt ungewohnt kindlich. Schließlich hatte sie den Rücken des Tieres erreicht, der Hase zuckte kurz mit dem Kopf zur Seite, spannte seinen Körper an und beobachtete die ausgestreckte Hand. Simone hielt sichtlich den Atem an und ließ ihre Hand ruhig auf dem Rücken des Hasen liegen, dann begann sie, sanft das Fell zu kraulen. Wolke blieb regungslos liegen. Nach einiger Zeit rief Simone mit gesenkter Stimme, so leise, dass er kaum ihre Worte verstand:

„Kommen Sie mal, aber ganz langsam."

Er stieg die Stufen hinunter zum Rasen und ging neben dem Mädchen in die Hocke, seine Knie machten dabei ein so lautes Knacksgeräusch, dass der Hase die Ohren spitzte.

„Hören Sie, wie er knackt?"

Er nickte, obwohl er aus dieser Distanz nichts hörte, er dachte kurz an seine rote Frequenzkurve.

„Wie hast du das geschafft? Bei mir läuft er immer weg."

„Einfach so lange warten, bis er eine kleine Bewegung auf einen zu macht. Jetzt Sie."

Er streckte behutsam seine Hand aus und legte sie dem Tier auf den Rücken. Er spürte, wie der kleine Körper sich anspannte.

„Ganz ruhig, mein Guter, ganz ruhig", sagte sie wieder mit ihrer Kinderstimme, dann mit gesenktem Ton, beinahe flüsternd: „Wie fühlt es sich an?"

Er bewegte die Finger, sie versanken zentimetertief in einer dichten Schicht aus Fell, bevor sie den Körper ertasten konnten.

„Unglaublich weich, wie Zuckerwatte."

„Zuckerwatte? Die ist doch rau und klebrig."

„Stimmt. Eher wie normale Watte, nur nicht so fest und so dicht, wie ein Flausch, das Fell fließt durch die Finger, es schmiegt sich darum."

Simone blickte auf seine Hand, ein leichter Schleier lag über ihrem Blick, ihr Mund war leicht geöffnet.

„Und wie fühlt sich das Unterfell an?"

Er wühlte die Hand vorsichtig tiefer in das Fell, seine Finger verschwanden fast völlig.

„Es ist noch feiner. Und dicker. An einigen Stellen ein bisschen verfilzt."

„Das ist seine Angoraunterwäsche, er wappnet sich schon für den Winter. Wie fühlt sich sein Körper an?"

Er fuhr über die fein profilierte Wirbelsäule, dann spürte er die filigranen Rippen, die unter seinen Fingerkuppen zu vibrieren begannen. Das Tier hatte die Augen geschlossen und bewegte schnell seine Nase auf und ab. Thomas senkte den Kopf so weit, bis er das leise behagliche Knacken aus dem Kiefer hören konnte.

„Er knackert und knubbert."

„Er tut was?"

„So hat das meine Mutter immer genannt."

Ein lautes Krächzen über ihnen ließ den Hasen zusammenzucken. Er entwand sich seiner Hand, sprang ins Gebüsch und legte sich geduckt auf die Lauer.

Sie hörten Stimmen hinter der Hecke, das helle Auflachen eines Mädchens, den neckenden Tonfall einer Frau. Fahrräder wurden abgestellt. Simones Gesicht hellte sich auf, als die Gartentür aufging und Svenja eintrat. Die Mädchen gingen aufeinander zu und umarmten sich kurz. Svenja trug ein langes, weites T-Shirt mit einer unlesbaren Aufschrift und eine verkehrt herum aufgesetzte Baseballkappe. Eine blonde Haarsträhne war über das Klettband gezogen, das die Mütze am Kopf befestigte. Sie wirkte leicht verlegen nach der spontanen Umarmung und klopfte Simone kumpelhaft auf die Schulter.

„Hat dein Vater dich doch hergelassen?“, fragte Simone.

Svenja blickte hinter sich.

„Karin hat mit ihm geredet, dann durfte ich.“

Karin kam durch die Tür und fuhr sich mit der Hand durchs Haar, das wieder eine neue Farbe zu haben schien, ein dunkleres, tieferes Blond mit einem leichten Glanz. Sie wirkte freudig überrascht, als sie die Freundin ihrer Nichte erblickte.

„Du siehst gut aus, Simone.“

Das Mädchen schaute verlegen zu Boden.

„Schön, dass du Helmut umgestimmt hast“, sagte Thomas zu Karin. „Mein Vater hat mir oft Vorträge über die Macht von großen Schwestern gehalten.“

Karin grinste.

„Du willst mich jetzt aber nicht mit deiner Tante Klara vergleichen, oder? Ich musste Helmut versprechen, dass ich mitkomme und alle mädchenmordenden Monster in Röcken in den Hasenkäfig sperre.“

Svenja kicherte.

„Papa hat gesagt, wenn der Transvestit auftaucht, ist Abmarsch.“

„Sissi ist kein Transvestit!“, rief Simone so energisch, dass alle sie überrascht ansahen. „Sie ist ein Transsexueller.“

Svenja runzelte die Stirn. „Was ist denn der Unterschied, bitte?“

„Ein Transvestit ist ein Mann, der sich als Frau verkleidet, weil es ihm Spaß macht“, sagte Simone. „Ein Transsexueller ist ein Mann, der an seinem falschen Körper leidet, weil er eigentlich eine Frau ist.“

Karin machte große Augen und zog amüsiert einen Mundwinkel nach oben.

„Na, du kennst dich aus. Woher weißt du das?“

„Aus dem Internet. Ich wollte wissen, was mit Sissi los ist.“

„Irgendwie kann ich ja verstehen, dass Helmut irritiert ist“, sagte Thomas. „Er hat Karl schon als Kind gekannt – und gefürchtet. Dann taucht er plötzlich in Netzstrümpfen wieder auf.“

„Na und?“, sagte Simone mit wachsendem Trotz in der Stimme. „Kann Sissi nicht anziehen, was sie will?“

„Niemand will ihn daran hindern – oder sie“, sagte Karin ruhig zu Simone. „Wir tun uns wohl alle etwas schwer damit, weil wir Sissi von klein auf als Karl kannten. Und weil er für uns immer der Inbegriff eines Mannsbilds war, groß, breitschultrig und mit einem Gesicht wie ein Indianerhäuptling.“

„Aber so sieht er ja nur aus, weil ihm niemand geholfen hat.“

Simones Stimme hatte etwas Brüchiges bekommen, ihr Adamsapfel bewegte sich, sie sah aus, als würde sie gegen Tränen ankämpfen.

Karin ging einen Schritt auf das Mädchen zu.

„Wie meinst du das? Wie hätte man ihm denn helfen sollen?“

„Man hätte ihr schon als Kind was geben können, damit sie kein Mann wird.“

„Was denn?“

„Es gibt Medikamente, die verhindern, dass man in die Pubertät kommt. Hätte Sissi so was gekriegt, dann würde sie heute ganz anders aussehen. Dann hätte sie nie einen Stimmbruch und einen Bart gekriegt und all das. Sie wäre weniger gewachsen und würde viel weicher aussehen. Ganz viele Jugendliche, die einen falschen Körper haben, kriegen das jetzt. Das hab ich auf einer medizinischen Seite gelesen. Sissi hat so was nie gekriegt, das gab’s damals noch gar nicht.“

Ein kurzes Schweigen lastete über der Runde, Svenja sah ihre Freundin ängstlich und verständnislos an. Thomas räusperte sich, berührte mit den Fingerspitzen eine weiße Stelle an seinem Hinterkopf.

„Hat jemand Lust auf Tee?"

Als er über das Tablett gebeugt mit schleppenden Schritten zurückkam, hatte sich die Spannung gelöst. Die Mädchen gingen hinters Haus und suchten die Hasen. Karin setzte sich mit Thomas auf die Terrasse und überzeugte sich davon, dass die Mädchen außer Hörweite waren.

„Glaubst du, das stimmt, was Simone sagt? Dass Jugendliche Medikamente gegen die Pubertät kriegen?"

„Keine Ahnung."

Karin schüttelte den Kopf und runzelte die Stirn. „Die sind doch heute viel früher dran als wir damals. Ich hab in der Schule Kinder gesehen, die waren schon mit zehn in der Pubertät. Und da sollen die schon wissen, dass sie das falsche Geschlecht haben?"

„Vielleicht haben die Psychologen ja heute Tests für so was."

„Blödsinn! Wie wollen die Kinder denn ihr Geschlecht am eigenen Leib spüren, bevor sie jemals ihre Sexualität erlebt haben? Und ohne Pubertät geht so was nicht."

„Wer weiß, was Simone da gelesen hat", sagte Thomas. „Ich wundere mich nur, warum sie das alles so aufregt."

Karin blickte nachdenklich zu der Stelle, an der die Mädchen hinter dem Haus verschwunden waren.

„Vielleicht weil sie selbst in der Pubertät steckt und nicht damit zurecht kommt. Sie war viel in Krankenhäusern und hat eine Menge versäumt, was Mädchen normalerweise in ihrem Alter so tun. Dabei hat sie einen echten Hunger auf die Welt, auf alles, was lebendig ist. Kein Wunder, die Agnes hat sie regelrecht in Quarantäne gesteckt. Simone hat wochenlang nichts anderes gehabt als ihren Computer und ihr Handy. Das war eine schlimme Zeit für Svenja, sie hat ihre Freundin furchtbar vermisst, hat stundenlang mit ihr geskypt."

Karin wandte sich ihm zu und trank einen Schluck Tee aus seiner Tasse. Dann sagte sie:

„Ich glaub, sie mag dich."

„Wer?"

„Simone."

„Dabei weiß ich so oft nicht, was ich sagen soll."

„Vielleicht gerade deswegen."

Er betastete wieder seinen Hinterkopf und fuhr mit der Fingerspitze über die weißen Stoppeln, die sich an einer runden kahlen Stelle zu bilden begannen. Ein lautes Krächzen über ihnen bot ihm einen willkommenen Anlass, dem Gespräch auszuweichen. Das Krähenpärchen saß nebeneinander auf der Stromleitung am Rand des Grundstücks. Der scheuere Vogel mit der Grauzeichnung auf der Brust hatte den Schnabel weit aufgespannt und trippelte über die Leitung auf den anderen Vogel zu. Als sie ihn erreicht hatte, ertönte ein zischendes Fauchen aus ihrem Schnabel, den sie weit geöffnet langsam über den geschlossenen Schnabel der anderen Krähe schob. Der so bedrängte Vogel wich ein wenig zurück. Wieder sperrte die scheue Krähe ihren Schnabel so weit auf, dass man das rote Innere sehen konnte, und näherte sich fauchend ihrer Partnerin. Diesmal blieb die Angefauchte sitzen und ließ es zu, dass ihr Schnabel im weit geöffneten Schlund des anderen Vogels verschwand. Dann bewegte er ein paar Mal ruckartig den Kopf, als würde er etwas im Schlund seiner Partnerin suchen. Schließlich zog er sich aus dem fremden Schnabel zurück und hielt ein kurzes Stück Holz im Schnabel.

Karin lachte auf.

„Hast du das gesehen? Sie hat der anderen was aus dem Schnabel geholt."

„Ja“, sagte Thomas, „Simone hat mir erzählt, dass Krähen einen Kehlsack haben, in dem sie alles aufbewahren, was sie finden. Wahrscheinlich ist ihr da schon länger was drin gesteckt. Er hat gewusst, was sie von ihm will, und hat sie davon befreit.“

Karin sah ihn amüsiert an.

„Woher weißt du, dass der Retter ein Er ist?“

„Es ist ein Brutpärchen, einer muss der Er sein.“

„Und der Retter muss ein Männchen sein?“

„Hab einfach geraten.“

Sie beobachteten eine Zeit lang schweigend die Krähen, bis sie hinter dem Haus ein Kichern hörten. Als wäre das ein verabredetes Stichwort, standen sie auf und gingen zu den Mädchen. Sie saßen nebeneinander im Gras, Svenja hatte den Ellbogen lässig auf Simones Schulter gestützt. Vor ihnen lag der schwarze Hase, die Hinterläufe lang ausgestreckt, während der Weiße in engen Kreisen um ihn herum hoppelte, einmal links, dann rechts herum. Karin lachte auf und beugte sich zu Thomas hinüber.

„So soll es sein.“

„Wie?“, sagte Thomas, „dass ein kastrierter Clooney um seine Lady herumschwänzelt?“

Die Jagd

Thomas kurbelte die Markise heraus und kämpfte gegen einen Widerstand in der ächzenden Winde an. Die Morgensonne stand noch so tief, dass nur ein kleines Schattenstück am Rand des Hauses entstand, Tautropfen lagen auf den Blättern des Flieders. Der wilde Wein am Haus hatte bereits seine Herbstfarbe angenommen, die ganze Hausfassade leuchtete in einem prächtigen tiefen Rot. Er schob den Terrassentisch und einen Stuhl in den Schatten und klappte sein Laptop auf. Fröstelnd zog er die Schultern hoch, er hätte sich gern in die Sonne gesetzt, doch dann hätte er aufgrund der starken Kontrastwirkung nichts mehr auf dem Monitor gesehen. Und er hatte sich vorgenommen, die Hasen bereits am Vormittag unter Aufsicht laufen zu lassen. So zog er den Reißverschluss seines Wollpullovers bis zum Kinn hinauf. Einen Moment lang spielte er mit dem Gedanken, seine Mails abzurufen, doch dann öffnete er eine neue, leere Textseite und legte die Finger auf die Tastatur.

Sie hatte aus seiner Tasse getrunken, obwohl er ihr eine eigene auf den Tisch gestellt hatte. War ihr bewusst, dass sie das tat? Wollte sie ihm damit etwas signalisieren? Schau her, die einstige Intimität zwischen uns existiert immer noch, und ich gehe davon aus, dass das für dich ebenso gilt.

Er lehnte sich zurück, trank einen Schluck wärmenden Tee und löschte den letzten Satz. Dann fuhr er fort:

Ihr prüfender Blick, als die Mädchen hinter dem Haus verschwunden waren, offen und ungeschützt, wie früher schon scheinbar nichts zwischen ihr und dem, was sie sieht. Ihre Empörung bei dem Gedanken, man könne einem Menschen mit einem Medikament die Pubertät nehmen. Er spürte geradezu physisch, wie sie das mit jeder Faser ihres weichen, weiblichen Körpers ablehnte. Sie hatte offenbar nichts von ihrer unverstellten Sinnlichkeit verloren, nichts von der selbstverständlichen, nie hinterfragten Überzeugung: Solange man seinen Körper mag, kann nicht schlecht sein, was er fordert. Das Maßlose wächst nur aus dem Bodenlosen, die Gier aus dem Grauen, dem Horror vor der Leere. Sie kannte solche Leere nicht, war nie leer gewesen. Vielleicht war sie ja oft so voll von allem und jedem, dass sie sich beizeiten verschließen musste, auch gegen ihn und seinen Körper mit all seinen Anmaßungen. Und jetzt trank sie aus seiner Tasse.

Ihr Lächeln, als sie sah, wie Svenjas Ellbogen lässig auf Simones Schulter ruhte, ihre Fähigkeit, für den Moment eins und einig mit dem zu sein, was sie sah und fühlte. Wie anders er war. Nie gab es nur einen Gedanken, stets war etwas dahinter, ein Skrupel, ein Zweifel, ein Hintergedanke, der flüsterte: Verlass dich auf nichts, es kann jederzeit alles abreißen, vor allem dann, wenn sich etwas gut und vertraut anfühlt. Karin war wach, wo er wachsam war; neugierig, wo ihn längst der Argwohn plagte. Wenn sie sein quälendes, rumorendes Dahinter spürte – und sie spürte es so gut wie immer –, dann sagte sie nur: „Ach, Tom." Mehr nicht. Ach, Tom. Ihr Duft nach Haut und Hautcreme, als sie an ihm vorbeiging, um sich von den Mädchen zu verabschieden, kein Parfüm. Svenja hielt ihr die Stirn hin, auf die sie stets beim Abschied einen Kuss bekam, Küsse auf die Wange gab es hin und wieder spontan. Simone stand dabei dicht hinter ihrer Freundin, neugierig diese Form von Nähe zwischen einer Frau und einem Mädchen beobachtend. Sie wartete ab, bis sie an der Reihe war, denn auch für sie gab es stets eine Berührung, einen sanften Griff an den Oberarm oder einen Klaps auf den Rücken, diesmal war es ein kurzes Streichen über das nachgewachsene Haar, eine Geste, von der beide wussten, dass Simones Mutter so etwas nicht recht gewesen wäre. Nach der Verabschiedung der Mädchen blieb Karin einfach sitzen. Er bot ihr an, noch einen Tee zu machen. „Hast du Wein?", fragte sie und biss sich gleich darauf auf die Unterlippe. Ein befangener Moment folgte, es gelang ihm wieder nicht, den Impuls zu unterdrücken, seinen Hinterkopf zu betasten. Während er die Flasche aus dem Keller holte, freute er sich, dass ihr Bedürfnis, in seiner Nähe die Wirkung von Wein zu spüren, stärker war als der Skrupel, in seiner Gegenwart von Alkohol zu sprechen. Der Wein zeigte bald Wirkung, sie vertrug nicht viel, das hatte sie nie. Eine blonde Strähne fiel ihr in die Stirn, als sie plötzlich völlig überraschend in ein Lachen ausbrach, ihre Augen hatten einen Tränenglanz, als sie ihn ansah.

Er schloss das begonnene Dokument, ohne es zu speichern, und blickte ins Leere. Karins lachendes Gesicht tauchte in ihm auf.

„Was ist so lustig?", hatte er gefragt.

Sie trank noch einen Schluck Wein.

„Ich muss lachen über Simones Unterscheidung zwischen Transvestiten und Transsexuellen."

„Ja", sagte Thomas, „sie hat so feierlich ernst dabei gewirkt."

„Das ist es nicht", sagte sie, „mir ist etwas eingefallen, an das ich lange nicht mehr gedacht hab. Erinnerst du dich noch an Lydia?"

„Deine Busenfreundin?"

Sie grinste.

„Ja, das Wort passt, ich hab sie damals um ihre Oberweite beneidet. Wir waren so im Alter von Simone, vielleicht ein, zwei Jahre älter. Wir sind immer zu einer Wiese am Waldrand gegangen und haben gemacht, was Freundinnen so tun. Sich gegenseitig Nagellack auftragen, Haare bürsten, Lippenstift und Make-up auflegen und wichtige, fachfrauliche Kommentare dazu abgeben. Mädchenkram halt. Eines Tages, als Lydia mir gerade die Zehennägel lackiert, steht plötzlich Karl neben uns. Lydia hat sich so erschreckt, dass sie einen Kreischer losgelassen hat."

Karin hielt inne und trank einen weiteren Schluck Wein.

„Und?"

„Karl ist einfach nur dagestanden und hat uns angestarrt. Und dann hat er gefragt: ‚Darf ich zusehen?' Lydia ist wütend geworden und hat gefragt: ‚Wobei zusehen?' Und Karl hat nur ruhig gesagt: ‚Beim Schminken.' Wir haben nicht gewusst, ob wir Angst haben oder uns geschmeichelt fühlen sollten. Dann hat Lydia mit den Schultern gezuckt und einfach weiter lackiert. Und Karl hat sich ins Gras gehockt und interessiert zugesehen. Seit dem Tag ist Karl jedes Mal aufgetaucht, wenn wir uns am Waldrand getroffen haben. Hat immer nur schweigend dagesessen und zugeschaut, wie wir Ohrringe ausprobieren und uns Locken ins Haar drehen. Irgendwann wollte er dann wissen, wo wir den Lippenstift her haben, wie man die Farbe nennt und wie man den Lack wieder von den Nägeln runterkriegt."

„Davon hast du mir nie erzählt."

„Wir haben das niemandem erzählt. Obwohl es nicht ausgesprochen war, war uns klar, dass das ein Geheimnis zwischen uns bleiben sollte. Hat Karl nie davon gesprochen?"

„Wenn, dann nur im Vollrausch, und ich hab's vergessen."

Karin begann verschmitzt zu kichern, jung und mädchenhaft, gewärmt von Wein und Erinnerung. Schalk stand in ihren Augen, als sie erzählte:

„Irgendwann im Sommer taucht Karl plötzlich mit einer Plastiktüte auf und sagt: ‚Ist euch auch so heiß?' Dann zieht er eine Flasche ohne Etikett aus der Tüte und hält sie uns hin. Wir zögern zuerst, dann nehmen wir einen Schluck. Das Zeug war eiskalt und schmeckte nach Apfel. Aber es war kein Apfelsaft, sondern Most. Es hat gar nicht mal stark nach Alkohol geschmeckt. Wir trinken und trinken, irgendwann ist die Flasche leer und wir haben einen Schwips. Dann sagt er wieder: ‚Ist euch auch so heiß?' Und er zieht eine Plastikflasche aus der Tüte, so ein Ding mit Hebel, das man beim Bügeln zum Nassspritzen der Wäsche benutzt. Und er sprüht damit auf uns los. Wir schreien auf und laufen weg. Dann lässt er sich das Ding abnehmen und wir spritzen zurück. Lydia kreischt dabei wie ein Kind beim Plantschen im Gummibecken. Irgendwann merke ich, dass Karl beim Sprühen nur noch auf sie zielt, immer feste auf ihren Busen. Zuerst denke ich, er ist scharf auf sie und will sie zur Miss Wet-T-Shirt machen. Dann aber merke ich, dass er von ihr was anderes will. Er drückt ihr das Sprühding in die Hand und sagt: Jetzt du, auch hierhin. Und er zeigt auf seine Brust, die damals schon so breit war wie ein Kleiderschrank. Und Lydia hüpft vor ihm rum und sprüht und kreischt und sprüht. Sie kapiert überhaupt nicht, was da abgeht, sie kichert und schnattert nur die ganze Zeit. Karl glotzt ihr aber auch gar nicht aufs nasse T-Shirt, das schon total durchsichtig ist. Und so kriegt sie auch nichts mit, als er schon mit so einem komischen Ausdruck und offenem Mund dasteht und sich immer wieder mit den Händen über sein eigenes nasses T-Shirt streichelt."

Thomas lachte in sich hinein.

„Und wie ist das Ganze ausgegangen?"

„Irgendwann ist die Sprühflasche leer und Karl packt sie wieder in seine Tüte. Und geht, wie er gekommen ist, ohne was zu sagen. Seit dem Tag ist er nie wieder bei uns aufgetaucht und mir immer aus dem Weg gegangen."

„Die Geschichte kann gar nicht wahr sein", sagte Thomas und schüttelte gespielt energisch den Kopf.

„Wieso nicht?“

„Weil nur ein Transvestit aus seiner Verkleidung Lust zieht, ein Transsexueller ist bloß endlich lustlos im richtigen Geschlecht angekommen, wenn er ein feuchtes Kleidchen trägt. Steht im Internet, fragen Sie Frau Simone.“

Jetzt lachten sie beide.

Ein Geräusch riss ihn aus seiner Erinnerung. Der weiße Hase sprang mit einem Satz aus dem Gebüsch und verfiel sofort in einen rasenden Lauf quer durch den Garten. Augenblicke später folgte ihm der Schwarze und hoppelte ihm in langen Sätzen hinterher, seine Hängeohren bewegten sich parallel zum Körper auf und ab. Es dauerte nur wenige Sekunden, bis der Hase das Haus umrundet hatte und an der anderen Seite des Grundstücks auftauchte. Erneut folgte ihm der Schwarze, der Abstand hatte sich verringert, vergrößerte sich aber gleich wieder auf der offenen Rasenfläche. Dann hörte er lautes Hundegebell hinter dem Haus, die Hasen hielten in ihrem Lauf inne und spitzten die Ohren. Wach und mit weit geöffneten Augen standen sie eng beieinander neben dem Käfig und lauschten dem Gebell, das nähergekommen war und direkt neben der Hecke ertönte. Er spähte ins Gebüsch hinein, sah aber nichts, das Laub war zu dicht. Tapsende Schritte auf dem Weg und Rascheln in den Zweigen jenseits der Hecke, der Hund schlich offenbar am Grundstück entlang. Der weiße Hase hoppelte quer über den Rasen und verschwand im Gebüsch auf der gegenüberliegenden Seite des Grunds, der Schwarze folgte ihm. Dann war plötzlich das Gebell genau an der Stelle zu hören, wo die Hasen verschwunden waren, tiefer und kräftiger diesmal.

Er stand auf und ging in die Richtung des Bellens, auch hier war das Laub in der Hecke zu dicht, um etwas zu erkennen. Kratz- und Wühlgeräusche verrieten ihm, dass der Hund sich am Zaun zu schaffen machte. Thomas klatschte in die Hände und rief:

„Hau ab!"

Heftiges Bellen war die Antwort, das sogleich von einem helleren Gebell auf der anderen Seite des Grundstücks beantwortet wurde. Es waren zwei Hunde. Thomas sah, dass sich dort ein Strauch ruckartig hin und her bewegte, der Hund drückte gegen den Zaun. Thomas lief zu der Stelle, wo sich die Blätter bewegten, klatschte wieder in die Hände und schrie:

„Aus, aus, verpiss dich, Scheißköter!"

Dann drehte er sich um und bemerkte, dass sich auch an der anderen Seite des Rasens die Heckensträucher bewegten, dort, wo er vor Wochen den Zaun geflickt hatte. Wühlgeräusche, scharrende Pfoten auf aufreißendem Grund, immer heftiger wackelte ein großer Ligusterstrauch, dessen äußere Zweige in den Zaun hineingewachsen waren. Äste brachen knackend, etwas im Zaun riss, er konnte das Schnaufen des Hundes bereits in der Hecke hören. Dann schoben sich die Blätter auseinander und ein schlanker dunkelbrauner Hundekopf tauchte auf, ein wenig Blut rann vom Kopf auf die langen hellbraunen Haare der hängenden Schlappohren, der Eindringling hatte sich offenbar beim Sprengen des Zauns an einer Drahtspitze verletzt. Der Hund sah ihn kurz aus geweiteten Augen an, dann sprang er auf den Rasen und rannte schnüffelnd zur Hecke. Thomas blickte sich rasch nach den Hasen um, sie waren nirgends zu sehen. Der Hund teilte mit dem Kopf die Zweige und verschwand im Laub. Ein kurzes Bellen, raschelnde Äste, dann sprangen beide Hasen aus dem Gebüsch und rannten in verschiedene Richtungen hinter das Haus. Der Hund brach aus der Hecke, blieb kurz unschlüssig stehen und entschied sich dann, den weißen Hasen zu verfolgen. Thomas stellte sich ihm in den Weg und versuchte, ihn beim Halsband zu fassen. Doch der Hund wich mit einem eleganten Sprung aus, rannte um ihn herum und dann mit flinken Sätzen dem Hasen hinterher. Thomas lief ihm nach, stolperte über die Treppe, verlor das Gleichgewicht und schaffte es mit einiger Anstrengung und einem stechenden Schmerz im Rücken, einen Sturz zu verhindern. Als er wieder festen Stand hatte, sah er gerade noch, wie der Hase in der Hecke hinter dem Haus verschwand und der Hund ihm folgte. Hier war aufgrund der Schattenlage das Laub weniger dicht, Thomas konnte sehen, wie der Weiße hektisch hinter die Fliederstämme hoppelte, um ein Hindernis zwischen sich und seinen Verfolger zu bringen, doch der Hund scheuchte ihn jedes Mal mit vorgereckter Schnauze wieder auf und trieb ihn in die äußere Ecke des Grundstücks. Dort angelangt, schlug der Hase einen Haken, wich der schnappenden Schnauze des Hundes aus und rannte wieder auf die offene Rasenfläche. Der Hund vollführte eine flinke Drehung und war ihm sofort auf den Fersen. Thomas sah sich hektisch um. An der Rückseite des Hauses standen Gerümpel und einige Gartenwerkzeuge. Er ergriff ein etwa eineinhalb Meter langes Kantholz und lief dem Hund hinterher. Der Weiße hatte sich in den Käfig geflüchtet und sich in die hintere Ecke des kleinen Holzstalls gekauert. Sein Atem ging rasend, mit weit aufgerissenen Augen beobachtete er den Angreifer, der vor der angelehnten Käfigtür stand und bellte. Der Hund musste im Lauf dagegengestoßen sein und sie dabei geschlossen haben. Es raschelte im Gesträuch, der Hund horchte auf, wandte sich vom Käfig ab und lief ins Gebüsch, Zweige knackten und teilten sich. Thomas wollte sich einen Weg hinein bahnen, doch dann sprang plötzlich der schwarze Hase heraus, der Hund folgte auf dem Fuß und sprang mit einem mächtigen Satz hinterher, so dass er beinahe auf dem Hasen landete. Der Schwarze schaffte es irgendwie, sich durch die Beine des Jagdhundes hindurchzuwinden, nahm sogleich Tempo auf und rannte außen um den Käfig herum, der Hund hetzte hinterher. Der Hase wollte ins Innere des Käfigs flüchten und stieß mit der Schnauze gegen die versperrte Gittertür, der Hund prallte im vollen Lauf gegen die äußere Kante des Käfigs und kippte kurz zur Seite. Thomas blieb stehen und kämpfte gegen seinen rasenden Atem an. Er sah die beiden Tiere und erkannte, dass Plüm kaum mehr eine Möglichkeit hatte, seine Wendigkeit auszuspielen, das Rasenstück vor dem Käfig war zu schmal dafür. Der Hund musste ihn nur in eine Ecke treiben, er würde ihn früher oder später stellen. Dann sah er, wie der schwarze Hase noch einmal einen Haken schlug, sich um die eigene Achse drehte und mit fliegenden Ohren auf Thomas zuraste, die Augen schreckensstarr geweitet. Doch der Hund schien das Manöver vorausgeahnt zu haben, er schnitt ihm den Weg ab, jagte los und holte ihn ein, noch bevor der Hase im Gebüsch verschwinden konnte. Dann schnappte er zu und erwischte ihn an einem Hinterlauf. Er riss die Beute in die Höhe, die panisch zappelnd in seiner Schnauze hing. Thomas spürte, wie die Zeit sich zu dehnen begann. Er hörte, wie der Hase durchdringend quiekte, dann fühlte er, wie etwas Heißes sich in seinem Magen ausbreitete. Wut stieg in ihm auf, Bilder jagten in rasender Folge vor seinem inneren Auge, der kopflose beige Hasentorso, die aufgerissenen Augen seiner Mutter vor der miauenden Katze, Simones vorwurfsvoller Blick. Seine Kiefermuskeln spannten sich an, seine Augen verengten sich, etwas wurde kalt und hart in ihm. Der Hund kam auf ihn zu, den immer noch zappelnden Hasen im Maul, Thomas sah, wie Blut und Speichel aus den Lefzen tropften. Dann riss er die Latte in die Höhe, sie lag schwer und kantig in seiner Rechten. Und mit einem lauten, entfesselten Stöhnen ließ er das Holz mit voller Wucht auf den Rücken des Hundes niedergehen. Er hörte das ekle Geräusch von brechenden Knochen, das Kantholz zersprang berstend in zwei Stücke. Der Hund winselte auf und riss den Kopf in die Höhe, seine Beine knickten ein. Während er zur Seite fiel, die langen dünnen Läufe unkoordiniert in die Luft gereckt, öffnete er seine Schnauze für einen Moment so weit, dass der Hase entkommen konnte. Auf drei Pfoten humpelte er linkisch ins Gebüsch. Als der Hund versuchte, wieder auf die Beine zu kommen, verweigerten die Hinterbeine ihren Dienst. Die Augen so weit aufgerissen, dass das Weiße sichtbar war, sah das Tier ihn an und versuchte winselnd, mit Hilfe der Vorderbeine von ihm wegzurobben. Thomas stand da, das abgebrochene Lattenstück in der Hand. Sein Atem ging schwer, Übelkeit stieg in ihm auf, kurz kämpfte er gegen den Impuls an, sich zu übergeben. Dann hörte er einen durchdringenden Pfiff jenseits der Hecke und danach eine Männerstimme, die rief:

„Axel, hier!“

Dann wieder der Pfiff. Der Hund spitzte die Ohren, versucht erneut vergeblich, sich aufzurichten, und winselte laut.

„Axel?“

Dann wurde die Gartentür geöffnet und drei Soldaten betraten den Rasen. Sie trugen die gleichen verspiegelten Sonnenbrillen, aber unterschiedliche Uniformen. Einer von ihnen hatte das Gewehr geschultert und führte einen Hund, der hechelnd an der Leine riss und genauso aussah wie der Eindringling, offenbar der zweite Hund, der gegen den Zaun gedrückt hatte. Einer der Männer trat vor.

„Was ist passiert?“

Erst jetzt erkannte Thomas ihn, es war Roland. Er hielt das schwarze Gewehr mit Zielfernrohr in der Hand, das er vor Wochen seinem Cousin bei der Besichtigung seines Waffenschranks gezeigt hatte. Thomas deutete mit dem Lattenstück, das er immer noch in der Hand hielt, auf den Hund, der erneut vergeblich versuchte, auf die Beine zu kommen. Thomas wollte etwas sagen, doch seine Stimme versagte, und ihm entkam nur ein heiseres Räuspern, das in der Kehle schmerzte.

Einer der beiden anderen Männer, ein großer, hagerer Mann mit extrem aufrechter Haltung, ging mit steifen Schritten zu dem Hund und blieb mit durchgedrücktem Rücken neben dem Tier stehen, als wollte er salutieren. Dann nahm er sein Gewehr ab und stützte sich darauf, während er langsam mit einem leisen Ächzen in die Hocke ging, ohne die starre Haltung seines Rückens zu verändern. Das Tier sah ihn mit flehentlichem Blick an und begann die ausgestreckte Hand des Mannes zu lecken. Er trug eine Jacke in grün-braunem Tarnmuster, an der einen Seite seines Gürtels hingen aufgereihte Schrotpatronen, einige fehlten, an der anderen Seite steckte ein zusammengeklappter Schlagstock in einem Etui. Schließlich richtete er sich mühsam auf und sah ihn an. Er trug eine Tarnmütze mit einer kleinen Landesflagge auf dem kahlen Schädel, seine Wangen waren gezeichnet von alten Aknenarben. Schließlich nahm er die Sonnenbrille ab und sagte:

„Sieh an, der Tom."

An seinen Augen, die zu argwöhnischen Schlitzen verengt waren, erkannte er, dass es Harald Leitner war. Thomas ging einen Schritt auf ihn zu und reichte ihm die Hand. Leitner erwiderte den Gruß nach einem Zögern, sein Händedruck war schlaff.

„Was hast du mit meinem Hund gemacht?"

„Er ist durch den Zaun gebrochen und hat sich ein Kaninchen geschnappt. Er hatte es schon im Maul, da hab ich ihm eins übergezogen."

„Damit?" Leitner deutet mit dem Gewehrlauf auf die gebrochene Latte in Thomas' Hand.

Thomas nickte und warf das Holz auf den Boden. Einen Moment lang blickten alle vier Männer auf das Holz, das zu einer Tatwaffe geworden war. Dann legte Roland sein Gewehr auf den Boden, den Lauf von ihnen abgewandt, und kniete sich neben dem Hund nieder. Sein Cousin trug eine Tarnweste, darunter einen grünen Pullover, auf dessen Ärmel an beiden Seiten Landesflaggen aufgenäht waren. Seine Tarnmütze zierte ein kleines Armeeabzeichen mit zwei gekreuzten Waffen auf schwarz-rot-goldenem Grund. Am oberen Rand eines seiner Schnürstiefel war der Griff eines Jagdmessers zu sehen. Mit der flachen Hand strich er behutsam über den Rücken des Hundes. Als er die verletzte Stelle berührte, zuckte das Tier zusammen. Roland drückte zwei Fingerkuppen auf die Stelle, das Tier stieß ein lautes Jaulen aus und krümmte sich vor Schmerz.

Roland nahm die Sonnenbrille ab und sah mit bedeutungsvollem Blick zu Harald Leitner auf.

„Sieht nicht gut aus, wahrscheinlich ein Wirbel gebrochen."

Leitner drehte sich langsam, das Gewehr auf seinen angewinkelten Unterarm gestützt, von dem Hund weg in Thomas' Richtung, bis der Lauf auf den Rasen zwischen ihnen zielte. Erneut und mit schärferem Unterton fragte er:

„Was hast du mit meinem Hund gemacht?"

Thomas räusperte sich, seine Stimme klang gepresster, als ihm lieb war.

„Wie gesagt, der Hund hat einen Hasen angefallen, er hatte ihn schon am Bein geschnappt –"

Leitner fiel ihm ins Wort.

„Du schlägst einen Jagdhund zum Krüppel, um ein scheiß Karnickel zu schützen? Weißt du, was seine Abrichtung mich gekostet hat?"

„Tut mir echt leid. Aber der Hase gehört der Simone, der Tochter von der Hilgers. Und die hat erst vor Kurzem einen Hasen in meinem Garten verloren. Und da wollte ich nicht…"

Thomas hielt inne und begann sich zu ärgern, dass er sich wortreich rechtfertigte.

„Schon gut, Tom", sagte Roland und legte Leitner beschwichtigend die Hand auf den Arm.

„Dein Hund ist auf Privatgrund eingedrungen, Harry. Dann hat der Besitzer das Recht auf Selbstverteidigung. Bis zum Äußersten, wenn es sein muss. Das weißt du."

Harald Leitner blickte auf seinen Hund, der den Kampf gegen seine versagenden Hinterbeine aufgegeben und die Schnauze auf den Boden gelegt hatte.

„Und wer ersetzt mir jetzt den Verlust? Jemand muss dafür bezahlen."

Roland legte Leitner fest die Hand auf die Schulter und sagte:

„Komm schon, Harry. Du weißt, was zu tun ist."

„Fuck!" Leitner schüttelte den Kopf und spuckte auf den Boden.

„Soll ich es machen?", fragte Roland und zeigte auf seine Pistole am Gürtelhalfter, die Neun-Millimeter-Automatik, die Thomas bereits gesehen hatte.

„Moment", sagte jetzt der dritte Mann, der sich bisher im Hintergrund gehalten und den anderen Hund gebändigt hatte. Seine Stimme hatte immer noch den zögerlichen, gedämpften Klang, den sie schon in seiner Jugend gehabt hatte, als müsste sie ständig gegen einen Widerstand ankämpfen. Wolfgang Leitner hatte stark an Gewicht zugelegt, sein gerötetes Gesicht war gedunsen, die Augen waren hinter der Sonnenbrille verborgen. Er trug einen altmodischen Bundeswehrparka mit Landesflagge auf dem Ärmel und eine Mütze, die an Stirn und Ohren mit Fell besetzt war.

„Wartet!", sagte er und biss sich kurz auf die spröden Lippen. „Vielleicht kann ein Tierarzt noch was machen."

„Was soll er denn wohl machen?“, fragte Roland augenrollend, in einem Ton, der künstlich gereizt klang. „Das ist ein Jagdhund und er hat eine Wirbelsäulenverletzung. Er wird nie wieder richtig laufen und jagen können.“

Einen ausgedehnten Moment standen die vier Männer schweigend um den Hund herum, der flehentlich von einem zum anderen blickte. Thomas spürte, wie sich eine drückende Last über sie legte, eine Schwere, die ihr Gravitationszentrum in der Vergangenheit hatte. Es war das ungeschriebene Gesetz werdender Männlichkeit, das zur unbedingten Wortkargheit verpflichtete. Wer zu viel Worte verlor, hatte schon verloren, er war in die stets gegenwärtige Falle der Lächerlichkeit getappt.

Harald warf seinem Bruder einen verächtlichen Blick zu und wandte sich dann an Roland:

„Tu, was zu tun ist!“

Roland nickte, dann zog er die Pistole aus dem Halfter und betätigte den Sicherungshebel. Mit einem satten metallischen Geräusch zog er den Lauf einmal vor und zurück und ging langsam auf den Hund zu. Das Tier drückte leise winselnd den Kopf auf den Boden und sah ihn mit weit geöffneten Augen an. Roland ging um den Hund herum, nahm die Waffe in beide Hände und zielte mit ausgestreckten Armen und einem zusammengekniffenen Auge auf den Nacken des Tieres. Thomas wollte etwas sagen, sein Mund war trocken, aber er brachte nichts heraus. Die Geräusche im Garten schienen zu verstummen, die Männer starrten schweigend auf die Pistole, etwas Gedämpftes legte sich über die Szenerie, ein eigentümlich entrückter Moment dehnte sich, bis der Schuss fiel und die Waffe in Rolands Händen zurückzuckte. Der Kopf des Hundes flog in die Höhe, der Körper krampfte und sackte zur Seite. Der weiße Hase sprang auf und verkroch sich in einer Ecke des Stalls. Der andere Hund schlug an und zerrte an der Leine,

Wolfgang Leitner hatte solche Mühe, ihn zu bändigen, dass er ihn zum Ausgang zog und mit ihm den Garten verließ.

Die anderen Männer standen weiterhin schweigend um den toten Hund herum. Nur um irgendwas zu sagen, fragte Thomas:

„Was war er für eine Rasse?"

„Deutsch Kurzhaar", sagte Roland mit betont fester Stimme. „Typischer Jagdhund."

Plötzlich musste Thomas sich beherrschen, um nicht in ein Lachen auszubrechen.

„Deutschhaar? Passt zu euren Uniformen."

„Das sind keine Uniformen, das ist Jagdbekleidung", sagte Roland und steckte die Pistole wieder mit einem eingeübt wirkenden Griff ins Halfter. „Aber das hier", fügte er hinzu und tippte auf die Landesflagge an seinem Arm, „ist ein Erkennungszeichen."

„Für was?"

„Dass wir nicht nur Jäger sind."

„Was seid ihr denn noch?", fragte Thomas, der froh war, etwas sagen zu können, das nichts mit dem Hund zu tun hatte, der vor ihnen in einer wachsenden Blutlache lag.

„Bürgerwehr", sagte Leitner und stützte sich mit durchgedrücktem Rücken auf seinem Gewehr ab.

„Ist Krieg ausgebrochen?"

„Bürgerkrieg", sagte Leitner. „Hast du's noch nicht mitgekriegt? Auf welchem Planeten lebst du?"

„Also ich hab bisher noch keine Panzer gesehen."

„Die brauchen keine Panzer. Die brauchen nur ein paar Silvesterraketen, um über unsere Frauen herzufallen."

„Mein Gott, das ist jetzt auch schon eine ganze Weile her. Und ist hier seitdem irgendwer über eine Frau hergefallen?"

„Noch nicht", sagte Roland, ging neben dem Hund in die Hocke und legte die Hand auf seinen Körper. „Aber

Köln ist überall und kann sich jederzeit wiederholen. Und wenn der Staat seine Bürger nicht mehr schützt, dann müssen die Bürger die Sache selbst in die Hand nehmen. Jeder hat das Recht auf Selbstverteidigung, so wie du, wenn du dich auf deinem Grund gegen einen Eindringling schützt. Und genau das machen wir. Die Jäger müssen die Vorhut sein, nur wir haben die Mittel dazu."

Roland schulterte sein Gewehr und sagte zu Leitner:

„Fass mal mit an!"

Die Männer packten den Hund an den Beinen und trugen ihn zum Ausgang, ein Blutfleck hatte sich auf dem Nackenfell rund um die Schusswunde ausgebreitet, der Kopf baumelte mit heraushängender Zunge herab. Thomas hielt ihnen die Tür auf.

„Und was jetzt?"

„Jetzt ist Jagdzeit", sagte Roland. „Jetzt holen wir uns erst mal den Killer, der das Karnickel der kleinen Hilgers gerissen hat."

Thomas schloss die Gartentür und sah sich um. Der weiße Hase kauerte immer noch im Stall, der schwarze war nirgends zu sehen. Er ging zur Hecke, um ihn im Gebüsch zu suchen, doch ein plötzlicher Anfall von Übelkeit zwang ihn, in gekrümmter Haltung auf dem Rasen zu verharren. Tränen traten ihm in die Augen, während er schwer atmend einen Würgreiz niederkämpfte. Als er sich wieder aufrichten konnte, ging er mit wackligen Schritten ins Haus. Er musste sich mit beiden Händen an der Wand abstützen, als er die Kellertreppe hinabstieg. Auf dem Metallregal fand er, was er suchte, eine ungeöffnete Flasche Rum. Er trank drei kräftige Schlucke daraus und spürte, wie die Flüssigkeit augenblicklich eine brennende Wärme in Schlund und Magen erzeugte. Schnaufend setzte er die Flasche ab, um gleich darauf noch zwei Schlucke zu nehmen. Als er wieder bei Atem war, schraubte er die Flasche gründlich zu und stellte sie wieder ins Regal. Dann nahm er sein Handy aus der Hosentasche und hielt es eine Weile unentschlossen in der Hand. Er rief Simones Nummer auf, zögerte dann aber. Tastend befühlte er mit den Fingerspitzen die weißen Stoppeln an seinem Hinterkopf. Dann wählte er Karins Nummer.

Over the Rainbow

Träume, an die er sich nur noch bruchstückhaft erinnern konnte, hatten ihn immer wieder aus dem Schlaf gerissen. Auch jetzt hatte ihn ein Traum geweckt, von dem er nur noch eine Ahnung hatte, ein deutlich gefühltes Schemen, aber ohne jeden Inhalt. Er wusste, wenn es ihm jetzt gelänge, sich an ein Detail zu erinnern, einen einzigen Anhaltspunkt, dann würde der Rahmen sich sogleich mit Inhalt füllen und der Traum wäre ihm wieder präsent. Aber er vermied es, ins Trübe hineinzufischen, denn er spürte, dass es nichts Angenehmes bereithielt. Er stieg so rasch aus dem Bett, dass er ein plötzliches Schwindelgefühl niederkämpfen musste. Nachdem er in eine Hose und ein Sweatshirt geschlüpft war, ging er die Treppe hinab in die Küche. Er trank einige Schluck Wasser direkt aus dem Hahn und stieg die Treppe wieder hinauf ins Arbeitszimmer. Das fahle Licht der Dämmerung fiel durch das kleine staubfleckige Fenster. Ihn fröstelte leicht, mit hochgezogenen Schultern öffnete er ein neues Dokument auf dem Laptop und tippte auf die leere Seite:

Sie hatte gelacht, laut, haltlos und hingegeben. Es war das unelegante, undamenhafte Lachen einer Frau, die sich für diesen ganz besonderen Moment nichts um ihre Außenwirkung scherte. Schon als Halbwüchsige hatte sie so lachen können, und es war kein mädchenhaftes Kichern oder Kuttern, kein scheues Zieren mit der Hand vor dem Mund. Atemlos hatte sie sich gekrümmt, ganz und gar dem ausgeliefert, was sie da schüttelnd im Griff hatte. Und auch jetzt beugte sie sich vor, rang für einen tonlosen Moment nach Atem und wischte sich die Tränen aus den nun stark vertieften Fältchen an den Winkeln ihrer zusammengekniffenen Augen. Als sie wieder Luft genug geschöpft hatte, um sich aufzurichten und lauthals weitere Lachsalven aus ihrem Körper zu entlassen, öffnete sie ihren Mund so weit, dass er ihre gesamte untere Zahnreihe sehen konnte, die makellos war bis auf eine Amalgamfüllung in einem hinteren Backenzahn. Er wartete ab, bis das Beben verebbte, dann sagte er nur: „Jomen", und das Gelächter begann erneut, so lange, bis sie Atem genug hatte, um zu antworten: „Faddamacka".

Als er das letzte Wort niederschrieb, musste er selbst so laut lachen, dass er nicht weiterschreiben konnte. Er hatte eine Geschichte zum Besten gegeben, die er Karin vor Jahrzehnten schon einmal erzählt hatte und die er ihr von da an immer wieder erzählen musste. Auch diesmal forderte sie sie ein, und er musste sie in allen Details berichten, so, als habe sie das alles noch nie gehört. Ein Ritual, wiederbelebt und geeignet, für einen gemeinsamen Moment einige Jahrzehnte vergessen zu machen.

Das war die Geschichte: Er war zum feierlichen Familienessen bei seiner Tanta Klara eingeladen, es gab Hasenbraten. Wie immer saß seine Mutter stumm am Tisch und starrte ausdruckslos auf ihren kaum angerührten Teller. Sein Vetter Roland war um die Zeit gerade bei der Bundeswehr und übers Wochenende nach Hause gekommen. Er trug einen olivgrünen Pullover mit einer kleinen Landesflagge auf dem Ärmel. Sein Haar war zu einer Stoppelfrisur rasiert, was sein Gesicht noch rundlicher als sonst erscheinen ließ, seine Wangen glänzten rosig. Die Tante verteilte das Fleisch, die Jungen und sein Vater erhielten wie üblich die besten Stücke. Dann blickte Klara in die Runde, musterte abwechselnd ihn und ihren Sohn und sagte:

„Ja, ja. Der Roland, der hat einen schwachen Bartwuchs. Und der Thomas, der hat einen starken Bart. Das ist das Südländische. Der Südländer hat einen starken, schwarzen Bart."

Roland wollte etwas sagen, machte dann aber nur mit rollenden Augen eine wegwerfende Handbewegung in Richtung seiner Mutter und nagte weiter an seinem Hasenbein. Schweigen lastete auf der Runde, bis seine Mutter kurz vom Teller aufblickte und zu Klara sagte:

„Jomen."

Tante Klara legte den Kopf schräg.

„Was hast du gesagt, Brankica?"

Und seine Mutter wiederholte:

„Jomen."

„Jomen?", fragte die Tante und versuchte, den Tonfall seiner Mutter so gut wie möglich zu treffen. „Was heißt das, Brankica? Du musst deutsch mit uns reden, wir verstehen kein Bosnisch."

Sein Vater warf Thomas einen kurzen Blick zu und verbiss sich ein Grinsen.

Als seine Mutter nicht antwortete, wandte sich die Tante an ihn und fragte:

„Tommy, weißt du, was Jomen heißt?"

Er zuckte nur mit den Schultern und sah zu seinem Vater hinüber, der nun jeden Blickkontakt vermied, denn er wusste ebenso wie sein Sohn, wo die Mutter das Wort her hatte. Einige Tage vor dem Essen war Thomas aufgeregt zu seiner Mutter in die Küche gekommen, den Kassettenrekorder in der Hand.

„Mama, ich hab neue Musik, die ich dir unbedingt vorspielen muss."

Seine Mutter saß aufrecht am Küchentisch und blickte mit gehobenen Brauen auf den Rekorder. Er betätigte die Starttaste und ein treibender Schlagzeugrhythmus setzte ein, ein reduzierter Bass und ein einfaches hart angeschlagenes Gitarrenriff kamen hinzu. Das Ganze dauerte nur zwei Takte, dann begann es von Neuem. Es war ein Loop, die fortwährende Wiederholung eines bekannten Rhythmusausschnitts, der bereits einem früheren Song als Strophenbegleitung gedient hatte. Er hatte es schon einmal gehört, konnte es aber nicht zuordnen. Doch dann kam das Neue: Eine dunkle, markante Stimme setzte ein, entspannt und lässig, und doch mit unerhörter Bedeutsamkeit. Der Sänger, offensichtlich ein Schwarzer, stimmte keine Melodie an, nicht einmal die Andeutung einer wiedererkennbaren Linie. Er sang nicht, er sprach, aber in einem derart scharf akzentuierten Rhythmus, dass sein Sprechgesang eine Art Worttanz zu der Begleitung aufführte. Man konnte gar nicht anders, als dem Mann zuzuhören, auch wenn Thomas nur einzelne Wortfetzen dieses extrem fremdartigen Englisch verstand. Wenige Minuten dieser hypnotischen Musik reichten aus, um den Kopf seiner Mutter in eine fast unmerkliche Bewegung zu versetzen, die ihr wahrscheinlich nicht einmal bewusst war. Er freute sich über die Reaktion und begann sich ebenfalls leicht zu bewegen, so wie er es bei einem dieser Sprechsänger einmal im Fernsehen gesehen hatte, mit beinahe plump wiegendem Oberkörper, rudernden Armen und tastenden Händen, den kleinen und den Zeigefinger ausgestreckt, Mittel- und Ringfinger eingeknickt. Seine Mutter weitete die Augen und öffnete den Mund, etwas in ihrem Gesicht fing an zu leuchten. Das spornte ihn an, die wenigen Textfetzen mitzusingen, die er verstand, zunächst ein immer wiederkehrendes:

Yo, Man.

Als seine Mutter lächelte, warf er das prägnante „Yo Man“ einfach unabhängig vom Sänger am Ende jedes zweiten Taktes ein, dort, wo Schlagzeug und Bass eine kurze Lücke ließen. Seine Mutter sah ihn dabei mit erwartungsvoll gehobenen Brauen an. Nach einer Weile verstummte er überraschend an der Stelle und machte stattdessen mit den äußeren Fingern seiner rechten Hand eine auffordernde Bewegung in Richtung seiner Mutter. Nach zwei Durchgängen sagte sie dann leise, aber exakt in die Lücke hinein:

Jomen.

Er klatschte vor Begeisterung in die Hände, danach wechselten sie sich an der Stelle ab. *Yo Man – Jomen.* Das Lächeln wich jetzt nicht mehr aus ihrem Gesicht, ihre Schultern bewegten sich mit. Er tänzelte zum Rekorder und drehte ihn lauter. Dann sang er zusätzlich das zweite Wort mit, das er verstand:

Motherfucker!

Die Mutter runzelte kurz die Stirn, ohne mit dem Wiegen in den Schultern auszusetzen. Jetzt setzte er das neue Wort an die Stelle, wo er zuvor das *Yo Man* gesungen hatte.

Motherfucker!

Und wieder ließ er seinen Einwurf nach einer Weile überraschend aus und deutete mitten aus einer ausgelassenen Tanzbewegung heraus mit den beiden ausgestreckten Fingern seiner Rechten auf seine Mutter. Diesmal dauerte es nur einen Durchgang, bis sie an der gleichen Stelle einstimmte:

Faddamacka.

Er lachte laut auf und rief durch die Musik hindurch:

„Nein, Mama, nicht *Fathermacker! Motherfucker!*"

Sie hob kurz die Brauen, blies die Wangen auf und antwortete erneut an der entsprechenden Stelle:

Faddamacka.

Er wusste nicht, ob sie sich ihrer Wortverdrehung bewusst war, er glaubte einen leichten Schalk in ihren Augen wahrzunehmen, als sie erneut *Faddamacka* sagte. So sangen sie eine Weile im Wechselgesang *Motherfucker – Faddamacka,* während die dunkle Stimme auf dem Band weiterhin ihre völlig unverständliche, aber gewiss ungemein bedeutsame Predigt hielt.

Kurz vor dem Ende des Songs hörte die Mutter plötzlich auf, sich in den Schultern zu wiegen. Er folgte ihrem Blick, in der halb geöffneten Küchentür stand sein Vater und sah sie beide an. Er lächelte mit einem Mundwinkel und hatte eine Braue nach oben gezogen. Eine sanfte spöttische Belustigung lag auf seinem Gesicht, ein leichtes Befremden auch, und eine Spur Traurigkeit darüber, dass er von einem solchen Reigen stets ausgeschlossen bleiben würde.

An diesen Gesichtsausdruck musste Thomas denken, als er am Mittagstisch bei der Tante den Blickkontakt zu seinem Vater suchte. Doch der Vater hielt die Augen auf den Teller gesenkt, bis Klara erneut sagte:

„Ja, ja. Der Südländer hat einen starken Bartwuchs. Nur der Muselmann, der hat einen noch stärkeren Bart."

Nach einer kurzen nachdenklichen Pause, in der sie ihren Mund leer kaute, fügte sie hinzu:

„Und der Neger, der hat fast gar keinen Bart. Aber dafür krauses Haar."

Und in das Schweigen in der Runde hinein sagte dann seine Mutter nach einem kurzen, bedächtig ernst wirkenden Kopfnicken:

„Ja, ja. Faddamacka."

Als er Karin die Geschichte erneut erzählt hatte und ihr Lachen abzuebben begann, wischte sie sich mit dem Fingerknöchel eine Träne aus dem Augenwinkel. Er dachte an die Zeit, in der er nach diesem Lachen süchtig gewesen war, es war ihm stets als ein Lebenszeichen aus der Gegenwelt zur Sphäre der Stille in seinem Elternhaus erschienen.

„Dein Lachen hat sich nicht verändert", hatte er gesagt.

„O je", antwortete sie und strich sich eine blonde Strähne aus der Stirn. „Meine Mutter hat immer gesagt, wenn ich lache, fliegen die Ziegel vom Dach."

Thomas blickte aus dem Fenster zum Hasenkäfig. Es war Zeit, den verletzten Hasen zu verarzten. Als er am Vortag Karin angerufen und ihr von dem Angriff des

Hundes erzählt hatte, sagte sie nur: „Ich komme sofort“. Kurze Zeit später tauchte sie gemeinsam mit Simone und Karl an der Gartentür auf. Er hatte inzwischen den schwarzen Hasen in der Hecke ausfindig gemacht, das Tier kauerte reglos am Stamm eines Strauchs, seine Augen waren starr geweitet, ein fast unmerkliches Heben und Senken seines Rückens verriet, dass es noch lebte.

Als Karl durch die Gartentür trat und an Thomas vorbeiging, sagte er leise:

„Du hast eine Schnapsfahne.“

„Und du riechst nach Nuttenparfüm.“

„Hab gehört, du hast einen Hund zum Krüppel geschlagen.“ Er nickte ihm mit übertriebener Anerkennungsmiene zu. „Hätt ich dir nicht zugetraut. Also ich würde so was im Leben nicht fertigbringen.“

Sie grinsten sich an, dann gingen sie zu den anderen. Karl trug einen glänzenden hellblauen Jogginganzug, der eng anlag und seine Körperformen betonte, mächtige Schultern und weiche Brüste, die aussahen, als wären sie künstlich angehoben. Sein Haar hatte er mit einer Spange zurückgesteckt, was Stirn und Kieferlinie betonte. Seine Augen waren stark geschminkt, aus den tiefen Höhlen schimmerte es bläulich. Karin beobachtete ihn verstohlen von der Seite, aber er wich jedem Blickkontakt mit ihr aus. Er war in ihrer Gegenwart spürbar befangen.

Simone hatte den kurzen Wortwechsel zwischen Thomas und Karl aufmerksam verfolgt. Sie trug wieder keine Kopfbedeckung, ihr Haar war jetzt vollständig zurückgekehrt, sie ließ es wachsen, es begann sich an den Rändern zu wellen. Ihre Gesichtshaut hatte Farbe angenommen, ihre Gestalt wirkte kräftiger und geschmeidiger. Sie warf Thomas einen kurzen vorwurfsvollen Blick zu. Dann zog sie ihre weißen Stoffhandschuhe aus der Gesäßtasche ihrer Jeans und kroch ins

Gebüsch. Als sie mit dem immer noch reglosen Hasen in Händen wieder auftauchte, fragte Karl:

„Hast du alles dabei?"

Sie nickte und schüttete den Inhalt ihres Rucksacks auf den Rasen: Schere, Verbandszeug, Feuchttücher, Desinfektionsspray, Wundsalbe, einen Einwegrasierer und Rasierschaum. Als Karl ihr den Hasen aus der Hand nahm und das blutverschmierte Fell am Bein berührte, zuckte das Tier zusammen und versuchte sich zappelnd aus seinem Griff zu befreien. Karl legte dem Hasen die Hand auf den Rücken und drückte ihn sanft zu Boden. Dann streichelte er langsam über das Fell und sagte mit künstlich gehobener Stimme:

„Keine Angst, ich tu dir nichts. Ich muss dir nur kurz meinen Willen geben."

Der Rumpf des Tieres verschwand völlig unter seiner Handfläche.

„Du musst sie jetzt gut festhalten", sagte er zu Simone. „Trau dich, vertrau deinem Gefühl, dann vertraut sie dir."

Simone biss sich kurz auf die Lippen und kniete sich neben Karl. Er nahm ihre behandschuhte Rechte und drückte sie fest auf den Rücken des Tieres. Dann ergriff er die verletzte Pfote und zog sie nach hinten in die Länge. Das Tier zuckte wieder kurz zusammen. Karl nickte Simone zu, sie verstärkte leicht den Druck auf den Rücken, und der Hase hielt still. Er nahm eines der Feuchttücher und reinigte das Fell, bis er die Wunde fand, ein zentimeterlanger Riss am hinteren Teil des Schenkels. Lange betastete er den Knochen rund um die Wunde, mit Zeigefinger und Daumen, dann nickte er Simone zu.

„Schwein gehabt, nix gebrochen."

Er bedeckte die Wunde mit einem Stück Verbandsstoff und sprühte das Fell ringsum mit Rasierschaum ein. Mit vorsichtigen Strichen rasierte er die Haare rund um die Wunde ab und legte helle, zarte Haut frei. Dann sprühte er Desinfektionsspray auf die Wunde, das Tier zappelte, Simone erhöhte leicht den Druck. Schließlich schmierte er Wundsalbe auf die offene Stelle.

Karin beobachtete gebannt das Geschehen und schüttelte ungläubig den Kopf.

„Ihr seid ein tolles Team."

Simone blickte kurz mit dem Anflug eines Lächelns auf, dann wandte sie wieder ihre ganze Aufmerksamkeit dem Hasen zu.

„Wo ist eigentlich Svenja?", fragte Thomas leise.

„Ich wollte ihr das ersparen", sagte Karin. „Die ist nicht halb so tough, wie sie tut."

„Du kannst sie jetzt loslassen", sagte Karl.

„Kein Verband?", sagte Simone.

„Den würde sie sich nur abbeißen."

„Muss das nicht genäht werden?"

„Sie würde sich die Fäden selber ziehen. Entweder es heilt oder nicht. Jemand muss nur regelmäßig die Wunde säubern."

Alle blickten auf Thomas, der mit kreisenden Händen dem Impuls widerstand, sämtliche Stoppelstellen in seinem Haar zu betasten. Simone ließ den Hasen los, das Tier blickte kurz in die Runde, dann hoppelte es ungelenk auf drei Beinen ins Gebüsch. Karl verließ den Garten, ohne sich von jemandem zu verabschieden. Und als Simone auf ihr Fahrrad stieg, blieb Karin verlegen beim Eingang stehen. Ihre Befangenheit fiel erst von ihr ab, als er sie fragte, ob sie noch ein Glas Wein mit ihm trinken wolle.

Nachdem ihr Lachen über seine Geschichte verklungen war, schwiegen sie eine Weile. Zwei Kerzen beleuchteten den kleinen Wohnraum des Gartenhauses. Sie hatte sie selbst angezündet und mit tropfendem Wachs auf einem Teller aufgestellt, nachdem sie von der Terrasse ins Haus gegangen waren, weil die abendliche Frühherbstluft bereits empfindlich kühl war. Dann hatte sie das Licht ausgeschaltet, eine nackte Glühbirne, die von der Decke herabhing und mit ihrem kalten Schein die Schäbigkeit der Einrichtung betonte. Er beobachtete sie, während sie einen Schluck Rotwein aus einem Wasserglas trank. Dann sagte er:

„Als wir nach dem Motherfucker-Abend bei Tante Klara nach Hause gefahren sind, hat mein Vater mir überraschend den Autoschlüssel in die Hand gedrückt. Es war nur eine kurze Fahrt durchs Dorf, aber ich war trotzdem total stolz, ich hatte gerade erst den Führerschein gemacht. An einer Kreuzung sehe ich dann, dass mein Vater sich eine Träne wegwischt. Ich war geschockt, ich hatte ihn noch nie weinen gesehen. Aber dann hab ich gemerkt, dass er lacht. Die ganze Fahrt über hat er regelrecht gebebt vor Lachen. Und als wir dann zu Hause in die Garageneinfahrt einbiegen, da haben wir beide gelacht. Wir haben gar nichts gesagt, einfach nur gelacht. Und dann sehe ich, wie mein Vater sich nach hinten beugt, wo meine Mutter auf der Rückbank sitzt. Und sie hat gelächelt. Hat uns beide abwechselnd angeschaut und mit großen Augen angelächelt. Wir haben nicht gewusst, ob ihr klar war, warum wir so lachen, oder ob sie einfach nur Freude an unserer Belustigung hatte. Ich habe meinen Vater von der Seite angeschaut, und ich werde nie seinen Blick vergessen, mit dem er damals meine Mutter angesehen hat."

„Was war das für ein Blick?"

Er strich sich über die weißen Stoppeln an seinem Hinterkopf. Ihm wurde die Geste bewusst, doch diesmal ließ er sich gewähren und räusperte sich lautstark.

„Ich weiß nicht. Ich glaube, ich hab damals gesehen, dass mein Vater auf seine Art ein zärtliches Gefühl für meine Mutter gehabt hat."

Karin blickte lange in die leicht flackernden Kerzen.

„Dein Vater hat mich immer an Heinz Rühmann erinnert. Er hatte so etwas unbeholfen Schüchternes und Stilles."

„Und die Stille war sein Problem."

„Inwiefern?"

„Weil die einzige Brücke zu meiner Mutter durch die Welt der Klänge geführt hat."

Sie starrte lange nachdenklich in die Kerze.

„Ich hab leider auch nie eine Brücke zu deiner Mutter gefunden."

„Das hat eigentlich niemand wirklich."

„Oh doch!"

Sie sah ihn unverwandt an, die Kerze bewegte sich in einem Lufthauch und erzeugte flirrende Lichtreflexe in ihren Augen.

„Das hat ihr aber auch nichts geholfen, als es darauf ankam."

„Wie meinst du das?"

„Mein Vater war ja fast dreißig Jahre älter als sie. Als er gestorben ist, gab es niemanden, der sich um sie kümmern konnte."

„Es gab dich."

„Aber ich hab auch nicht verhindern können, dass sie in ein Pflegeheim gekommen ist."

„Wie ist es ihr denn da ergangen?"

„Sie ist –"

Er ließ den Satz so lange im Raum stehen, bis sie fragte: „Was?"

„Verstummt. Hat einfach kein Wort mehr gesagt, zu niemandem."

Karin atmete tief ein und trank noch einen Schluck Wein.

„Und wenn du sie besucht hast?"

Jetzt war er es, der lange in die Kerze blickte.

„Es hat dann so ein Ritual gegeben. Ich hab immer irgendwas mitgebracht, was einen Klang oder einen Ton erzeugt. Eine kleine Trommel oder so ein kleines Holzinstrumentchen, das Vogelstimmen imitiert, aus einem Kasten, den ich als Kind geschenkt bekommen hab. Und sie hat anfangs darauf reagiert. Nicht mehr so wie zu Hause, aber sie hat immer noch große Augen gemacht oder rhythmisch mit dem Kopf genickt. Und manchmal hat sie sogar gelächelt. Aber die Reaktionen sind bei jedem Besuch schwächer geworden. Irgendwann hat sie nur noch einen Finger oder die Lippen bewegt. Und dann –"

Er trank einen großen Schluck Wein. Dann noch einen, und noch einen.

„Und dann?"

„Bei einem meiner letzten Besuche hab ich vorher in irgendeinem Souvenirladen so eine kleine Drehorgel aus Metall gekauft, die eine Melodie spielt, wenn man an einer winzigen Kurbel dreht. Ich weiß noch, der Ramschladen hatte drei solcher Dinger zur Auswahl, ich hab einfach eine genommen, ohne groß darauf zu achten, was sie spielt. Als ich dann zu meiner Mutter kam, saß sie in ihrem Zimmer allein an einem Tisch und starrte ins Leere. Sie hat mich kaum mehr wahrgenommen. Ich hab mich ihr gegenüber gesetzt, die Orgel auf den Tisch gestellt, um dem Ding einen Resonanzboden zu geben, und hab an der Kurbel gedreht. Sie hat *Over The Rainbow* gespielt, und ich war völlig überrascht über den hübschen, feinen Klang, den diese unterschiedlich langen Metallzünglein erzeugen, wenn sie über die winzigen Noppen an der Walze fahren. Und während ich so vor mich hin kurbele und die Melodie und die Grundakkorde in erstaunlicher Klarheit erklingen, geht plötzlich eine Veränderung mit meiner Mutter vor. Ihr Blick kommt aus dem Nichts zurück und wandert zu der kleinen Orgel auf dem Tisch zwischen uns. Ihr Mund öffnet sich und ihr Blick ist seltsam verschleiert, aber er ist nicht wieder ins Nichts versunken, sondern irgendwo anders hin. Als das Lied ausgekurbelt ist, streckt sie ihre Hand aus und berührt meine Finger. Ich hab das Lied dann noch einmal von vorn gespielt. Am Ende hat sie gelächelt, aber ich hab gespürt, dass das nur noch am Rande mit mir und der Musik zu tun hatte."

Er betrachtete prüfend Karins Gesichtsausdruck hinter der Kerzenflamme, weil er fürchtete, dass er ihre Geduld mit seiner Detailfreude auf die Probe gestellt hatte. Aber sie sagte nur:

„Und dann?"

„Beim nächsten Besuch hab ich das Ding wieder mitgebracht. Diesmal ist sie sofort aus ihrer trüben Versunkenheit aufgetaucht, sobald sie die Orgel gesehen hat. Ich gebe wieder den Leierkastenmann, orgele langsam das Lied herunter, und als es zu Ende ist, berührt sie wieder meine Finger, diesmal lässt sie die Hand sogar etwas länger liegen. Ich mach mir dann einen Spaß, und drehe die Orgel ganz schnell, so dass die Melodie wie im Schnellvorlauf herunterleiert. Da kriegt sie eine richtige Zornfalte zwischen den Augen und sieht ganz empört aus. Ich spiele es wieder langsam und sie entspannt sich. Beim dritten Abspielen singe ich leise den Text des Refrains dazu, den Rest kannte ich nicht auswendig. Am Ende blickt sie mich geradeheraus an, mit einem ganz klaren Blick, und ich wusste, dass sie mich jetzt richtig wahrnimmt. Und da wollte ich plötzlich wissen, was sie sonst noch mitbekommt, und frage sie:

‚Mama, weißt du, was ein *Rainbow* ist?'

Sie hat große Augen gemacht und mit dem Finger scheinbar wahllos auf das Titelcover eines Magazins getippt, das auf dem Tisch lag. Ich hab schon gedacht, sie ist überfordert, aber dann hab ich gesehen, dass ihre Finger nicht beliebig auf der Zeitschrift herumfahren, sie hat immer die gleichen farbigen Stellen angetippt, rot, grün, blau, gelb, die Farben des Regenbogens. Ich war irgendwie völlig aus dem Häuschen.

‚Super, Mama, ich hab gewusst, du weißt es!'

Sie hat kurz einen Mundwinkel verzogen und irgendwie schelmisch ausgesehen. Dann formt sie Daumen und Zeigefinger zu einem Ring, hält sie vor den Mund und bläst hindurch. Ich hab zuerst gar nicht gewusst, was das soll. Dann ist mir eingefallen, dass sie mir als Kind immer gern dabei zugeschaut hat, wenn ich Seifenblasen in die Luft geblasen hab. Die Blasen hatten auch die Farben des Regenbogens. Ich hab ihre Hand genommen und sie lange gehalten, das hab ich sonst nie getan. Dann hab ich gesagt:

‚Und *Over The Rainbow,* Mama, was ist *Over*?'

Sie legt wieder den Ring aus zwei Fingern an die Lippen und bläst die Luft in die Höhe. Plötzlich hatte ich das Gefühl, sie ist wieder da, ich wollte sie nicht mehr weglassen und frage weiter:

‚Und *Somewhere over the rainbow,* Mama, wo ist *Somewhere?*'

Sie hat einfach nur mit den Schultern gezuckt. Dann hebt sie die Hände und blickt zur Decke."

Er hatte in seiner Erzählung innegehalten und sein Glas Wein ausgetrunken, ganz langsam, er kämpfte gegen den Sog an, der in ihm wütete, die Gier, sich die Flasche an den Hals zu setzen. Karin saß still hinter der flackernden Kerze und sagte nach einer längeren Pause:

„Und dann?"

„Dann hat sie irgendwann gar nicht mehr reagiert. Da war keine Regung mehr, kein Mucks, einfach nur Leere, abgrundtief. Da hab ich gewusst, die Brücke ist weg. Ich hab wieder die Orgel abgespielt, aber da war nichts mehr in ihr, bloß Stille, ihre Seele hatte sich vom Acker gemacht. Ich hab's noch mal versucht, die Orgel auf ein Frühstücksbrettchen gestellt und sie ihr nah ans Ohr gehalten. Ganz langsam und gleichmäßig hab ich die Kurbel gedreht, und einmal ist mir vorgekommen, als wäre da eine kleine Regung in ihrem Gesicht, kaum mehr als ein Schatten. Aber vielleicht hab ich mir das auch nur eingebildet. Und während ich die Orgel drehe und in ihrem Gesicht nach einem Lebenszeichen forsche, höre ich nach einer Weile zum ersten Mal genau auf das Lied. Als dann der Refrain einsetzt, wurde mir bewusst, was für eine unglaubliche, stille Anmut in dieser einfachen Melodie liegt, ein tieftrauriges Glück, so was gibt's nur in der Musik."

Er spürte, dass er bereits so weit in sich versunken war, dass alles um ihn herum zu verschwimmen begann, der Tisch, die Kerze, am Ende auch Karin. Mit einem leisen Schnaufen und einem inneren Kraftakt holte er sich in die Gegenwärtigkeit zurück.

„Das war dann der Moment, als ich hier weg musste."

„Ich dachte, du musstest weg, weil du ein Studium begonnen hast."

„Hab ich auch, zumindest war ich ein paar Semester eingeschrieben. Aber kannst du dir vorstellen, dass ich monatelang in einem Seminarraum sitze und am Ende ein Referat halte?"

Ein verlegenes Schweigen entstand, das er rasch überbrückte.

„Ich hab übrigens Jahre später einen Essay über das Lied geschrieben, für den hab ich einen wichtigen Preis gewonnen, er ist sogar ins Englische übersetzt worden." Er räusperte sich verlegen. „Jetzt bin ich vom Thema abgekommen. Aber immerhin verdanke ich diesen Momenten mit meiner Mutter, dass ich meine Brötchen als Musikkritiker verdienen konnte. Denn ohne den Preis hätte sich eine Zeitung wohl kaum so lange einen Helden der Disziplin und Zuverlässigkeit wie mich geleistet."

Karin bewegte sich auf dem Stuhl und streckte die Beine unter dem kleinen Campingtisch aus, ihre Fußspitzen berührten kurz die seinen, er wusste nicht, ob er den Druck erwidern oder ihr höflich Platz machen sollte.

Sie nahm ihm die Entscheidung ab, schob den Fuß zurück und zog ein Bein hinauf bis an den Körper. Sie stellte die Ferse auf die Stuhlkante und legte seitlich den Kopf auf das Knie. Er war überrascht über ihre Gelenkigkeit.

„Und wie ist es mit deiner Mutter weitergegangen?"

„Ein paar Wochen darauf ist sie gestorben."

„Warst du bei ihr?"

Er lachte kurz freudlos auf.

„Ich war um die Zeit nicht mal bei mir."

„Was heißt das?"

„Ich bin zu jedem Rave in der Umgebung gefahren und hab mich zugedröhnt, mit Lärm und allem, was ich in die Finger kriegen konnte. Irgendwann bin ich am nächsten Tag mit einem Sirenenton im Kopf wach geworden und es liegt ein Büschel Haare auf meinem Kissen. Ich dachte zuerst, du weißt schon. Aber es war mein eigenes. Seitdem hab ich immer wieder mal diese runden Flecken in der Perücke."

„Bereust du, dass du nicht bei ihr warst?"

„Ich weiß nicht. Sie ist im Schlaf gestorben, einfach eingeschlafen und nicht mehr aufgewacht."

Er berührte eine der Stellen an seinem Kopf und sie schwiegen lange. Er spürte plötzlich die unberechenbare Wirkung des Weins. Seine Zunge war bereits schwer, als er sagte:

„Unglaublich, wie Karl den Hasen verarztet hat."

Eine Pause entstand, in der sie spürbar mit sich rang, ob sie seinem abrupten Themenwechsel folgen sollte. Er war erleichtert, als sie schließlich sagte:

„Ja, Wahnsinn, wie er mit seiner Riesenpranke das Pfötchen betastet und gleich gewusst hat, dass nichts gebrochen ist. Wie ist der Hund eigentlich in deinen Garten gekommen?"

„Es waren zwei, einer ist durch den Zaun gebrochen. Er hat die Hasen im Garten gejagt, bis er Plüm schon halb in der Schnauze hatte. Dann hab ich ihm eins mit dem Kantholz übergezogen. Ich hab gar nicht gewusst, dass ich zu so was fähig bin."

„Du wolltest nur Simones Hasen schützen."

„Mag sein, aber ich hab mit so einer Wucht zugelangt, der Hund konnte danach gar nicht mehr laufen."

„Das war im Affekt, du warst in Panik."

„Irgendwas an dem Affekt gefällt mir nicht. Es hat regelrecht gekracht unter dem Holz."

Er schluckte trocken, schöpfte tief Atem, dann fügte er hinzu: „Ich hatte vorher schon so eine merkwürdige Gewaltfantasie mit dem weißen Hasen."

„Was für eine Fantasie?"

„Er hat neben mir gegrast und mir den Rücken zugekehrt. Und da hab ich mir vorgestellt, wie leicht es jetzt wäre, das Tierchen zu erschlagen."

Sie sah ihn lange an, mit einem Blick, den er nicht deuten konnte.

„Hast du Wut gekriegt, weil der Hase dir den Rücken zukehrt?"

„Nein, ich hab nicht ausgehalten, dass er mir blind vertraut."

Das Gespräch wurde ihm wieder unbehaglich. Er spürte, wie sich Schweiß unter seinen Achseln bildete. Er trank einen großen Schluck Wein.

„Jedenfalls hat Roland nicht lange gefackelt und den Hund noch in meinem Garten erlöst."

„Wie erlöst?"

„Er hat das Tier erschossen."

„Was?" Sie sah ihn mit großen Augen an. „In deinem Garten?"

Er nickte. Sie öffnete den Mund und rang fassungslos nach Worten.

„Ja, darf der denn so was? Einfach in einem privaten Garten rumballern?"

„Keine Ahnung, es hat jedenfalls sehr professionell ausgesehen. Er hat seine Neun-Millimeter-Automatik gezogen und sich wie die Kerle in den Krimis breitbeinig hingestellt. Dann hat er mit beiden Händen gezielt und abgedrückt."

Karins Haltung straffte sich.

„Ich fass es nicht! Der Typ ist ja gemeingefährlich, der war schon immer ein komplexbeladenes Mamasöhnchen. Ich lass nie wieder Svenja in seine Nähe."

Thomas blickte auf die Uhr in der unteren Bildschirmecke. Er nahm sich vor, noch fünfzehn Minuten zu schreiben, dann würde er nach dem Hasen sehen.

Warum war sie seinem Themenwechsel zu Karl und den Hasen so leicht gefolgt? Wollte sie nichts von dieser Seite seines Lebens wissen, von seiner Bereitschaft, sich jederzeit gehen zu lassen, wenn ihm etwas zu viel wurde? Warum hatte er über das Haarbüschel auf dem Kissen gesagt: „Ich hab zuerst gedacht, du weißt schon." Wollte er sie wissen lassen: Ich konnte jederzeit jemanden finden, der Haare auf meinem Kissen hinterlässt? Als er ihr von seiner Gewaltfantasie mit dem weißen Hasen erzählt hatte, war er allerdings froh über die geglückte Ablenkung von ihm und seinem Leben. Er hatte ihr bewusst die Tötung des Hundes so detailliert erzählt, weil er wusste, dass sie das in Rage versetzen würde. Als ihre Empörung darüber verebbte, verlief das Gespräch wieder in ruhigeren Bahnen, mit geteilten harmlosen Erinnerungen, bis schließlich ein Signalton auf ihrem Handy ertönte, das auf dem Tisch zwischen ihnen lag. Sie betrachteten beide den aufleuchtenden Bildschirm, aber sie machte keine Anstalten, die eingegangene Nachricht zu lesen. Wie gern hätte er den Sender der Nachricht entziffert, aber das war ohne Lesebrille nicht möglich. Als das Display wieder erlosch, war Karins Gesicht nur noch von den Kerzen beleuchtet, die schon fast bis auf den Teller heruntergebrannt waren. Ein warmer

Schein, der Schatten in ihrem Gesicht erzeugte und Linien darin betonte, die er bei hellerem Licht nicht so deutlich sehen konnte. Ein winziger Funke leuchtete in ihren Augen. Er spielte mit dem Gedanken, zwei neue Kerzen anzuzünden, fürchtete aber, dass sie das als Gelegenheit zum Aufbruch nutzen würde.

Er nahm die Hände von der Tastatur und legte sie in den Schoß. Mit verschwommenem Blick sah er in die Leere. Seine Angst war unbegründet gewesen, sie selbst hatte die Kerzen ausgetauscht, als sie kurz vor dem Verlöschen waren. Nachdem sie zwei neue angezündet hatte, sagte sie:

„Du warst damals ein echter Chaot, weißt du das? Wenn wir was zusammen unternommen haben, hast du immer stundenlang deinen Helm, deine Brieftasche oder deinen Schlüssel gesucht."

„Daran hat sich bis heute nichts geändert."

„Manchmal hab ich eine halbe Stunde auf dich gewartet. Dann bin ich meistens in eure Küche gegangen und hab mich zu deiner Mutter an den Tisch gesetzt."

Er lächelte gedankenversunken in die Kerzenflamme hinein.

„Und, wie war das?"

„Anfangs hab ich immer versucht, ein Gespräch mit ihr anzufangen. Aber das war nicht möglich. Wir sind uns einfach gegenübergesessen und haben beide nichts gesagt. Sie hat nur mit einem seltsamen Blick auf den Tisch gestarrt, und ich hab mich dann immer gefragt: Was sie jetzt wohl denkt?"

„Ich wusste das."

„Was?"

„Dass du dich oft zu meiner Mutter gesetzt hast. Dann hab ich mir immer besonders Zeit gelassen."

Sie lachte kurz auf.

„Du Schuft!" Und nach einer kurzen Pause fügte sie

hinzu: „Warum hast du dir Zeit gelassen?“

„Ich weiß nicht.“

„Doch, das weißt du, du sagst es nur nicht. Wie so vieles nicht.“

Er wollte fragen, was sie damit meinte, ließ es dann aber. Schließlich sagte sie:

„Ich werde nie vergessen, was mit deiner Mutter passiert ist, wenn du schließlich mit Helm und Lederjacke in die Küche gekommen bist.“

„Was denn?“

Er wich ihrem Blick aus und starrte weiter in die Flamme.

„Es hat gewirkt, als hätte sich auf einmal für sie eine Tür in die Welt aufgetan. Dann ist irgendwas in ihr lebendig geworden. Sie hat gelächelt und mich zum ersten Mal richtig angesehen. Und dann hat sie immer deinen Namen genannt: *Tommy.* Als müsste sie mir mitteilen, wer du bist. Ganz ernst und ein wenig stolz hat sie geklungen.“

Er trank einen Schluck und rang wieder mit dem Impuls, das Thema zu wechseln. Auch sie nippte an ihrem Glas und sagte dann:

„Weißt du, in solchen Momenten in der Küche, da hab ich mir gedacht –“

Sie zögerte lange.

„Was?“

„Dass du der Mann bist, dem ich auf seinem Moped überallhin folgen würde.“

Er sah in die Kerze. Seine Stimme war fast tonlos, als er sagte:

„Und doch bist du nicht mitgekommen, als ich es hier nicht mehr ausgehalten hab.“

„Du hast mich nie gefragt.“

„Doch, das hab ich.“

„Dein Mund hat gefragt. Aber alles andere hat gesagt: Bleib!“

„Weil ich wusste, dass du hier gebunden warst. Ich *musste* weg und du *konntest* nicht weg. Deine Mutter, der Burschi, all das."

„*All das?*" Sie atmete hörbar ein und aus. „Du hast die Entscheidung über *all das* nicht mal mir überlassen."

„Du wärst in meinem Leben sicher nicht glücklich geworden."

„Wäre dein Leben denn genauso verlaufen, wenn ich mitgegangen wäre?"

Er dachte lange nach.

„Vielleicht nicht. Aber eine Zumutung wäre ich sicher gewesen, und oft mehr als das."

„Das klingt so edel, so uneigennützig. Aber das ist nicht die ganze Wahrheit, und das weißt du!"

Ein langes Schweigen entstand, es lastete auf ihnen in dem schwach beleuchteten kleinen Raum, bis plötzlich ihr Handy klingelte – ein lautes, eindringliches Geräusch, das sie beide zusammenzucken ließ. Sie nahm das Telefon vom Tisch und hielt es in einiger Distanz von ihrem Gesicht entfernt. Dann wischte sie mit einer entschlossenen Bewegung über das Display und machte dem Ton ein Ende.

„Wer war das?", fragte er und er hatte im gleichen Moment das Gefühl, dass ihm diese Frage nicht zustand.

„Niemand", hatte sie gesagt und war aufgestanden. Dann setzte sie sich wieder und trank einen Schluck Wein.

Er lehnte sich zurück und las die letzten Zeilen, die er geschrieben hatte, noch einmal. Über seine Angst, zwei neue Kerzen anzuzünden, musste er jetzt schmunzeln. Nach einer lange Pause, in der er auf den Monitor starrte, ohne etwas zu sehen, legte er wieder die Finger auf die Tastatur.

„Das ist nicht die ganze Wahrheit, und das weißt du!" Was meinte sie damit? Was wusste er? Eines hatte er sein

ganzes Leben geglaubt zu wissen, es war seine Wahrheit, die ganze Wahrheit: Er musste damals weg aus dem Dorf! Er hätte es keine Woche länger ausgehalten, und eine Rückkehr hätte ihn um den Verstand gebracht. Und sie konnte nicht weg, sie wäre zerbrochen daran, die Ihren allein zurückzulassen. So war sie. Und so war er.

Er wollte noch etwas hinzufügen, klickte stattdessen rasch auf das Kreuzchen am oberen Bildrand. *Speichern, Verwerfen* oder *Abbrechen?* Einem spontanen Impuls folgend klickte er auf *Speichern*. Das Programm fragte ihn nach einem Dateinamen, in dem entsprechenden Feld stand blau hinterlegt das Wort *Unbenannt2*, und jetzt erst wurde ihm bewusst, dass sich hinter seinem soeben geschriebenen Text noch ein weiteres ungespeichertes Dokument befand. Er rief *Unbenannt1* auf und las die letzte Zeile, hinter der immer noch der Cursor blinkte:

„Aber alles davor war schön.“

Er wechselte wieder zum anderen Dokument und starrte lange auf das Feld für den Dokumentennamen. Mehrmals legte er die Finger auf die Tastatur, um etwas in das Feld zu schreiben. Doch sie wanderten jedes Mal unverrichteter Dinge zu seinem Hinterkopf. Schließlich klappte er das Laptop mit einem satten, lauten Geräusch zu.

Das Wort

Die Therapeutin lehnte ihren Stock an die Wand und setzte sich in einen bequemen Sessel, in den sie so tief einsank, dass sie sich mit beiden Händen an den Lehnen abstützen musste. Als er sie das letzte Mal gesehen hatte, waren ihre gepflegt frisierten Haare noch grau meliert gewesen, jetzt waren sie weiß. Ihre Augen hinter der Brille hatten eine leichte Trübung bekommen. Karl fragte sich, ob das ein Symptom des Alters war oder eine Folge all dessen, was sie in ihrer langen Laufbahn gesehen hatte. Er hoffte, sie würde noch gut genug sehen, um zu registrieren, dass er sich fein gemacht hatte. Seinen besten Rock hatte er angezogen und eine Bluse mit Leopardenmuster, dazu eine Brosche aus dem kleinen hölzernen Schmuckkästchen seiner Großmutter, in dem er als Kind so gern gestöbert hatte. Zu seiner Überraschung fand er es nach seiner Rückkehr in einem versteckten Fach einer völlig verrotteten Kommode.

„Ich freue mich, dass Sie nach so vielen Jahren wieder den Weg zu mir gefunden haben. Ich praktiziere eigentlich nicht mehr, aber für ehemalige Klienten mache ich schon mal eine Ausnahme. Wie ich sehe, sind Sie auf Ihrem Weg ein gutes Stück vorangekommen. Darum eine Frage vorweg: Wie darf ich Sie ansprechen?"

Karl betrachtete kurz seine großzügig beringten Hände mit den rot lackierten Fingernägeln.

„In meinem Pass steht jetzt Elisabeth Ritz."

„Dann gratuliere ich, Frau Ritz. Worüber möchten Sie denn mit mir reden?"

Er strich sich den Rock auf den Schenkeln glatt und sah sich in dem Raum um. Die Wände waren in einem dezenten Blauton gestrichen, nur eine Wand war terrakottafarben, sie diente als Hintergrund für eine Bücherwand, die bis an die Decke reichte. In einem Erker stand ein riesiger Ficus Benjamin, dessen Blätter sich an einigen Zweigen braun zu verfärben begannen.

„Keine Entspannungsübung mehr?"

Sie lächelte.

„Würden Sie denn gern eine machen?"

„Nein, ich bin entspannt. Ich hab ja endlich, was ich wollte."

„Sie meinen die Personenstandsänderung?"

„Ich hab mehr als das. Ich hab den Schein."

Ihre Augen hinter der Brille verrieten für einen Moment, dass sie nicht wusste, was er meinte.

„Den Schein, die Urkunde, dass ich eine Frau bin."

„Das psychiatrische Gutachten, das Sie für eine geschlechtsangleichende Operation benötigen?"

„Genau."

„Dann gratuliere ich noch einmal."

Sie wartete eine Weile ab, ob er etwas hinzufügen wollte. Dann sagte sie:

„Ich weiß, dass es oft ein langer und schwieriger Weg ist bis dorthin. Wie war es denn bei Ihnen?"

„Gut."

Jetzt lehnte sie sich im Sessel zurück und hielt die lange Pause aus, bis er sagte:

„Ich hatte einen tollen Psychiater, einen Gender-Spezialisten."

„Das freut mich."

Als er weiterhin schwieg, sah sie ihn eine Weile offen an. Ihr Blick war ruhig und von einer neutralen Freundlichkeit.

„Was hat Sie eigentlich zu mir geführt?"

„Na ja", sagte er und betrachtete seine Fingernägel. „Ich hab ja jetzt endlich den Schein."

Sie lehnte sich mit einem leichten Nicken zurück.

„Ich hab ja auch lange genug drauf gewartet. Ich hätte nur gedacht, dass dann ein paar Sektkorken hochgehen."

„Haben Sie denn eine Flasche Sekt aufgemacht?"

„Nein, aber eine Flasche Schnaps."
„Sie haben sich mehr von der Wirkung des Gutachtens erwartet?"
„Jahrelang hat es für mich kein anderes Ziel gegeben als diesen Schein, die Bestätigung von oben, dass ich bin, was ich bin. Meine Existenzberechtigung als Frau."
„Nun, der Schein, wie Sie ihn nennen, ist ja nur ein Stück Papier, wenn auch ein bedeutsames. Viel wichtiger war doch wohl der Prozess, der dem Gutachten vorausgegangen ist, oder?"
„Ja, der Prozess."
Sie sah ihn eindringlich an, ihm schien, als würde der trübe Schleier über ihren Augen langsam transparenter.
„Ich hab ein paar Prozesse hinter mir", sagte er und grinste. „Vielleicht hat mein Psychiater mir darum in jeder zweiten Stunde gesagt, dass ich ihn nicht als Richter sehen darf, der ein Urteil fällen muss, sondern als Begleiter auf einem schwierigen Weg."
„Und haben Sie das so annehmen können?"
„Klar. Und am Ende des Weges gibt's halt den Schein. Oder auch nicht."
Sie sah ihn abwartend an, er spürte ihre Scheu, über die Arbeit eines Kollegen zu reden.
„Sie haben sich anfangs positiv über Ihren Psychiater geäußert."
„Stimmt, der war toll."
Er überlegte lange und zwinkerte. Etwas im Winkel seines Auges brannte, er vermied es, mit dem Finger hinzugreifen, um seinen Eye-Liner nicht zu verschmieren.
„Das Erste, was er mir klar gemacht hat, war, dass ich nicht krank oder pervers oder so was bin. Dass so eine Geschlechtsdysphorie keine Krankheit ist, nicht einmal eine Störung. Und dass nur unsere Gesellschaft gestört ist, wenn sie so starre Grenzen zwischen Mann und Frau zieht."

„Das klingt nach einem aufgeschlossenen Therapeuten."

„Ja, das war er. Die meiste Zeit hat er einfach zugehört oder mir Löcher in den Bauch gefragt. Und er hat immer für alles Verständnis gehabt. Nur manchmal, da ist er richtig in Fahrt gekommen."

„Wann denn zum Beispiel?"

„Zum Beispiel, wenn ich ihn gefragt hab, wo ich das ganze Zeug in mir eigentlich her hab. Da war er nicht mehr zu bremsen, ich erinnere mich noch gut an seine Worte: ‚Sie haben kein *Zeug* in sich, und Sie haben es auch nirgends her! Was glauben Sie, Frau Ritz, wie oft Eltern von Transgender-Klienten zu mir kommen und mich fragen, was sie falsch gemacht haben! Nichts haben sie falsch gemacht. Eltern haben keinerlei Einfluss auf ein abweichendes Geschlechtsempfinden ihrer Kinder. Nur bei einem einzigen Fall eines Kollegen hat was darauf hingedeutet. Aber es hat sich dann nicht bestätigt. Der Fall war ein sechzehnjähriger Junge, und der hat seinen nordafrikanischen Vater nie kennengelernt. Und die Mutter hat den Jungen verlassen, als er zwei Jahre alt war. Er ist dann bei den Großeltern aufgewachsen. Seine Eltern können also gar keinen Einfluss auf seine Entwicklung gehabt haben.' Das hat er gesagt, ich erinnere mich noch genau."

Die Therapeutin sah ihn lange an, eine steile Falte hatte sich zwischen ihren Augen gebildet.

„Warum erzählen Sie mir diese Geschichte?"

„Keine Ahnung, Sie haben mich gefragt, was an meinem Psychiater toll war."

„Soweit ich mich erinnere, sind Sie auch bei Ihren Großeltern aufgewachsen."

„Mann, haben Sie ein Gedächtnis!"

„Ich hab es nicht vergessen, weil Sie einmal sehr liebevoll über Ihre Großmutter geredet haben. Da war irgendetwas auf einem Bauernhof."

„Da wohn ich jetzt wieder.“

„Bei Ihrer Großmutter?“

„Nein, die ist längst gestorben. Aber auf dem Hof.“

„Warum sind Sie denn zurückgekehrt?“

Er überlegte lange.

„Keine Ahnung. Mein Psychiater meinte, ich soll so viele Alltagstests wie möglich in meiner neuen weiblichen Identität sammeln. Und das Dorf ist ein echter Härtetest.“

„Haben Sie schon einen Termin für die geschlechtsangleichende Operation?“

„Nein, ich wollte vorher noch –“

Er zögerte und spielte mit einem Ring, der sich so tief in sein Fleisch eingegraben hatte, dass er ihn nicht mehr vom Finger lösen konnte.

Die Therapeutin beugte sich leicht vor, der Schleier war jetzt völlig von ihren Augen verschwunden.

„Sie wollten vorher noch – ?“

„Keine Ahnung, nichts.“

„Noch einmal in Ihrem Heimatdorf leben?“

„Vielleicht.“

„Wie geht es Ihnen denn bei dem Gedanken an die Operation?“

„Gut. Jetzt werd ich endlich, was ich bin.“

Sie wartete lange ab, ob noch etwas folgte.

„Was wird denn danach anders sein?“

„Alles.“

Wieder wartete sie.

„Und wie erleben Sie den Alltagstest in Ihrem Dorf?“

„Wie erwartet. Alle glotzen sich die Augen raus.“

„Ist das kränkend für Sie?“

„Das bin ich gewöhnt.“

„Ist es angenehm?“

Jetzt war er es, der lange mit der Antwort wartete.

„Was soll daran angenehm sein, wenn jeder dich anglotzt, als wärst du ein Monster?“

„Sie haben zu Beginn gesagt, dass Sie sich gefragt haben, wo das *Zeug* in Ihnen herkommt." Ihre Finger setzten das *Zeug* in Anführungszeichen. „Fragen Sie sich das immer noch?"

„Das kommt nirgends her, das war immer schon da."

„Wenn Sie das *Zeug* beschreiben müssten, welche anderen Wörter fallen Ihnen spontan dafür ein?"

Er blickte zur Decke.

„Drang, weg von dem Gefühl, dass ich nirgendwohin gehöre. Nicht hierhin und nicht dorthin."

„Drang wonach?"

„Nach Frauenzeug."

„Fällt Ihnen spontan eine Situation ein, in der Sie dieses *Zeug* gar nicht spüren?"

„Wenn ich bei Tieren bin. Ich kann gut mit Tieren. Und sie mit mir."

Ihr aufmerksamer Blick glitt plötzlich in eine innere Ferne und kehrte lächelnd zurück.

„Ich erinnere mich: Sie haben mir einmal erzählt, dass Sie Ihrer Großmutter gern dabei zugesehen haben, wie sie die Kühe füttert. Was glauben Sie denn, warum das *Zeug* nicht da ist, wenn Sie mit Tieren Kontakt haben?"

„Weil es denen egal ist, was ich bin und wie ich ausseh. Für die zählt nur, wie ich mit ihnen umgeh."

„Das ist die eine Seite: Was Sie für das Tier bedeuten. Was bedeutet das Tier denn für Sie?"

Er blickte sich im Raum um. In einer gelben Vase stand ein Strauß mit Kornblumen, das Blau leuchtete in dem angenehmen Licht, das durch ein gardinenloses Fenster einfiel. Er nahm das Wasserglas, das auf einem Beistelltisch neben ihm stand, und trank einen Schluck. Er bemerkte, dass er einen Lippenstiftfleck am Glasrand hinterließ. Kurz spielte er mit dem Gedanken, ihn mit dem Finger wegzuwischen. Dann sagte er:

„Unschuld."

„Tiere verkörpern für Sie Unschuld?"

„Ja. Tiere sind unschuldig. Sie tun nur, was ihre Natur ist."

„Und Menschen?"

„Sie müssen nicht das tun, was ihre Natur ist. Sie können sich anders entscheiden. Aber manchmal tun sie es doch und werden zu Tieren."

„Also kann das Tier auch etwas Bedrohliches sein?"

„Schon. Aber nur der Mensch kann schuldig werden, wenn er zum Tier wird."

Die Therapeutin nahm ihre Brille ab und putzte sie mit einem Papiertaschentuch. Er spürte, dass ihre Handlung nur dazu diente, etwas Zeit zu gewinnen, ohne sich das Thema entgleiten zu lassen.

„Haben Sie sich schon einmal von einem Tier bedroht gefühlt?"

„Nein. Nur im Traum. Ich hab früher oft von einem rasenden Stier geträumt."

„Möchten Sie mir den Traum erzählen?"

„Ich hab geträumt, ich bin in einem Kuhstall. Es ist völlig finster. Hinter einer Tür ist ein rasender Stier, der gegen die Tür donnert. Ich höre, wie er schnauft. Ich will weglaufen und merke plötzlich, dass nicht der Stier in einer Stallbox eingesperrt ist, sondern ich. Ich bin drin und der Stier ist draußen, und er wütet und versucht immer wieder, mit seinem Schädel die Tür zu zertrümmern."

„Ein Alptraum. Und wie geht er aus?"

„Ich werde wach, kurz bevor der Stier durch die Tür bricht. Beim Aufwachen höre ich noch, wie das Holz kracht."

Er trank einen Schluck Wasser und spürte, wie seine Kiefermuskeln sich anspannten. Er machte sich nicht die Mühe, es zu unterdrücken, obwohl er bemerkte, dass Wachsamkeit sich in den Blick der Therapeutin einschlich. Mit leicht gesenkter Stimme fragte sie:

„Was glauben Sie, warum der Stier zu Ihnen in die Box will?"

„Etwas lockt ihn an."
„Und was?"
Seine Antwort kam schnell und spontan:
„Das *Zeug.*"
„Das *Zeug* in Ihnen?"
„Ich trage ein rotes Kleid."
Die Therapeutin berührte ihre Stirn und blickte aus dem Fenster. Für einen Moment wirkte sie müde und alt. Dann sah sie ihn mit offenem Blick an.
„Ist der Stier in Ihrem Traum ein unschuldiges Tier?"
„Jedes Tier ist unschuldig."
„Aber er bedroht Sie doch."
„Das ist seine Natur. Ich trage ja das Kleid, ich bin ein rotes Tuch für ihn."
„Und wenn Sie kein rotes Kleid tragen würden, dann würde der Stier Ihnen nichts tun?"
„Nein, warum sollte er? Ich trage das Kleid, der Rest ist Natur."
„Sie sagten, in dem Traum ist es stockfinster im Stall. Der Stier kann also eigentlich gar nicht sehen, dass Sie ein rotes Kleid anhaben. Wäre es nicht möglich, dass ihn noch etwas anderes anlockt?"
„Was soll das denn sein?"
Sein Atem ging schwer, sein Kiefer mahlte so heftig, dass seine Zähne ein knirschendes Geräusch erzeugten. Die Therapeutin wirkte für einen Moment erschrocken und hob beschwichtigend die Hände.
„Ich wollte nur die verschiedenen Ebenen Ihres Traumes ausloten."
„Da gibt es keine Ebenen."
Sie trank einen Schluck Wasser.
„Sie sagten, Sie haben noch keinen Termin für die Operation. Gibt es da lange Wartezeiten?"
„Keine Ahnung, hab mich noch nicht drum gekümmert."
„Sie meinten, Sie haben so lange auf Ihren Schein gewartet. Was lässt Sie jetzt zögern?"

„Auf ein paar Wochen kommt's jetzt auch nicht mehr an."

„Was glauben Sie, wie sich die Operation auf das *Zeug* in Ihnen auswirken wird?"

„Sie wird nur etwas zu Ende bringen. Ich bin auf halbem Weg. Oben rum haben mich die Hormone ja schon zur Frau gemacht."

Er deutete auf seine Brüste, die sich unter der engen Bluse deutlich abzeichneten.

„Und wie geht es Ihnen mit dieser Veränderung?"

„Gut. Sehr gut."

„Betrachten Sie sich gern im Spiegel?"

„Und ob."

„Und wie ist das für Sie?"

„Prickelnd."

„Prickelnd im Sinne von erregend?"

„Wo denken Sie hin? Dann wäre ich ja ein Transvestit. Und die kriegen keinen Schein."

Er senkte den Kopf, verzog einen Mundwinkel und blinzelte sie aus seinen tief liegenden Augen an. Sie verschaffte sich erneut eine Nachdenkpause, indem sie einen weiteren Schluck Wasser trank und sich dann die Nase putzte. Er spürte, dass etwas in ihr arbeitete.

„Haben Sie manchmal Zweifel an Ihrem eingeschlagenen Weg? Das wäre nicht verwunderlich, immerhin ist der nächste Schritt ein einschneidendes Ereignis."

„Das kann man wohl sagen", sagte er und grinste sie an.

Sie lachte kurz auf.

„Oh, der Doppelsinn war mir gar nicht bewusst."

„Ich hatte als Kind immer Angst vor Spritzen und einen Horror vor Krankenhäusern. Aber wir haben in der Therapie viel darüber geredet."

„Sind das die einzigen Skrupel, die Sie haben?"

Seine Kiefermuskeln gerieten wieder in Bewegung.

„Ja."

Es ärgerte ihn, dass er ihr mit seinem Ja keinen Kommentar oder eine weitere Frage abnötigte, und fügte gereizt hinzu:

„Warum sollte ich Skrupel haben? Jetzt kommt endlich weg, was ich nie haben wollte."

Er blickte auf seine Hände, betrachtete die lackierten Fingernägel, die Ringe.

„Alles, was in meinem Leben schiefgelaufen ist, hat damit zu tun gehabt. Und jetzt schneiden sie es endlich weg. All das Harte, die Kraft, die Gewalt. Wenn mir jemand rechtzeitig die Testosteronpumpe ausgebaut hätte, hätt ich sicher nicht mein halbes Leben im Knast verbracht."

Sie sah ihn lange an. Er wartete, dass sie etwas sagte, aber sie schwieg. Er blickte wieder auf seine Fingernägel, sein Atem begann sich zu beruhigen.

„Als Sie das mit dem ‚einschneidenden Ereignis' gesagt haben", sagte er leise und ließ den Satz unvollendet.

„Ja?"

„Ich hab immer gemocht, wie Sie reden. Sie haben nic Fremdwörter benutzt und oft in Bildern geredet. Eines ist mir hängen geblieben: die weibliche Seele in einem männlichen Körper."

„Das stammt aber nicht von mir. Das ist eine sehr alte Wendung, um das Phänomen der Transsexualität zu beschreiben."

„Ich weiß, mein Psychiater hat es auch oft verwendet. Aber zu Ihnen hat es gepasst, zu ihm nicht."

„Warum nicht?"

„Was hab ich bei ihm nicht alles an Fremdwörtern gelernt, die ich noch nie gehört hatte. Geschlechtsdysphorie, Transgender, Transidentität, Testosteron und Östrogen und was weiß ich noch alles. Sonst reden die doch nie von der Seele, immer nur von der Psyche. Mein Therapeut war Psychiater und kein Seelenarzt, der heilt psychische Erkrankungen und keine kranken

Seelen. Warum taucht da auf einmal die gute alte Seele wieder auf, was meinen Sie?“

Sie blickte kurz zum Fenster und beugte sich vor. Sie schöpfte nach Atem, bereitete spürbar eine längere Erklärung vor. Dann überlegte sie es sich anders, ließ die Luft wieder aus und sagte:

„Haben *Sie* eine Idee, warum das so ist?“

„Keine Ahnung. Von der kranken Seele hab ich nur gehört, wenn ich als Kind mit meiner Großmutter in der Kirche war. *Herr, sprich nur ein Wort, so wird meine Seele gesund.*“

„Hätten Sie sich manchmal jemanden gewünscht, der ein solches Wort spricht?“

Er überlegte lange. Kurz legte sich etwas Weiches über seine Gesichtszüge, sein Blick verschwamm, sein Hände lagen geöffnet und schlaff auf seinen Schenkeln. Dann begannen seine Kiefermuskeln wieder zu arbeiten, beinahe unmerklich zunächst, dann stärker.

„Nein.“

„Wirklich nicht?“

„Das wäre ein Wort, das einen Stier in ein Kalb verwandeln kann. Und so ein Wort gibt es nicht.“

Pfefferspray

Der Laden war zum ersten Mal seit seiner Rückkehr recht gut besucht. Ein Feiertag, der Tag der Deutschen Einheit, fiel in diesem Jahr so, dass er ein verlängertes Wochenende nach sich zog. Es waren einige Frauen im Geschäft, die noch schnell das einkauften, was sie bei ihrem Großeinkauf im Supermarkt der benachbarten Stadt vergessen hatten. Thomas erkannte sie nicht und er machte sich nicht die Mühe, in ihren Gesichtern nach bekannten Spuren zu forschen. Das Geschäft war unbeheizt, obwohl bereits eine feucht-kühle Frühherbstwitterung eingesetzt hatte. Die Birken auf dem Dorfplatz vor dem Geschäft begannen im Wind ihre ersten gelben Blätter abzuwerfen. Er zog sich den Reißverschluss seiner Regenjacke bis zum Kinn hinauf und ging in dem schummrig beleuchteten Raum an den alten Holzregalen vorbei, legte ein paar Lebensmittel in einen Einkaufskorb und wollte warten, bis der Laden sich etwas geleert hatte, bevor er einige Flaschen Wein und eine Flasche Rum hinzufügte. Während er mit gespieltem Interesse das Etikett einer Fertigsuppe studierte, betrat der alte Josef Leitner das Geschäft. Gestützt auf einen hölzernen Stock, schleppte er sich schnaufend über die Stufen. Selbst bei diesem Licht leuchtete sein Gesicht tiefrot, sein weißer Haarkranz bildete einen beinahe künstlichen Farbkontrast dazu. Als er an Thomas vorbeiging, kniff er die Augen zusammen und deutete kurz mit dem Stock auf ihn.

„Bist du das, Tommy?"

Thomas stellte rasch die Schnapsflasche zurück ins Regal und trat in den Lichtkreis der Neonlampe an der Decke.

„Tag, Herr Leitner."

Der alte Mann stemmte die freie Hand in die Hüfte, sein runder Kopf wirkte, als würde er ohne Hals ansatzlos in den Körper übergehen. Erneut hob er den Stock in Thomas' Richtung.

„Wie ich hör, hast du einen unserer Jagdhunde auf dem Gewissen."

„Na ja. Ich hab ihn verletzt, erschossen hab ich ihn nicht."

Leitner hielt sich die Hand ans Ohr.

„Wer hat ihn erschossen?"

„Mein Vetter Roland."

„Da hab ich aber was anderes gehört."

„Ach ja, was denn?"

„Dass der Harald ihn erlöst hat, weil der Hund gewinselt hat wie am Spieß."

Thomas zuckte mit den Schultern. Leitner verzog verächtlich den Mund und schüttelte den Kopf.

„Zuerst bringt er nicht den Mumm auf, und dann prahlt er noch mit fremden Lorbeeren."

„Tolle Lorbeeren!", sagte Agnes Hilgers, die gerade dabei war, die gläserne Ablage über der Fleischtheke abzuwischen.

„Was sagst du?", rief Leitner in ihre Richtung in einem so gereizten Tonfall, dass Thomas sich fragte, ob er ihre Bemerkung wirklich nicht verstanden hatte.

Agnes richtete sich auf und sah Leitner mit einem herausfordernden Blick an. Sie nutzte Leiters echte oder vorgetäuschte Schwerhörigkeit und rief so laut in den Raum, dass die Frauen im Geschäft in ihren Verrichtungen und Gesprächen verstummten:

„Euer Köter hätt' um ein Haar unseren Hasen zerfleischt."

Leitner ging einige schwerfällige Schritte auf sie zu.

„Das ist ein Jagdhund, das ist seine Natur. Für ein läppisches Karnickel macht ihr so einen Aufstand? Wie viele von den Viechern hast du schon in deiner Fleischtheke verkauft?"

„Kommen Sie", sagte Thomas, „Ihr Hund ist durch den Zaun gebrochen und in meinen Garten eingedrungen."

„In *deinen* Garten, ja?" Leitner drehte sich zu ihm um und grinste ihn an. Dann klopfte er sich mit dem Zeigefinger an die Stirn. „Ja, man wird vergesslich im Alter. Hab doch glatt vergessen, dir einen Mietvertrag zu machen. Hat aber auch was Gutes. Denn der Harald braucht jetzt das Haus."

„Sie haben doch gesagt, er hat kein Interesse daran", sagte Thomas und ärgerte sich über den kleinlauten Ton in seiner Stimme.

„Jetzt schon, er braucht es als Depot", sagte Leitner und klopfte sich mit dem Finger auf den rechten Arm, mit dem er sich leicht zitternd auf den Stock stützte. Erst jetzt sah Thomas, dass eine kleine Landesflagge auf Leitners Anorak aufgenäht war.

„Und wann?"

Leitner wiegte leicht den Kopf, es sah aus, als würde ein Ball in einer flachen Senke zwischen den Schultern hin- und herrollen.

„Eigentlich sofort, die Zeit drängt. Aber wir geben dir einen Monat zum Ausziehen."

Während Thomas um eine Antwort rang, öffnete sich die Ladentür und Ingrid betrat das Geschäft. Sie blickte nicht nach links oder nach rechts, der verhangene Blick hinter den Brillengläsern war starr geradeaus gerichtet. Ohne Thomas zu bemerken, ging sie geradewegs zur Fleischtheke und sagte ohne Umschweife:

„Hast du Pfefferspray?"

Agnes blickte kurz mit gerunzelter Stirn von ihrer Arbeit auf.

„Ob ich was hab?"

Ingrid wiederholte im nachdrücklichen Ton:

„Na, Pfefferspray."

Agnes legte den Wischlappen beiseite und strich sich mit dem Handrücken eine graue Strähne ihres nachlässig frisierten Haares aus der Stirn.

„Was ist das? Was zum Würzen?"

Thomas trat einen Schritt aus dem Schatten der Regale und sah, dass Ingrid wieder die kakifarbene Hose mit den aufgesetzten Taschen trug, dazu eine ärmellose Weste über einem grünen Fleece-Pullover. Ein Stirnband aus Wolle hielt ihr über der schmalen Stirn nach hinten gekämmtes Haar in Form. Sie bemerkte das spöttische Blitzen in Agnes' Blick nicht.

„Nein, das ist ein Mittel zur Selbstverteidigung für Menschen ohne Waffenschein. Damit kann man einen Angreifer abwehren, wenn man es ihm in die Augen sprüht."

„So was führ ich nicht."

„Das solltest du aber, damit würdest du ein gutes Geschäft machen in diesen Zeiten."

Ingrid blickte in die Runde der anderen Kundinnen, die inzwischen auf das Gespräch aufmerksam geworden waren. Agnes fuhr mit ihrer Arbeit an der Wurstschneidemaschine fort und sagte:

„Ich hab hier in meinem ganzen Leben noch kein Giftgas gebraucht."

„Noch nicht", sagte Ingrid, „aber das kann sich schnell ändern, gerade du solltest das wissen."

Agnes schaltete die Maschine mit langsamen, ungelenk wirkenden Bewegungen aus.

„Was meinst du mit *gerade du?*"

Ingrid zögerte und schob das Kinn leicht nach vorn.

„Wo du doch eine Tochter hast, die sich noch schwerer wehren kann als andere Mädchen."

Agnes blickte kurz nach hinten zu dem Vorhang, der in den Wohnbereich führte. Dann holte sie tief Luft.

„Ach, weißt du, Ingrid, da mach ich mir echt keine Sorgen. Denn ich bin sicher, deine beiden großen Jungs würden aus ihrem Sandkasten aufspringen und zu Hilfe kommen, wenn was passiert."

„Da kannst du dich drauf verlassen", sagte Ingrid. „Roland bildet sie schon für die Bürgerwehr aus."

Thomas trat in Ingrids Blickfeld, aber sie bemerkte ihn nicht.

„Was für eine Bürgerwehr?“, fragte Agnes.

„Hast du’s noch nicht mitgekriegt? Unsere Männer machen sich bereit, um sich zu verteidigen.“

„Wogegen denn?“

„Gegen eine Million Menschen, die unser Land überflutet haben. Und gegen all die, die noch kommen werden, weil keiner was dagegen tut.“

Agnes hob die Brauen und nickte.

„Ich glaube, ich muss das Spray wirklich bestellen. Man muss sich ja wehren gegen Menschen, die vor Krieg und Elend fliehen und ihren Kindern ein sicheres Zuhause bieten wollen.“

Leitner ging schwerfällig auf die Eingangstür zu. Als er sie beinahe erreicht hatte, drehte er sich noch einmal um und sagte:

„Du bist auf falsche Propaganda reingefallen, Agnes. Die Notzüchtler vom Kölner Silvester stammen nicht aus Kriegsgebieten. Das ist polizeilich festgestellt.“

Als er sich auf seinen Stock abstützte und nach der Ladentür greifen wollte, öffnete sie sich mit einem klirrenden Geräusch. Alle Blicke im Laden wanderten zur Tür, als stehe der Eintretende zwangsläufig in einer Beziehung zu dem Geschehen vor der Theke. Eine riesige Gestalt verharrte kurz im Zwielicht des Eingangsbereichs, bevor sie in den Lichtschein der Deckenbeleuchtung trat. Es war Karl, der augenblicklich den engen Raum mit einer Wolke aus süßlichem Parfüm erfüllte. Er trug eine glänzende Bluse mit Leopardenmuster, deren oberste Knöpfe geöffnet waren. Der Stoff spannte so stark über seinem Brustkorb, dass die Ränder eines schwarzen Büstenhalters zu sehen waren, darüber glänzte frisch rasierte, faltige Haut. Die Bluse warf Falten um die Taille, wo sie nachlässig in einen kurzen schwarzen Lederrock gesteckt war. Die Beine waren von schwarzen Netzstrümpfen verhüllt, die in Schuhen mit Stöckelabsätzen mündeten, sie spannten die Füße in einem steilen Winkel empor, so dass die Sehnen auf den Waden hervortraten. Karl senkte rasch den Kopf und sah Leitner an, seine großen silbrigen Ohrringe gerieten dabei in Bewegung. Sein Haar war zum ersten Mal hochgesteckt, was seinen breiten Nacken und seine Kinnlinien betonte. Das Gesicht wirkte maskenhaft mit dem dick aufgetragenen Make-up und dem knallroten Lippenstift. Leitner öffnete kurz den Mund und schloss ihn gleich wieder mit eingezogenen Lippen. Ein drückendes Schweigen breitete sich aus, Thomas kam es vor, als würde der ganze Raum den Atem anhalten. Er sah Leitner schräg von hinten, seine rötliche Glatze glänzte im fahlen Neonlicht, ein Wulst hatte sich im Nacken gebildet, etwas an seiner linken Halsseite zuckte. Er hielt seinen Stock fest umklammert, seine Fingerknöchel traten zitternd hervor. Und über Leitners Kopf hinweg sah er Karls Gesicht, es schien über dem kleinen Mann vor ihm zu schweben. Karl hielt seinen Blick starr auf Leitner gerichtet, die Augen waren bei dieser Beleuchtung in den dunklen Höhlen nicht zu sehen. Eine tiefe Linie, die nicht einmal das dichte Make-up verbergen konnte, zog sich von der Nase zu den Mundwinkeln. Und dann geschah etwas mit seiner Gestalt, sie schien für einen Moment zu schrumpfen, der Nacken beugte sich, der Kopf schwebte nicht mehr ganz so hoch über Leitner. Und obwohl alles in diesem Gesicht starr war, verborgen unter Schminke und Maskerade, sah Thomas plötzlich durch diese groteske Schicht hindurch den jungen Karl, einen verschlossenen und argwöhnischen Halbwüchsigen, den Enkel eines Knechts und mutterlosen Sohn eines Schwerverbrechers, der diesen kleinen Mann da vor sich einst mit einem Korb in der Hand, gefüllt mit Eiern und Speck, gebeten hatte, seine Brücke passieren zu dürfen. Und Leitner war nicht länger ein gebrechlicher Greis, er wuchs heran, zu dem Mann, der die Passage über den Bach erlauben oder verbieten konnte, und zu einem Vater, der dem Mann – oder was von ihm übrig war – gegenüberstand, der seinen Sohn beinahe zum Krüppel geschlagen hatte. Er trat einen erstaunlich beweglichen Schritt auf Karl zu und gab ihm mit einem verächtlichen Wink seines Stocks zu verstehen, dass er ihm im Weg stand. Karls Gestalt straffte sich wieder, und Thomas sah, wie seine Kiefermuskeln zu mahlen begannen. Er kannte dieses Mahlen, wusste nach all den Jahrzehnten immer noch, was es bedeutete, und so trat er rasch aus dem Schutz der Regale heraus, in den Dunstkreis des Hasses hinein, und machte sich sichtbar.

„Hey, Karl."

Karl sah ihn überrascht an, reflexartig ließ das Mahlen in den Kiefermuskeln nach, seine Brust hob und senkte sich langsamer. Während sein Mund sich leicht öffnete, trat er einen Schritt beiseite und ließ Leitner passieren. Als der alte Mann bereits in der Tür war, drehte er sich noch einmal um und rief zur Ladentheke:

„Agnes, du solltest das Pfefferspray bestellen. Und gleich noch was gegen Ratten und Ungeziefer. So was schleppen nämlich Gewalttäter und Brandstifter ein."

Dann verließ er so rasch das Geschäft, dass er beinahe über die Stufen gestolpert wäre.

Es herrschte immer noch Schweigen im Laden. Karl schluckte mehrmals, sein Adamsapfel vollführte eine schmerzlich aussehende Bewegung. Dann nickte er Thomas zu und trat an das Regal mit den Spirituosen. Er nahm zwei Flaschen Sekt und eine Flasche Wodka heraus und wandte sich wieder dem Thekenbereich zu. Im Vorbeigehen legte er die Wodkaflasche in Thomas' Einkaufskorb, die Sektflaschen stellte er mit einem lauten Knall auf die Theke. Ohne abzuwarten, bis er an der Reihe war, kramte er eine Geldbörse aus seiner glänzenden Handtasche und fragte:

„Wie viel macht's?“

Agnes blickte in die starrende Runde und strich sich wieder eine Haarsträhne aus der Stirn.

„Geht aufs Haus. Weil du Simones Hasen gerettet hast.“

Karl nickte und deutete mit dem Kinn in den hinteren Teil des Ladens.

„Ich hab ihn nur verarztet, gerettet hat ihn der Typ da hinten beim Schnapsregal.“

Jetzt wanderten alle Blicke zu Thomas, der ungelenk nach vorn trat und seinen Einkaufskorb an der Kasse leerte.

„Brauchst du vielleicht noch Pfefferspray, Karl?“, sagte Agnes. „Manche Frauen trauen sich ohne gar nicht mehr aus dem Haus.“

Karl ignorierte die Nennung seines verhassten Namens, folgte Agnes' demonstrativem Blick zu Ingrid, die wie erstarrt neben Karl stand.

„Nein, so was hab ich noch nie nötig gehabt“, sagte er, ohne den Blick von Ingrid abzuwenden. „Komisch eigentlich, oder?“

Eine korpulente Frau im hinteren Teil des Ladens stellte ihren gefüllten Einkaufskorb auf den Boden und verließ das Geschäft. Thomas ging zur Ladentheke und begrüßte Ingrid mit einem zögerlichen Händedruck. Nur um irgendwas hinzuzufügen, sagte er:

„Na, wie war die Jagd?“

Jetzt kam wieder etwas Leben in Ingrids Gesicht, aber ihre Antwort klang mechanisch, wie auswendig gelernt:

„Fünf Stück Rotwild wurden erlegt, außerdem 19 Fasane sowie 23 Feldhasen und Kaninchen. Es gab mehrere Fuchssichtungen. Erlegt wurde zwar keiner, aber Roland sagt, er lässt nicht locker, bis er den Killer hat. Er will eine Fuchsfalle aufstellen, die er auf dem Dachboden gefunden hat, sie hat eurem Großvater gehört. Außerdem haben sie eine Menge Krähen geschossen, die genaue Anzahl weiß ich nicht. Roland will aber einen Totalabschuss erwirken. Die werden immer mehr und holen alle Singvögel aus den Nestern."

Als habe sie auf ihr Stichwort gewartet, öffnete sich der Vorhang hinter der Theke und Simone betrat den Geschäftsbereich. Aufmerksam blickte sie in die Runde und sagte in aufgeräumtem Ton:

„Hallo, Sissi, wie geht's meiner Plüm?"

Karl zuckte mit den Schultern und deutete wieder mit dem Kinn auf Thomas.

„Da musst du unseren rasenden Rächer fragen."

Simone sah Thomas offen an. Ihr Gesicht wirkte wieder etwas blasser als zuletzt, was aber auch an der fahlen Neonbeleuchtung liegen konnte.

„Die Wunde heilt schon."

„Super", sagte Simone und ging zu dem Regal mit den Süßigkeiten, zwei Frauen machten ihr etwas gezwungen lächelnd Platz. Simone nahm vier Schokoriegel heraus, ging zur Theke zurück und zwängte sich zwischen Karl und Thomas, der ein wenig beiseite treten musste, um ihr Platz zu machen. Dann legte sie die Riegel neben die Sektflaschen, nahm die Wodkaflasche aus Thomas' Einkaufskorb und stellte sie daneben.

„Dann geht das auch aufs Haus, oder, Mama?"

Simone deutete auf die Riegel und die Wodkaflasche.

Agnes nickte und sah ihre Tochter lange an.

„Hast du was zum Feiern, Sissi?", fragte Simone und zeigte auf die Sektflaschen.

„Ja, hab ich."

Simone schien mit der Antwort zufrieden und wickelte einen der Schokoriegel aus dem Papier. Genüsslich kauend blieb sie noch eine Weile zwischen den beiden Männern stehen. Schließlich blickte sie zuerst Karl an, dann Thomas und sagte mit vollem Mund:

„Wusstet ihr eigentlich, dass Krähen Singvögel sind?"

Karl runzelte die Stirn und sagte: „Hast du schon mal eine Krähe singen hören?"

„Ist aber so. Sie werden zur Familie der Singvögel gezählt. Und die sind laut Gesetz geschützt. Die Jagdverbände haben dem Gesetz sogar zugestimmt, weil keiner von denen weiß, was eine Krähe überhaupt ist. Für die ist so ein Vogel nur was Schwarzes auf einer Zielscheibe. Und jetzt dürfen sie noch nicht mal mehr drauf schießen."

Mit einem gespielt besorgten Ausdruck wandte sie sich an Ingrid.

„Vielleicht sagen Sie das mal Ihrem Mann. Sonst macht er sich noch strafbar."

Ingrid sah das Mädchen verständnislos an.

„Aber sie vermehren sich doch wie die Ratten."

„Blödsinn!", sagte Simone. „Raben- und Nebelkrähen haben immer einen festen Bestand, sie können gar nicht mehr werden. Denn es gibt in einem umgrenzten, ziemlich großen Gebiet immer nur ein einziges Brutpärchen, das ein Nest baut. Alle anderen in den Schwärmen sind Junggesellen ohne Nachwuchs. So ein Abschuss ist total sinnlos."

Thomas verkniff sich ein Grinsen, im Gegensatz zu Karl, der kurz auflachte. Simone biss wieder in den Schokoriegel und machte keine Anstalten, ihren Platz an der Theke zwischen Thomas und Karl zu räumen. Thomas ertappte sich dabei, wie er seine Stoppelstelle am Hinterkopf betastete. Er hoffte, dass niemand seine Verlegenheitsgeste bemerkt hatte, und sah prüfend zu Agnes hinüber, die ihm hinter der Theke gegenüberstand. Doch deren Aufmerksamkeit war von etwas anderem beansprucht. Neugierig betrachtete sie ihre Tochter, wachsam und ein wenig belustigt. Sie war sichtlich überrascht, sah etwas im Verhalten ihres Kindes, das ihr neu war und das sich erstmals hinaus in die Welt und unter die Menschen wagte. Auch wenn Agnes' Belustigung wohl daher rührte, dass ihre Tochter dieses Erwachen mit zwei denkbar fremdartigen

Männern teilte, die Welten von allem entfernt waren, was ihrem Kind und auch ihr selbst vertraut war, betrachtete sie das Ganze dennoch mit einem Schmunzeln, das sich zunächst ein wenig mühsam seinen Weg bahnen musste. Und mit einem Mal fiel alle Verhärmtheit von ihr ab und sie glich wieder dem jungen Mädchen, als das Thomas sie in Erinnerung hatte.

Blackbird

Zentimeter für Zentimeter krümmte er seinen Rücken nach vorn, dann wieder ein wenig zurück. Und bei jedem weiteren Versuch gelang es ihm, den Kopf weiter zu senken, ohne ein Brennen in der Wirbelsäule zu fühlen, bis er schließlich das weiche Kopffell des weißen Hasen an seinem Ohr spürte. Minutenlang hatte er einen halben Meter von dem Tier entfernt verharrt, das vor ihm im Gras lag, die langen Hinterläufe entspannt zur Seite ausgestreckt. In neun von zehn Versuchen sprang der Hase bei solchen Annäherungen auf, doch diesmal blieb er in dieser Haltung liegen, aufmerksam die Hand beobachtend, die sich ihm langsam näherte. Als sie ihn erreicht hatte und das Tier sich nicht rührte, wusste Thomas, dass er einen der seltenen Momente erwischt hatte: George Clooney gab sich gnädig und ließ sich berühren, sogar die ungeschützte Bauchseite bot er ihm dar. Er fuhr ihm mit der Hand über die Seite und bemerkte, dass der Hase bereits sein dichtes Winterfell bekam. Und das, obwohl das Wetter vor einigen Tagen umgeschlagen war und eine geradezu unnatürlich drückende Wärme in der Luft lag. Seine gespreizten Finger versanken tief in einem Wust aus weichem, geschmeidigem Fell. Als er den Nacken des Tieres erreicht hatte und der Hase seinen Hinterkopf leicht gegen die gewölbte Handfläche drückte, spürte Thomas, dass das Tier vor Behagen knubberte, wie seine Mutter gesagt hätte. Doch er fühlte es nur, er hörte es nicht, die Vibrationen im Kopf des Hasen reizten die Sensorik seiner Handfläche, aber sie wurden nicht zu Schall, jedenfalls nicht für seine Ohren. Er drehte den Kopf, näherte das andere Ohr dem Kopf des Tieres, doch auch so hörte er nichts. Erst als die feinen Härchen des Kopffells bereits die Haut seiner Ohrmuschel kitzelten, vernahm er ganz schwach das vertraute, brummige Schnurren. Oder bildete er es sich nur ein? Sein gebeugter Rücken begann zu schmerzen, dennoch verharrte er in der Haltung, als er spürte, dass der Hase seinen Kopf fester gegen sein Ohr drückte und der knubbernde Ton lauter zu werden schien.

„Was machen Sie da?"

Er drehte leicht den Kopf und sah, dass Simone auf dem Rasen stand. Ohne sich aufzurichten, sagte er:

„Ich höre mir an, was sich im Kopf einer Wolke so abspielt."

Simone lachte auf und kam auf ihn zu. Er hatte nicht gehört, wie sie die Tür geöffnet hatte. Sie trug halbhohe Sneakers und hatte die engen Hosenbeine hochgekrempelt. Sie stellte ihren Rucksack neben den Käfig und trat näher. Der Hase drehte unter seinem Ohr den Kopf in ihre Richtung.

„Und? Was denkt er so?"

„Er findet George Clooney potthässlich."

Er nutzte Simones anhaltendes Kichern, um sich mit einem Ächzen aufzurichten. Während er dem Hasen weiter über den Rücken streichelte, sagte er:

„Komm mal näher, und sag mir, ob du ihn knackern oder knubbern hörst."

Sie beugte sich zu ihm herab, ihr hellbraunes Haar fiel ihr seitlich in die Stirn.

„Also ich hör's deutlich. Er knackert und knubbert."

„Mist. Dann verwandele ich mich langsam in Beethoven."

„Was?" Sie sah ihn skeptisch an. „Ich hab an der Gartentür gerufen, weil ich gesehen hab, dass der Käfig offen ist. Haben Sie es an den Ohren? *So* alt sind Sie nun auch wieder nicht."

„Berufskrankheit."

„Sind Sie Musiker?"

„Musikkritiker."

„Und davon wird man taub?“

„Hä?“ Mit gespielt dümmlicher Miene hielt er sich eine Hand ans Ohr und parodierte einen Schwerhörigen.

Er bemerkte einen Schatten der Enttäuschung auf ihrem Gesicht, weil er ihre Frage nicht ernst genommen hatte, und räusperte sich.

„Nicht jeder Kritiker kriegt's so an den Ohren. Musik war für mich immer noch was anderes.“

Sie setzte sich im Schneidersitz neben den weißen Hasen.

Er hockte sich ins Gras und dachte eine Weile mit leicht wiegenden Schultern nach, bevor er hinzufügte:

„Musik war für mich oft ein Tor zur Welt, eine Brücke zu den Menschen.“ Nach einer Pause fügte er leise hinzu: „Danach kann man süchtig werden.“

Sie runzelte die Stirn, und er haderte kurz mit der Befürchtung, sie zu überfordern.

„Süchtig?“, fragte sie. „Wie nach Drogen?“

„So ähnlich.“

„Ich hab gehört, wie Sie und Sissi sich gegenseitig aufgezogen haben. Wegen Alkoholfahne und Parfümwolke und so.“

Er kratzte sich verlegen am Hinterkopf.

„Deine Ohren möchte ich haben.“

„Waren Sie eigentlich Freunde, als Sie beide noch hier gelebt haben?“

„Puh, das ist eine schwierige Frage. Irgendwie schon, aber wir haben selten das gemacht, was Freunde so machen. Wir waren beide Außenseiter, das hat uns wohl irgendwie verbunden.“

Er sah, dass sie nach einer vertiefenden Frage suchte, und kam ihr zuvor.

„Du und Svenja, ihr seid gute Freundinnen, stimmt's?“

Er rechnete mit einer vernünftigen Antwort, vielleicht sogar mit einer sachlichen Distanzierung. Stattdessen nickte sie nur und lächelte still in sich hinein.

„Wo ist sie denn jetzt?“, fragte er.
„In der Schule.“
„Und warum bist du nicht in der Schule?“
„Ich hab ein Attest.“
Er betrachtete sie genauer. Der Eindruck der Blässe am Vortag war der Neonbeleuchtung geschuldet gewesen, ihre Gesichtshaut war weder weiß noch wächsern, ihr brünettes Haar war fein, aber dicht, und ihre runden braunen Augen hatten Brauen und wirkten lebhaft und wach.
„Du siehst nicht krank aus.“
„Noch nicht. Nächste Woche werde ich wieder anders aussehen.“
Er runzelte die Stirn, seine Miene stellte eine Frage, aber er fand keine Worte dafür, und so nahm sie ihm die Suche ab.
„Chemo.“ Ihr Ton war beiläufig und sachlich.
Seine Hand wanderte zu seinem Hinterkopf, Fingerkuppen auf Stoppeln, er wusste nicht, wo er hinsehen sollte.
„Tut mir leid.“
Sie zuckte mit den Schultern. Dann sah sie ihn so lange offen an, bis er ihrem Blick verlegen auswich.
„Was sind das eigentlich für runde weiße Flecken in Ihren Haaren?“
Jetzt hatte er endlich einen Anlass, seine nachwachsenden Stoppeln zu betasten.
„*Alopecia areata.* Kreisrunder Haarausfall.“
„Hatten Sie auch eine Chemo?“
„Nein, aber das hat auch irgendwas mit dem Immunsystem zu tun. So genau weiß man das nicht.“
Sie nickte. Eine Weile sahen sie still dem weißen Hasen zu, wie er sich putzte. Aufrecht saß er zwischen ihnen auf den Hinterbeinen und fuhr sich mit der Zunge über das Bauchfell. Er wirkte eifrig und geschäftig in seinem Tun. Der schwarze Hase hoppelte herbei, das verletzte

Hinterbein schwächer belastend als das andere, und legte sich neben den weißen. Das Fell auf der verletzten Stelle war fast vollständig nachgewachsen.

„Da ist ja unser Hinkepfötchen“, sagte Simone mit heller Stimme, wie in einem Reflex zog sie ihre weißen Stoffhandschuhe aus der Hosentasche und streifte einen davon über ihre Rechte. Eine Weile streichelte sie dem schwarzen Hasen über Kopf und Rücken. Dann sagte sie:

„Sie knackert und knubbert lauter als Wolke, lauschen Sie mal, ob Sie wenigstens das noch hören.“

Er beugte sich vorsichtig nach vorn. Den Kopf schräg gelegt, näherte er sich ihrer Hand, die immer noch langsam über das Tier streichelte.

„Und? Hören Sie es?“

„Nein.“

„Sie müssen näher kommen.“

„Da spielt mein Kreuz nicht mit.“

„Warten Sie.“

Sie streifte den anderen Handschuh über und zog die Ärmel ihres Shirts bis über ihre Handgelenke. Vorsichtig fuhr sie mit der einen Hand unter Plüms Hinterleib, die andere schob sie unter die Brust des Tieres. Dann hob sie den Hasen hoch und hielt ihn an ihren Körper geschmiegt. Mit Daumen und Zeigefinger kraulte sie die Kiefer des Tieres.

„Jetzt lauschen Sie!“

Thomas beugte den Kopf zu dem Tier hinab und achtete darauf, dabei nicht Simones Körper zu berühren. Seine weißen Stellen aus solcher Nähe ihrem Blick auszusetzen war ihm unbehaglich.

„Jetzt hör ich es. Wie ein Mahlwerk.“

Als er sich aufrichtete, ließ sie einen wehmütigen Blick durch den Garten schweifen.

„Wo die Plüsch wohl sein mag? Ich hätte nie gedacht, dass die mal wegläuft. Sie war immer total anhänglich.“

Thomas versuchte eine möglichst neutrale Miene zu wahren und spielte kurz mit dem Gedanken, ihr die Wahrheit zu sagen.

„Wissen Sie, was ich immer komisch gefunden hab? Wenn die Hasen Angst hatten, zum Beispiel wenn ein Hund vor unserem Garten gebellt hat, dann haben sie sich immer aneinandergekuschelt."

„Was ist daran komisch?"

„Das ist so sinnlos. Wenn ein Hund sie angreift, kann der eine Hase dem anderen doch gar nicht helfen."

Er betrachtete sie von der Seite, ihre dunklen Augen waren von langen, schwarzen Wimpern beschattet, ihre Augenbrauen dicht und fein geschwungen, an der Nasenwurzel bildeten sie einen kleinen Wirbel. Etwas eigentümlich Altersloses lag in ihren Zügen, er spürte, dass sie durch ihre Krankheit Erfahrungen gemacht hatte, die Jugendlichen ihres Alters fremd waren.

„Meine Mutter hat mir erzählt, dass Sie nächsten Monat hier ausziehen müssen", sagte sie mit einem gedankenverlorenen Blick auf die Hasen. „Was haben Sie denn jetzt vor?"

„Keine Ahnung."

„Tut es Ihnen leid, dass Sie hier weg müssen?"

„Schon, ich hab mich an das Leben in der Hütte gewöhnt."

Sie steckte die Handschuhe wieder in die Gesäßtaschen ihrer Jeans und sagte beinahe tonlos, den Blick immer noch auf die Hasen gerichtet:

„Es gibt andere freie Häuser im Dorf."

„Ich fürchte, ich muss wieder mal Geld verdienen."

„Als Musikkritiker?"

„Ich hab nie was anderes gemacht."

„Und was ist mit Ihren Ohren? Wollen Sie total taub werden? Und was wird aus den beiden da?"

Sie deutete auf die Hasen, die immer noch zwischen ihnen saßen. Sie wartete keine Antwort ab und sagte:

„Ich zeig Ihnen mal was.“

Sie zog ihr Handy aus einer Tasche ihrer Jeans und tippte mit flinken Bewegungen auf dem Display herum. Dann legte sie das Gerät vor den Hasen auf den Boden. Musik erklang, die ihm sogleich einige Textzeilen in Erinnerung rief, die er vor Jahren geschrieben hatte:

Es beginnt mit einer einzelnen Akustikgitarre, einer heiteren, beinahe klingelnden Ankündigung für ein Lied über einen schwarzen Vogel. Im Hintergrund klopft jemand mit simplen Schlägen den Takt mit. Die Gitarre nimmt Fahrt auf und tänzelt munter in synkopierten Sechzehnteln, ohne sich in den Vordergrund zu drängen. Mit raffinierten Takt- und Harmoniewechseln haucht sie einer schlichten Gesangsmelodie Anmut und Seele ein. Am Ende klingt alles so klar und selbstverständlich, als könnte es gar nicht anders sein. Das vermag nur große Kunst. Der schwarze Vogel kann die Aufmunterung zur Hoffnung gut brauchen, denn er sitzt da in finsterer Nacht, mit gebrochenen Flügeln und gesunkenen Lidern.

Er lauschte. Selbst jetzt, da das Lied derart klanglich verdünnt aus dem winzigen Lautsprecher eines Mobiltelefons kam, entfaltete es noch seinen eigentümlichen Zauber:

Blackbird singing in the dead of night – take this broken wings and learn to fly.

Er beobachtete Simone, die mit gehobenen Brauen und leicht geöffnetem Mund in die Ferne blickte, und wartete das Ende der Strophe ab. Dann fragte er:

„Wie bist du denn darauf gestoßen?“

„Hab ich zufällig beim Surfen gefunden. Kennen Sie das?“

„Ich musste mal für die Zeitung mein persönliches Ranking der zehn besten Songs aller Zeiten aufstellen. Da war es dabei.“

Simone schien wenig beeindruckt.

„Mir gefällt die Stelle hier am besten."

Sie tippte und wischte auf dem Display herum, dann erklang das Ende einer Strophe, wo sich die Gitarre in geradezu klassischer Chromatik abwärts bewegt und die Stimme in souliger Beschwingtheit und dennoch sanft singt:

All your life – you were only waiting for this moment to arise.

Sie hörten sich das Lied an, bis gegen Ende ein Vogelgezwitscher die Stimme ersetzt. Plötzlich hob Simone mit weit offenen Augen den Kopf und deutete hektisch mit dem Finger auf die Hasen. Er sah, dass sie herangekommen waren. Sie saßen nebeneinander und starrten wie gebannt auf die Klangquelle. Und er bemerkte etwas Waches, Aufmerksames in ihrem so oft versunken wirkenden Blick, das ihm bisher entgangen war. Langsam kamen sie näher. Der schwarze Hase hob ein Schlappohr so weit, bis es fast senkrecht in die Höhe ragte, und streckte seinen Kopf immer weiter in Richtung des Smartphones aus. Auch der weiße Hase bewegte seine aufstehenden schwarzen Ohren, unabhängig voneinander drehten sie sich wie Antennen in verschiedene Richtungen. Simone stoppte die Musik, und die Ohren sanken und verharrten in Ruhe. Dann drückte sie wieder auf Play, und das Ohrenspiel fing von Neuem an. Der Weiße begann mit seinem Unterkiefer zu mahlen, was seine ganze Wangenpartie in eine rhythmische Bewegung versetzte, als würde er auf etwas kauen. Simone lachte auf.

„Ich wusste, dass Plüm auf Musik regiert. Hab alles Mögliche ausprobiert, aber auf *den* Song reagiert sie am heftigsten. Und bei Wolke hat's anscheinend auch eingeschlagen."

Das Zittern im Kiefer des Weißen war zu einem Beben geworden, die Ohren bewegten sich immer schneller. Sie beobachteten die Hasen, bis das Lied zu Ende war. Dann sagte Simone:

„Ein *Blackbird* ist eine Amsel, oder?"

„Ja, aber als ich den Artikel über das Lied geschrieben hab, hab ich das nicht mal gewusst. Bin damals einfach nicht auf die Idee gekommen, es nachzuschlagen. Viele haben das Lied auch als Kommentar zur Unterdrückung der Schwarzen in Amerika verstanden. Für mich war *Blackbird* einfach immer nur ein schwarzer Vogel."

Thomas betrachtete die Hasen, die immer noch die Ohren spitzten, obwohl das Lied längst verklungen war. Schließlich sagte er:

„Ich werde sie vermissen."

Simone verzog verächtlich einen Mundwinkel.

„Das sagen Sie doch nur so."

„Nein, im Ernst. Natürlich nicht das Stallputzen und das Füttern. Fürsorglichkeit ist nicht so mein Ding, fürchte ich."

„Was dann?"

Er dachte lange nach.

„Oft sitzen sie einfach nur ganz ruhig da, mit so einem seltsam abwesenden Blick. Dann sehen sie so aus, als würden sie nichts mitkriegen. Wahrscheinlich kommt daher auch der Spruch: ‚Mein Name ist Hase, ich weiß von nichts.' Dabei stimmt das gar nicht. Ich bin sicher, sie sehen alles. Mit ihren seitlich sitzenden Augen haben sie ein Rundum-Panorama. Mich hat das immer fasziniert, wenn sie so dasitzen wie eine kleine Statue. Dann hab ich mich oft still in ihre Nähe gesetzt. Sie haben nicht mal den Kopf gedreht, mich nie direkt angeschaut. Aber ich wusste, sie sehen mich genau."

Simone sah ihn aufmerksam an.

„Sie sehen alles und sie hören alles", sagte sie. „Das müssen sie, nur so überleben sie."

Über ihnen erklang ein kehliges Krächzen. Die scheue Nebelkrähe saß auf der Stromleitung und putzte ihr

Gefieder. Die kecke Krähe stolzierte wenige Meter von ihnen entfernt über den Rasen und suchte nach Nüssen, die sie selbst dort vor einigen Tagen versteckt hatte.

„Noch mehr *Blackbirds*", sagte Thomas. „Aber die muss niemand befreien."

„Die sind gar nicht schwarz", sagte Simone.

„Ach nein? Schwärzer geht's wohl kaum."

„Sehen Sie sich das Gefieder mal genauer an!", sagte Simone und deutete auf die Krähe im Gras, die näher gekommen und aus dem Schatten getreten war. Die Sonne bewirkte Lichtreflexe in den blauschwarzen Federn, sie schimmerten und irisierten leicht, wenn der Vogel sich bewegte.

„Sehen Sie die Farben in den Federn?"

Thomas nickte.

„Krähen sind keine *Blackbirds*", sagte sie, ein begeisterter Unterton lag in ihrer Stimme. „Schwarz sind sie nur, wenn man nicht genau hinsieht. Sogar wir menschlichen Blindfische können sehen, dass ihr Gefieder in der Sonne farbig schimmert. Krähen sehen aber viel besser als wir, sie nehmen ein ganz anderes Farbspektrum wahr. Sie sehen Farben, wo für uns alles nur schwarz ist. Die erkennen sogar einen Verwandten aus der Luft, wenn er mitten in einem Schwarm auf dem Boden sitzt. Für die Augen einer Krähe ist er wahrscheinlich so bunt wie ein Papagei."

Thomas ging einen Schritt auf den Vogel zu, und in der Tat glaubte er in dem glänzenden und schimmernden Dunkel seines Gefieders je nach Leichteinfall für Sekundenbruchteile zarte Andeutungen von Blau- und Grün- und Rottönen wahrzunehmen. Unbeabsichtigt scheuchte er die Krähe auf, als er sich bewegte. Mit einem Sprung und einem kräftigen Flügelschlag hob sie ab und flog wieder so knapp über Thomas' Kopf hinweg, dass er den Luftzug spürte. Sie landete auf der Stromleitung neben seiner scheuen Gefährtin mit der großen Grauzeichnung im Brustgefieder. Eine Weile beobachteten sie schweigend die Vögel, wie sie ihr Gefieder putzten.

„Ich hab mal einen Film gesehen, da hat man ein Experiment mit Krähen gemacht", sagte Simone. „Man hat Futter so hingestellt, dass sie nicht rankommen, und einen Draht in den Käfig gelegt. Die Krähe hat den Draht als Werkzeug benutzt, um ans Futter zu kommen. Dann hat man das Futter in einen Glaszylinder gestellt. Die Krähe hat sich das Ganze lange angeschaut, dann hat sie den Draht mit dem Schnabel wie einen Spazierstock gebogen und damit die Futterschale aus dem Behälter geangelt. Sie können nicht nur Werkzeug nutzen, sie stellen es sogar her."

Der scheue Vogel näherte sich über die Leitung trippelnd seinem Gefährten, hob ein Bein und stützte sich mit der Kralle auf dem anderen Vogel ab, mit dem anderen Bein balancierte er leicht schwankend sein Gewicht.

„Was macht die da?", fragte Simone.

„Ich hab mit Karin mal gerätselt, wer von den beiden wohl das Männchen ist."

„Svenja macht so was manchmal bei mir."

Schließlich zog die scheue Krähe ihr Bein zurück, breitete die Flügel aus und erhob sich einige Zentimeter in die Luft. Geschickt landete sie auf dem Rücken der anderen Krähe und verharrte kurz in der Haltung.

„Oh Gott", sagte Simone, „das macht Svenja aber nicht."

Thomas lachte.

„Und ich hab geglaubt, die Freche ist das Männchen. Karin hatte Recht, es sei denn, bei denen ist alles andersrum."

Ihre Belustigung mündete in ein verlegenes Schweigen, während beide Krähen weiter auf der Leitung mit den Schnäbeln ihre Schwungfedern ordneten. Es war still, die Schwüle machte Thomas schläfrig. Dann verflüchtigte sich die Verlegenheit, Trägheit breitete sich in ihm aus, zugleich eine Leichtigkeit, beruhend auf dem Gefühl, nichts tun oder sagen zu müssen.

Plötzlich zerriss ein Schuss die Stille, aus nächster Nähe, ein dumpfer, mächtiger Knall. Die scheue Krähe wurde in einem hohen Bogen von der Leitung katapultiert; mit einem dumpfen Geräusch prallte sie auf dem Boden auf, Federn folgten ihr und segelten zu Boden. Mit nach hinten verrenktem Hals blieb der Vogel reglos liegen, Blut rann unter seinem ausgestreckten Flügel hervor. Er blickte zu Simone, sie war aufgesprungen, stand mit weit aufgerissenen Augen da und starrte auf den toten Vogel, ihre Brust hob und senkte sich schnell, ihr Gesicht war bleich, der Mund öffnete sich wie bei einem verendenden Fisch und schnappte nach Luft. Er ging zu ihr und fasste sie an den Schultern.

„Ganz ruhig, atme durch."

Er führte sie zu einem Stuhl auf der Terrasse und brachte sie mit leichtem Druck auf ihre Schultern dazu, sich zu setzen.

„Rühr dich nicht, ich bin gleich wieder da."

Sie nickte hektisch und rang weiter nach Luft.

Er lief zur Gartentür, öffnete sie einen Spalt und spähte vorsichtig hinaus. Vor ihm lag die leere Wiese, weit und breit kein Mensch zu sehen. Er trat auf den Weg, überblickte das gesamte Areal, aus dem der Schuss gekommen war, sah aber niemanden. Simones Fahrrad stand an die Hecke gelehnt. Er schaute zur Stromleitung hinauf, die zweite Krähe war verschwunden. Dann verschloss er die Tür und ging zurück zur Terrasse, wo Simone starr, mit immer noch geweiteten Augen dasaß, ihr Atem hatte sich etwas beruhigt.

„Komm, ich fahr dich nach Hause."

Sie antwortete nicht, stand aber steifgliedrig auf. Er legte ihr einen Arm um die Schultern und führte sie zum Ausgang. Als sie ihr Körpergewicht gegen ihn lehnte, spürte er, dass sie zitterte. Wortlos ließ sie sich auf den Beifahrersitz seines Wagens fallen. Erst als er den Motor startete, sagte sie mit leiser, verändert klingender Stimme:

„Ich will nicht nach Hause."

Er atmete tief aus, legte den Leerlauf ein und sagte:

„Da bist du aber jetzt am besten aufgehoben."

„Meine Mutter kriegt einen Anfall, wenn sie weiß, dass ich nicht in der Schule bin."

„Ich dachte, du hast ein Attest?"

„Das ist nur für den Notfall."

Er war froh, dass das Gespräch sich um Alltag und Schulpflicht drehte, wollte noch etwas Vernünftiges ergänzen, aber sie kam ihm zuvor.

„Wer hat da geschossen?"

„Keine Ahnung, ich werd versuchen, es rauszukriegen."

„Und was machen Sie jetzt?"

„Ich fahr zu meinem Vetter."

„Dann fahr ich mit."

Er musterte sie kurz von der Seite, ihr Gesicht hatte wieder etwas Farbe bekommen, ihre Atmung ging regelmäßig. Dann legte er den Gang ein und fuhr los.

Drei Mal musste er an der Haustür klingen, bevor Ingrid sie öffnete. Sie schien ihn zunächst nicht zu erkennen, ihre Augen hinter der Brille hatten einen unnatürlichen Glanz, ihre Pupillen waren geweitet. Thomas fragte sich, ob sie unter Medikamenteneinfluss stand. Sie trug wieder ihre Khakihose mit den aufgesetzten Taschen, der Fleece-Pullover unter ihrer gesteppten Weste wies Flecken auf. Sie war viel zu warm angezogen für das schwüle Klima.

„Ingrid, ist Roland da?"

Sie schüttelte den Kopf und blickte an ihnen vorbei in die Ferne.

„Wo ist er denn?"

„In der Werkstatt."

Jetzt erst begann sich ihr Blick langsam zu schärfen und sie erkannte, wer vor ihr stand.

„Simone, du hast es gut", sagte sie, „du musst nicht in die Schule, da ist es auch nicht mehr sicher."

Simone runzelte die Stirn und warf Thomas einen fragenden Blick zu.

„Ingrid, kann es sein, dass dein Mann gerade Krähen abschießt?"

„Der Totalabschuss ist genehmigt", sagte Ingrid und nickte zur Bekräftigung ihrer Worte. „Alle Jäger sind auf Krähenjagd."

„In meinem Garten hat gerade jemand eine Krähe von der Leitung geschossen."

„Dann bist du die Bedrohung los."

„Bedrohung?" Er spürte, wie sich sein Magen zusammenkrampfte. „Da ballert ein Spinner einfach in meinem Garten rum, während wir auf dem Rasen sitzen. Das nenne ich Bedrohung."

Thomas war laut geworden, Ingrid wich erschrocken einen Schritt zurück.

„Da gibt es sicher Regeln, was man darf und was nicht. Roland kennt sie alle. Der Totalabschuss ist genehmigt. Sie werden immer mehr. Krähen bringen Unheil und Krankheiten, sie sind Aasfresser."

„Sie sind Allesfresser", sagte Simone und reckte leicht das Kinn vor. „Genau wie Menschen."

Ingrid sah das Mädchen verständnislos an.

„Wer ist da, Ingrid?" Klaras Stimme war im Hintergrund aus der offenen Küchentür zu hören.

Ingrid sah erschrocken auf.

„Keine Sorge, Klara", rief Ingrid über ihre Schulter, „es ist bloß Thomas."

„Wer?"

„Tom."

Ingrid schrie seinen Namen so laut, dass Simone zusammenzuckte.

„Tommy?“, rief Klara. „Er soll reinkommen.“

Mit gesenktem Kopf trat Ingrid beiseite, um sie vorbeizulassen. Simone zögerte kurz, Thomas berührte sie am Arm und nickte ihr aufmunternd zu. Er ging voraus und sie folgte ihm ins Wohnzimmer, wo seine Tante in einem Sessel vor dem laufenden Fernseher saß, auf dem mit großer Lautstärke ein Zeichentrickfilm lief. Ingrid dämpfte den Ton mit der Fernbedienung. Der Raum war ungelüftet, es roch muffig. Klara winkte Thomas zu und sah Simone lange an.

„Wer bist du, Kind?“

„Simone.“

„Welche Simone?“

„Hilgers.“

Klaras Blick hellte sich auf.

„Ah, die Tochter von der Agnes. Die Agnes war ein anständiges Mädchen, bescheiden und fleißig. Aber dann ist sie doch nicht Nonne geworden. Sie ist erst ganz spät zur Frau geworden. Und dann hat sie dich gekriegt, da war sie schon alt. Komm näher, Kind.“

Simone trat zögerlich einige Schritte auf Klara zu, die ihre Brauen hob und das Mädchen genau musterte, das Alter hatte der Klarheit ihrer blassblauen Augen wenig anhaben können.

„Du siehst deiner Mutter gar nicht ähnlich. Und deinem Vater auch nicht. Du siehst aus wie ein Engel. Sei froh, dann werden sie dich bald freundlich aufnehmen, wenn du sie triffst.“

„Tante Klara, ich glaube –“, sagte Thomas, doch Klara hob energisch die Hand und ließ ihn verstummen. Sie beugte sich vor, öffnete den Mund zu einem künstlichen Grinsen und klopfte sich mit dem Nagel des Zeigefingers auf die Schneidezähne.

„Siehst du das, Kind? Ich bin neunzig Jahre alt und hab sie noch alle.“

„Du bist neunundachtzig, Klara“, sagte Ingrid.

Die alte Frau schnaufte verächtlich und sah Ingrid scharf an.

„Schaut euch meine Schwiegertochter an. Die hat auch noch alle Zähne. Und was macht sie damit? Nägelkauen."

Erst jetzt fiel Thomas auf, dass Ingrids Fingernägel bis auf das Nagelbett abgebissen waren. Sie versteckte die Finger in ihren Fäusten und steckte die Hände in ihre Westentasche.

„Wir werden unsere Zähne noch brauchen", sagte Klara. „Denn wenn sie kommen, musst du sie zeigen. Und zwar so."

Sie streckte den Kopf vor und zog die Lippen so weit zurück, dass das blassrosa Zahnfleisch sichtbar wurde. Thomas sah, dass Simone zwischen Belustigung und Beängstigung schwankte.

„So, Tante Klara, wir fahren jetzt zu Roland in die Werkstatt."

„Da wirst du ihn nicht finden. Er ist jetzt wieder Soldat."

Klara streckte den Finger in seine Richtung aus und bewegte ihn auf und ab.

„Du warst ja nie Soldat. Du hast zwar einen starken Bartwuchs, aber du hast nie gedient. Und jetzt hast du weiße Stellen im Haar. Du warst immer weich. Wie dein Vater, der war auch so, hat immer vor allem Angst gehabt und ist nicht alt geworden. Wie oft hat seine große Schwester ihm aus der Patsche helfen müssen. Darum hat er auch so lange keine Frau gefunden. Ist immer rot geworden wie eine Tomate, wenn er ein Mädchen gesehen hat."

Für einen Moment versank ihr Blick ins Leere, alle sahen sie schweigend an. Dann straffte sich ihre Gestalt und sie sagte in einem beschwörenden Ton:

„Aber glaubt ja nicht, meinem Roland ist es leicht gefallen, Soldat zu werden. Als er bei der Bundeswehr war, hat er mich jeden Abend angerufen. Was hat er geweint! Einmal haben sie ihn sogar nach Hause geschickt, weil er Magenkrämpfe hatte vor lauter Heimweh. Ja, ja, mein Roland hat immer gewusst, wo sein Heim war. Du nicht, Tommy, du nicht."

Sie nickte mehrmals lächelnd und sah in die Runde.

„Und jetzt muss ich schlafen."

Ohne ein weiteres Wort hob sie die Beine an, streckte sich lang aufs Sofa aus und schloss die Augen. Kurz standen sie schweigend im Kreis vor der alten Frau, dann legte Ingrid einen Finger auf die Lippen und signalisierte zum Aufbruch. Als sie bei der Haustür angekommen waren, sagte sie zu Simone:

„Tut mir echt leid, dass dein Häschen von einem Fuchs gerissen wurde."

„Was?"

„Wie gut, dass dir der Anblick erspart geblieben ist, wie das Tierchen ohne Kopf im Gebüsch liegt. Aber keine Angst, mein Mann wird dafür sogen, dass so was nie wieder passiert."

Thomas hielt den Atem an und hob beschwichtigend die Hände. Simone starrte ihn an, sie öffnete den Mund, um etwas zu sagen. Tränen traten ihr in die Augen. Dann riss sie die Tür auf und lief die Treppe hinunter. Thomas folgte ihr und rief mehrmals ihren Namen, doch sie hatte die Hauseinfahrt schon verlassen und war verschwunden.

Schwüle

Schon am Morgen war die Luft kaum mehr zu atmen. Der Wetterbericht hatte bereits den Vortag zum wärmsten Oktobertag seit Beginn der meteorologischen Aufzeichnungen erklärt. Und an diesem Tag sollte es noch wärmer werden. Doch nicht die Wärme war es, die man bei jedem Atemzug spürte, es war die Feuchte. Sie machte die Luft dick und dunstig. Es schien, als könnte die Lunge nur mit Anstrengung den Sauerstoff aus ihr herauspressen. Thomas schleppte sich schnaufend die Treppe hinauf ins Arbeitszimmer. Er klappte sein Laptop auf und klickte das Mailprogramm an, um seinem Chefredakteur anzukündigen, dass er bald in die Stadt zurückkehren und wieder arbeiten werde. Dutzende ungelesener Mails erschienen auf dem Display, meist Einladungen zu Präsentationen oder Konzerten. Während die Liste immer länger wurde, befiel ihn plötzlich ein geradezu körperlich spürbares Überdruss- und Ekelgefühl. Eine Mail in der Mitte der Liste sprang ihm ins Auge, sie stammte von seinem neuen Ressortleiter und war mit Prioritätsstufe „hoch" gekennzeichnet, in der Betreffzeile stand: „Wichtig! Lesen!! Antworten!!!"

„Hi, komme gerade von der Redaktionskonferenz, Umfang der Beilage wird um die Hälfte gekürzt, die Seite für deine Kolumne ist weg, künftig nur noch knappe CD-Tipps. Der Chef meint, wir brauchen Service, keine Orchideen. Melde dich rasch! Müssen nach neuen Aufgaben für dich suchen. Was macht die Praktikantenbetreuung?"

Er schloss das Mailprogramm und starrte eine Weile auf den Monitor. Leises Insektengesumm erfüllte den Raum, einige Fliegen kreisten im Zimmer, weitere folgten ihnen gerade durchs offene Fenster. Er schloss es, der Raum wurde ohnehin nicht mehr mit frischer Luft versorgt. Schweiß sammelte sich auf seiner Stirn und unter den Achseln. Er setzte sich wieder an den Schreibtisch. Mit einem Klick auf das Textverarbeitungsprogramm erschien das Dokument, das er unbenannt im Arbeitsspeicher hatte. Er las die letzten Zeilen:

So war sie. Und so war er.

Er seufzte auf und fuhr sich mehrmals mit den Händen übers Gesicht. Dann erhob er sich und blickte aus dem Fenster. Die Hasen lagen ausgestreckt und schläfrig unter dem Feigenbaum, die kecke Krähe hockte allein und reglos auf der Stromleitung, sie hatte den Schnabel weit aufgespannt, um Luft in sich hineinzuhecheln. Mit beiden Händen stieß er sich von der morschen Fensterbank ab und ging wieder zum Schreibtisch. Kurz schloss er die Augen, dann legte er die Finger auf die Tastatur und fügte einen Zeilensprung ein.

Er hatte an dem Abend seine Frage, wer Karin da auf dem Handy angerufen habe, sofort bereut. Denn sie war danach aufgestanden und schien aufbrechen zu wollen. Aber dann hatte sie sich wieder hingesetzt. Das Handy schaltete sie aus und sie sah ihn mit einer Mischung aus Skepsis, Neugier und Erwartung an. Wie so oft entzog er sich ihrem Blick, diesmal, indem er einfach aufstand und in den Keller ging, um eine weitere Flasche Wein zu holen. Als er zurückkehrte, saß sie in unveränderter Haltung am Tisch. Er setzte sich ihr wieder gegenüber und betrachtete lange das Etikett der Flasche, bis sie in bestimmtem Ton sagte:

„Tom, sieh mich an!“

Noch während er ihre überraschende Aufforderung niederschrieb, lächelte er still in sich hinein. Er klappte das Laptop zu und rief sich ihren beschwörenden Tonfall in Erinnerung. *Tom, sieh mich an!* Ihr Befehlston hatte ihn an dem Abend so zum Lachen gebracht, dass sich ihm die Möglichkeit bot, ihr den Blick zuzuwenden.

„Was ist so lustig?", hatte sie verschnupft gefragt.

Während er die Flasche öffnete, kämpfte er gegen seine Belustigung an.

„Du kennst ja das Talent meiner Mutter, andere Menschen akustisch zu imitieren. Einmal hat sie es auch mit dir gemacht."

„Ach ja?"

„Ich bin nach so einem Tag, als du bei uns zu Hause auf mich gewartet hast, am Abend zu ihr gegangen und hab gesagt: ‚Heute war Karin bei dir.' Sie hat nur bedeutsam genickt und große Augen gemacht. Als ich schon aus dem Raum war, höre ich plötzlich in der Küche deine Stimme in genau deinem Tonfall:

‚Tom, sieh mich an!'

Ich war völlig überrascht, dachte schon, du bist noch einmal zurückgekommen. Aber als ich in die Küche gehe, sitzt da nur meine Mutter. Sie hatte so einen verschmitzten Blick, hat aber ansonsten so getan, als wäre nichts."

Karins Haltung wurde steif, für einen Moment wich sie zurück und wirkte gekränkt, doch dann lächelte sie, zunächst leicht widerwillig, dann mit immer breiterem Mund.

„So was hat sie mitgekriegt?"

„Sie hat mehr mitbekommen, als die meisten wussten."

„Jetzt fühle ich mich irgendwie ertappt. Und beschämt."

Er hob beschwichtigend die Hände.

„Wenn jemand sich dafür schämen müsste, dann wohl ich."

Sie sah überrascht aus, er spürte, dass seine Bemerkung ihr gut tat. Sie trank einen Schluck und dachte eine Weile nach. Dann lachte sie kurz freudlos auf.

„Weißt du, wann ich zum ersten Mal seit unserem Wiedersehen ein vertrautes Gefühl zu dir hatte?"

„Als ich im Gebüsch lag und mich nicht rühren konnte?"

„Als ich gesehen hab, wie du mit Simone redest und ihr dabei nicht länger als ein paar Sekunden in die Augen sehen konntest."

Er senkte den Kopf.

„Tom, sieh mich an!"

Er lachte und folgte widerwillig ihrer Aufforderung. Die Kerze sandte flackernde, unregelmäßig verteilte Lichtreflexe auf ihr Gesicht. Es wirkte weich, vertraut und jung.

„Kein Grund, sich zu schämen", sagte sie. „Du hast einfach andere Aufmerksamkeitsfenster als andere Menschen."

Er starrte auf den Tisch, auf zwei Gläser und einen unbenutzten Aschenbecher.

„Hast du nie versucht, deine Fenster zu vergrößern?", fragte sie.

„Wie denn?"

„Was weiß ich, zum Beispiel mit einer Therapie."

Trotz lag in ihrer Stimme, etwas Bemühtes, als müsse sie sich selbst von der Existenz dieser Möglichkeit überzeugen. Er schnaufte kurz auf, es klang herber, als ihm lieb war.

„Eine Stunde Sessel sitzen mit offenem Fenster? Wenn ich zu so was in der Lage wäre, dann bräuchte ich keinen Therapeuten."

„Hat es nie jemanden gegeben, für den es sich gelohnt hätte?"

Er spürte die Falle, die in dieser Frage lag, und schwieg. Nachdem er einen großen Schluck Wein getrunken hatte, sagte er:

„Darf ich dich was fragen? Es ist aber völlig in Ordnung, wenn du nicht antworten magst."

„Das klingt bedrohlich."
„Warum hast du keine Kinder?"
„Das hab ich dir doch schon gesagt. Wir konnten keine kriegen."
„Wer, du oder Kurt?"
„Warum ist das wichtig?"
„Es liegt an Kurt, stimmt's?"
Sie stand abrupt auf, ihre Stimme bekam einen energischen Ton.
„Eines sag ich dir gleich: Ein abfälliges Wort über ihn, und ich bin weg!"
Er war überrascht und hob beschwichtigend die Hände. Als sie sich beruhigt hatte, sagte sie:
„Wir haben uns untersuchen lassen, mit dem Ergebnis, dass wir beide körperlich intakt sind. Mein Gynäkologe hat mir dann eine künstliche Befruchtung vorgeschlagen, In-vitro-Fertilisation. *Um den Zeugungsstoffen ein wenig auf die Sprünge zu helfen*, so hat er das genannt. Aber ich wollte nicht."
„Warum nicht?"
„Ich hätte irgendwie das Gefühl gehabt, dass ich was erzwinge, was nicht sein soll. Erinnerst du dich noch an Helga, für die dein Vetter Roland damals geschwärmt hat? Die hat keine Kinder kriegen können. Sie hat sich mir anvertraut, keine Ahnung, warum, vielleicht weil ich auch keine hatte. Ihr Mann hatte keine Spermien im Samen, sie haben mit einer Biopsie ein paar gesunde aus seinem Hodengewebe gesaugt und sie ihr eingepflanzt. Aber es hat immer noch nicht geklappt. Dann hat sie sich fremde Spermien von einer Samenbank geholt. Die haben zugeschlagen, gleich drei Mal. Sie haben ihr das befruchtete Ei eingesetzt und sie hatte eine Fehlgeburt. Dann haben sie das zweite aus dem Kühlschrank geholt, wieder ein Fehlschlag. Sie war völlig am Ende. Bevor sie das dritte und letzte verbraucht hat, ist sie zu so einer Wunderheilerin gegangen. Die hat behauptet, sie kann

Kontakt zu den Engeln herstellen und eine passende Seele für das Kind bestellen. Wie im Versandhauskatalog. Mich hat's dann so gegruselt vor all dem Hokuspokus, dass ich die Finger davon gelassen hab. Ich hab wirklich geglaubt –"

Sie trank einen Schluck Wein.

„Was?"

„Wenn wir unsere sieben Sachen im Labor befruchten und sie mir das dann einpflanzen, dann –"

„Dann was?"

„Dann hätte ich das Gefühl gehabt, ich hab mir was von einem wildfremden Mann aus der Samenbank geholt."

„Aber es wäre doch von Kurt gewesen."

„Ich weiß, bescheuert, oder?"

Ein schriller Vogelruf riss ihn aus seiner Erinnerung. Er öffnete das Laptop wieder und schrieb:

„Bescheuert, oder?" Das klang seltsam kokett, oder? Was bin ich doch für ein Dummerchen! Das passte nicht zu ihr. Immerhin verklang danach seine Kränkung darüber, dass sie sich schützend vor ihren Mann gestellt hatte. „Ein abfälliges Wort über ihn, und ich bin weg!" Gut gefaucht, Löwin! Für einen Moment spürte er die alte Bewunderung, die er stets für ihr ungebändigtes Temperament gehegt hatte, nicht zuletzt, weil es ihm so gänzlich fehlte. Und doch: Die Heftigkeit ihrer Reaktion verriet ihm, wie sehr ihr Mann diesen Schutz brauchte. An ihrer Stimme hatte er gemerkt, dass der Alkohol bereits Wirkung zeigte. Sie setzte sich bemüht aufrecht und richtete mit beiden Händen ihr Haar, das ihr wirr in die Stirn hing. Mit einiger Konzentration schärfte sie ihren Blick und sah ihn lange an, zwei Leuchtpunkte hinter der Kerze, die ihr Gesicht nicht zur Ruhe kommen ließ. Er fühlte ihre Präsenz im Raum jetzt geradezu körper-

lich, die Anwesenheit einer reifen, schönen Frau, eine Präsenz, die –

Er spürte, wie sein Atem schneller ging, und nahm die Hände von den Tasten. Die drückende Hitze im Raum hatte noch zugenommen, er klappte das Laptop zu und öffnete das Fenster, aber es drang nur ein weiterer Schwall schwerer warmer Luft in den Raum, begleitet von einigen Insekten. Er verspürte Durst und ging die Treppe hinab in die Küche, trank einige Schluck Wasser direkt aus der Leitung. Dann ging er in das Wohnzimmer, wo immer noch ihre beiden Gläser auf dem Tisch standen, ihres war noch halbvoll. Er strich mit der Hand über die Tischseite, an der sie gesessen hatte, und entdeckte ein langes, blondes Haar auf ihrem Stuhl. Er atmete schwer und stützte sich auf die Tischplatte. Dann ging er die Treppe wieder hinauf, setzte sich an den Schreibtisch und öffnete das Laptop. Doch das Display reagierte nicht, es blieb dunkel. Er spürte, wie sein Mund trocken wurde, hektisch drückte er wahllos einige Knöpfe auf der Tastatur, ohne Wirkung. Panik ergriff ihn, die Angst, dass ein Computerabsturz die ungespeicherten Dokumente mit in den Abgrund genommen hatte. Er drückte den Einschaltknopf, mit dem Ohr über der Tastatur hörte er, wie das Gerät sich aktivierte. Während das Betriebssystem sich aufbaute, hielt er den Atem an, die Symbole erschienen auf dem Desktop, eines nach dem anderen, schließlich fuhr das Textverarbeitungsprogramm hoch. Ein Fenster erschien mit der Frage: *Dokument wiederherstellen?* Er klickte rasch auf *Okay,* sein Text erschien, der Cursor blinkte an der Stelle, an der er innegehalten hatte: *eine Präsenz, die –*

Er legte den Kopf zurück und atmete auf, eine Welle der Erleichterung trieb ihm kurz die Tränen in die Augen. Dann fuhr er im Text fort:

eine Präsenz, die er in diesem Moment als Inbegriff einer unvermittelten, unparfümierten Weiblichkeit empfand, ohne Maske und Schminke, ohne Getue oder Koketterie, eine Präsenz, die sich seit seiner Flucht aus dem Dorf nicht mehr in seinem Leben ausgebreitet hatte, nie wieder in all den fremden Gesichtern, die in seinem Leben aufgetaucht und namenlos wieder verschwunden waren, ein Ausmaß an Anwesenheit, das er bei keinem anderen Menschen ertragen hätte. Wie gern hätte er diese Präsenz jetzt einfach nur genossen, er hätte die Augen geschlossen und Karins Bild mit in seine Versunkenheit genommen. Aber sie ließ das nicht zu, hatte es nie zugelassen.

„Tom!"

„Ja?"

„Sieh mich an!"

Und da war sie wieder.

Während er das Laptop schloss, erinnerte er sich an das peinliche Gefühl der Ertapptheit, als er sich mit ihr in sein Inneres davonstehlen wollte.

„Sieh mich an!", hatte sie gesagt und gleich hinzugefügt:

„Warum interessiert dich das eigentlich so?"

„Was?"

„Warum wir keine Kinder kriegen konnten."

„Keine Ahnung, ich dachte immer, dass du unbedingt welche haben wolltest."

„Aber warum ist dir so wichtig, an wem es lag?"

„Ich bin nur neugierig."

„Blödsinn, du bist der am wenigsten neugierige Mensch, den ich kenne."

Er schwieg. Plötzlich holte sie tief Luft und nickte mehrmals.

„Jetzt kapier ich! Du denkst, wenn es nicht an ihm lag, sondern an mir, dann hättest du vielleicht mit mir zusammen sein können, ohne ein Kind mit mir haben zu müssen."

Er streckte die Arme in die Höhe und kämpfte plötzlich gegen ein Gähnen an. Er wusste, dass er dem Impuls auf keinen Fall nachgeben durfte. Sie beugte sich vor.

„Komm schon, sei ehrlich! Bist du damals einfach abgehauen, weil du Angst hattest, mir sofort ein Kind machen zu müssen?"

Sie wartete seine Antwort nicht ab.

„Wieso hast du mich nie gefragt, ob ich mir nicht auch ein kinderloses Leben vorstellen könnte?"

Er dachte über eine mögliche Antwort nach, aber sie war nicht mehr zu bremsen.

„Hast du dich nie gefragt, ob mir das alles nicht auch manchmal zu viel war, die Sorge um einen behinderten Bruder, um einen unreifen Bruder und um eine Mutter, die einfach alles mir überlässt?"

Er schnaufte unwillig und sagte:

„Keine Ahnung, was ich damals gedacht hab. Ich musste einfach weg und ich dachte, du kannst nicht weg. Ich hab es einfach nicht mehr ausgehalten, als meine Mutter ins Pflegeheim kam, all das Getuschel im Dorf, die Blicke, all die Menschen, die mir so fremd waren, mit denen man aber trotzdem ständig zu tun hatte. Und all die Borniertheit und die ranzige Männlichkeit um mich herum. Ich musste einfach weg!"

Sie sah ihn kopfschüttelnd an, sichtlich gekränkt, dass sie in seiner Rechtfertigung nicht vorkam. Er fühlte sich plötzlich bedrängt, eingeengt, und fügte trotzig hinzu:

„Und das Nächste, was ich dann von dir gehört hab, war, dass du mit Kurt zusammen bist."

Sie stand so abrupt auf, dass sie beinahe den Stuhl umwarf. Ihre Stimme hatte einen schrillen Unterton:

„Das war über ein Jahr später! Und ich hatte keinen Mucks von dir gehört. Du warst einfach von einem Tag auf den anderen wie vom Erdboden verschluckt."

Er biss sich auf die Lippe und sagte kleinlaut:
„Ein Jahr?"
„Vierzehn Monate!"
Er legte die Hand an die Stirn, stützte seinen Kopf darauf, eine Last, die nicht mehr zu ihm zu gehören schien.
„Ich hatte damals jedes Zeitgefühl verloren. Ich hab so gut wie keine Erinnerung an diese Zeit, da sind nur Nebel und Fetzen. Bitte setz dich wieder, bitte!"
Sie ließ sich auf den Stuhl fallen und atmete schwer. Eine Weile saßen sie sich schweigend gegenüber. Dann sagte er:
„Du hast Recht, ich bin nicht nur vor deinem Kinderwunsch abgehauen. Da war noch was anderes."
„Was?
Er ließ sich Zeit, suchte nach Worten.
„Sag es!"
„Du kannst dir nicht vorstellen, was in mir passiert, wenn ich längere Zeit mit Menschen zusammen bin."
„Was denn?"
„Das ist schwer zu beschreiben. Dann macht es plötzlich *klick*. Es ist, als würde mich jemand mit einer Fernbedienung auf ein anderes Programm schalten, in eine Sendung, die nur für mich läuft. Die Figuren um mich herum werden dann zu Schatten. Du warst der einzige Mensch, der Einfluss auf diesen Irrsinn hatte. Aber wenn's *klick* gemacht hat, bist sogar du mir irgendwann zu einem Schemen geworden. Das hab ich einfach nicht ausgehalten."
Sie spürten beide, dass sie jetzt an einem toten Punkt angelangt waren. Aber sie wollten es nicht dabei bewenden lassen und tranken schweigend ihre Gläser leer. Während sie die Gläser noch einmal auffüllte, runzelte sie die Stirn, spürbar auf der Suche nach einem klaren Gedanken. Sie stellte die leere Flasche auf den Tisch und sah ihn so lange mit einer tiefen Falte zwischen den Augen an, bis ihm unbehaglich wurde.

„Sag mal, hast du dich eigentlich je gefragt, warum deine Mutter –“

Sie hielt inne, die Falte wurde noch tiefer, und sie nahm einen neuen Anlauf. Er ließ ihr Zeit.

„Warum deine Mutter war, wie sie war?“

Er blies spontan die Luft aus seinen Lungen und zog die Schultern hoch.

„Eigentlich nicht wirklich, ich hab sie nie anders gekannt. Aber ich hab immer geahnt, dass sie nicht von Geburt an so verrückt war.“

„Warum?“

„Sie stammte aus einer Welt, die wir uns nicht vorstellen können. Wir haben ihre Eltern einmal auf ihrem Bauernhof in Bosnien besucht, bevor sie nach Kanada ausgewandert sind. Ich war da noch ziemlich klein. Ich erinnere mich nur noch, dass es von morgens bis abends permanent zu essen gab, unglaubliche Mengen an Fleisch und Kuchen und Krautsalat. Und dass schon zum Frühstück Schnaps gesoffen wurde, mein Vater hat sich die Gläschen runterzwingen müssen, weil sonst alle zu Tode beleidigt gewesen wären. Geredet wurde nicht viel, wir sprachen ihre Sprache ja nicht und sie nicht unsere. Nur der Bruder meiner Mutter konnte übersetzen, er hat einige Jahre als Gastarbeiter in Deutschland gelebt, da hat er auch meinen Vater kennengelernt. Ansonsten erinnere ich mich nur an unglaubliche Hitze und an völlig ausgedörrtes Land. Es gab kein Fließwasser im Haus, nur eine Pumpe auf dem Hof und einen kleinen Ofen in der Küche, der wurde zum Kochen mit Holz geheizt. Am Abend sind meine Großeltern immer gemeinsam mit einem Esel losgezogen und haben Zweige und Reisig gesucht, ich durfte ihnen dabei helfen. Meine Großmutter hat trotz der Hitze immer einen langen Rock und ein schwarzes Kopftuch getragen. Mein Großvater war ein kleiner Mann mit einem dicken Schnurrbart, er hatte nur noch zwei Zähne im Mund. Wenn wir vom Holzsuchen zurückgekommen sind, dann saßen mein Großvater und ich auf dem Esel und meine Oma ging daneben mit einem Bündel Holz auf dem Buckel."

Karin stieß ein empörtes Prusten aus.

„Und deine Mutter, war sie verändert, als sie ihre Familie wiedergesehen hat?"

Das Bild seiner Mutter tauchte in ihm auf, wie sie still mit im Schoß verschränkten Händen in einer Ecke der engen dunklen Küche saß, in der sie aufgewachsen war. Während des gesamten Besuchs hatte sie kein Wort gesagt und auf keine Ansprache reagiert. Ihr Bruder, ein untersetzter junger Mann, der die gleichen dichten schwarzen Haare und die dunklen, klar gezeichneten Augen wie seine Schwester hatte, versuchte immer wieder, sie aufzumuntern, aber sie reagierte nicht. Thomas mochte den Mann, er zeigte ihm im Hühnerstall die Küken und spielte auf dem Hof mit ihm Fußball. Es sollte Jahrzehnte dauern, bis er ihn wiedersah. Er war zum Begräbnis seiner Schwester aus Kanada gekommen. Thomas hatte ihn kaum wiedererkannt mit seinen zugeschwollenen Augen, dem mächtigen Doppelkinn und dem runden, völlig aus der Form geratenen Gesicht. Nur sein inzwischen weiß gewordenes Haar war noch fast so dicht wie früher. Er war der einzige Verwandte, der bei der Urnenbeisetzung anwesend war, Thomas hatte mit dem Gedanken gespielt, seinen Vetter Roland und seine Tante Klara einzuladen, es dann aber gelassen. Nach der kurzen, unfeierlichen Zeremonie, die ein ihm fremder Standesbeamter vollzog, hatte er den Onkel in ein dalmatinisches Restaurant eingeladen. Noch bevor das Essen kam, Berge von gegrilltem Fleisch auf einer großen silbernen Platte, hatten sie schon eine Flasche Slibowitz auf dem Tisch stehen, und nach dem üppigen schweigsamen Mahl bestellte der Onkel eine zweite, die ihm spürbar die Zunge löste. Mit einer Stoffserviette wischte er sich den Mund gründlich ab und hielt Thomas das Schnapsglas zum Anstoßen hin.

„Auf deine Mutter, auf meine kleine Branka!"

Er sprach immer noch erstaunlich gut das gebrochene Deutsch, das er vor Jahrzehnten gelernt hatte, ein englischer Akzent hatte sich darübergelegt. Hin und wieder, wenn ihm ein Wort fehlte, ersetzte er es durch ein englisches. Sie redeten eine Weile über belanglose Erinnerungen, bis Thomas so beiläufig wie möglich fragte:

„Wie war sie eigentlich so, als sie noch klein war?"

„Liebes Mädchen, still, hat nie viel geredet. Aber gesungen hat sie gern, sie hatte schöne Stimme."

„Hatte sie Freundinnen?"

„Für was Freundinnen? Sie hatte mich. Ist zur Schule gegangen und hat in Küche gearbeitet."

„Ihr habt euch gut verstanden, oder?"

„Oh ja, wir waren Seele und Herz, haben in ein Zimmer geschlafen. Wenn sie Angst hatte, ist sie immer in mein Bett gekommen. ‚Lass mich unter Decke, Janos!', hat sie gesagt."

„Hatte sie oft Angst in der Nacht?"

„Nur Samstag."

„Wieso?"

„Da ist Vater gekommen. Er war guter Mann, fleißig, hat geschuftet wie Ochse, war auch frommer Muslim, hat immer in Moschee gebetet. Aber er hat trotzdem getrunken, nur zu Hause, in Stall. Hat geglaubt, keiner merkt was. Dabei hat er gewackelt wie Gras im Wind. Und wenn er getrunken hat, war er böse und hat geprügelt, alle. Erst die Mama, wir haben gehört sie schreien. Dann ist er in unser Zimmer gekommen und hat uns geholt, immer erst mich."

Sein Onkel trank einen Schluck und kicherte so laut in sich hinein, dass sein mächtiger Bauch auf und ab wippte.

„Papa hat versucht, mich zu hauen, aber er war zu besoffen. War gar nicht schlimm, hab mich geduckt wie Boxer. Hat nicht richtig getroffen, hat fast nie weh getan. Und dann hat er Branka geholt. Hat länger gebraucht mit ihr. Und wenn sie zurück in Zimmer gekommen ist, hat sie große rote Augen gehabt, war ja nur ein kleines Mädchen, konnte sich nicht ducken wie Boxer. Ist dann zu mir ins Bett gekommen, hat geweint und ist eingeschlafen. Das ging immer so weiter, jeden Samstag. Dann bin ich größer geworden und stärker, und ich habe nicht mehr geweint, nie mehr. Aber Branka ist nicht groß geworden, hat immer noch geweint, ist immer in mein Bett gekommen und hat geweint und geweint. ‚Hör auf zu heulen, Branka!‘, hab ich gesagt. Ich will nicht, dass sie weint, sonst muss ich auch weinen. Und ich will nicht mehr weinen."

Sein Onkel war jetzt völlig in sich und seine Erinnerung versunken, sein Mundwinkel zuckte, seine Stimme begann brüchig zu werden.

„Kennst du das, Tommy, wenn man nicht mehr weinen will? ‚Hör auf Branka!‘, hab ich gesagt, ‚hör auf mit Heulen!‘ Aber sie hat nicht aufgehört. Hat immer weiter geweint. Dann hab ich sie gepackt an Schulter und geschüttelt."

Er streckte die Hände mit eingekrallten Fingern aus und bewegte sie so hektisch hin und her, dass er beinahe die Slibowitz-Karaffe umwarf.

„Hin und her hab ich sie geschüttelt, ich war ja schon starker Bursche. Und Branka hat noch lauter geweint, hat nicht aufgehört. ‚Stopp it!, Branka‘, hab ich gesagt, ‚hör auf!‘ Und dann –"

Er ließ die Hände sinken.

„Was dann?"

„Dann hab ich ihr eine gescheuert. Nicht fest, nicht schlimm, nur Ohrfeige, damit sie aufhört."

Thomas hielt den Atem an und betrachtete den Mann, der ihm zusammengesunken gegenübersaß.

Sein Onkel hob den Blick, die zugeschwollenen Schlitze hatten sich geweitet, ein kurzes hektisches Flackern drang an die Oberfläche.

„Dann hat Branka ganz große Augen gemacht, werde ich nie vergessen, hat Mund aufgemacht und ist nichts rausgekommen. Ist ganz still geworden und steif. Aber Weinen hat aufgehört. Hat nie mehr geweint. Und ist nie mehr gekommen in mein Bett."

Thomas schreckte aus seinen Gedanken auf, öffnete instinktiv das Laptop und schrieb:

Der Fortgang des Abends beginnt in seiner Erinnerung zu verschwimmen. Hatte er ihr die Geschichte von seinem Onkel erzählt? Was hat er ihr noch erzählt?

Während seine Hände unbewegt auf der Tastatur lagen, trat ein Bild aus dem Nebel und nahm Kontur an: Karin, wie sie mit schweren Lidern dasaß, das Haar leicht zerzaust. Plötzlich war ein leichter Ruck durch ihren Körper gegangen, als habe sie Schluckauf. Sie lachte auf, trocken und freudlos zunächst, begleitet von einem Kopfschütteln, dann weicher, mit widerwillig wachsender, aus der Tiefe kommender Belustigung.

„Warum lachst du?"

„Schau mich an, Tom!" Sie parodierte sich selbst mit den Imitationstechniken seiner Mutter. „Ich wollte immer, dass deine Mutter mich mag."

„Sie hat dich gemocht. Wenn sie dich imitiert hat, dann lag auch ein wenig Eifersucht darin, sie hat gespürt, was du für mich warst."

„Was war ich denn für dich?"

Er dachte lange nach.

„Du hast mich gefragt, ob ich je mit dem Gedanken gespielt hab, was Therapeutisches zu unternehmen."

Ihre Lider hoben sich langsam.

„Ein Mal war ich kurz davor", sagte er.

Er wartete einen Moment, bis er sicher war, dass er ihre volle Aufmerksamkeit hatte.

„In den ersten Monaten nach meiner Flucht aus dem Dorf war ich ständig bedröhnt. Ich bin stundenlang völlig durch den Wind durch die Stadt gewankt und hab bei jeder blonden Frau, die ich von hinten gesehen hab, einen Stich gespürt. Ich hab gedacht, das bist du. Und auf einmal sehe ich eine Frau von hinten, die hatte deine Haarfarbe, deine Größe, deinen Gang, deine Figur. Und als ich sie überhole, sagt sie was zu irgendwem. Und sie hatte sogar eine ähnliche Stimme wie du. Und dann war sie's nicht. Ich sehe sie, und mir wurde plötzlich bewusst, dass es dieses Gesicht, diesen Körper und diese Seele nur einmal gibt, dass du einzigartig bist und dass es jemanden wie dich nie wieder in meinem Leben geben wird. Dann ist eine Sirene in meinem Kopf losgegangen, ein Heulton, so laut, dass ich die Geräusche der Stadt nicht mehr gehört hab. Normalerweise klingt so ein Ton in mir nach einer Weile wieder ab, die Sirene aber heulte weiter, am nächsten Morgen war sie immer noch da, ist einfach nicht mehr verklungen. Ich bin zum Arzt, und der meinte, ich stehe unter enormem Stress. Er hat mir Medikamente verschrieben und eine Einweisung in eine Klinik empfohlen."

Ihr Blick war wieder klar und wachsam.

„Und?"

„Dann ist der Ton nach ein paar Tagen von selbst weggegangen, aber so eine Sirene hab ich danach nie wieder gehört."

Sie senkte den Kopf. Als sie ihn wieder hob, waren ihre Augen gerötet und verhangen.

Sie blickte sich im Raum um. Die Kerze war fast heruntergebrannt, Wachs begann sich auf dem Tisch auszubreiten.

„Ich bin müde“, sagte sie und streckte den Oberkörper. „Aber ich will jetzt nicht nach Hause. Kann ich mich einfach kurz irgendwo hinlegen?“

Er nickte und spürte, wie etwas in ihm hellwach wurde. Sein Mund war trocken. Dann führte er sie die Treppe hinauf ins Schlafzimmer. Das Bett war ungemacht, und ihm wurde bewusst, dass er seit Wochen die Bettwäsche nicht gewechselt hatte. Sie ließ sich sofort hineinfallen und streckte sich auf dem Rücken aus, ihr T-Shirt verrutschte und gab über dem Bund ihrer Jeans einen Streifen weicher Haut preis. Er zögerte, bis sie zwei Mal mit der Handfläche auf eine Stelle neben sich klopfte. Er legte sich zu ihr und streckte sich ebenfalls aus, ohne ihren Körper zu berühren. Sie griff nach seiner Hand, und noch bevor er sich fragen konnte, was sie jetzt von ihm erwartete, hörte er an ihren regelmäßigen Atemzügen, dass sie eingeschlafen war. Er löschte das Licht und starrte ins Dunkel. Erschöpfung machte sich in ihm breit und mündete in eine friedliche Ruhe, die er einige Zeit still genoss, ihre Hand immer noch in der seinen, bis auch er einschlief.

Er wusste nicht, wie lange er geschlafen hatte, als ihn unruhige Bewegungen neben ihm weckten. Er brauchte einen Moment, bis er wusste, wo er war. Der Mond warf einen zarten Lichtschein durchs Fenster. Er sah Karin, wie sie sich Jeans und T-Shirt auszog, dann öffnete sie den obersten Knopf seiner Hose, eine ruhige, geradezu sachliche Handlung. Während er seine Hose von den Beinen streifte, zog sie ihre Unterwäsche aus. Der Duft ihres Körpers hüllte ihn ein, eine intensive Mischung aus Haut, sanftem Schweiß und Geschlecht, die Vertrautheit dieses Geruchs nahm ihm für einen Moment den Atem.

Dieselbe Haut, dasselbe Haar, dieselbe Weichheit, nur etwas voller, fülliger. Dieselben anschmiegenden Bewegungen, dieselbe Art, tastend über seinen nackten Rücken und über seinen Hinterkopf zu streichen. Er war hellwach, sein Atem stockte, als sie seinen Körper auf sich zog, sich öffnete und ihn mit einem Seufzer aufnahm, einem Laut der Erleichterung eher als der Lust. Sein Atem ging wieder schnell, aber das war nicht der Erregung geschuldet, eher der Aufregung. Nicht denken, nicht lauschen, nicht jetzt! Aber es war schon zu spät. Er hörte ein Pochen in seinem Kopf, ein Kopf war ein Klangraum, ein Schallgefäß, jeder Kopf war das, auch der Kopf seiner Tante, wenn sie auf ihre gebleckten Zähne klopfte und dabei einen leisen Klang erzeugte, auch Simones Kopf, der bald wieder kahl und völlig ungedämpft sein würde, auch Karls Indianerschädel, ein enormer Resonanzraum für wuchtige Klänge. Selbst der kleine Kopf des Hasen, der nun abgetrennt unter irgendeinem Gebüsch lag und nie wieder ein Schallraum für ein Knabbern und Knubbern sein würde, auch der dunkle Kopf seiner Mutter, wenn sie, den Besen in der Hand, mit geöffnetem Mund in eine Welt hineinhorchte, die nur für sie zugänglich war. Er presste die Augen zusammen, das Pochen in seinem Kopf wurde lauter, nahm den Rhythmus seines Herzschlags an, übertönte alles, auch den zweiten Atem in diesem Zimmer.

„Tom!"

Eine Stimme drang von fern durch das Pochen, eine bekannte, fordernde Stimme.

„Tom!"

Er öffnete die Augen und sah Karin, ihr Gesicht war gerötet, das Haar auf dem Kissen ausgebreitet, sie hatte ihn an den Schultern gepackt.

„Wo bist du, Tom?"

Und plötzlich verstummte das Pochen in seinem Kopf, es wurde still in ihm, und mit der Ruhe wich sämtliche Spannkraft aus seinem Körper, seine Muskeln erschlafften und seine Erektion verging in ihr vor der Zeit. Die stützenden Arme versagten den Dienst und sein Kopf sank nieder, bis er mit seinem Gesicht in ihrer weichen, feuchten Halsbeuge landete und mit seinen geöffneten Lippen ihren kräftigen Pulsschlag spürte.

Seine Finger lagen immer noch auf der Tastatur, ohne sich zu bewegen. Die Schwüle war noch drückender geworden, Schweiß hatte sich auf seiner Stirn gebildet. Mit offenem Mund lauschte er in sich hinein, ein kaum wahrnehmbarer, hoher Summton war zu hören, die sanfteste Form seines Tinnitus, so leise, dass er ihn zunächst für Einbildung hielt. Doch dann schwoll er ein wenig an, näherte sich gleichsam und verstummte abrupt wieder. Plötzlich spürte er an seinem Nacken ein Jucken, das sich zu einem leichten Brennen steigerte. Er berührte die Stelle, eine Mücke flog auf, und der Summton näherte sich aus einer anderen Richtung. Eine weitere Mücke steuerte auf ihn zu, er verscheuchte sie mit einer Handbewegung und sah, dass mehrere ihrer Artgenossen dabei waren, das offene Fenster zu passieren. An den Wänden und an der Decke saßen bereits Dutzende Mücken. Er ging rasch zum Fenster und schloss es. Als er hinausblickte, sah er, wie der weiße Hase in den Käfig hoppelte, der schwarze folgte ihm humpelnd. Kurz blieben beide Tiere auf dem Rasen sitzen und schüttelten die Köpfe hin und her. Der Weiße zuckte ständig mit seinen schwarzen Ohren, der schwarze strich sich mehrmals mit der Pfote über den Kopf und zuckte mit dem Hinterleib. Dann hoppelten sie beide in den kleinen Stall und verkrochen sich in dem sichtgeschützten Bereich hinter dem Holztürchen. Thomas klappte das Laptop zu und ging die Treppe hinab, lief über die Terrasse zum Rasen und sah, wie ein ganzer Schwarm Mücken aus dem Gebüsch ins Freie flog. Im Nu war er von einem Geschwirr und Gesumm umgeben, gefolgt von einem Jucken auf den Armen, im Gesicht und im Nacken. Er wedelte mit den Händen, um die Insekten zu verscheuchen, doch immer weitere drangen aus dem Gebüsch und flogen auf ihn zu. Er rieb sich über die juckenden Arme, ging geduckt in den Hasenkäfig und hockte sich vor den Stall, wo die beiden Hasen fortwährend auf der Flucht vor den Stichen der Angreifer unruhig die Position wechselten. Plüm wackelte hektisch mit dem Kopf, doch es gelang ihm immer nur für Sekunden, das halbe Dutzend Mücken auf seinen langen Schlappohren zu vertreiben, das zarte Fell auf den Ohren leistete ihren Rüsseln offenbar den wenigsten Widerstand. Auch der Weiße zuckte fortwährend mit den Ohren und drehte sich immer wieder fauchend um die eigene Achse. Thomas lief hinter das Haus und holte eine Plane aus dem kleinen Geräteschuppen. Er rannte damit zum Käfig und warf sie über den Stall, der inzwischen von einem ganzen Schwarm aus Insekten umflirrt war. Dann lief er ins Haus, sperrte die Tür ab und suchte im Keller vergeblich nach Schnaps, um damit die juckenden Stellen einzureiben.

Warum

„Wahrscheinlich *Myxomatose*, im Volksmund auch Kaninchenpest genannt“, sagte der Tierarzt. Er schob sich die Brille in den üppigen, grauen Scheitel hinauf und beugte sich zu Wolke hinab, der ausgestreckt und bewegungslos mit halb geschlossenen Augen auf dem chromglänzenden Behandlungstisch lag.

„Jetzt gut festhalten!“, sagte er und führte sein Gesicht nah an Wolkes Schnauze heran. Thomas nickte Svenja zu, und sie verstärkten leicht den Druck ihrer Hände, mit denen sie das Tier an den Vorder- und den Hinterpfoten festhielten. Doch das war im Grunde gar nicht nötig, denn der Hase wehrte sich nur noch schwach gegen die Zudringlichkeit der vier Menschenhände. Thomas betrachtete Svenjas Hände, die im Fell versanken und ein verkleinertes Ebenbild von Karins Händen waren, mit langen, fein gegliederten Fingern. Erst jetzt bemerkte er, dass sich seine Hände in den letzten Monaten verändert hatten, am Rand des rechten Daumens und des Zeigefingers hatte sich dunkel verfärbte Hornhaut gebildet. Mit einem routinierten Handgriff zog der Tierarzt Wolkes Kiefer auseinander und leuchtete mit einer kleinen Stablampe in die Schnauze hinein. Die beiden langen Schneidezähne und das rosa Zahnfleisch wurden sichtbar.

„Und jetzt umdrehen und weiter gut festhalten!“

Er packte das Tier am Bauch, und sechs Hände drehten den Hasen behutsam um die eigene Längsachse, so dass er mit in die Höhe ausgestreckten Beinen auf dem Rücken zu liegen kam. Thomas spürte ein schwaches Aufbegehren. Doch dann ließ der Hase es über sich ergehen, dass der Arzt seine Hinterläufe spreizte, mit gespitzten Fingern sein dichtes, leuchtend weißes Fell teilte und mit der Lampe hineinleuchtete.

„Sie können ihn jetzt loslassen", sagte der Arzt und zog seine Gummihandschuhe aus. „Augenlider, Maulschleimhaut und Anogenitalregion sind stark geschwollen, alles deutet auf *Myxomatose*. Ist er nicht dagegen geimpft?"

„Keine Ahnung", sagte Thomas, „wir haben ihn aus dem Tierheim, die sagten, er hat alle Impfungen."

Der Tierarzt nickte, dann wiegte er den Kopf und betrachtete den Hasen. „Wenn der Virus aggressiv auftritt, hilft manchmal eine einzelne Impfung nicht."

Svenja runzelte die Stirn und fragte:

„Und wie kriegt man so was?"

„Das Virus wird durch Mückenstiche übertragen. Darum empfehle ich Kaninchenhaltern, in der Sommerzeit ein Moskitonetz über den Stall zu hängen."

„Sie laufen frei im Garten", sagte Thomas und berührte mit den Fingerkuppen eine weiße Stelle am Hinterkopf, wo die Haare inzwischen wieder vollständig nachgewachsen waren.

„Ist es ansteckend?", fragte Svenja, ihre leicht zusammengekniffenen grünblauen Augen wirkten ernst und erwachsen.

„Auf Menschen ist die Krankheit nicht übertragbar", sagte der Arzt mit dem Anflug eines nachsichtigen Lächelns. „Aber Artgenossen können sich bei Körperkontakt anstecken, ich würde ihn isolieren."

Svenja drehte sich kurz zu Simone um, die mit einer weißen Stoffmaske vor dem Mund im Hintergrund stand und das Geschehen schweigend beobachtete. Ihre Augen wirkten vergrößert, weil die geschwungenen Augenbrauen wieder verschwunden waren. Sie trug ihre dunkle Schirmmütze und darunter ein schwarzes Tuch um den Kopf gewickelt, was ihre Blässe nur um so stärker betonte. Svenja presste kurz die Lippen zusammen und wandte sich dem Arzt zu.

„Wird er wieder gesund?"

Der Arzt schob sich die Brille auf die Nase, was seine dunklen Augen verkleinert aussehen ließ.

„Schwer zu sagen. Der Verlauf der Krankheit ist unberechenbar. Wenn er die nächsten Tage übersteht, hat er vielleicht ein Chance. Aber es kann auch sein –" Er hob abwehrend die Hände und wiegte wieder den Kopf hin und her. „Frisst er noch?"

„Nicht viel, aber ein bisschen schon", sagte Thomas und er dachte an die zwei, drei Petersilieblätter, für die Wolke am Morgen eine halbe Stunde gebraucht hatte. Alles andere hatte er nicht angerührt.

„Das ist gut", sagte der Arzt, „denn es wird jetzt alles von seinem Immunsystem abhängen. Er darf nicht schwächer werden."

„Er ist ein echt starker Hase", sagte Svenja bestimmt. „Er kann total schnell laufen und macht ständig Karatetritte wie ein Verrückter, stimmt's Simone?"

„Das ist gut", wiederholte der Arzt, „ich injiziere ihm ein Mittel zur Stärkung der Abwehrkräfte und ein starkes Antibiotikum, damit keine weiteren Entzündungen auftreten. Noch sind seine Atemwege nicht befallen. Wenn er anfängt schwer zu atmen, sollten Sie schnell wiederkommen. Dann müssen wir ihn erlösen."

Sie sahen schweigend zu, wie der Arzt eine Nackenfalte des Tieres zwischen die Finger nahm und eine Spritze ins Fell versenkte.

„Tut das weh?", sagte Simone aus dem Hintergrund, ihre Stimme klang gedämpft durch die Stoffmaske hindurch. Der Atemschutz war die Bedingung dafür, dass Agnes ihrer Tochter nach einem erbitterten Wortwechsel erlaubt hatte, beim Tierarzt dabei zu sein.

„Komm, lass sie, Agnes, sie kann ja den Mundschutz tragen", hatte Thomas leise zu ihr gesagt, nachdem Simone das Geschäft verlassen und dabei wutentbrannt den Vorhang hinter der Ladentheke so heftig zur Seite gerissen hatte, dass einige Schlaufen an der Befestigungsstange abgerissen waren.

Der Schwüle war in der Nacht ein mächtiges Herbstgewitter gefolgt, das Donnern hatte ihn geweckt, Blitze beleuchteten kurz und grell sein Schlafzimmer. Dann kam der Regen, ohne jedes vorbereitende Anschwellen stürzten ungeheure Wassermassen nieder und erzeugten ein so laut prasselndes Geräusch auf dem Dach, dass es nur noch vom Donner übertönt wurde. Am nächsten Morgen standen große Pfützen auf dem Rasen, überall triefte und tropfte es, einige Sträucher waren von den Wassermassen fast bis zum Boden niedergebeugt worden. Der Wetterbericht meldete die größte nächtliche Regenmenge, die seit Beginn der meteorologischen Aufzeichnungen je gemessen worden war, ganz zu schweigen von dem völlig unüblichen Phänomen eines so extremen Gewitters mitten im Oktober. Noch vor dem Frühstück zog er sein Regenzeug und die Gummistiefel an und sah nach den Hasen. Die Plane, die er am Tag zuvor über den Stall geworfen hatte, eigentlich gedacht als Schutz gegen die Mückenschwärme, hatte den Schlafbereich der Tiere halbwegs trocken gehalten. Doch beim Füttern bemerkte er, dass der Weiße nur still und bewegungslos in einer Ecke saß und die Augen zusammenkniff. Nicht einmal seine Lieblingsspeise, eine in Stücke geschnittene, reife Birne, rührte er an. Nur an einigen Petersilieblättern knabberte er langsam und lustlos, während der Schwarze wie gewöhnlich unter lautem Schmatzen und Knabbern sein Frühstück verzehrte.

Beim Duschen bemerkte Thomas, dass seine Arme, sein Nacken, Hals und Gesicht mit Dutzenden geröteten Mückenstichen übersät waren. Nur mit Mühe widerstand er dem Impuls, sich die Stellen blutig zu kratzen. Er fuhr mit dem Wagen ins Dorf und betrat nach einem kurzen Zögern, begleitet von einem schweren Ein- und

Ausatmen, das Geschäft, das gerade erst geöffnet hatte. Der Laden war leer, bis auf Agnes Hilgers, die dabei war, einige Lebensmittel in die Regale zu räumen. Sie trug einen hellblauen Arbeitskittel über einer Jeans und hatte das Haar streng zurückgebunden. Erneut suchte er in ihrem Gesicht vergeblich nach einer Spur von Ähnlichkeit mit ihrer Tochter. Zwei tiefe, senkrechte Falten zogen sich von ihrem Mundwinkel bis fast hinab zum knochigen Kinn. Sie sah abgemagert und verhärmt aus. Nach einer kurzen Begrüßung vermieden sie beide jeden Blickkontakt. Er fragte sie, ob sie etwas gegen juckende Mückenstiche hätte. Ohne Kommentar stellte sie eine kleine Flasche Franzbranntwein auf die Theke. Er bezahlte, steckte die Flasche in die Tasche seiner Regenjacke und wollte das Geschäft schon verlassen, dann drehte er sich noch einmal um und widerstand dem Impuls, sich an den Hinterkopf zu greifen.

„Wie geht's Simone?“

Er konnte sehen, wie sie kurz angestrengt nachdachte, was sie ihm antworten sollte. Dann sagte sie:

„Sie kriegt eine weitere Chemotherapie.“

„Ich weiß, das hat sie mir erzählt.“

Eine Veränderung ging in ihrem Gesicht vor, die Brauen hoben sich leicht, die Lippen öffneten sich einen Spalt.

„Das hat sie dir erzählt?“

Er nickte, und Agnes sah ihn lange an, etwas Wissbegieriges lag in ihrem Blick.

„Will der alte Leitner dich wirklich aus dem Haus werfen?“

„Zumindest hat er es bis jetzt nicht widerrufen.“

„Es gibt andere Häuser im Dorf.“

„Das hat Simone auch gesagt.“

Der Anflug eines Lächeln glitt über ihr Gesicht.

„Ach ja, hat sie das?“

Jetzt gelang es ihm nicht mehr, die Finger von seinen Haaren zu lassen.

„Ich glaube, sie ist ziemlich sauer auf mich."

„Sie ist enttäuscht. Du warst zu feige, ihr die Wahrheit zu sagen. Du hast sie wie ein Kind behandelt. Das hasst sie, obwohl sie noch eins ist."

„Was hätte ihr denn die Wahrheit genützt?"

Agnes lachte kurz bitter auf.

„Vor mir brauchst du dich nicht zu rechtfertigen. Wie oft hab ich mich davor gedrückt, ihr reinen Wein einzuschenken. Und nicht gemerkt, dass ich mich nur selbst geschützt hab. Ich hab einfach nicht sehen wollen, dass sie langsam alt genug dafür ist."

Thomas nickte und senkte den Kopf. Er trat von einem Fuß auf den anderen und versetzte dadurch seine Schultern in eine leicht pendelnde Bewegung, die Hände schwangen linkisch neben seinen Hüften. Dann zwang sich er sich, den Blick wieder dieser so abgrundtief erschöpft wirkenden Frau zuzuwenden, und sagte:

„Du hast eine besondere Tochter, Agnes, ein feines Mädchen."

Sie hob die Augen, die auf der Stelle feucht wurden, eine Mischung aus Trauer und Stolz lag darin. Zwei Mal schöpfte sie Atem und nahm Anlauf gegen einen Kehlkopf, der sich mit Macht widersetzte. Dann sagte sie gepresst:

„Ja, das hab ich."

Als er bereits an der Tür war, drehte er sich noch einmal um und sagte:

„Vielleicht sagst du Simone, dass der weiße Hase irgendwas hat, ich muss wohl mit ihm zum Tierarzt."

Noch während er auf dem Weg zum Haus war, erhielt er eine SMS von Simone:

„Was ist mit Wolke, warum Tierarzt?"

Er war überrascht gewesen, dass sie Svenja zum Arzt mitgebracht hatte. Und es freute ihn, dass beide ganz selbstverständlich nach der Behandlung in sein Auto stiegen, als er die Transportbox mit dem Hasen darin auf den Rücksitz stellte. Die beiden Mädchen nahmen den Korb in ihre Mitte. Als er den Motor startete, legte Svenja den Arm auf den Deckel und stupste unsanft Simone an, die still dasaß und ins Leere starrte. Als sie beim Haus ankamen und die Box zum Stall trugen, fragte Thomas Svenja:

„Haben deine Eltern nichts mehr dagegen, dass du hier bist?"

„Karin hat mit ihnen geredet."

Mit einer kleinen steilen Falte über der Nase und leicht gekräuselten Lippen sah sie ihn direkt an, und wieder war er verblüfft, wie sehr das Mädchen die Mimik ihrer Tante angenommen hatte.

Sie gingen in den Käfig, wo der schwarze Hase sofort auf sie zugehoppelt kam. Sein Hinken war schwächer geworden. Svenja streichelte ihm über den Rücken. Dann traten sie an den kleinen Stall im hinteren Teil des Käfigs. Svenja füllte ihn mit frischem Stroh, Simone streifte ihre weißen Handschuhe über und nahm den weißen Hasen aus dem Korb. Seine Beine hingen reglos herab, als sie ihn hineinsetzte. Seine Augen waren zu Schlitzen geschwollen, sein seitliches Bauchfell hob und senkte sich in schnellem Rhythmus.

Der schwarze Hase hoppelte herbei, stellte sich mit den Vorderpfoten auf den unteren Rand des geschlossenen Gittertürchens und blickte hinein. Svenja kniete sich vor den Stall ins Gras und zog Plüm vom Stall weg.

„Du kannst jetzt nicht zu ihm, er muss erst gesund werden."

Als sie aufstand, hatte ihre Jeans nasse Flecke an den Knien. Der Rasen hatte die enorme Regenmenge vom Vortag immer noch nicht aufgenommen. Es war kühler geworden, aber immer noch zu warm für die Jahreszeit. Thomas nahm die Plane, die der Wind in eine Ecke des Käfigs geweht hatte, und breitete sie vor dem Stall aus.

Dann hörten sie, wie sich die Gartentür öffnete. Sie wandten sich um und sahen, dass Karl das Grundstück betrat. Er trug eine verwaschene Jeans, die er in schwarze Gummistiefel gesteckt hatte, dazu einen grauen Rollkragenpullover, der so eng anlag, dass er seine breiten Schultern und den weichen Brustansatz betonte. Das Haar hatte er zu einem Pferdeschwanz gebunden, sein Gesicht wies weder Make-up noch Schminke auf, seine Lippen waren rissig und blass. Ein dunkler Bartschatten spross auf Wangen und Kinn. Karl blickte in die Runde und nickte ihnen wortlos zu. Dann hockte er sich vor den Stall auf die Plane. Schließlich sagte er, zu Simone gewandt:

„Was ist mit ihm?"

„Er hat *Myxomatose.*"

„Karnickelpest?"

Sie nickte.

„Daran ist bei uns auf dem Hof mal fast ein ganzer Wurf krepiert."

Simone hockte sich neben ihn und sah ihn von der Seite an.

„Du siehst irgendwie anders aus, Sissi."

„Ich hab noch was vor, für das ein Kleid eher hinderlich wär."

„Was denn?"

„Ich muss in den Wald."

Simone runzelte die Stirn, dann zog sie die Stoffhandschuhe an, beugte sich weit vor, ihr T-Shirt hob sich und gab einen Streifen weißer Haut preis. Sie streckte den Arm in die geöffnete Klappe des Stalls und begann, dem weißen Hasen über den Kopf zu streicheln. Das Tier öffnete kurz die Augen und schloss sie gleich wieder. Alle saßen oder hockten auf der Plane und sahen zu, wie Simone langsam und gleichmäßig mit dem Handschuh über den Rücken des Tieres fuhr.

„Irgendwie hast du kein Glück mit Tieren, Tommy", sagte Karl.

„Das kann man wohl sagen“, erwiderte Thomas. „Zuerst kriegt ein Fuchs einen Hasen in die Fänge, weil das Tier nicht aus dem Gehege raus kann.“ Simone drehte sich kurz um und sah ihn aufmerksam an. „Dann schnappt sich ein Hund den anderen Hasen, weil der nicht in den Käfig rein kann. Den Käfig hab ich gekauft, weil er gegen Fressfeinde schützt. Und dann kommen diese winzig kleinen Scheißviecher, mit denen niemand gerechnet hat, und verpassen Wolke diese Krankheit.“

„Natur ist nie fair“, sagte Karl und fügte nach einer Pause in betont beiläufigem Ton hinzu: „Ich hab gehört, du brichst hier die Zelte ab?“

Thomas nickte. „Muss ich wohl.“

„Und was wird aus denen hier?“ Karl deutete auf die Hasen.

„Wir nehmen sie wieder“, sagte Svenja, Stolz schwang in ihrer Stimme mit, als sie hinzufügte:

„Die Karin hat mit Papa geredet.“

Simone drehte sich erneut zu Thomas um, sie lächelte mit geweiteten Augen.

„Wie hat das Ihre Mutter genannt? Er knackert und knubbert.“ Während sie weiterhin über das Fell streichelte, sagte sie, ohne sich umzudrehen:

„Wieso hat Ihre Mutter eigentlich so komisch geredet?“

Thomas ließ sich Zeit mit der Antwort.

„Weil sie eine andere Muttersprache hatte. Sie hat viele unserer Wörter nie gelernt. Und manche Dinge hat sie einfach so benannt, wie sie in ihren Ohren geklungen haben.“

„Und sie hatte ’ne Schraube locker“, sagte Karl. „War einfach nicht von dieser Welt. Und so hat sie auch ausgesehen.“

„Wie denn?“, fragte Simone.

Karls Züge entspannten sich, während er sichtlich ein inneres Bild in sich hervorrief.

„Schwer zu beschreiben. So hab ich mir als Kind immer die Prinzessinnen in den Märchen vorgestellt."

Thomas rollte mit den Augen.

„Na klar doch. Wenn sich jemand mit Prinzessinnen auskennt, dann Kaiserin Sissi."

„Genau", sagte Karl und grinste. „Deine Mutter war eigentlich ein ganz ähnlicher Frauentyp wie ich. Darum sehen wir beide uns auch so ähnlich." Er schob seinen Kopf näher zu Thomas heran, damit Simone und Svenja ihr Äußeres vergleichen konnten. Thomas stellte sich das Bild vor, das die Mädchen jetzt vor sich hatten: zwei Männer, die unterschiedlicher kaum sein konnten, getrennt von mehr als einer Kopflänge an Körpergröße und einem guten Zentner an Gewicht, dort die harte Fassade eines Gesichts, das unter der Last fremder Blicke allmählich versteinert war, hier die gefurchten, aber immer noch weichen Züge, die geformt waren von lebenslanger Flüchtigkeit und Versunkenheit. Und doch gab es eine Gemeinsamkeit in ihrem Äußeren. Es war das Dunkle, das Südländische ihrer Anmutung, das dichte Haar, die tief braunen Augen, der starke schwarze Bartwuchs, der selbst nach einer Rasur noch als Schatten sichtbar blieb, die Neigung zur tiefen Sonnenbräune, die ständige Andeutung dunkler Augenränder, die bei Karl umso stärker auffielen, weil seine Augen so tief in den Höhlen lagen. Die fremdländische Wirkung ihres Äußeren, die sie ihren Müttern verdankten, war ein Erbe, das in der dörflichen Welt ihrer Kindheit noch eine Ausnahmeerscheinung war.

Thomas wurde der forschende Blick der Mädchen allmählich unangenehm. Er suchte nach Worten und überließ sich schließlich seinem ersten Einfall.

„Weißt du noch, Karl, als meine Mutter dich zum ersten Mal gesehen hat?"

Karl kicherte leise in sich hinein.

„Wie könnte ich das vergessen!"

„Was ist denn passiert?“, fragte Simone.

„Ich muss sie wohl angeglotzt haben wie ein Auto“, sagte Karl. „Aber das war noch gar nichts dagegen, wie sie mich angestarrt hat. Sie ist mit offenem Mund ein paar Schritte rückwärts gegangen.“

Thomas grinste und sagte:

„Dazu muss man wissen: Mein Vater hat diese alten Western geliebt, die damals immer am Wochenende im Fernsehen liefen. Wir haben sie uns immer gemeinsam mit meiner Mutter angeschaut. Einmal fährt da so eine Postkutsche durch die Prärie, eine Frau schaut aus dem Fenster, dann setzt plötzlich dramatische Orchestermusik ein, die Frau wird hysterisch und fängt an zu kreischen. Meine Mutter hat voll die Panik gekriegt, wir haben sofort den Fernseher abgeschaltet und eine Stunde gebraucht, um sie wieder zu beruhigen. Am Tag darauf steht dann plötzlich Karl vor der Tür, der damals noch nicht aussah wie Kaiserin Sissi. Meine Mutter ist gleich danach in mein Zimmer gerannt, hat wie die Frau in der Kutsche die Augen weit aufgerissen und geflüstert: „Die Sioux sind da!“

Karl lachte, verhalten zunächst, und Thomas stimmte ein, bis etwas Mächtiges, Flutendes sich zwischen ihnen seine Bahn brach. Sie lachten gemeinsam, laut, halt- und atemlos, mit bebenden Schultern und verzerrten Gesichtern, bis ihnen die Tränen über die Wangen liefen. Simone stimmte in ihr Lachen ein, schüchtern zu Beginn, dann lebendig, hell und kindlich. Nur Svenja blickte mit gesenkten Brauen verständnislos von einem zum anderen und sagte schließlich:

„Was, bitte, sind die Sioux?“

Simone sagte zögerlich:

„Ein Indianerstamm, glaub ich.“

Es dauerte einige Sekunden, bis die Erklärung in Svenjas immer noch vor Unverständnis verschlossenem Gesicht Wirkung zeigte. Dann hellte sich etwas in ihr auf, sie sah Karl kurz verstohlen mit gehobenen Brauen an und hielt sich die Hand vor den Mund. Dann prustete sie explosionsartig los und kicherte ungehemmt und zügellos, mit weit auseinandergezogenem Mund und zu Schlitzen verengten Augen. Schließlich war Svenja es, die die anderen ansteckte, und sie lachten noch einmal gemeinsam.

Als die Belustigung verebbte, beugte sich Simone wieder nach vorn und streichelte mit dem Handschuh über den weißen Hasen, der die Augen zu einem Spalt öffnete. Nach einer Weile sah Thomas, wie Simones Wimpern in eine fahrige Bewegung gerieten, während ihre Lippen leicht zitterten, ihre Stimme wurde laut und brüchig:

„Warum er?"

Karl drehte ihr zuerst das Gesicht und dann den ganzen Oberkörper zu.

„Ja, warum er? Warum nicht sie?" Er deutete auf Plüm, die wieder vergeblich versuchte, in den Stall zu gelangen. Dann legte er einen Finger, der noch Reste vom entfernten Nagellack aufwies, auf Simones Schulter und sagte:

„Warum du?"

Er zog seinen Finger zurück und tippte sich damit auf die Brust.

„Warum ich?"

Simone senkte den Kopf, und Svenja schnaufte hörbar in das Schweigen hinein, das sich schwer lastend auszubreiten begann. Dann hockte sie sich neben Simone vor den Stall und näherte sich mit ausgestreckter Hand dem weißen Hasen. Das Tier drehte den Kopf und beobachtete ihre Hand. Svenja strich ihm mit zwei Fingern über die eine Seite der Schnauze, dann über die andere. Der Hase drehte unwillig den Kopf hin und her und versuchte, den zudringlichen Fingern auszuweichen. Aber Svenja ließ nicht locker und strich immer wieder mit den Fingern schnell über das Gesicht des Hasen.

„Was machst du, lass ihn!“, sagte Simone und stupste ihre Freundin mit dem Ellbogen an.

Doch Svenja provozierte den Hasen weiter, bis das Tier schließlich auf die Füße kam und leise fauchend mit den Vorderpfoten nach ihrer Hand schlug. Mit einem übertrieben lauten „Au!“ und einem triumphalen Ausdruck im Gesicht drehte Svenja sich zu Karl um. Er grinste und sagte:

„Wer so murrt, lebt noch.“

Simone näherte sich mit ihrem Gesicht dem des Hasen. Dann sagte sie mit künstlich gehobener Stimme:

„Ganz ruhig, mein Schöner, ganz ruhig.“

Schließlich zog sie den weißen Stoffhandschuh aus und hielt die Rechte einige Zentimeter über dem Rücken des Tieres. Sie blickte zur Seite, suchte Karls Blick. Er nickte ihr aufmunternd zu. Dann ließ sie die nackte Hand auf den Hasen sinken. Ihre Finger fuhren durch das dichte Fell, bis sie vollständig darin verschwunden waren, langsam strichen sie über das lange weiche Nackenfell, dann zwischen den schwarzen Ohren hindurch über den Kopf. Simone drehte sich kurz zu Thomas um, ihr Mund war leicht geöffnet, der Blick ins Leere versunken, während sie das Fell des Tieres wieder und wieder durch ihre gespreizten Finger gleiten ließ.

Die Falle

Das puffende Getöse war inzwischen so durchdringend, dass er am Straßenrand anhielt und sich die Fetzen eines zerrissenen Papiertaschentuchs in die Ohren stopfte. So gedämpft steuerte Karl den schwankenden Traktor über den Feldweg und bog schließlich in einen kleinen Parkplatz am Waldrand ein. Er ging vom Gas und trat auf die Bremse, aber das Pedal blockierte. Der Traktor rollte auf einen riesigen schwarzen SUV zu, der neben einer geschlossenen Schranke parkte. Mit aller Macht trat er auf die Bremse, um die Blockade zu überwinden, doch das Pedal ging am Ende wirkungslos ins Leere, durch das Papier in den Ohren hindurch konnte er hören, wie das Bremsseil riss. Mit einem kräftigen Ruck am Lenkrad manövrierte er sein Gefährt an dem SUV vorbei auf die Schranke zu, die die Zufahrt zum Wald versperrte. Metall krachte auf Metall, die Schranke riss aus dem Befestigungspfosten und hing schräg herab, der Traktor kam zum Stehen.

Die Fahrertür des SUV öffnete sich, ein großer Mann in Bundeswehrparka stieg aus. Da ein Teil seines gedunsenen Gesichts von einer großen Spiegelsonnenbrille verdeckt war, erkannte Karl ihn erst, als Wolfgang Leitner ihn auf seine stockend-schleppende Weise ansprach:

„Hast du keine Bremsen, sag mal?"

„Ja, sieh mal an, der Leitner. Bremsen, wozu? Ich stopp immer so."

Leitner konnte sich ein Grinsen nicht verkneifen und ging um den Traktor herum zu der beschädigten Schranke.

„Hätt nie gedacht, Ritz, dass du den alten Schrotthaufen noch mal zum Fahren bringst."

Karl trat leicht gegen die Reifen des SUV. Er trug einen dunklen Jogginganzug und hatte das Haar mit einer Spange zurückgesteckt, sein Gesicht war frei von Make-up und Lippenstift. Nur seine tief liegenden Augen wirkten schwarzgerändert.

„Dein Kübel ist auch nicht übel, der kann sicher super Mist streuen."

Ein Schuss erklang aus dem Wald.

„Ist Jagd?", fragte Karl.

„Fuchsjagd, wir holen uns den Killer, der den Hasen der kleinen Hilgers auf dem Gewissen hat."

„Und ihr glaubt, der hat ein Schild umgehängt, auf dem steht: Ich war's! Oder erkennt ihr so was am Killerblick?"

„Wir führen eine Dezimierung durch, dann ist er sicher dabei."

„Ihr ballert sämtliche Füchse ab?"

„Roland sagt, das ist genehmigt, der kennt sich aus. Wir müssen das Vieh erwischen. Wenn er sich in einen Garten traut, dann hat er vielleicht Tollwut."

„Schwachsinn! Alles, was der hatte, war Hunger. Und mehr Grips als ihr alle zusammen. Er hat nur gewartet, bis er an leichte Beute auf dem Präsentierteller kommt."

Leitner öffnete den Kofferraum und holte ein braun glänzendes Jagdgewehr mit Zielfernrohr heraus. Dann stellte er sich damit vor Karl in Positur, den Schaft senkrecht auf die Hüfte gestützt.

„Ausgerechnet du Brandstifter reißt die Klappe auf und machst einen auf Tierfreund. Du hast meinen Bruder zum Krüppel geschlagen. Was willst du eigentlich hier?"

„Waldluft schnuppern, was dagegen?"

Leitner deutete mit dem Gewehrlauf auf den Weg hinter der Schranke.

„Ich würd da jetzt nicht reingehen, sonst fängst du dir noch eine Kugel."

Die Männer standen sich eine Weile schweigend gegenüber. Karl sah sein eigenes, winzig verkleinertes

Spiegelbild in den Gläsern von Leitners Sonnenbrille. Schließlich ging Karl so nah an Leitner vorbei, dass er ihn mit der Schulter streifte. Als er über die verbogene Schranke stieg, sagte er, ohne sich noch einmal umzudrehen:

„Wenn ich deinen Bruder treffe, richte ich ihm aus, dass du ihn einen Krüppel genannt hast."

Er verließ den befestigten Weg und schlug sich in das Unterholz des Waldes.

Kühle empfing ihn, der Schatten des Laubs, das sich bereits verfärbt hatte. Die Schwüle war im Nu verflogen, der Wald hatte sein eigenes Klima, seine eigene Welt. Die Luft war würzig und feucht, aber es war nicht jene dunstige Feuchte, die sich schwer auf die Lungen legte. Eine Frische lag in ihr, die den Brustkorb weitete, er schöpfte mehrmals tief Atem und beschleunigte seinen Schritt auf dem knirschenden Untergrund jenseits der Wege. Er kannte hier jeden Pfad, jede Lichtung, jedes Rinnsal, das irgendwann in jenen Bach floss, der ihre Weide vom Leitner-Grund getrennt hatte. Schon als Halbwüchsiger war er stundenlang allein im Wald herumgestreunt, in einer Stille, die dennoch so viel Leben barg, geschützt vor den Blicken der anderen. Dabei hatte der Wald immer auch etwas Unheimliches gehabt, oft sah man nicht, was sich hinter dem nächsten Baum, dem nächsten Gestrüpp befand. Und doch hatte er immer die Stellen mit dem dichtesten Unterholz gesucht und war darin eingetaucht. Manchmal brachte er von seinen Streifzügen Steinpilze und Parasole mit, die seine Großmutter so liebte.

Er lauschte. Ein Buntspecht klopfte über ihm die Rinde einer Eiche ab, um Insekten hervorzulocken, seine rote Kopfhaube wurde sichtbar, wie sie vor- und zurückschnellte. Karl drang tiefer in den Wald ein, bahnte sich mit den Händen einen Weg durch dichtes Buschwerk, bis er eine mächtige alte Buche erreichte.

Mit den Fingerkuppen strich er über eine bierdeckelgroße vernarbte Stelle in der Rinde, aus der einst ein Ast gewachsen war.

„Der Baum sieht aus wie ein Elefantenbein", hatte er zu seinem Großvater gesagt, als sie am Fuß der Buche gemeinsam nach Brennholz suchten.

„Warum Geld für Holz verschwenden, wenn es im Wald herumliegt", hatte der Großvater immer gesagt und war mit ihm in den Wald gefahren. Den Traktor mit dem kleinen Anhänger hatten sie am Wegrand abgestellt. Dann suchten sie Holz, der Großvater sammelte die Äste auf, Karl Reisig und Zweige, die er bereits tragen konnte. Es war in dem letzten Sommer, bevor er in die Schule kommen würde.

„Ein Elefant, ja?", hatte der Großvater gesagt, „dann setz dich mal auf seinen Rüssel." Er packte Karl unter den Achseln und wuchtete ihn auf einen Ast in Augenhöhe. Karl hielt es für ein Spiel und beobachtete, wie der Großvater weiterhin Holz aufsammelte.

„Ich will weiter Zweige sammeln", rief Karl.

Aber der Großvater beachtete ihn nicht und band die Äste zu einem Bündel zusammen, um es zum Traktor zu tragen.

„Hol mich runter!"

Der Großvater zündete sich eine Zigarette an.

„Spring doch!"

„Zu hoch, nimm mich!" Er streckte die Arme nach dem Großvater aus, der jetzt unmittelbar vor ihm stand. Der Rauch seiner Zigarette wehte Karl ins Gesicht.

„Spring!"

Karl blickte zu Boden, der ihm unendlich weit weg zu sein schien, und schluchzte kurz auf.

„Heulst du jetzt wie ein Mädchen?", sagte der Großvater und schulterte das Holzbündel.

Wieder stellte er sich dicht vor Karl hin und sagte erneut, laut und energisch diesmal:

„Spring!“

Karl presste die Lippen aufeinander und schüttelte den Kopf.

„Dann nicht“, sagte der Großvater, drehte ihm den Rücken mit dem Holzbündel zu und verschwand im Wald. Karl starrte lange auf die Stelle im Gebüsch, an der er verschwunden war, und spürte, wie er einen Kloß im Hals bekam. Er biss fest die Zähne zusammen, kämpfte gegen die Tränen an und rief in den Wald hinein nach seinem Großvater. Keine Reaktion. Er lauschte, der Wind fuhr rauschend in das Laub, der Abendruf eines Vogels erklang. Er blickte zu Boden, der immer weiter zurückwich, weil bereits die Dämmerung einsetzte. Dann hörte er plötzlich, wie in einiger Entfernung der Motor des Traktors gestartet wurde. Panik keimte in ihm auf. Er schloss fest die Augen, zählte laut und langsam bis drei und sprang. Im Flug öffnete er die Augen, er sah den dunklen Waldboden näherkommen, beim Aufprall knickte sein rechter Fuß zur Seite, ein stechender Schmerz fuhr ihm ins Bein. Er schrie auf, kam aber sogleich wieder auf die Füße und lief humpelnd in die Richtung, aus der das Motorgeräusch kam. Äste und Zweige schlugen ihm ins Gesicht, er ignorierte sie, getrieben von der Angst, der Traktor könnte davonfahren. Als er das Gefährt erreichte, konnte er mit seinem Fuß kaum mehr auftreten. Mit zusammengebissenen Zähnen kletterte er in die Kabine, wo sein Großvater eine neue Zigarette rauchte. Schweigend legte er einen Gang ein und fuhr los. Während der ganzen Fahrt sprachen sie kein Wort.

Karl fuhr wieder mit den Fingerspitzen über die Astnarbe, er wunderte sich erneut, dass sie auf seiner Brusthöhe war, für den Großvater war sie damals auf Augenhöhe gewesen. Das erste Mal hatte er sich darüber gewundert, als er mehr als ein Jahrzehnt nach seinem

Sprung in die Tiefe, am Tag nach dem Begräbnis des Großvaters, den Baum aufgesucht hatte. Am Morgen hatte er eine Axt aus dem Geräteschuppen geholt und sie so lange mit dem Wetzstein geschliffen, bis sie scharf war wie ein Fleischermesser. Dann hatte er sie neben dem Sitz des Traktors verstaut und war in den Wald gefahren. Er musste lange suchen, bis er den Baum fand, weil er inzwischen gewachsen, in die Breite gewuchert und von frischem Unterholz umgeben war. Aber er fand ihn, war sich völlig sicher, dass er es war. Dann legte er die Axt an den Ast, ganz nah beim Stamm, holte weit aus, sagte laut: „Eins" und schlug mit aller Kraft zu. Dann zwei weitere, laut mitgezählte Schläge, und der Ast hing nur noch an einem dünnen Rest aus gesplittertem Holz und Rinde am Baum. Den vierten Schlag, der ihn endgültig vom Baum trennte, zählte er nicht mehr mit.

Noch einmal fuhr Karl mit den Fingern über die Baumnarbe, dann hörte er von fern einen Mann laut fluchen. Er ging in die Richtung der Stimme, die ihm bekannt vorkam.

„Scheißvieh, verdammtes!"

Im Schutz eines Baums beobachtete er Roland, der ein schwarzes Jagdgewehr von der Schulter nahm und es entsicherte. Er legte die Wange an den Schaft und blickte in ein Zielfernrohr, während er mit Daumen und Zeigefinger an einem Rädchen drehte und die Schärfe der Linse einstellte. Sein Ziel war ein Fuchs, der versuchte, sich aus einer Falle zu befreien, die mit einem Anker am Boden befestigt war. Der Schwanz des Tieres war zwischen zwei rostigen gezackten Stahlbügeln eingeklemmt, und je stärker der Fuchs an der Falle zog, desto tiefer grub sich der Anker in das Erdreich ein. Der buschige rötliche Schwanz war rund um die Stelle, wo er eingeklemmt war, bereits kahl genagt, eine blutige

Wunde war um das Metall herum sichtbar. Während Roland zielte, nagte das Tier weiter energisch an seinem Schwanz, um sich zu befreien.

Karl trat aus dem Sichtschutz des Baumes.

„Du warst schon immer ein Versager."

Roland zuckte zusammen und ließ das Gewehr sinken.

„Was willst du denn hier? Das ist Jagdgebiet."

Karl ging auf Roland zu, stellte sich zwischen ihn und das gefangene Tier und sagte:

„Das ist ein Gebiet, wo ein Arschloch zu dämlich ist, einen Fuchs zu schießen. Und dann stellt der Idiot ein Tellereisen auf, das längst verboten ist. Und auch dafür ist er zu blöd. Sonst würde der Fuchs da mit seinem Genick drin hängen, und nicht mit dem Schwanz. Ich könnte dich anzeigen, dann kannst du dir dein Jagddiplom in den Arsch stecken."

Roland stellte das Gewehr mit dem Schaft auf den Boden und spuckte ins Gras.

„*Du* willst mich anzeigen? Ein Gewaltverbrecher, der im Knast war?"

Sie blickten beide auf den sich windenden Fuchs, der immer noch versuchte, sich aus der Falle herauszunagen. Er hatte bereits das knöcherne Innere des Schwanzes freigelegt, das weiße Fell seiner Wangen war blutverschmiert.

„Verpiss dich, ich bring's zu Ende", sagte Roland und hob langsam das Gewehr.

Mit gesenkter Stimme sagte Karl:

„Du zielst mit einer Waffe auf mich."

„Geh zur Seite!"

Karl trat einen Schritt auf ihn zu. Roland blickte auf seinen Gewehrlauf, der auf Karls Körper gerichtet war. Sein Mundwinkel zuckte, während er den Zeigefinger vom Abzug wegbog.

„Ich lass mir nichts von einem Freak sagen, der aussieht wie eine –"

„Wie was? Wie eine Frau?"

„Wie eine Tunte aus einem Horrorfilm."

Karl ging langsam auf ihn zu, bis er weniger als einen Meter von ihm entfernt stand und mit seiner Brust beinahe die Spitze des Gewehrlaufs berührte.

„Du bist ja ein richtiger Kerl mit dem Ding da in der Hand. Nimm es runter oder du riskierst, dass ich dir das Genick breche, wenn ich es dir abnehme. Aber das kennst du ja, wie es ist, wenn eine Frau dir das Rückgrat verbiegt."

Roland atmete schwer, sein Finger näherte sich dem Abzug. Dann schnellte plötzlich Karls rechter Arm nach vorn, und er entriss ihm mit einem derart mächtigen Ruck das Gewehr, dass Roland einen Schritt zur Seite taumelte und beinahe zu Boden stürzte. Karl ging mit der Waffe zu einem Baum, packte sie mit beiden Händen beim Lauf und schlug sie mit voller Wucht gegen den Stamm. Der Schaft zerbrach, das Zielfernrohr flog im hohen Bogen ins Gebüsch. Mit einem weiteren Schlag teilte er das Gewehr in zwei Hälften. Als Roland sich wieder aufrichtete, hielt er die schwarze Neun-Millimeter-Automatik in der Hand, mit der er den Hund erschossen hatte. Sein Gesicht war gerötet, seine Augen weiteten sich, während er mit leicht gespreizten Beinen beidhändig auf Karl zielte.

„Du hast mich tätlich angegriffen. Ich hab ein Recht auf Notwehr."

Karl ging einen Schritt auf ihn zu und grinste ihn verächtlich an.

„Du hast nicht die Eier dazu."

„Da redet der Richtige von Eiern."

„Noch hab ich sie. Und wenn ich dich so anseh, dann krieg ich Zweifel, ob ich sie mir wirklich abschneiden lass."

Dann kehrte er Roland den Rücken und ging langsam auf den Fuchs zu. Das Tier hörte auf, an seinem Schwanz zu nagen, und zog mit aller Kraft an der Falle. Aber der

Anker grub sich nur tiefer in die Erde ein, und das eingeklemmte Schwanzstück war noch nicht dünn genug, um zu reißen. Als Karl das Tier fast erreicht hatte, fletschte es die Zähne und knurrte ihn an. Roland sah mit immer noch erhobener Waffe zu, wie Karl seine Joggingjacke auszog, sie mit beiden Händen ausbreitete und damit in unmittelbarer Nähe des Fuchses in die Knie ging. Dann warf er plötzlich die Jacke über den Kopf des Tieres und wickelte sie um seinen Hals. Der Fuchs zappelte, wand sich und schlug mit den Hinterpfoten panisch gegen Karls Oberschenkel. Karl packte die Beine mit einer Hand und presste mit dem Unterarm den Rumpf des Tieres so fest gegen den Boden, dass es sich kaum mehr bewegen konnte. Vorsichtig löste er die Hand von der Joggingjacke, stellte einen Fuß auf die Falle und zog an dem oberen gezackten Bügel. An einem kurzen Zittern des Unterarms war erkennbar, wie viel Kraft es ihn kostete, in dieser Haltung den rostigen Mechanismus zu öffnen. Als der Schwanz aus der Falle rutschte, ließ Karl sie mit einen laut knirschenden Geräusch wieder zuschnappen. Dann nahm er vorsichtig den Arm und das Knie vom Leib des Tieres und sprang aus der Hocke einen Schritt zurück. Der Fuchs kam ungelenk auf die Beine, schüttelte die Jacke ab und blickte kurz mit geducktem Kopf in die Runde. Dann wandte er sich um und verschwand im Gebüsch.

Roland steckte mit einer betont lässigen Bewegung die Pistole ins Halfter und blickte auf die Stelle, an der sich der Fuchs ins Gebüsch geschlagen hatte.

„Der wird sowieso an seiner Wunde verrecken“, sagte er, eine Mischung aus betonter Beiläufigkeit und Verlegenheit lag in seiner Stimme.

„Du hast ja keine Ahnung, was man alles überleben kann“, sagte Karl.

Dann drehte er Roland erneut den Rücken zu und ging langsam tiefer in den Wald hinein.

Epilog

Eine Windbö wehte die restlichen Blätter in Kreisen über den Rasen, die Sträucher waren jetzt völlig kahl, gewappnet für den Winter, um der kommenden Kälte und den Stürmen so wenig Angriffsfläche wie möglich zu bieten. Thomas hob fröstelnd die Schultern und zog den Reißverschluss seiner Regenjacke bis zum Kinn. Er ging zu der Stelle, an der bis vor wenigen Tagen noch der Hasenkäfig gestanden hatte, sein Aluminiumrahmen hatte tiefe Abdrücke im Rasen hinterlassen. Die Gartentür öffnete sich – ihr Quietschen und Knirschen war ihm inzwischen vertraut – und Karin betrat den Garten. Sie schob die Hände in die Taschen ihrer Jeans und kämpfte mit zusammengekniffenen Augen gegen den Wind an, während sie sich ihm näherte.

„Na, schon alles gepackt?"

Er rieb sich die kalten Hände.

„Wie geht's dem Hasen?"

„Svenja sagt, er ist stabil. Wenn er die nächsten ein, zwei Tage übersteht, dann ist er übern Berg."

„Kommst du noch rein auf einen Tee?"

Sie folgte ihm ins Haus. Es hatte sich nicht viel verändert, seit er seine Habseligkeiten in den Kofferraum seines Wagens gepackt hatte. Die kleine Stereoanlage und die Lautsprecher fehlten im Regal, einige Bücher und CDs. Er hatte seine Kleidung und sein Bettzeug in einen großen Reiserucksack gestopft, den er seit vielen Jahren nicht mehr benutzt hatte. Karin setzte sich auf einen Klappstuhl in der Küche und sah ihm zu, wie er den Gasherd anzündete und den gefüllten Wasserkessel darauf stellte. Während er den Tee in einen Papierfilter löffelte, sagte er:

„So viel Tee für Gäste hab ich seit Jahren nicht gekocht."

„Was hast du jetzt eigentlich vor?"

Er kramte zwei Tassen aus einem Bananenkarton und stellte sie auf die Ablage neben den Herd.

„Ich muss wieder irgendwas arbeiten, mir geht langsam das Geld aus."

„Als Musikjournalist?"

„Ich fürchte, das wird nicht so einfach sein. Sie haben meine Kolumne aus dem Blatt gekippt. Und von gelegentlichen Konzertkritiken kann keiner leben. Vielleicht ist es ja auch besser so."

„Warum?"

„Ich kann nicht mehr so weitermachen wie bisher. Sonst brauch ich bald ein Hörgerät. Oder eine neue Leber."

Er sah, dass sie etwas sagen wollte und es sich dann anders überlegte. Sie ließ ihn das kochende Wasser in die Tassen schütten und sie auf den Tisch stellen. Erst als sie sich gegenübersaßen, sagte sie:

„Warst du eigentlich inzwischen bei deinem Elternhaus?"

Er schüttelte den Kopf.

„Möchtest du mit mir gemeinsam hingehen, bevor du aufbrichst?" Ihre Stimme hatte einen weichen Klang bekommen.

Er holte tief Luft, dann berührte er eine Stelle am Hinterkopf, die bis vor Kurzem noch mit weißen Stoppeln bedeckt war. Jetzt spürte er sie nicht mehr als winzige Spitzen auf den Fingerkuppen, die Haare waren nachgewachsen.

„Vielleicht beim nächsten Mal."

„Wird es denn ein nächstes Mal geben?"

Er nickte und hob gleichzeitig die Arme zu einer vagen Geste.

Sie lachte kurz auf.

„Na, das nenn ich mir eine klare Ansage."

Er sah sie an, die Haut unter ihren leicht geröteten Augen war gekräuselt, sie schien wenig geschlafen zu haben. Der Ansatz ihres Scheitels wies wieder einen schmalen Streifen Grau auf. Während sie die Hände an der Tasse wärmte, wich sie seinem Blick aus.

„Hast du eigentlich deinen Roman fertig, den du hier schreiben wolltest?"

Er überlegte lange, was er antworten sollte. Dann sagte er, einem spontanen Impuls folgend:

„Ich möchte dir was zeigen."

Er holte einen kleinen Rucksack aus dem Vorraum und zog sein Laptop heraus. Er hielt es in beiden Händen, als wollte er ihr ein Geschenk überreichen. Dann stellte er es auf den Tisch und klappte es auf. Das System fuhr hoch, und mit einigen Klicks auf dem Touchpad hatte er das Dokument geöffnet, das immer noch unbenannt im Arbeitsspeicher war. Er las den Beginn, den er längst vergessen hatte:

Hejo, spann den Wagen an! Denn der Wind treibt Regen übers Land.

Er zögerte einen langen Moment. Schließlich drehte er das aufgeklappte Laptop in ihre Richtung.

„Ich möchte, dass du das liest. Ich werde inzwischen fertig packen."

Sie sah ihn überrascht an.

„Ich hab meine Lesebrille nicht dabei."

Er zog ein schmales Etui aus seinem Rucksack.

„Nimm meine."

Dann stand er auf und verließ rasch das Haus. Er stellte sich auf die Terrasse und pumpte mehrmals die kühle Luft in seine Lungen, sie roch nach getrocknetem Laub. Er zündete sich ein Zigarillo an und blickte sich um. Die großen Blätter des Feigenbaums, bräunlich gelb und brüchig, bedeckten einen Teil der Terrasse, der Stamm des Baumes und die spitz zulaufenden Zweige waren glatt und grau, sie fühlten sich samtig an. Die Blüten des Flieders hatten sich in schwarze Samengehäuse verwandelt, der heiße Herbst hatte dem üppig gewachsenen Strauch einen trügerischen zweiten Frühling mit vielen neuen Knospen beschert, es war ungewiss, ob sie alle den Winter überstehen würden. Auch der Wein hatte vor der Zeit viele neue Knospen und hunderte schwarz-blauer Beeren gebildet, die bald den Amseln und Staren als Winterfutter dienen sollten. Der Efeu hatte ebenfalls dickhäutige schwarze Beeren ausgebildet, seine anfangs so hellgrün leuchtenden Triebe waren nachgedunkelt und hatten den tief dunkelgrünen Glanz gereiften Laubs angenommen.

Ein wehmütiges Gefühl beschlich ihn, der bevorstehende Abschied von einem Stück Natur, dessen Werden im Frühling und dessen Sein im Sommer er begleitet hatte, mit einer Aufmerksamkeit, die ihm lange fremd gewesen war. Er ging langsam durch den Garten, an der Hecke vorbei, berührte einige Zweige mit den Händen und beobachtete genau, welche Wintergestalt der jeweilige Strauch angenommen hatte. Dann wartete er eine weitere Zigarillolänge auf der Terrasse ab, bis ihm der Wind durch die Kleidung drang, und ging ins Haus zurück.

Karin saß aufrecht an ihrem Platz und blickte über das Laptop hinweg ins Leere. Mit ungelenk-zögerlichen Bewegungen setzte er sich ihr gegenüber und wartete darauf, dass sie etwas sagte.

Sie musterte ihn mit einem Ausdruck, den er nicht deuten konnte. Ihr Adamsapfel bewegte sich mehrmals, doch was sie äußern wollte, blieb irgendwo in ihr stecken. Schließlich sagte sie leise:

„Willst du das veröffentlichen?“

Er trank einen Schluck Tee aus seiner Tasse, er war längst kalt.

„Es ist noch nicht mal gespeichert.“

„Was?“

„Ich hab’s einfach nicht fertig gebracht, dem Dokument einen Namen zu geben.“

Sie bewegte den Zeigefinger über das Touchpad und blickte abwechselnd ihn und den Monitor an. Die Starre wich aus ihrem Körper, ihr Gesicht belebte sich, ihre Miene schwankte zwischen Fassungslosigkeit und Schalk. Dann lächelte sie, legte die Hände auf die Tastatur und tippte einige Buchstaben. Nach einer kurzen Bedenkzeit, in der sie die Schneidezähne auf die Unterlippe legte, fuhr sie wieder mit dem Zeigefinger über das Touchpad und tippte schließlich erneut auf der Tastatur. Danach hob sie die Brauen und bewegte den Kopf abwägend hin und her. Mit einem schelmischen Lächeln hielt sie die Löschtaste einige Sekunden lang gedrückt. Sie sah kurz aus dem Fenster, dann ließ sie ihren Blick zuerst durch den Raum und schließlich über ihn hinweg schweifen und tippte eine neue Buchstabenfolge ein, eine längere diesmal. Nachdem sie das Geschriebene noch einmal gelesen hatte, klappte sie das Laptop zu und legte die verschränkten Hände darauf. Schließlich stand sie auf, strich ihm langsam mit der Hand durchs Haar und verließ das Haus.

Er blieb lange regungslos sitzen und spürte dem Duft nach, den Karin im Raum hinterlassen hatte. Dann setzte er sich auf den Stuhl, auf dem sie gesessen hatte, und öffnete das Laptop. Und er las die Worte, die sie den seinen gegeben hatte. Minutenlang starrte er auf den Monitor, bis sein Blick sich mit einem leisen Lächeln in sein Inneres davonmachte. Aber bald darauf kam er noch einmal zurück. Er schaute aus dem Fenster und sah, dass eine Krähe auf der Stromleitung saß.

Für Bestärkung und Kritik danke ich meiner Frau Margret Bauer und meinen Freunden Georg Thanner, Mischa Kirisits und August Staudenmayer. Ein besonderer Dank gilt meiner Lektorin Christine Rechberger für ihre exzellente Arbeit.